Dmitry Glukhovskys METRO 2033-UNIVERSUM:

Andrej Djakow: *Die Reise ins Licht*
Sergej Kusnezow: *Das marmorne Paradies*
Schimun Wrotschek: *Piter*
Sergej Antonow: *Im Tunnel*

ANDREJ DJAKOW

DIE REISE INS LICHT

Ein Roman aus Dmitry Glukhovskys
METRO 2033-UNIVERSUM

Aus dem Russischen
von Olaf Terpitz

Deutsche Erstausgabe

WILHELM HEYNE VERLAG
MÜNCHEN

Titel der russischen Originalausgabe
К свету
Deutsche Übersetzung von Olaf Terpitz

Verlagsgruppe Random House FSC-DEU-0100
Das für dieses Buch verwendete
FSC®-zertifizierte Papier *Super Snowbright*
liefert Hellefoss AS, Hokksund, Norwegen.

3. Auflage

Deutsche Erstausgabe 6/2011
Redaktion: David Drevs
Übersetzung des Vorworts von Dmitry Glukhovsky:
David Drevs
Copyright © 2010 by Dmitry Glukhovsky
Copyright © 2011 der deutschen Ausgabe und Übersetzung
by Wilhelm Heyne Verlag, München,
in der Verlagsgruppe Random House GmbH
www.heyne.de
Printed in Germany 2012
Umschlaggestaltung: Animagic, Bielefeld
Satz: C. Schaber Datentechnik, Wels
Druck und Bindung: GGP Media GmbH, Pößneck

ISBN: 978-3-453-52854-3

DMITRY GLUKHOVSKY

DAS METRO 2033-UNIVERSUM

METRO 2033 ist für mich mehr als nur ein Roman. Es ist ein ganzes Universum, und nur einen kleinen Teil davon habe ich in meinem Buch beschrieben. METRO 2033 handelt von unserer Erde, wie sie im Jahre 2033 aussehen könnte, zwei Jahrzehnte nach einem verheerenden Atomkrieg, der die Menschheit fast ausgelöscht und eine Vielzahl mutierter Ungeheuer hervorgebracht hat.

In Russland und vielen anderen Ländern haben sich Leser, aber auch Autoren für die in METRO 2033 beschriebene Welt begeistert. Schon bald nach Erscheinen des Romans bekam ich unzählige Angebote von Menschen, die darüber schreiben wollten, was 2033 in ihrer Heimat, ihren Städten und Ländern geschehen sein könnte. Gleichzeitig verlangten die Leser nach einer Fortsetzung meines Romans.

METRO 2033 ist, wie inzwischen bekannt, vor einigen Jahren als interaktives Projekt im Internet entstanden. Noch während ich den Roman schrieb, veröffentlichte ich jedes neue Kapitel auf einer eigens dafür geschaffenen, öffentlich zugänglichen Website. Die Reaktion der Leser war überwältigend: Sie diskutierten leidenschaftlich, kritisierten und korrigierten meine Arbeit, stellten Vermutungen an über den weiteren Verlauf der Geschichte – und wurden so in gewisser Weise zu meinen Koautoren.

Wie wäre es, dachte ich mir damals, zusammen mit meinen Lesern – und anderen Schriftstellern – eine ganze Welt zu erschaffen? Andere Städte, andere Länder im Jahre 2033 zu beschreiben? Die Metro mit immer neuen Protagonisten zu bevölkern – und so eine große postapokalyptische Saga entstehen zu lassen?

Als Jugendlicher habe ich mir beim Lesen von Fantasy- oder Science-Fiction-Romanen oft gewünscht, die Abenteuer meiner Helden und die Magie der Fiktion würden niemals enden. Schon damals dachte ich, wie wunderbar es wäre, wenn mehrere Schriftsteller zugleich ein und dieselbe fiktive Welt beschrieben. Auf diese Weise würde eine andere »Wirklichkeit« entstehen, die man immer wieder aufs Neue besuchen könnte.

Viele Jahre später, als METRO 2033 bereits als Buch erschienen war und ein riesiges Echo hervorgerufen hatte, begriff ich plötzlich, dass ich mir meinen Jugendtraum selbst würde erfüllen können. Ich brauchte nur andere Autoren einzuladen, auf der Grundlage meines eigenen Romans die geheimnisvolle Welt der Metro gemeinsam weiter zu erforschen.

So ist schließlich das Projekt METRO 2033-UNIVERSUM entstanden, von dem in Russland bereits zwölf Romane erschienen sind. Deren Handlung umfasst unter anderem so unterschiedliche Städte und Regionen wie Moskau, St. Petersburg, Kiew, aber auch Nowosibirsk und den Hohen Norden.

Für die Übersetzung ins Deutsche haben wir als ersten Roman »Die Reise ins Licht« von Andrej Djakow ausgewählt. Dafür gibt es zwei Gründe: Zum einen erschließt dieses Buch einen neuen Schauplatz unseres »Universums«, nämlich St. Petersburg. Zum anderen gehört Djakows Roman, wie eine Umfrage auf www.metro2033.ru ergab, eindeutig zu den besten und beliebtesten in unserer Reihe.

In den kommenden Monaten wird sich, wenn alles gut läuft, unser Universum auch international ausdehnen. Ein englischer und ein italienischer Autor arbeiten bereits an ihren Versionen der Metrowelt, und auch Kollegen aus anderen Ländern stehen kurz davor, unseren postapokalyptischen Kosmos zu betreten. Es ist ein literarisches Experiment, das meines Wissens noch niemand zuvor gewagt hat. Umso großartiger wäre es, wenn auch deutsche Autoren, gleich ob bekannt oder unbekannt, ihre eigenen Geschichten aus dem METRO 2033-UNIVERSUM zu unserer Reihe beitrügen.

Allmählich wird sich das METRO 2033-UNIVERSUM so in einen lebendigen Kosmos verwandeln, den Menschen mit unterschiedlichen Nationalitäten und in unterschiedlichen Sprachen bevölkern. Umso mehr freut es mich, dass Sie ab heute unser Experiment auch in deutscher Sprache verfolgen können. Wer weiß, vielleicht nehmen Sie eines Tages sogar selbst daran teil?

ANDREJ DJAKOW

DIE REISE INS LICHT

INHALT

DRITTER TEIL: Offenbarungen

ERSTER TEIL

ERWACHSEN WIDER WILLEN

1

DIE ABMACHUNG

Der schwarze Schatten durchkreuzte pfeilschnell den düsteren Wolkenhimmel. Majestätisch die Luft mit seinen drei Meter weiten Hautflügeln zerteilend, schwang sich der Pterodon über die Ruinen des Autobahnrings. Von Zeit zu Zeit jagte ein Schauder durch seinen sehnigen Körper – offenbar war es Zeit für sein Morgenmahl. Unruhig drehte sich sein unförmiger Kopf hin und her, auf der Suche nach Lebenszeichen am Boden. Plötzlich schoss das Reptil mit einer Bö des kalten Herbstwinds auf das ausgetrocknete Flussbett der Newa herab. Unter ihm rasten Autogerippe, Müllberge, rostige Bewehrungsgitter und ausgehöhlte Pfeiler längst eingestürzter Brücken vorbei – ein von Menschenhand erschaffener Dschungel aus Stahlbeton, das Erbe der einstigen »Herren des Lebens«.

Ein paar Flügelschläge weiter blitzten unten die Gleise der Eisenbahn auf, die da und dort aus dem graubraunen Moos herauslugten. Über dem Rangierbahnhof zog der Raubvogel für gewöhnlich einige Runden in der Hoffnung, eine zweibeinige Beute auszumachen. Früher waren diese merkwürdigen Kreaturen häufig dort aufgetaucht, um in der hartgefrorenen Erde zu wühlen. Nun aber erinnerten an ihre Besuche nur noch die verkrüppelten Gleise sowie – quer dazu – gleichmäßige rechteckige Vertiefungen: Die Schwellen waren längst fortgeschleppt worden.

Nachdem der Pterodon einen letzten Blick auf die Reihen verrosteter Waggons geworfen hatte, zog er weiter, hoch über den Ruinen des Prospekt Slawy. Wie die Wände eines Canyons wiesen die halbzerstörten Häuser dem Räuber den Weg. Trotz der starken Windstöße bewegte er sich sicher auf seiner gewohnten Route. Plötzlich beschleunigte er und stürzte auf den geborstenen Asphalt herab: Weiter vorn tauchte die Straße unter dem Nowo-Wolkowski Most hindurch. Dichte, klebrige Fäden eines gigantischen Netzes, gewoben von einem unbekannten Raubtier, verschnürten den rechteckigen Bogen der Brücke. Wie zum Hohn beschleunigte der Pterodon noch mehr, legte die Flügel an und durchbrach laut kreischend und mit enormer Geschwindigkeit das Hindernis. Schon flatterten die zerfetzten Ränder des entstandenen Lochs im starken Wind, und aus den Tiefen des Netzes starrten elf boshafte Augen dem entschwindenden Flugsaurier nach. Der Morgen brach an in dieser irrsinnigen neuen Welt, ein neuer Tag eines irrsinnigen neuen Lebens …

Unterdessen hatte die Bestie den Moskauer Platz erreicht und setzte zum Sturzflug auf die riesige Statue an. Sanft landete sie auf der ausgestreckten Hand des »Führers des Weltproletariats«, fand nach einigem Hin- und Hertrippeln die bequemste Position und verharrte schließlich in regloser Erwartung. Aufmerksam beobachtete sie den Ausgang der »Höhle« – jene eingestürzte Unterführung, die zur Station *Moskowskaja* führte. Genau an dieser

Stelle hatte die Flugechse schon mehrmals Zweibeiner gesichtet, die aus der Erde aufgetaucht waren. Erst vor kurzem war es ihr sogar gelungen, sich an einem von ihnen gütlich zu tun, und nun wollte sie ihr Glück noch einmal versuchen. Die Erinnerung an den Geruch des süßen warmen Fleisches ließ den Körper des Reptils erneut erschauern.

Im nächsten Moment ertönte ein ohrenbetäubender Knall. Das ungewohnte Geräusch rollte über den Platz und brach sich an den zerklüfteten Häuserwänden. Die Bestie jedoch hörte das nicht mehr – der Kopf des Pterodons war in kleine Teile zerborsten, und aus dem krampfhaft gereckten Hals ergoss sich ein dicker Blutstrahl über die mit Raureif überzogenen Granitplatten des Sockels.

In einem Fenster der siebten Etage des Stalinbaus auf der anderen Seite des Platzes konnte man flüchtig die Silhouette eines hochgewachsenen Mannes mit Gasmaske und unförmigem C-Waffen-Anzug erkennen. Geschäftig zerlegte er ein Gewehr mit optischem Visier und gewaltigem Mündungsstück. Ein paar Minuten später trat der Mann aus dem Haupteingang, blickte sich nach allen Seiten um und überquerte langsam den Platz, vorbei an riesigen Müllhalden. Der Kadaver des Pterodons lag als unförmiger Haufen am Fuße des Denkmals. Aus dem Halfter seines Gürtels zog der Jäger ein Beil von furchterregender Größe und hackte vom Flügel des Mutanten mit einem gezielten Schlag eine Knochenspitze ab. Nachdem er die Trophäe in einer Tasche seiner Militärweste verstaut hatte, nahm der Mann seine Kalaschnikow von der Schulter und verharrte abwartend.

Aus der Unterführung tauchte bereits eine Gruppe von Menschen auf, die in graue Lumpen gehüllt waren und Haken sowie Schlitten dabeihatten. Der Stalker beobachtete, wie seine Stammesgenossen geschwind den massiven Kadaver des Monsters in das Vestibül der Station schleiften. Dann musterte er ein letztes Mal die Umgebung mit scharfem Blick und stieg unter die Erde hinab. Die spärlichen Sonnenstrahlen, die durch einen Riss in der düsteren Wolkendecke drangen, beleuchteten zaghaft die Ruinen des Moskowski-Prospekts. Über Piter brach ein neuer Morgen an …

»Was ist, Waisenjunge. Kommst du nicht mit, die Stalker zu begrüßen?«

Das schmale Bürschchen von etwa zwölf Jahren mit dem ungleichmäßigen Igelschnitt schaute den davonlaufenden Jungs nach. Dann stürzte auch er los, als wäre er gerade zu sich gekommen, und rannte ihnen hinterher. Nein, er war nicht beleidigt. Eine Waise war jemand, der keine Eltern hatte. Aber er hatte ja Eltern. Und was für welche! Nur, dass die jetzt im Paradies waren. Früher hatte ihm Papa oft vorm Einschlafen vom Paradies erzählt. Dort gab es frische Luft, viel Grün und sauberes Wasser, und der Himmel war blau. Oft hatte sich Gleb seine Heimatstation, die *Moskowskaja*, vorgestellt, voller Kartoffelstauden und Wasserkübel, und statt kohlenschwarzem Ruß war an der Decke ganz, ganz viel himmelblaue Farbe.

Bei den anderen Kindern angekommen, zwängte Gleb sich durch die Menge nach vorn und blieb neben Hinkebein Nata stehen, dem Nachbarmädchen vom dritten Zelt.

»Schau, Gleb, sie kommen!« Das Mädchen stützte sich in alter Gewohnheit auf die fürsorglich dargebotene Schulter ihres Spielgefährten und entspannte ihr verkümmertes Bein.

Da vorn passierte etwas furchtbar Faszinierendes und zugleich Unheimliches. Aus der grob zusammengeschusterten Blechbox, die die Funktion einer Schleusenkammer erfüllte, stießen kleine Dampfstrahlen hervor. Für dieses Schauspiel gab es einen schönen geheimnisvollen Namen: »Desinfektion«. Schließlich öffnete sich die Tür mit einem unangenehmen Rasseln. Onkel Saweli kam herein, schob den Desinfektionsschlauch zurück und trat zur Seite. In der Türöffnung erschien die massige Gestalt eines Stalkers. Riesige Stiefel, ein Patronengürtel von imponierender Größe, der sich über den ganzen Oberkörper zog, und ebenso riesige Hände. Im Schatten der Kapuze war das Gesicht praktisch nicht zu erkennen …

Gleb betrachtete den Unbekannten neugierig von oben bis unten. Als dieser seine Kapuze abnahm, ging ein Raunen durch die Reihen der Halbwüchsigen. Der Gast war keineswegs ein Scheusal, sein grobes, stoppelbärtiges Gesicht hatte keine Narben, aber im Blick des Stalkers lag etwas kaum Fassbares, das in den Umstehenden Unbehagen auslöste. So ähnlich wie das Gefühl, wenn man im Dunkeln nach einer ausgeschalteten Lampe tastet und plötzlich etwas Glitschiges spürt, das sich bewegt und im nächsten Augenblick nach deiner ausgestreckten Hand schnappen wird. Von diesem Stalker ging eine unbeugsame Kraft aus. Und doch lag in seinem schweren Gang etwas Schicksalsergebenes. Wie die Schritte eines Greises, der des Lebens müde war.

Die Menge trat zur Seite und ließ die Ankömmlinge durch. Als der Stalker an Gleb vorbeiging, durchfuhr diesen ein Schauer. Es gruselte ihn, und zugleich empfand er eine unheimliche Faszination. Gleb drängte sich seitlich an den auf dem Bahnsteig herumlungernden Gaffern vorbei und suchte sich einen Platz in der Nähe der zentralen Feuerstelle, um das ganze Gespräch mitzubekommen.

»Sei gegrüßt, Taran. Komm her und setz dich ans Feuer.« Ein grauhaariger, energischer Greis machte sich an einem kleinen Kessel zu schaffen und füllte eine großzügige Portion Suppe in einen Napf. »Das Süppchen ist heute vorzüglich! Hier, guter Mann, koste. Was immer du wünschst …«

Der finstere Mann legte das eingehüllte Gewehr neben sich, setzte sich auf eine Zinkkiste und nahm aus der Hand des Alten den Napf mit der dampfenden, dicken Suppe entgegen. Er öffnete eine seiner Westentaschen, holte einen kompakten Geigerzähler heraus und hielt ihn an die Suppe.

Der Greis machte eine Miene, als wäre man ihm mit einer Rasierklinge übers Gesicht gefahren. Aber er schwieg und setzte ein verkrampftes Lächeln auf.

»Iss nur, Taran, keine Angst. Das ist alles natürlich und stammt von hier. Die Pilze, die Kartoffeln – alles frisch geerntet!«

Aus der Dämmerung der Station tauchte nun noch ein weiterer Bewohner auf. Er trug ausgetretene Filzstiefel und eine abgetragene Steppjacke, die schon viel erlebt hatte. Er setzte sich in den Kreis und begann munter: »Sachar und seine Truppe weiden das Vögelchen bereits aus. Du schießt verdammt gut, Bruder. Hast den Bastard mit einem Schuss erlegt.«

Der kleine Mann – er hieß Karpat – bemerkte den schweren Blick des Stalkers und wechselte schnell das Thema.

»Die Galle verkaufen wir an die ›Stummel‹«, berichtete er begeistert. Die »Stummel« waren ein Clan halbwilder, degenerierter Menschen, die in einem unterirdischen Museum unweit der *Moskowskaja* hausten. »Aus der Haut machen wir Stiefel. Und an Fleisch kommt da bestimmt ein Doppelzentner zusammen. Na, was sagst du, Großvater: Dieser ›Messerschmitt‹ wird nie mehr fliegen!«

»Bedank dich dafür bei Taran. Und hör auf herumzufaseln!« Der Alte warf ein neues Holzscheit ins Feuer und wandte sich dem Stalker zu: »Wir danken dir, guter Mann, für deine Hilfe. Ohne Expeditionen an die Oberfläche kämen wir, wie du weißt, nicht zurande. Holz ist derzeit im Handel nicht zu bekommen, da müssen wir eben hin und wieder unsere Nasen raus stecken ...«

Der Stalker kaute langsam sein Essen und starrte ins Feuer.

»Wenja Jefimtschuk haben wir wegen dieser abscheulichen Kreatur verloren. Das war ein Mensch!« Offensichtlich war der alte Palytsch in der Stimmung, um in Erinnerungen zu schwelgen, doch die gemütliche Atmosphäre verflüchtigte sich schnell, als der hagere Stationsvorsteher Nikanor an die Feuerstelle trat.

»Wie abgemacht«, sagte er spröde und stellte einen dicken Sack zu den Füßen des Stalkers ab.

Taran band ohne Hast den straffen Knoten auf und kippte den Inhalt nachlässig auf den Betonboden. Tabletten, Fläschchen und Verbandsrollen türmten sich zu einem bunten Haufen, aus dem der Stalker pedantisch einiges aussortierte und zur Seite schob. Nachdem er weniger als eine Minute darin herumgewühlt hatte, packte er den größten Teil der Medikamente wieder in den Sack, erhob sich und warf ihn sich auf den Rücken.

»Hör mal, Taran …« Der Alte wagte es nicht, dem Stalker in die Augen zu blicken. Einige Sekunden lang druckste er herum, dann seufzte er tief. »Das da sind fast alle Medikamente, die uns geblieben sind. Vielleicht können wir dich auch mit Essen bezahlen … oder mit was anderem?«

Nikanor stand reglos da. Nur die Knoten in seinem Gesicht traten jetzt noch stärker hervor.

»Holt's euch doch bei den ›Stummeln‹«, erwiderte Taran barsch. Er warf ein paar Patronen für Kost und Logis in den geleerten Napf, ergriff sein Gewehr und verließ die Station.

Palytsch schlug fassungslos die Hände zusammen, Nikanor aber spuckte wütend vor seine Füße. Sein zorniger Blick blieb an Gleb hängen.

»Was glotzt du so, Nichtsnutz! Oder bist du mit deiner Arbeit für heute schon fertig? Dann kriegst du gleich noch was!«

Gleb stürzte auf den Eingang eines Nebenraums zu, um möglichst schnell aus den Augen des tobenden Vorstehers zu verschwinden. Er hetzte durch den engen Korridor, griff sich eine Schaufel von der Wand, sprang in die Einheitsstiefel, die von einer eingetrockneten Schmutzkruste überzogen waren, und kroch wie gewohnt in die Kloake hinunter. Von all der Aufregung und der Begegnung mit diesem furchtbaren Stalker schüttelte es den Jungen noch immer.

Fremden Dreck zu entsorgen war doch wesentlich vertrauter und ruhiger.

»Hallo! Hallo!«, brüllte Nikanor mit sich überschlagender Stimme in den Telefonhörer. Die Verbindung zur »Technoloschka« – so nannten sie die Metrostation bei der Technischen Universität – war mies wie immer. Von weitem drang manchmal eine Stimme durch die rasselnden Störgeräusche, aber der Stationsvorsteher konnte nicht einmal die Hälfte der Wörter verstehen.

»Ich wiederhole! Sie müssen hier an der *Moskowskaja* mit ihm sprechen. Er ist stur wie ein Ochse.« Nikanor lauschte angespannt in den Hörer, dann nickte er energisch mit dem Kopf. »Ja, ja! Schicken Sie sie los. Ich gebe der Patrouille Bescheid. Wir werden sie erwarten.«

Nikanor warf den Hörer auf die Gabel, ließ sich in den verschlissenen Sessel fallen und zündete sich eine Selbstgedrehte an. Das Telefon war wahrscheinlich das einzige noch verbliebene Zeichen von Zivilisation an der *Moskowskaja*. Wobei nicht einmal sie selbst das Kabel verlegt hatten, sondern die Masuten – die »Heizöl-Leute«. Diese lieferten auch den Strom für die wenigen armseligen Lämpchen, die die Station kärglich beleuchteten. Für das Licht verlangten sie einen Wucherpreis, was sie beim Volk nicht gerade beliebt machte. Nikanor konnte diese hinterhältigen Missgeburten nicht ausstehen, aber auch nichts gegen sie machen.

Er drückte den Zigarettenstummel aus und stand vom Tisch auf. Es war an der Zeit, sich um den Empfang der angekündigten Gäste zu kümmern.

Klack. Klack. Klack. Das Geräusch des auf- und zuklappenden Zippos bezauberte ihn. Auf dem polierten Feuerzeug war deutlich das Relief eines zweiköpfigen Adlers zu erkennen. Manchmal, freilich nur sehr selten, erlaubte sich Gleb sogar, an dem Zündrädchen zu drehen. Dann beobachtete er entzückt die flackernde Feuerzunge. Sein Vater hatte gesagt, dass er mit dem Feuerzeug sparsam umgehen müsse, und Gleb hatte sich das fest eingeprägt. All die Jahre, die seit dem Tod seiner Eltern vergangen waren, hatte sich der Junge keinen Augenblick von diesem schönen metallenen Schmuckstück getrennt. Es war die einzige Erinnerung an seine verlorene Familie. Und das Zippo funktionierte noch immer, wenn auch mit jedem Mal schlechter, und deshalb zündete es Gleb immer seltener an. »Der heimatliche Herd.« Der Junge begriff nur dunkel, was dieser Ausdruck bedeutete, glaubte aber fest daran, dass er nun der Hüter eben dieses heimatlichen Herdes war und dass seine Eltern, solange die Flamme des Feuerzeugs noch schwach erglomm, immer irgendwo in der Nähe sein würden.

Gleb merkte nicht, wie ihn der Schlaf übermannte.

Das Zauberfeuerzeug sprang an. Aus der Dunkelheit erschien ein Gesicht. Es war ihm so vertraut. Diese leicht zusammengekniffenen Augen und die widerspenstigen, herrlich duftenden Locken. Mutter ...

Ein heftiger Ruck an der Hand riss den Jungen aus seinem Halbschlaf. Gleb sah auf und erblickte den feisten Procha, der an der Station als Schlägertyp und Intrigant bekannt war. Procha drehte das Feuerzeug in seinen dicken Fingern und betrachtete die Beute. Etwas weiter entfernt hatten sich drei schmutzige Kerle – sein Gefolge – postiert und verfolgten mit dreckigem Grinsen, was ihr Anführer machte.

»Seht euch das an«, bemerkte der Dickwanst zufrieden und zeigte die Trophäe seinen Kameraden.

»Gib her!« Gleb sprang auf die Beine und starrte seinen Widersacher wütend an. »Das gehört mir!«

»Hol es dir doch!« Der Dicke grinste tückisch und hielt sich das Feuerzeug über den Kopf.

Gleb sprang um ihn herum und versuchte es zu erwischen. Die Kerle begannen zu feixen. Der Dicke war um einen Kopf größer als Gleb und etwa doppelt so breit. Gleb hatte keine Chance. Procha grinste zufrieden, und man konnte seine fauligen Zähne sehen.

»Gib schon her«, jammerte Gleb verzweifelt. »Das ist ein Geschenk von meinem Vater. Gib es mir sofort zurück!«

Der Dicke, des Spiels überdrüssig, rammte ihm seine feiste Faust ins Gesicht, so dass Gleb unsanft auf dem Betonboden landete. Er blutete aus der Nase und war den Tränen nahe. Verzweiflung und Kränkung überkamen ihn mit solcher Wucht, dass er auf der Stelle verschwinden wollte. Versinken. Diesen schrecklichen Ort verlassen. Um wieder mit seinen Eltern zusammen zu sein.

»Steh auf und wisch dir den Rotz ab!«

Gleb erschauerte beim Klang der unerwarteten, scharfen Worte. Im nächsten Augenblick begriff er, dass er die grobe Männerstimme schon einmal, erst vor kurzem, gehört hatte.

Verstört drehte er sich um.

Vor ihm stand der riesige, fremde Stalker. Anscheinend hatte er die ganze Zeit danebengestanden und die demütigende Szene mitverfolgt. Gleb wagte es nicht, sich sei-

nem Befehl zu widersetzen, und sprang wie von einer Tarantel gestochen auf.

Wie hatten sie ihn genannt? Taran, Rammbock.

»Wovor hast du mehr Angst: dass du eins auf die Fresse
kriegst, oder dass du dein Spielzeug verlierst?« Tarans grim-
miger Blick bohrte sich in Gleb, so dass der Junge sich
nicht traute wegzuschauen. »Das ist *dein* Eigentum. Es gehört *nur dir, keinem anderen.*«

Der Stalker stieß diese harten Sätze hervor, als würde er
sie mit einem Beil abhacken. Mit jedem Wort aber, das er
sprach, kochte in Gleb anstelle der eben noch empfunde-
nen Verzweiflung und Angst erbitterte Entschlossenheit
hoch. Seine Hände ballten sich wie von selbst zur Faust.
Im nächsten Augenblick schon sprang der Junge auf den
Dicken zu und fletschte wie ein Raubtier die Zähne. Sein
Körper reagierte ganz instinktiv. Mit beiden Händen krallte
der Junge sich an den fetten Haaren seines Widersachers
fest und stieß ihm mit aller Kraft seine Stirn ins Gesicht.
Der Dickwanst wankte rückwärts, hielt sich mit den Händen den aufgeschlagenen Mund und heulte laut auf. Das
Feuerzeug fiel auf den Bahnsteig. Gleb hob es auf und
starrte Prochas Gefolgschaft hasserfüllt an: Hatte es noch
jemand auf seinen Schatz abgesehen? Die Kameraden des
Dicken wollten sich jedoch nicht mit ihm anlegen. Kurz
darauf war von ihnen nichts mehr zu sehen.

Der Stalker verfolgte teilnahmslos, wie Gleb auf den
Boden plumpste und seinen kostbaren Tand an die Brust
drückte. Irgendetwas war seltsam an dem Jungen: Auf den
ersten Blick war er ein Teenager, wie sie zu Dutzenden
durch die Stationen liefen. Dreckige, zottige Haare, hohle

Wangen, dunkle Ringe unter den Augen. Ein schmutziger Junge mit Stupsnase. Also gab es eigentlich nichts, was ihn von der Gruppe seiner Altersgenossen unterschied. Außer diesem aufgeweckten, ungewöhnlich erwachsen wirkenden Blick. Und dann lag in seinen braunen Augen auch nicht jene erschöpfte Schicksalsergebenheit, die in dem Blick der meisten Untergrundbewohner durchschimmerte.

Gleichsam widerstrebend drehte sich Taran um und ging zur Feuerstelle. Die unruhigen Flammen beleuchteten den Kreis der Personen, die um das Feuer herumsaßen. Es waren viele Bekannte darunter, doch Gleb entdeckte auch ein paar neue Gesichter. Die Neugier ließ ihn die Aufregung von eben vergessen. Er steckte das Feuerzeug in die Tasche seiner zerrissenen Hose und schlich sich näher an das Feuer heran.

Die beiden Neuankömmlinge unterschieden sich von den Einheimischen durch ihre sauberen Sachen und die merkwürdigen, breiten Gürtel, an denen sie jedoch keine Waffen trugen, sondern verschiedenstes Werkzeug – Hämmer, Kneifzangen, Schraubenzieher. Das seltsame Pärchen war ganz offensichtlich von der »Technoloschka« gekommen.

Gleb hatte von dieser Station schon viele wunderliche Geschichten gehört. Man erzählte sich, dass es dort überall helles Licht gab und eine Menge verschiedenster technischer Anlagen und Werkzeugmaschinen. Schweinefarmen und Pflanzenzucht gab es dort angeblich überhaupt nicht. Die Masuten kauften alle Lebensmittel von anderen Stationen im Austausch für Waffen und verschiedene Apparaturen, die in der Wirtschaft benötigt wurden.

Den Vorsteher erkannte Gleb sofort. Es war der mit dem Bart und dem strengen Gesicht. Der Masut räusperte sich, tauschte einen flüchtigen Blick mit Nestor, der neben ihm saß, und wandte sich an den Stalker:

»Du bist also Taran?«

Der Stalker hielt die Hände an das gemütlich wärmende Feuer und überhörte die Frage.

»Du hast unsere Einladung nicht angenommen. Deshalb sind wir hier. Wie man so sagt: Wenn der Berg nicht zum …«

»Wofür braucht mich die Allianz?«, unterbrach ihn Taran barsch. Der Masut hielt mitten im Wort inne, besann sich jedoch rasch und fuhr fort:

»Du bist schlau, Stalker. Ja, wir sind Repräsentanten der Primorski-Allianz, und wir haben eine Arbeit für dich.«

»Ich brauche keine Arbeit.«

»Gut.« Der Bärtige blickte finster. »Dann eben keine Arbeit … Wir brauchen deine Hilfe, Taran. Es ist sehr wichtig für die Allianz. Für uns alle.«

»Was wollt ihr genau?« Der Stalker blickte den Masuten an wie eine lästige Fliege.

»Wir können hier nicht über alles sprechen … Nur so viel: Es handelt sich um eine Expedition … Wir halten dich für den geeignetsten Kandidaten, den Trupp zu führen …«

»Wohin?«

»Nun ja …« Der Bärtige holte tief Luft. »Nach Kronstadt.«

Der Stalker erhob sich schweigend und ging auf den Ausgang der Station zu. Die Abgesandten zuckten unruhig.

»Patronen, Stalker! So viel du tragen kannst!«

Die Bewohner lauschten gespannt den vergeblichen Überredungsversuchen der Gäste.

»Essen! Medikamente! Waffen!«

»Reg dich ab, Masut«, entgegnete Taran, ohne sich umzublicken.

»Ist das dein letztes Wort?«

»Geh zum Teufel.« Taran wandte sich um und starrte den Masuten boshaft an.

»Das ist jetzt sein letztes Wort«, kommentierte Palytsch grinsend.

Der Bärtige sank in sich zusammen, doch im nächsten Augenblick schnellte er wieder hoch und rief krampfhaft: »Die Allianz wird sich dankbar zeigen. Du kannst alles verlangen, Taran! Alles, was du willst!«

Der Stalker blieb stehen und dachte nach.

»Alles?«

»Alles, was in der Macht der Allianz steht.«

Langsam, wie in einem schrecklichen Traum, hob der Stalker die Hand …

»Da, den Burschen dort.«

Der ausgestreckte Finger zeigte direkt auf Gleb.

Der Junge erstarrte. Entsetzen durchfuhr seinen Körper wie Schüttelfrost. Sein Mund fühlte sich trocken an. Wie durch einen Watteschleier hörte Gleb die Masuten mit dem Stationsvorsteher tuscheln. Nikanor fuchtelte mit den Armen herum und seine Schreie wurden immer lauter, bis der Junge deutlich vernahm:

»Wie könnt ihr nur so etwas vorschlagen! Zehn Kilo Schweinefleisch für einen Bengel! Wo hat man denn so was schon gehört?!« Nikanor blickte den versteinerten Gleb an und schaute schnell wieder weg. »So viel, wie der Junge wiegt. Basta!«

An die weiteren Ereignisse erinnerte sich Gleb nur verschwommen, wie durch einen Nebel. Tränen brannten in seinen Augen: Tränen der Kränkung und der Angst. Fragmente, eines absurder als das andere, zogen wie in einem Stummfilm an ihm vorüber. Der alte Palytsch rannte empört zwischen Nikanor und dem Masuten hin und her, wobei er mal den einen, mal den anderen zornig anherrschte. Das Nachbarmädchen Nata heulte in den Armen der Mutter und schaute Gleb angsterfüllt an. Nikanor besprach mit gesenktem Blick die Details der Abmachung mit den Masuten. Dann baute sich die Gestalt des Stalkers vor dem Jungen auf:

»Du hast alles gehört, Junge. Deine Mitbewohner sind Dreck, die Luft hier ist Dreck, und deine Arbeit, wie ich gehört habe, ist auch der reinste Dreck. Viel ist hier nicht zu holen. Gehen wir.«

Gleb wischte sich die Tränen mit dem abgewetzten Ärmel ab, warf einen letzten Blick auf die Gewölbe seiner Station und folgte Taran mit schweren Schritten. Tief im Innern spürte er, dass er nie wieder zu seinem früheren Leben zurückkehren würde.

2

JAGDUNTERRICHT

Die Weggefährten passierten die Patrouille und betraten
den schwarzen Schlund des Tunnels. Das behagliche Halbdunkel der Station blieb hinter ihnen zurück. Taran knipste die Lampe an, und ein heller Lichtstrahl durchschnitt
die Finsternis. Gleb musste unwillkürlich blinzeln. Dieses
Licht war wesentlich heller als das der Lampen von der
Moskowskaja. Mit sicheren Schritten begann der Stalker die
Bahnschwellen entlangzugehen. Gleb trippelte hinterher
und musterte vorsichtig die Einzelheiten der Umgebung,
die in den Lichtkegel gerieten: die Rohrleitungen, aus denen
Feuchtigkeit sickerte, das verschimmelnde Kabelgeflecht,
die rostige Bewehrung der rissigen Wände. Die Weggefährten sprachen kein Wort, doch die Stille war trügerisch.
Durch das gleichmäßige Fallen der Wassertropfen und das
kaum vernehmbare Heulen des Luftzugs im Tunnel drangen bisweilen entfernte Geräusche, deren Natur Gleb nicht
bestimmen konnte. Ihm wurde unheimlich. Er war zum
ersten Mal im Tunnel, und das war kein angenehmes Gefühl.

Weiter vorn war eine niedrige Seitenstrecke zu erkennen, mit kleinen Stufen, die irgendwohin in die Dunkel-

heit führten. Gleb wäre gern so schnell wie möglich daran vorbeigelaufen, doch der Stalker führte ihn geradewegs dort hinein. Die Stufen waren unerwartet schnell zu Ende. Sie liefen einige Meter durch einen engen Gang und betraten dann eine schmale Kammer, die mit allerlei Gerümpel vollgestopft war. Taran wühlte Trödel und Kabelrollen zur Seite, legte einen schweren Bügel frei und zog daran. Scheppernd öffnete sich eine Luke. Ein kurzer Abstieg durch einen vertikalen Schacht führte zu einem weiteren Korridor, dessen Ende sich irgendwo in der Ferne verlor.

»Schneller.« Der Stalker begann energischer auszuschreiten, seine Atmung beschleunigte sich.

Sie passierten eine Weggabelung, und plötzlich ging Taran in Laufschritt über. Vor ihnen tauchte ein weiterer vertikaler Schacht auf, der nach oben führte.

»Schneller!«

Panisch starrte der Junge in die Finsternis des Tunnels hinter ihnen. Vor wem liefen sie weg? Warum floh der bewaffnete Stalker vor diesem Jemand – oder Etwas – wie der Teufel vor dem Weihwasser? Ein paar Meter vor der Treppe taumelte Taran plötzlich und fiel zu Boden. Sein Gesicht verzerrte sich und sein Körper wurde von heftigen Krämpfen geschüttelt.

Gleb erstarrte ratlos. Da hatte er den Salat! Der furchterregende Kämpfer lag gekrümmt wie ein Embryo zu seinen Füßen, winselte leise und zitterte am ganzen Körper. Taran biss sich auf die Lippen und öffnete ungelenk seine Patronentasche. Ein unansehnliches Futteral fiel heraus und kippte seinen Inhalt auf den Beton. Ein paar Spritzen mit einer trüben Flüssigkeit … Der Junge ergriff eine von ihnen und reichte sie hastig dem Stalker. Mit zitternden Händen entriss der ihm die Spritze und versetzte seinem Sturmgewehr einen Fußtritt, dass es über den Boden schlitterte und gegen Glebs Schuhe prallte.

»Halte ... den Durchgang ...«, presste der Stalker heraus und rammte sich mit steifen Fingern die Spritze in den Oberarm.

Gleb hob das Gewehr vorsichtig auf und zielte in die Tiefe des Korridors. Mann, war das ein schweres Teil. Sein Finger ertastete den Abzug. Mit der Waffe in der Hand wurde er etwas ruhiger.

Der Stalker lag reglos da. Der Junge blickte sich um.

Tarans Atem ging nun gleichmäßiger und die verkrampften Muskeln lockerten sich allmählich. Nach fünf Minuten gespannten Wartens stand der Stalker auf, nahm Gleb das Gewehr aus der Hand und schob ihn zur Treppe.

Die Weggefährten kletterten an den rostigen Metallbügeln des Schachts nach oben und stiegen durch eine weitere Luke. Gleb wagte es nicht, den Stalker nach dem plötzlichen Anfall zu fragen, und später sollte er dazu keine Gelegenheit mehr haben. Ein Kippschalter klickte und ringsherum gingen Lampen an. Vor seinen Augen lag ein Raum von beeindruckender Größe. Was es hier nicht alles gab!

Die eine Wand war mit Doppelstockbetten zugestellt, auf denen sich allerlei Trödel stapelte. Entlang der anderen standen Fässer, Kanister, ein paar schwere Maschinen sowie eine lange Werkbank mit einem Berg von Werkzeug. Weiter hinten erblickte Gleb gleichmäßige Reihen von Konservendosen unterschiedlichster Art. Bis jetzt hatte er gedacht, das Wort »Konserven« bedeute Dosenfleisch. Umso größer war seine Verwunderung, als er die Bezeichnungen auf den Etiketten entzifferte.

»Such dir was aus … zum Futtern«, bemerkte Taran kurz angebunden und verschwand im Inneren der Behausung. »Und mir auch was.«

»Pfir-si-che«, las Gleb langsam. Auf dem ausgeblichenen Etikett schimmerte etwas Unbekanntes, Gelbes. Der Junge nahm sich eines dieser Wunderdinger und dazu noch ein paar Dosen mit der vertrauten Abbildung eines Rinderkopfs. Dann betrat er den nächsten Raum. Der Stalker hatte hier seine Küche.

Bald schon knisterten Holzscheite im Ofen und in einem gusseisernen Topf brodelte heißes Wasser.

Gleb setzte sich vorsichtig auf den wackeligen Hocker in der Ecke und lehnte sich an die raue Wand. Die Anspannung des Tages machte sich nun bemerkbar. Er nickte ein.

Dieses Mal träumte er von seinem Vater. Groß, schlank und immer frisch rasiert. Selbst wenn er von der Nachtschicht kam, nahm er sich als Allererstes eine Spiegelscherbe und das Rasiermesser und ging zu den Waschbecken. So war er Gleb in Erinnerung geblieben.

Als sich Vater und Mutter an jenem denkwürdigen Tag mit dem Treck zur *Sennaja* aufmachten, hätte es sich der Junge nicht träumen lassen, dass er seine Eltern das letzte Mal sah. An diesem Tag kehrte niemand zur *Moskowskaja* zurück. Erst einige Tage später erreichte die Station die Nachricht: Banditen aus dem Imperium der Veganer hatten die Marktstände an der *Sennaja* überfallen. Die Kolonisten von Vegan, die die grüne Linie der Metro besiedelten, hatten ursprünglich ein neues ökologisches System in der Metro einführen wollen, um eins zu werden mit der Natur. Man erzählte sich sogar, sie seien gar keine richtigen Menschen mehr. Vor allem aber waren sie für ihre Grausamkeit berüchtigt. Palytsch war der Einzige, der es zur Station zurückschaffte und von dem furchtbaren Gemetzel berichtete.

Ein scharfes, metallisches Geräusch riss Gleb aus seinen Träumen. Taran war gerade dabei, mit einem Fallschirmjägermesser geschickt die beiden Fleischdosen zu öffnen. Dann schüttete er ihren Inhalt in den Topf mit dem dampfenden Brei. Sorgfältig rührte er das einfache Gericht mit dem riesigen Messer um, warf zwei Aluminiumlöffel hinein und schob den Topf zu dem Jungen hin.

»Hau rein. Buchweizengrütze kennst du wohl nicht? Vor der Katastrophe waren die Läden voll damit.«

Der Junge schaute den Stalker vorsichtig von der Seite an. Taran nahm einen Löffel Brei und begann ungerührt zu kauen. Von dem Duft des einfachen, kräftigen Essens angeregt, schloss sich Gleb dem Mahl unverzüglich an. Er hatte früher schon einmal Grütze gegessen. Allerdings waren die Buchweizengraupen, die sie bei den »Stummeln« gegen Holz getauscht hatten, nicht annähernd so gut gewesen wie dieses herrliche Gericht.

Danach kamen die rätselhaften »Pfir-si-che« an die Reihe. Gleb begriff auf einmal, dass Essen nicht nur den Hunger stillen, sondern auch unbeschreiblichen Genuss bereiten konnte. Der Junge kniff lustvoll die Augen zusammen und verschlang den Inhalt der Dose auf einen Sitz. Dafür hatten sich die Mühen des vergangenen Tages gelohnt.

Gleb überwand seine Schüchternheit und brachte ein »Danke« über seine Lippen.

»Räum das hier auf, aber fass sonst nichts an.« Der Stalker ergriff sein Gewehr. »Ich muss nochmal kurz weg.«

Satt und müde entschloss sich Gleb zu fragen: »Geht es Ihnen wieder besser?«

Taran blieb im Gang stehen und blickte den Jungen erbost an.

»Stell keine unnützen Fragen, Junge. Jag mir den Mist einfach rein, wenn es mich wieder erwischt. Betrachte das als deine wichtigste Pflicht, von der dein nichtsnutziges Leben abhängt.«

Der Stalker verschwand hinter der Tür. Die Lukenklappe schlug zu.

Gleb blieb allein zurück mit seinen Fragen und seinen Eindrücken.

Der nächste Tag verlief im Wesentlichen ereignislos. Gleb streifte durch Tarans »Appartement« und betrachtete mit Interesse die seltsamen Vorrichtungen, das Gewirr von Röhren und die Regale, die vollgestopft waren mit Waffen jeglichen Kalibers und für jeglichen Geschmack. Hier und da blieb sein Blick an kleinen Tafeln mit rätselhaften Aufschriften hängen: »Umwälzgebläse«. »Generatorraum«. »Heizventil«. Sobald sein Magen zu knurren begann, machte sich der Junge daran, die weiteren Geheimnisse des Lebensmittellagers zu erforschen und beendete jede seiner Mahlzeiten mit dem Verzehr einer weiteren Portion göttlicher »Pfir-si-che«.

Auch den Hauptausgang aus dieser verborgenen Schatzkammer fand er schließlich: Eine Reihe von Stufen führte nach oben bis zu einer schweren, hermetischen Tür. Der rostigen Verriegelung nach zu urteilen, benutzte der Stalker diesen Ausgang nicht. Dafür entdeckte Gleb am hinteren Ende der Vorratskammer gleich neben den Brennstofffässern eine kleinere Tür. Hinter dem trüben Glas des vergitterten Fensterchens herrschte absolute Dunkelheit. Auf dem Boden neben der Tür erblickte er eine Tafel mit einem Text in akkurater Schablonenschrift. Mit den Fingern fuhr der Junge über die abgeblätterte Farbe und las: »Bunker Nr. …« Die Nummer war unleserlich. Darunter: »Verantw. Sasonow, W. P. Schlüssel beim diensthabenden Arzt des Krankenhauses Nr. 20, Tel. 371…« Das Folgende war wieder unleserlich.

Der Junge betrachtete die Tafel eingehend und wurde nachdenklich. Deshalb also lebte Taran nicht an der Station. In diesem Luftschutzkeller war es weitaus bequemer als in einem engen Zelt. Und offenbar verband ein Gang hinter dieser Tür den Bunker mit dem Keller des Krankenhauses. Natürlich: Wie sonst hätte man die Verwundeten und Kranken hierherbringen können?

Der Junge warf erneut einen Blick durch das Fenster. Ihn fröstelte. Die Dunkelheit hinter der Tür war irgendwie unwirklich. So vollkommen schwarz. Plötzlich kam ihm eine Idee: Wahrscheinlich gab es im Krankenhaus noch Medikamente! Gleb stellte sich vor, wie er mit einem Packen Tabletten und Binden zur *Moskowskaja* zurückkehren würde. Sicher würden sich seine Leute freuen. Und Onkel Nikanor wäre vielleicht milder gestimmt und würde ihn wieder aufnehmen.

Der Gedanke gefiel dem Jungen so gut, dass er aufgeregt durch den Bunker rannte, um das Notwendigste einzupacken. Hastig stülpte er sich die Atemmaske über, riss die Sicherung der Filterpatrone heraus, griff sich eine wuchtige Taschenlampe von der Werkbank und zog entschlossen an der schweren Tür. Die sorgfältig geölten Scharniere knarrten nicht. Der Stalker benutzte also wirklich diesen Ausgang. Der Junge blieb im Türrahmen stehen und horchte hinaus. Außer seinen eigenen Atemstößen durch die Gasmaske war nichts zu hören. Keine Gefahr, beruhigte sich Gleb und schaltete die Lampe ein. Sie flackerte ein paarmal und beleuchtete dann den Gang mit einem matten Strahl. Macht nichts, es würde schon reichen. Er würde ja nur einen Augenblick brauchen. Einmal hin und zurück.

Nur wollte es Gleb nicht so recht gelingen, die Grenze zwischen Licht und Dunkelheit zu überschreiten. Seine Beine zitterten verräterisch und wollten sich nicht fügen. Ach was, er würde es schon schaffen. Das wäre doch gelacht … Erst mal bis zum Ende des Gangs, dann würde er sehen, was danach käme.

Endlich fasste sich Gleb ein Herz und bewegte sich vorwärts. Der blasse Lichtstrahl drang nur wenige Meter durch die Dunkelheit. Der Junge schien zu spüren, wie sich das dunkle Nichts gegen den winzigen Lichtstrahl in seiner Hand wehrte. Gleb schaute bei fast jedem Schritt zurück auf die helle Tür, die in der Ferne verschwand. Der Gang führte ihn immer weiter in die Dunkelheit hinein. Klebrige Angst kroch durch seinen Körper, beginnend bei den Zehenspitzen, und dann langsam immer höher, bis sie sich im Nackenbereich einnistete.

Von weiter vorn war deutlich ein Rascheln zu vernehmen. Auf Glebs Stirn bildeten sich Schweißtropfen. Wie in Trance lief er langsam vorwärts und versuchte die Geräuschquelle auszumachen. Starr vor Entsetzen wagte er es nicht, sich einfach umzudrehen und zu dem rettenden Licht des Bunkers zurückzulaufen. Er wäre nicht imstande gewesen, seinen Rücken dem Unbekannten zuzudrehen. Er wollte nur eins: so schnell wie möglich sehen, was da vor ihm lag. Und sich überzeugen, dass es der Luftzug war, der die Blätter am Boden herumwirbelte, oder Ratten auf der Suche nach Nahrung. Etwas anderes konnte es einfach nicht sein. Unmöglich!

Aus der Finsternis tauchten die Umrisse einer Abbiegung auf. Der Junge leuchtete um die Ecke herum. Ein weiterer Gang, der ins Nirgendwo führte. Gleb warf einen letzten Blick auf die ferne Tür des Bunkers und verschwand hinter der Abbiegung. Anscheinend begannen hier bereits die Kellerräume des Krankenhauses. Niedrige Zimmerdecken aus Beton, Berge von zerschlagenem Glas auf dem Boden, rostige Bettgeripppe, die hier und da herumstanden. Irgendwo musste eine Treppe sein, die ins Erdgeschoss führte. Nachdem Gleb einige kleine Abstellräume untersucht hatte, stand er plötzlich an der Schwelle eines größeren Raumes, dessen hintere Wand sich in der Dunkelheit verlor.

Erneut dieses raschelnde Geräusch. Jetzt war es schon viel näher. Gleb begann krampfhaft in alle Ecken zu leuchten, um zu erhaschen, was sich da bewegte. Der bleiche Lichtkreis erfasste für einen Augenblick eine undeutliche große Gestalt, dann schwenkte er weiter. Aus den Augenwinkeln hatte der Junge dieses Bild wahrgenommen und lenkte die Lampe sofort auf die ferne Ecke des Kellerraumes. Das flackernde, matte Licht verzerrte die Umrisse der Objekte und warf wunderliche Schatten an die Wände. Gleb konnte die verschwommene Figur, die sich vor ihm befand, nicht genau erkennen. Es war, als stünde dort jemand, den Kopf in einen unförmigen Lumpen gehüllt, wie zur Strafe in der Ecke. Ein hässlicher Buckel auf dem Rücken. Der Junge machte einen Schritt nach vorn. Dann noch einen. Für einen Augenblick schien es ihm, als habe sich die Gestalt bewegt. Vielleicht hatte aber auch nur die Lampe in seiner zitternden Hand gewackelt.

Noch einen Schritt … Die Gestalt nahm immer deutlichere Konturen an. Ein wenig noch, redete sich Gleb ein, dann würde sich die Frucht seiner Einbildung auflösen und sich als banaler Gerümpelhaufen herausstellen, mit dem der ganze Keller vollgestopft war. Was konnte es anderes sein!

Auf einmal erlosch seine Lampe. Das geschah so plötzlich, dass der Junge auf der Stelle erstarrte und nicht zu atmen wagte. In dieser absoluten Stille ertönte ein Rascheln von vorn. Vor Glebs geistigem Auge spielte sich eine schreckliche Szene ab: Die schwere Gestalt richtete sich langsam auf, drehte sich um, warf die halb vermoderten Lumpen auf den Boden und streckte ihre langen, knotigen Hände mit rasiermesserscharfen Klauen nach ihm aus.

Der Junge keuchte vor Entsetzen und wich zurück. In der tiefen Dunkelheit hatte er das Gefühl, dass direkt vor seinem Gesicht etwas scharf die Luft durchschnitt.

Gleb fiel auf den Rücken, scheuerte mit den Beinen über den staubigen Boden und begann krampfhaft wegzukriechen.

Ein ohrenbetäubendes, langgezogenes Heulen erfüllte den riesigen Kellerraum. Dem Jungen standen die Haare zu Berge. Eine eisige Welle des Entsetzens überflutete sein Bewusstsein. Ihm war nicht klar, dass er es selbst war, der vor Angst heulte. Gleb stürzte davon und stieß immer wieder in der Dunkelheit gegen die endlosen Wände des unterirdischen Gewölbes. Verzweifelt begriff er, dass er ohne Licht den Weg zurück nicht wiederfinden würde, verlor völlig die Kontrolle, stolperte und stürzte in einen Haufen zerschlagenen Mobiliars. Die eine Seite seines Rumpfs brannte von dem Aufprall, seine Atmung setzte aus. Einen Augenblick lang dachte Gleb sogar, die Atemmaske sei kaputtgegangen – so schwer fiel es ihm, die nach Gummi riechende Luft einzuatmen.

Röchelnd, fast erstickend tastete der Junge auf dem Boden nach etwas, das ihm als Waffe dienen konnte. Seine Hand fuhr wie von selbst in die Hosentasche. Die Berührung mit dem glatten Metall seines Feuerzeugs beruhigte ihn ein wenig. Er holte tief Luft, zog das Feuerzeug aus der Tasche und drehte an dem Zündrädchen. Die Dunkelheit trat zurück und machte dem winzigen Feuer in seiner erhobenen Hand Platz. Gleb schlich durch den verwinkelten, unterirdischen Komplex, den Weg mit der zitternden Flamme ausleuchtend, bis er schließlich den gesuchten Korridor gefunden hatte. Undeutlich erkannte er in der Ferne die vertraute Tür des Bunkers. Der Junge stürzte den Gang entlang, tauchte hinein, schlug die schwere Klappe zu und rutschte völlig entkräftet an der Tür auf den Boden. Vor lauter Anspannung schüttelte es ihn. Er warf die feuchte Gasmaske beiseite, umklammerte sein heiß geliebtes Feuerzeug und begann zu schluchzen.

Der Stalker tauchte am zweiten Tag wieder auf. Schmutzig und mürrisch. Unwirsch betrachtete er seine Höhle. Gierig trank er einen halben Teekessel Wasser und rief Gleb zu sich:

»Zieh dich aus.«

Der Junge trat verlegen von einem Fuß auf den anderen und starrte auf den Boden.

»Ich hab gesagt, die Lumpen runter!«, donnerte Taran und schnürte den prallen Rucksack auf.

Während der Junge linkisch sein abgetragenes, zerlöchertes Hemd abstreifte, angelte der Stalker ein Bündel nach dem anderen aus seinem riesigen Rucksack. Kleidungsstücke, anscheinend sogar nagelneue! Mit weit aufgerissenen Augen bestaunte Gleb den Haufen aus Socken, T-Shirts und Hosen. Am Ende zog Taran sogar noch tadellose Stiefel hervor, mit geriffelter Sohle und Schnürung bis zum Unterschenkel.

»Für dich, für dich«, antwortete der Stalker auf die stumme Frage des Jungen. »Aber wasch dich erst mal. Du hast die ganze Bude vollgestunken.«

Wie sich zeigte, gab es in dem Bunker sogar einen Waschraum. Barfüßig tappte Gleb über die kalten Fliesen und suchte lange nach dem Waschbecken. Erst auf sein Gepolter hin kam der Stalker und zeigte ihm, wie die Dusche funktionierte. Nach den Sanitäranlagen der *Moskowskaja*, wo man sich nur mit trübem, kaltem Wasser in Waschkübeln abspritzen konnte, erschienen dem Jungen die Strahlen heißen Wassers, die von der Decke herabströmten, wie das Paradies. Der Genuss dauerte jedoch nicht lange, denn bald darauf hörte Gleb die barsche Stimme des Stalkers. Hastig sprang er aus der Dusche und trocknete sich ab.

»Zieh dich an und koch was zum Essen.« Der Stalker musterte prüfend einen grauen C-Waffen-Schutzanzug, seufzte tief und zog sich damit in seine Werkstatt zurück.

Dort verbrachte er den größeren Teil der folgenden Nacht, klirrte mit irgendwelchem Werkzeug und hantierte an den Werkbänken. Von Zeit zu Zeit kam er wie ein Bär aus seiner Höhle in die Küche, um eine Kleinigkeit zu essen. Endlos probierte der Junge die neuen Kleider an und begann sich bereits zu langweilen, als schließlich der Stalker aus seiner Werkstatt kam, ein voluminöses Bündel in der Hand.

»Probier das an.«

Vor Gleb entfaltete sich ein wahres Wunder: ein imprägnierter Schutzanzug! Mit gepanzerten Platten, die in den elastischen Stoff eingesetzt waren, wo die lebenswichtigen Organe saßen. Ein echter Stalker-Schutzanzug, aber in seiner, in Glebs Größe!

Auf der gesamten Oberfläche dieses erstaunlichen Gewands befanden sich rätselhafte kleine Taschen und Kästchen für Instrumente. Zwei Schläuche, die aus einer Buchse am Kinn traten, verliefen um den Hals auf die Rückenseite, auf der sich ein flacher, gerippter Tornister befand.

Auf dem linken Unterarm prangte ein ledernes Futteral, aus dem ein Messergriff herausragte.

Der geänderte Schutzanzug passte wie angegossen. Zuletzt setzte der Stalker Gleb einen schweren Helm mit einem Mundstück für das Atemgerät auf. Nachdem er die Sauerstoffzufuhr angeschlossen hatte, trat er einen Schritt zurück und inspizierte das Ergebnis seiner Arbeit.

»Darth Vader, verdammt!« Taran grinste missmutig und gähnte. »Das war's. Zieh den Anzug aus, Kosmonaut. Morgen früh brechen wir auf. Ich geh schlafen.«

Gleb brauchte einige Zeit, bis er mit den merkwürdigen Verschlüssen zurechtkam. Dann legte er den Anzug behutsam auf einen Stuhl und schlich auf Zehenspitzen zu seiner Liege. Er wälzte sich von einer Seite auf die andere, konnte aber einfach nicht einschlafen. Einem plötzlichen Impuls folgend, stützte er sich auf seinen Ellenbogen. Taran schlief etwas weiter hinten auf seiner Liege, den Kopf zur Wand gedreht. Warum ich?, grübelte Gleb aufgeregt. Es drängte ihn, diese einfache, aber so wichtige Frage laut zu stellen.

»Mach dich nicht verrückt, Junge.« Es war, als hätte der Stalker ihn gehört. »In dir ist Kraft. Halt dich einfach an meiner Seite. Vielleicht krepierst du dann doch nicht.«

Nachdem er diese schlichte Weisheit losgeworden war, gähnte der Stalker herzhaft, und schon wenige Augenblicke später hörte Gleb ihn schnarchen.

Das Wasser war überall. Wohin er auch schaute: nichts als Wasser. Eisige, lähmende Wellen rollten heran und schlugen über seinem Kopf zusammen. Er spürte kaum noch seine Beine, seinen Körper hatte eine schreckliche Müdigkeit erfasst. Stumm wie ein Fisch riss er den Mund auf, doch anstelle der rettenden Luft schluckte er nur Wasser. Ein letztes Mal kämpfte er sich mit erschöpften Armen an die Oberfläche, doch schon brach eine neue Welle über ihm zusammen, und das Licht, das durch die mächtigen Fluten drang, begann zu verblassen.

Gleb erwachte und bekam einen Hustenanfall. Sein Herz raste, und die Lungen sogen krampfhaft die abgestandene Luft des Bunkers ein. Es war nur ein Traum gewesen. Ein Alptraum. Gleb hatte noch nie so viel Wasser gesehen. Und selbst jetzt zweifelte er noch immer daran, dass es so etwas überhaupt gab. Natürlich hatte der Junge von der überfluteten *Gorkowskaja* gehört, aber in seinem Traum war weitaus mehr Wasser gewesen, als in der Station Platz gehabt hätte.

Gleb rieb sich die Augen und versuchte den Traum zu vergessen. Er kroch unter der Decke hervor und zog sich schnell an. In der Küche klapperte Taran mit dem Geschirr. Auf dem Tisch dampfte bereits eine Schale mit Suppe, deren köstlicher Duft bis zu ihm drang.

Während Gleb seine Ration verdrückte, packte Taran ihre Sachen zusammen. Danach half er dem Jungen, den Schutzanzug anzulegen. Gleb spürte, dass der Anzug schwerer geworden war – ausgestattet mit einer Schnellfeuerpistole der Marke »Pernatsch«, einer Unmenge an Ersatzmagazinen und allerlei Marschausrüstung.

»Weißt du, wie man damit umgeht?«, fragte der Stalker und zog die Pistole aus Glebs Revolvertasche.

Als Taran den ratlosen Blick des Jungen bemerkte, lud er die Pistole und gab eine kurze Erklärung.

»Es gibt zwei Einstellungen: Einzelfeuer und Dauerfeuer. Hier ist der Schalter. Die Magazine sind verlängert auf siebenundzwanzig Schuss. Ziemlich schwer, aber macht nichts, du gewöhnst dich dran. Und dieses Teil hier wirst du hüten wie deinen Augapfel.« Der Stalker reichte Gleb eine zusammengerollte Patronentasche, in der sich zigarrenähnliche metallische Spritzen befanden. »Für alle Fälle habe ich die gleiche Packung.«

Gleb sammelte all seinen Mut und fragte: »Sind Sie … ein Junkie?«

Der Stalker grinste schief, ging zum Tisch und setzte sich auf den Hocker.

»Hast du schon mal vom ›Sumpfteufel‹ gehört?«

Gleb erinnerte sich, dass Palytsch davon erzählt hatte, aber was genau …

»Ein Insekt. Eine mutierte Mücke.« In den Augen des Stalkers spiegelte sich Wut. »Ihr Biss ist nicht sofort tödlich, aber er verdirbt dein Blut stärker als das Dünnbier, das man bei dem Moskauer Gesocks an der *Majakowskaja* bekommt. Ich hab mir ein Fieber eingefangen. Einen Virus. Den kannst du durch nichts ausmerzen. Ein richtiger ›Teufel‹ eben. Hab schon jede Menge Medizin ausprobiert. Nur die Veganer konnten mir helfen.«

»Aber die sind doch unsere Feinde!«, schrie Gleb auf. Er ballte seine Fäuste. »Sie haben meine Eltern …«

Der Junge stockte. Er brachte dieses schreckliche Wort nicht über die Lippen. Es auszusprechen hätte bedeutet, ein endgültiges Urteil zu fällen und jegliche Hoffnung zu verlieren.

»Natürlich, diese Veganer sind Blutsauger. Aber selbst der ausgemachteste Schurke kann ein hervorragender Geschäftspartner werden, wenn man richtig verhandelt und sich absichert. Umso mehr in unserem stinkenden Ameisenhaufen, der sich stolz ›Untergrundbahn‹ nennt. Merk dir das, Junge.« Der Stalker zog aus dem Futteral eine der zigarrenförmigen Spritzen heraus, in der sich eine bräunliche Flüssigkeit befand. »Ich hab keine Ahnung, was sie da reingemischt haben, aber der Extrakt mildert die Anfälle. Mach also schnell, wenn es mich das nächste Mal erwischt.«

Gleb verstaute das Medikament in der Gürteltasche. Er entsicherte seine Pistole, steckte sie in die Revolvertasche und folgte dem Stalker zu dem Ausgang, den er von seinem gestrigen Ausflug schon kannte.

Der Stalker verschloss die Tür von außen und führte den Jungen den langen Gang entlang. In Tarans Gesellschaft und dazu noch mit einer Waffe ausgerüstet hatte Gleb keine Angst mehr. Auch der Keller des Krankenhauses erschien in dem hellen Licht der Stirnlampe nicht mehr ganz so düster. Wie sich herausstellte, stand in jener unglückseligen Ecke nichts als ein an die Wand gelehnter zusammengerollter Teppich. Peinlich berührt dachte der Junge an sein Erlebnis vom Vorabend zurück. Während sie die Treppe hochstiegen, passierten sie einige weitere Abzweigungen. Zu ihren Füßen huschte eine fette Ratte vorbei. Durch den Spalt einer angelehnten Tür weiter vorn drang Tageslicht hindurch.

Gleb wurde plötzlich mulmig zumute. »Gehen wir an die Oberfläche?«

Taran öffnete die zerkratzte Tür ein wenig und warf einen prüfenden Blick hinaus. Dann betrat er den Hof des Krankenhauses. Wie gestern stand der Junge an der Grenze zwischen Licht und Dunkelheit. Diesmal jedoch zögerte er, die Schwelle zu überschreiten und die gewohnte Welt des Dämmerlichts zu verlassen.

»Komm, Junge. Die Zeit ist knapp. Du musst alles im Gehen lernen.«

Gleb machte einige schwerfällige Schritte und blinzelte im hellen Licht. Tränen schossen ihm in die Augen. Er hob den Kopf und fiel ächzend auf alle vier. Es war keine Zimmerdecke mehr da. Sie war auch nicht irgendwo weit oben, wie ihm seine Einbildung unsicher vorgaukelte – nein, sie war einfach verschwunden. Der unendliche, von grauen Regenwolken durchzogene Himmel ließ den Jungen erstarren. Mit beiden Händen wollte er sich in der Erde festklammern, sich an sie drücken, um nicht in diesem graublauen Nichts zu verschwinden.

»Steh auf!« Der Stalker war auf einmal extrem reizbar und angespannt. »Gewöhn dich dran. Los jetzt!«

Gleb stürzte taumelnd der mächtigen Gestalt des Stalkers hinterher. Ihn schwindelte fürchterlich. In seiner Kehle stieg Übelkeit auf. Er stolperte, fiel mitten in das faulige Herbstlaub. Wieder drehte sich der Stalker um, jedoch nur kurz, dann trabte er weiter. Gleb rückte die Atemmaske zurecht und rannte ihm nach. Eins, zwei, eins, zwei … Er konzentrierte sich auf die Bewegung seiner Beine, was ihn allmählich beruhigte. Die Erde hörte auf zu schwanken, und er sah sie nicht mehr doppelt.

»Schau dich um! Gib acht!« Taran beschleunigte seine Schritte.

Gleb war das schnelle Laufen nicht gewohnt und schaffte es kaum, mit dem Stalker Schritt zu halten. Sie liefen an riesigen Häusern entlang mit grauen, schartigen Wänden. Auf der rechten Seite erstreckte sich ein großer, unbebauter Platz, der kreuz und quer umgegraben war und einem Kuchenblech mit Haferflockenteig ähnelte. Jenseits des Platzes begannen erneut Häuser.

»Was ist das für ein Ort?«

»Mach die Augen auf, Junge. Du kannst doch lesen.«

Tatsächlich: An der Hauswand zur Linken war ein verstaubtes Schild zu erkennen, auf dem zu lesen stand: »Prosp. Ju. Gagarina« – der Gagarin-Prospekt.

»Und was ist mit der Erde?«

»Da waren die Maulwürfe am Werk. Vor der Katastrophe waren das ganz nette Tierchen. Aber jetzt sind sie groß geworden, meine Herren. Und ihr Appetit ist auch nicht von schlechten Eltern. Dieser Boulevard ist ihr Territorium. Gut, dass ihre Höhlen nicht so tief sind, sonst hätten sie die Metro längst aufgefressen.«

Gleb schielte vorsichtig zu den aufgeworfenen Erdschichten hinüber und rückte zur Sicherheit näher an die Häuser heran, so weit wie möglich von den enormen Höhlengängen entfernt.

Einige Häuserblocks hatten sie bereits hinter sich gelassen. Auf der anderen Seite der Straße, hinter einem Gitterzaun, begann ein wildes Dickicht aus seltsamen Bäumen, die sich dicht ineinander verschlungen hatten. Schräg rechts gegenüber war die Ruine eines riesigen runden Gebäudes zu sehen.

Gleb erinnerte sich an eine Zeichnung in einem alten Bilderbuch und sagte entzückt:

»Das Kolosseum.«

»Wie bitte, was denn für ein Kolosseum?« Die Stimme des Stalkers klang belustigt. »Das ist der Lenin-SKK. Na ja, der ›Sport- und Konzert-Komplex‹ eben. Dort hat es früher verschiedene Wettkämpfe gegeben.«

»Wie im Kolosseum?«

»Nun ja. Wie im Kolosseum. Bleib dicht hinter mir!«

Sie bogen nach links ab und gingen nun parallel zu dem Dschungel, wobei sie sich nah an den Häusern hielten. Aus der Richtung des ehemaligen Parks trug der Wind die langgezogenen Schreie von Tieren und das Kreischen unbekannter Vögel herüber. Gleb schaute sich nach allen Seiten um und rief dem Stalker zu: »Wohin gehen wir?«

»Zur Metrostation *Park Pobedy*.«

»Aber warum auf der Oberfläche? Von der *Moskowskaja* führt doch ein sauberer Tunnel dahin.«

»Junge, ich führe dich aus. Sieh lieber zu, dass du selbstständig wirst. Auf dem Marsch hab ich nämlich keine Zeit, dich zu bemuttern.«

Schließlich hörte das Dickicht zur Rechten abrupt auf. Hinter einigen Bäumen zeichnete sich undeutlich das flache Metro-Gebäude ab. Ein großes Stück des kantigen Baus fehlte, als hätte es ein Riese abgebissen. An dieses seltsame »Festmahl« erinnerten jetzt nur noch enorme Betonbrocken, die mitten auf der Kreuzung des Moskauer Prospekts und der Bassejnaja-Straße herumlagen. Die Weggefährten kletterten über den Schutt hinweg und liefen zur Metro.

Von hinten ertönte ein dumpfes Knurren.

Noch im Drehen brachte der Stalker seine Kalaschnikow in Anschlag.

Hinter einem Betonblock kam langsam ein Wolf hervor. Das Tier hatte eine Schulterhöhe von gut einem Meter. Seine Augen glühten, die Pfoten waren unnatürlich lang, das Fell gefleckt. Gleb versteckte sich hinter dem Rücken des Stalkers, doch ein Rascheln hinter ihm veranlasste ihn, sich umzudrehen. Aus dem Dickicht tauchten einige Artgenossen des Raubtiers auf und begannen die Weggefährten einzukreisen. Vom zweiten Geschoss eines halbzerstörten Hauses sprang der Schatten eines weiteren Tieres herab – des größten. Mit Leichtigkeit überwand der gigantische Wolf, dessen Rumpf so hoch war wie ein ausgewachsener Mensch, den Schutthaufen und landete geschmeidig neben dem ersten Tier. Das Leittier, dachte Gleb.

»Eine Wölfin und ihre Brut. Tückische Biester.« Der Stalker entsicherte das Gewehr. »Bleib da stehen.«

Der Stalker gab einen Warnschuss in die Luft ab und richtete die Gewehrmündung demonstrativ auf die Wölfin. Diese entblößte mit einem unheimlichen Fletschen ihre gelben Fangzähne, zögerte aber anzugreifen. Dann gab sie einen kurzen Knurrlaut von sich, woraufhin ihre Brut sich um sie sammelte. Es herrschte eine gespannte Stille.

Plötzlich spürte Gleb eine Berührung am Rücken. Ehe er sich besann, hatte ihn der Stalker am Kragen gepackt und nach vorn geschleudert. Der Junge fiel vor dem Rudel auf den Asphalt. Gehetzt wandte er sich zu Taran um. Der stand mit gesenktem Gewehr da und beobachtete das Rudel, ohne mit der Wimper zu zucken. Kränkung und Angst stiegen in Gleb erneut hoch, doch jetzt war keine Zeit für Gefühle. Aus dem Rudel löste sich ein junger Wolf, den seine Mutter mit der Schnauze nach vorn stieß.

Eine Stunde Jagdunterricht.

Voller Entsetzen kroch Gleb auf den Stalker zu, aber der stoppte ihn mit einem scharfen Zuruf: »Entweder macht *er* dich fertig, oder ich. Du hast die Wahl!«

Verzweifelt drehte sich der Junge zu dem Raubtier um, zog seine Pistole und feuerte los. Der Rückstoß war unerwartet stark, so dass es den Lauf seitlich verzog. Sofort sprang der Wolf los und erreichte im nächsten Augenblick sein Opfer.

Der harte Aufprall des schweren Tieres presste die Luft aus Glebs Lungen. Er rollte über das Pflaster. Die Pistole flog zur Seite. Über ihm tauchte ein geifernder Kiefer mit langen Fangzähnen auf. Der Helm hinderte das Raubtier jedoch daran, an seine Kehle zu kommen. Gleb rollte auf den Bauch, schrie etwas Unverständliches und streckte die Arme nach dem Stalker aus. Der verfolgte ungerührt den Kampf, ohne sich einzumischen. Die Zähne des Raubtiers umschlossen das Bein des Jungen. Die Kevlarschienen schützten seine Muskeln, aber sein Körper wurde durch das ruckweise Zerren des starken Tieres von einer Seite auf die andere geschleudert.

Himmel und Erde schwankten vor seinen Augen, der Wolf schüttelte Gleb wie eine Puppe. Irgendwann wurde der Schmerz in seinem Bein unerträglich und der Junge heulte auf. Das Tier hielt für einen Augenblick inne und bekam sofort eins mit dem Schuhabsatz in die Augen. Die Kiefer öffneten sich und Gleb spürte, wie der Schmerz ein paar Sekunden lang nachließ. Der Wolf fuhr zurück und duckte sich, bereit zu einer neuen Attacke.

»Mach ihn fertig!«, brüllte Taran plötzlich.

Gleb war sich in diesem Moment nicht einmal sicher, dass der Ruf des Stalkers ihm galt. Und genau das war der letzte Tropfen, der das Fass zum Überlaufen brachte. Wut kochte in ihm hoch. Wut auf den Stalker, der ihn wie einen Knochen den Mutanten zum Fraß vorgeworfen hatte.

In Glebs Hand blitzte sein Messer auf. Er sprang gerade noch rechtzeitig auf, um den nächsten Sprung des rasenden Tieres abzublocken. Von dem gewaltigen Aufprall knirschten seine Zähne, sein linker Arm steckte plötzlich in einem Schraubstock, aber Gleb blieb aufrecht stehen und stieß mit einem wilden Schrei die breite Klinge in den Bauch des Tieres. Der Mutant zuckte, seine Kiefer schienen sich bereits zu lockern. Noch einmal stieß Gleb zu, und dann noch einmal. Langsam sank das Biest auf die Erde – ein jaulender Klumpen Fleisch. Der Junge warf sich darauf und stach wahllos auf das Tier ein. Der Wolf wand sich in Todeskrämpfen. Gleb erhob sich schwankend in der schmierigen Pfütze dampfendes Blutes und ging mit irrsinnigem Blick auf den Stalker los. Von der Messerspitze fielen purpurrote Tropfen, die auf dem Asphalt eine krumme Spur hinterließen. Als er den Stalker erreichte, wollte er sich auf ihn stürzen, doch der verdrehte mit einer unmerklichen Bewegung Glebs Arm. Das Messer fiel zu Boden. Während er den bockenden Jungen noch immer im Polizeigriff hielt, hob er das Messer auf, strich seelenruhig die Klinge an seinem Ärmel ab und steckte das Messer in das Futteral an Glebs Anzug zurück.

Die Wölfin beschnupperte den Kadaver, drehte sich um und flüchtete, gefolgt von ihrer Brut. Nach einer Minute waren die Weggefährten allein. Taran machte sich auf den Weg zum Metroeingang. Der Junge keuchte noch immer heftig und fixierte den Stalker mit zornigem Blick. Allmählich machte seine Wut jedoch einer dumpfen Gleichmut und unendlicher Erschöpfung Platz.

»Vielleicht krepiert er ja doch nicht«, vernahm Gleb die leise Stimme Tarans. Als hätte ihn das zur Besinnung gebracht, hob er hastig die unweit liegende Pistole auf und lief seinem Meister hinterher.

Seine Begegnung mit der äußeren Welt hatte stattgefunden.

3

ZOO AUF RÄDERN

Die Station *Park Pobedy* empfing die Weggefährten mit gespanntem Schweigen. Gleich hinter dem hermetischen Tor konnte man die kärgliche Ausstattung des Bahnsteigs erkennen, der in ein Halbdunkel getaucht war. Am Ende der Station waren armselige Hütten aneinandergepfercht, zusammengezimmert aus dem, was gerade da war. Die nicht sehr zahlreichen Bewohner drängten sich um ein paar spärliche Feuerstellen. Dies war eine Station geschlossenen Typs, doch auf der rechten Seite fehlten so gut wie alle Türen. Vor jedem Durchgang lagen wie in einem Trödelladen einfache Waren aus: gedörrtes Rattenfleisch, grob genähte Kleidung, Seilrollen, Messer …

Aus dem Tunnel von der *Elektrossila* waren bedächtige Schritte zu hören. Der Station näherten sich Leute. Die Bewohner ließen alles liegen, stürzten zu ihren Verkaufsständen und begannen die Reisenden zu sich zu rufen.

Taran führte Gleb zum Zentrum der Station, wo sich ein Abstieg zu den Technikräumen befand. Neben den Stufen stand ein finster dreinschauender Wachposten mit glattläufigem Gewehr. Als er den Stalker erblickte, lehnte er sich über die Brüstung und pfiff laut hinab. Aus dem

Inneren des Bahnsteigs sprang ein Junge hervor, kaum älter als Gleb.

»Führ ihn zu Batja«, flüsterte er und schielte zu Taran herüber.

Gleb wollte gerade dem Stalker folgen, als ihn der Wachmann mit einer Hand zurückhielt.

»Der hier wartet.«

Taran nickte seinem Schüler zu und verschwand nach unten. Gleb blieb an der Treppe stehen. Während er sich umschaute, verglich er diesen Ort unwillkürlich mit der *Moskowskaja*. Je länger er dies tat, desto mehr stach ihm der Unterschied zwischen den beiden Stationen ins Auge. Das Leben verlief hier auf primitivstem Niveau. Nicht einmal elektrische Lampen waren zu sehen. Von unten drangen der Lärm tobender Kinder und das Schimpfen von Frauen herauf. Es roch nach verbranntem Fleisch.

»Und woher kommst du?«

Der kleine Mann mit dem Gewehr war sichtlich gelangweilt und wollte sich unterhalten.

»Von der *Moskowskaja*.«

»Schöne Station habt ihr da.« Der Wachposten seufzte tief. »Auch die Weiber sollen ganz ordentlich sein, sagt man. Ich denke darüber nach, auch dorthin überzusiedeln. Batja hat ja mal wieder die Rationen gekürzt. Der ist völlig übergeschnappt ...«

»Und wo wohnt ihr alle? Da unten?«

»Natürlich da unten! Das ist doch eine Durchgangsstation. Da kannst du keinen Wachschutz einrichten, die Türen sind alle offen. Wie sollte es auch anders gehen? Oben ist ein Park. Da streifen alle möglichen Tiere herum. Also sind

Expeditionen nach oben für uns nicht drin. Wir halten uns eben mit Handel über Wasser.«

Ein Knirps von etwa fünf Jahren näherte sich Gleb. Ehrfürchtig betrachtete er die Ausrüstung. Er starrte auf den Pistolenschaft in der Revolvertasche.

»Onkel Stalker, gib mir eine Patrone!«

Gleb begriff nicht gleich, dass der kleine Junge mit ihm sprach. Noch vor wenigen Tagen hatte er, fast so wie der Dreikäsehoch hier, Taran angeglotzt. Jetzt schien ihm, dass diese Erinnerung schon weit zurücklag. Wie aus einem anderen Leben. Gleb öffnete seine Patronentasche, holte eine Patrone heraus und gab sie dem kleinen Jungen. Er überlegte kurz, griff nach seinem Rucksack und kramte noch ein Zuckerstückchen hervor. Die Augen des Knirpses strahlten vor Freude. Die Geschenke fest in seinen winzigen Fäusten, hüpfte er zu den Verkaufsständen.

»Mama, Mama, schau, was ich hab!«

Der Wachposten folgte ihm mit den Augen und sagte leise:

»Du bist nicht wie Taran. Ich geb dir einen Rat, Junge, hau ab von ihm. Lauf so schnell du kannst. Dieses Scheusal geht über Leichen, ohne mit der Wimper zu zucken. An ihm ist doch nichts Menschliches mehr.«

Ein heftiger Stoß in den Rücken unterbrach den Strom der Offenbarungen. Der Posten zuckte zusammen.

»Sprich für dich selbst, Kläffer.« Der Stalker blickte den Wachposten finster an. »Euren Kindern bläht sich der Bauch vor Hunger, und du sitzt dir hier den Hintern breit. Hast dich hier festgesetzt, du Ratte.«

Gleb eilte Taran hinterher. Sie stiegen auf die Gleise hinab, passierten erneut die Verkaufsstände und verschwanden im Tunnel. Gleb hatte noch lange den dankbaren Blick der Mutter des neugierigen Knirpses vor Augen.

Die Station blieb hinter ihnen zurück.

Ohne Zwischenfälle kamen sie bei der *Elektrossila* an. Nur einmal begegnete ihnen eine merkwürdige Prozession: finstere Leute mit Hacken und Spaten. Hastig traten sie zur Seite und machten den Weg frei, als Taran und Gleb auf sie zukamen.

»Wohin wollen die?«

»Zur Station *Kuptschino*. Dort wird ein Tunnel gegraben, nach Moskau.«

»Aber nach Moskau ist es weit.«

»Ja. Darauf pfeifen diese Spinner. Sie suchen nach Erlösung. Die Hoffnung, Junge, ist eine gefährliche Sache. Schrecklicher als die menschliche Dummheit.«

Weiter vorn war das Licht eines Feuers zu sehen. Jemand rief den Weggefährten etwas zu. Als der Posten Taran erkannte, durften die Gäste die Station betreten. Hier war es viel heller. Lampen beleuchteten die in Reih und Glied aufgestellten Zelte. Auf der einen Seite des Bahnsteigs stand ein Zug. Die Fenster, in denen Gardinen hingen, strahlten in einem gemütlichen Licht. Die Bewohner der Waggons, Leute von einem gewissen Wohlstand, hatten sich hier ihre eigene kleine Welt eingerichtet. Auf dem Bahnsteig wuselte es wie in einem aufgeregten Ameisenhaufen. Geschäftemacher aller Couleur liefen in der Station

umher, überall wurde lebhaft gehandelt. Aus einer entfernten Ecke, die ein Zaun aus Dachblech abtrennte, drang
trunkenes Geschrei und lautes Gelächter herüber.

»Pentagon.« Gleb las das Schild über dem Eingang und
blickte den Stalker stumm fragend an.

»An der Oberfläche gab es hier früher ein Werk«, erklärte Taran. »Es hieß ›Elektrossila‹. Als die Alarmsirene
ertönte, sind die Menschen in die Metro geflüchtet. Und
in den Bunker des Werks. Der ist nicht weit von hier. Das
Verwaltungsgebäude nannten sie damals intern ›Pentagon‹, weil es die Kommandozentrale war, wie in den Ver-
einigten Staaten. Diese Bezeichnung hat sich eben auch
hier eingebürgert. Das ganze Leben spielt sich rund um
diese Bar ab. Und hier können wir auch unsere Angelegenheiten regeln.«

Er setzte sein Gepäck ab und ging auf die Bar zu. »Warte
hier. Und pass auf die Sachen auf.«

Als Gleb sich umschaute, bemerkte er einen merkwürdigen Typen in einer langen, hellen Robe. Der Unbekannte
schwenkte ein dünnes Buch vor der Menge und dekla-
mierte in einem singenden Tonfall: »Es kommt der Tag,
und die Tore des Paradieses werden sich öffnen! Es kommt
die Stunde, und die Boten der neuen Welt werden erscheinen! Eine göttliche Arche wird an den Ufern anlegen und die Märtyrer in das Gelobte Land führen!
Seid versichert, ihr Söhne Gottes! Es kommt die Zeit
des großen Exodus! Die Erlösung ist nah! Schließt euch
›Exodus‹ an, Brüder, und euch wird die Wahrheit offen-
bart werden! ›Exodus‹ ist hier! ›Exodus‹ ist mit jedem von
euch!«

Weiter hörte Gleb nicht mehr zu. Der Unbekannte mit den fiebrig glänzenden Augen verschwand in der Menschenmenge.

Obwohl der Junge sich bemühte, nicht aufzufallen, zog der sonderbare Schutzanzug doch die Blicke der Passanten auf sich. Allmählich bildete sich eine Traube von Gaffern um ihn herum. Zwei Kraftprotze in Tarnkleidung, denen der Auflauf nicht passte, pflügten sich durch die versammelte Menge.

»He, Kleiner, räum deinen Krempel aus dem Weg!«, bellte der eine.

Der Junge zog den Kopf ein, blieb aber am Platz stehen. Er hatte mehr Angst, Tarans Befehl zu missachten. Die Unbekannten schielten gierig nach der Ausrüstung.

»Bist du taub, oder was?« Der Mann trat mit seinem dreckigen Jagdstiefel gegen den Rucksack. »Wir geben keine Almosen. Zieh Leine!«

Der Kraftprotz bückte sich nach dem Futteral, in dem Tarans Schnellfeuergewehr steckte, und erstarrte plötzlich. Eine kalte Pistolenmündung berührte seine Schläfe.

»Zieh selbst Leine«, erwiderte Gleb leise und entsicherte seine Pernatsch.

»Du bist wohl übergeschnappt, Kleiner.« Der Mann richtete sich langsam auf und warf Gleb einen feindseligen Blick zu. »Auf der Station mit einer Kanone rumzufuchteln!«

Ein harter Schlag auf Glebs Hand ließ die Waffe zu Boden fallen. Ein weiterer Schlag folgte, diesmal in den Bauch. Gleb stürzte zu Boden und schnappte nach Luft. Ein Stiefel blitzte auf. Der Junge flog zur Seite. Seine rechte

Gesichtshälfte brannte vor Schmerz. Gleb wollte nach der Pistole greifen, aber der Jagdstiefel drückte seine Hand zu Boden. Der Junge heulte auf und presste die Zähne zusammen.

Plötzlich stürzte der Kraftprotz zur Erde. Dessen Kumpan schaffte es gerade noch, den Stalker überrascht anzuglotzen, da versetzte ihm dieser bereits einen so gewaltigen Fußtritt, dass er zusammenklappte.

»Wieso hast du es auf fremdes Eigentum abgesehen, Arschloch?« Taran drückte den ersten Angreifer gegen eine geborstene Säule. Der nun folgende Schlag ließ dessen Kopf willenlos zur Seite baumeln. »Hast wohl selbst nichts verdient?«

Einige Faustschläge später humpelte der Pechvogel in die Menschenmenge zurück, wobei er sich die blutverschmierte Fratze abwischte.

»Steh auf!« Taran beobachtete, wie Gleb langsam vom Boden aufstand, dann legte er ihm ein Messer in die Hand. »Er hat versucht zu stehlen, und mit Dieben wird in der Metro nicht lang gefackelt.«

Der Stalker stieß gegen den willenlos daliegenden Körper, bog den Arm des Einbrechers um und drückte seine Hand auf den rauen Beton.

»Schneid die Finger ab!«

Der arme Teufel heulte auf, wand sich. Aber Taran hielt ihn in eiserner Umklammerung.

»Schneid sie ab, hab ich gesagt!«

Entsetzt starrte Gleb den Stalker an. Er atmete schwer, seine Hände zitterten.

»Nein …«

»Mach schon!«

»Nein, das mach ich nicht.«

»Schneid sie ab, du Grünschnabel, oder ich mach Hackfleisch aus dir!«

Gleb hielt dem schweren Blick seines Meisters stand, dann reichte er ihm langsam das Messer hin:

»Nur zu. Das kannst du ja am besten. Aber lass den da laufen.«

Um sie herum hatte sich bereits eine Zuschauermenge versammelt. Auf dem engen Platz herrschte Grabesstille. Die Gaffer haschten nach jedem gesprochenen Wort. Taran richtete sich auf und ließ den Dieb laufen. Für einen Moment glaubte Gleb, in den Augen seines Meisters einen Anflug von Zufriedenheit erkannt zu haben.

»Verschwinde, Drecksack!« Der Stalker versetzte dem Kraftprotz einen Fußtritt. »Hast nochmal Schwein gehabt heute.«

Gleb atmete auf und sackte in sich zusammen. In seinen Beinen spürte er wieder dieses verräterische Zittern. Taran und er setzten die Rucksäcke auf, ergriffen schweigend ihre Waffen und begaben sich zu dem Eingang des technischen Bereichs der Station.

Hier erwartete sie bereits ein flinker, junger Kerl von etwa zwanzig Jahren, dessen unruhiger Blick ein Eigenleben zu führen schien. Er führte die Gefährten durch den Kesselraum sowie eine feuchte Kammer, wo die geschlachteten Schweine zerlegt wurden. Unter den aufmerksamen Blicken der Stationsbewohner passierten sie das Lebensmittellager und erreichten nach einem engen Durchgang die Sickergrube. Nachdem sie etwa hundert Meter durch eine stinkende Brühe gewatet waren, kletterten sie an rostigen Bügeln eine Wand hinauf, öffneten eine Luke in der Decke und gelangten in einen der Ringgänge des Werkbunkers. Gleb hatte es aufgegeben, sich den Weg einzuprägen. Ohne einen Führer kam man hier nicht weit. Nachdem sie durch ein sperrangelweit geöffnetes Sicherheitstor getreten waren, führte der zappelige junge Mann die beiden durch ein kurzes Labyrinth von Gängen und trat schließlich mit ihnen auf das Werksgelände hinaus.

»Ihr müsst da rüber.« Der Bursche zeigte mit der Hand in Richtung Damm. »Wartet an der Eisenbahn, er wird bald da sein.«

Der Bursche bedeckte den Mund mit dem Ärmel seines Hemdes und verschwand eilig hinter der Tür. Gleb rückte die Maske seines Atemgeräts zurecht und erschauerte. Einfach so nach draußen zu gehen, ohne Ausrüstung, das hätte er nicht riskiert.

Taran hatte sein Maschinengewehr in Anschlag gebracht und war schon auf dem Weg zu der Eisenbahnstrecke. Von fern war Donnergrollen zu hören. Feiner Nieselregen setzte ein. Die Gefährten passierten einen ausgeplünderten Großmarkt und erreichten das Gleis. Rechts waren die Ruinen einer Brücke zu erkennen. In der entstandenen Bresche lagen die Überreste einiger Waggons und blockierten den Moskauer Prospekt. Dafür sahen die Gleise nach Westen hin intakt aus. An einigen Stellen entdeckte Gleb neue Schrauben in den Eisenbahnschwellen. Die Bahnanlage war offensichtlich betriebsbereit.

Plötzlich stieß Taran den Jungen vom Bahndamm. Sie rollten den Hang hinab und blieben im Graben liegen. Ein gewaltiger Schatten sauste über der Erde vorbei. Der Stalker verfolgte den Flug des Raubtiers und erlaubte es Gleb, erst nach einigen Minuten aufzustehen.

»Habt ihr zwei ein Schäferstündchen, oder was?«

Der Junge drehte sich nach dem Zuruf um und starrte verwundert auf das Gebilde, das sich ihnen näherte. Auf den Gleisen fuhr eine Draisine, deren Plattform ringsum mit einem Käfig aus dicken, gusseisernen Stangen bewehrt war. Oben befand sich eine quadratische Luke, zusammengeschweißt aus den gleichen Stangen.

»Hallo, Taran!« Durch die Stangen des Käfigs blickte die Weggefährten ein sonderbarer Typ an mit langen fettigen Haarsträhnen und zahnlosem Lächeln. Sein Gesicht war über und über mit Schorf bedeckt und ähnelte eher einer Fratze. Über dem rechten Auge ragte ein beuliger Auswuchs hervor. »Der Expresszug fährt fahrplanmäßig ab. Begleitpersonen werden gebeten, die Waggons nun zu verlassen!«

»Du solltest besser deine Atemmaske aufsetzen, Charon.« Der Stalker half Gleb die Draisine hinauf. »Aber mit deiner Fresse hast du wohl sämtliche Mutanten verscheucht.«

»Als ob ich eure Tricks nötig hätte!« Das Scheusal stellte sich an den Antriebshebel und grinste noch immer. »Mir macht die Strahlung nichts.«

Taran schaute auf die Anzeige des Geigerzählers und runzelte die Stirn. Die Draisine setzte sich sanft in Bewegung und fuhr über die Gleisanlagen.

»Warum ›Charon‹?« Gleb hockte sich neben seinen Meister und schaute durch die Stangen auf die trostlose Landschaft der zerstörten Stadt.

»Das ist sein Spitzname. Bei den alten Griechen gab es so eine Figur. Er brachte die Seelen der Toten über den Fluss Styx.«

»Und dieser Charon hier setzt auch die Toten über?«

»Allerdings.« Der Stalker seufzte tief. »Wir sind schon zwanzig Jahre tot. In die Erde haben wir uns eingegraben und irren dort herum wie ruhelose Geister. Wir suchen nach irgendetwas, organisieren uns den Alltag – alles völlig umsonst. Wir sind tot. Es gibt uns nicht.«

Von den Garagen drang ein langgezogenes Heulen herüber. Graue, verschwommene Silhouetten rannten hin und her, sprangen von Dach zu Dach. Offenbar waren das keine Hunde … aber auch keine Menschen. Ihre Schnauzen waren lang, die Ohren aufrecht, das Fell zottig. Anstelle der Vorderläufe hatten sie jedoch muskulöse menschliche Arme – mit Krallen. Und unnatürlich breite Rücken. Der Stalker nahm seine Kalaschnikow von der Schulter.

»Verdammt, das ist ja wie im Zoo. Sie können uns sehen wie Papageien im Käfig.«

Taran feuerte eine kurze, ohrenbetäubende Salve ab. Eines der Monster zog die gekrümmten Pfoten ein und rollte kopfüber in den Graben. Die Verbliebenen setzten zähnefletschend und knurrend die Verfolgung fort.

Gleb holte die schwere Pernatsch heraus, zielte und drückte zweimal ab. Eine weitere Kreatur verschwand hinkend zwischen heruntergekommenen Gebäuden.

»Los, Bruder, geben wir ihnen Saures!« Taran stand auf der anderen Seite des Antriebshebels.

Die Draisine beschleunigte. Die Hundsmenschen dagegen blieben zurück, bis auf einen ungewöhnlich großen, der ihnen hartnäckig nachjagte. Plötzlich nahm er Anlauf und machte einen Satz auf das Dach des Käfigs. Gleb fiel vor Überraschung auf den Rücken.

Durch die Stangen starrten ihn zwei glühende Augen an.

»Worauf wartest du, verdammt? Mach ihn fertig!«

Der Junge brauchte etwas Zeit, um seine Benommenheit abzuschütteln. Doch dann entsicherte er seine Pistole, riss sie hoch und jagte eine stramme Salve in den behaarten Leib. Einige der Kugeln trafen dabei die Gitterstangen und warfen Funken. Der Mutant zuckte einmal, dann noch einmal. Er griff mit seiner vierfingrigen Hand nach dem Jungen, aber die nächste Kugel traf genau in seinen Kopf. Dickes, dunkles Blut ergoss sich über die ganze Draisine. Der Hundsmensch regte sich nicht mehr. Charon brach in schallendes Lachen aus und wischte sich das Blut von seiner schiefen Visage. Taran fluchte durch die Zähne. Gleb lag noch immer auf dem Rücken, hielt die entladene Kanone ausgestreckt und zitterte am ganzen Körper. Er hatte nicht die Kraft, den Blick von dem kopflosen Kadaver über ihm abzuwenden.

Die Pistole in seinen gefühllosen Händen war nun kein schickes Spielzeug mehr. Während der Junge die dicken Blutstropfen betrachtete, die zäh wie Pech von den Gitterstangen herabfielen, spürte er endlich, dass er eine Waffe in seinen Händen hielt. Eine echte, tödliche Waffe, mit der er soeben einem anderen Wesen einfach so das Leben genommen hatte. Gleb wurde übel.

»Einen lustigen Express hast du da, Charon.« Der Stalker maß eine Handvoll Patronen ab. »Hast du die ganze Fahrerei noch nicht satt?«

»Du hast deine Geschäfte, Taran, ich habe meine«, antwortete Charon. Sein dümmliches Grinsen war auf einmal verschwunden. »Wir sind da. Alles aussteigen.«

Vor ihnen erstreckte sich der Prospekt Statschek.

Die Weggefährten bezahlten und stiegen den Damm hinab. In kurzen Etappen liefen sie die Straße entlang. Auf einem riesigen Gebäude mit leeren Fensterhöhlen erblickte Gleb überdimensionale Buchstaben: »K...RO... – W...RK«.

»Das Kirow-Werk?«

»Siehst du doch selbst. Eine Querstraße weiter und wir sind bei der Metro.«

Gleb hatte sich oft den Metroplan angeschaut und fragte deshalb: »Warum sind wir nicht über die ›Technoloschka‹ gegangen? Unten ist es doch viel ruhiger.«

»Sagen wir mal, wir haben eine Abkürzung genommen. Außerdem kommst du bewaffnet nicht überall durch. Wir beide sind ja damit behangen wie Weihnachtsbäume.« Der Stalker ging nun wieder im Schritttempo und wich einem tiefen Trichter aus. Der Geigerzähler fing zu knacken an. »Jede Menge Strahlung hier ... Mir nach. Und kein Wort über die Eisenbahnstrecke. Das ist ein geheimer Verbindungsweg. Vom Kirow-Werk kommst du anders nicht ins Zentrum. Die Masuten schätzen Gauner nicht. Aus Richtung der *Frunsenskaja* aber erwartet man sie nicht. Dort können sie durchschlüpfen.«

Vor lauter Reden hatte Gleb gar nicht bemerkt, dass sie bei der Metro angekommen waren. Einige Säulen des Gebäudes waren eingestürzt und hatten den Eingang teilweise verschüttet. Die Gefährten bahnten sich einen Weg durch die Trümmer und betraten das Vestibül. Ringsum herrschten Verwüstung und Verfall. Als ob eine Herde Mutanten hier gewütet hätte. Eine skalpierte Leiche hing bis zum Gürtel aus dem Wachhäuschen heraus.

»Wer hat den denn so zugerichtet?«, fragte Gleb leise.

»Es gibt nur ein Tier, das aus Vergnügen tötet.«

»Der Mensch?«

»Zumindest die Bastarde dieser Gattung. Gewöhn dich dran. Hier gibt es eine ganze Station davon.«

Taran lief an den Betonbrocken vorbei und betrat die wacklige Rolltreppe. Die Konstruktion begann verdächtig zu beben, aber der Stalker bewegte sich sicher nach unten, wobei er sorgsam den Löchern in den Stufen auswich. Gleb folgte ihm auf den Fersen. Als sie weiter herabstiegen, machten sie ihre Lampen an. Von allen Seiten umgab die Gefährten wieder die gewohnte Dunkelheit des Untergrunds, doch Gleb fühlte sich hier irgendwie nicht mehr wohl. In der kurzen Zeit draußen waren das Licht und der Himmel über dem Kopf für ihn lebenswichtig geworden.

Als Taran das hermetische Tor erreichte, klopfte er an. Die Schläge hallten den schrägen Tunnel hinauf. Für einen Augenblick schien es Gleb, als wäre das Licht, das von oben hereinströmte, von einem merkwürdigen Schatten verdeckt worden. Er zog seine Pistole ... Nein, doch nichts. Aber die Angewohnheit, nach der Waffe zu greifen, habe ich mir schon zugelegt, dachte er bei sich.

Unterdessen knarrte die Tür des Diensteingangs. Auf der Schwelle erschien ein langer Kerl mit Bart in einer Wattejacke, der eine abgesägte doppelläufige Schrotflinte in den Händen hatte.

»Was wollt ihr?«

»Übernachten. Und mit dem Chef sprechen.«

Der Lulatsch musterte die Gäste mit scharfem Blick, nahm das Passiergeld entgegen, trat zur Seite und ließ sie passieren. Die verqualmte Luft, ein aberwitziges Gemisch aus saurem Tabakrauch, Uringestank und Dieselauspuffgasen, verstopfte augenblicklich die Lungen. Gleb musste husten. Die Augen tränten fürchterlich. An den Säulen steckten abwechselnd matte Lampen und qualmende Fackeln. Auf dem Bahnsteig herrschte Chaos. Unter einer dicken Schicht von Müll, zerbrochenem Glas und Unrat war der Boden nicht zu sehen. Die Menschen hier hatten sich zwischen den Müllbergen hingeflegelt und tranken trübes Dünnbier, droschen Karten und verrichteten ihre Notdurft.

Gleb schaute sich gehetzt um. Taran hingegen hatte sich offensichtlich nicht das erste Mal in dieses »Himmelreich« verirrt. Er fasste den Jungen am Ärmel und zog ihn zur Mitte des Bahnsteigs. Über das Gleis führte ein Holzsteg direkt auf eine Wand zu und verschwand in einer weiten, rechtwinkligen Öffnung. Die dekorative Wandtäfelung, die früher den Eingang verschlossen hatte, lag nutzlos auf den Gleisen. Die Gefährten betraten einen weitläufigen Raum, an dessen Wänden sich mehrstöckige Regale entlang zogen.

»Das ehemalige Lebensmittellager«, erklärte Taran.

Jetzt aber pennten auf den Regalen die ungeselligen Bewohner dieser kriminellen Station wie in einem Waggon der dritten Klasse. Der Stalker führte den Jungen über volltrunkene Körper und Pfützen von Exkrementen immer

weiter die engen Gänge entlang, bis sie an einer eisenbe-
schlagenen Tür stehen blieben, auf die ein unbekannter
Witzbold sorgfältig die stolze Aufschrift »KIROV PLAZA
HOTEL« gekritzelt hatte.

Im Sichtfenster erschien ein runzliges Gesicht. Der Alte
erkannte Taran, schielte aber argwöhnisch zu Gleb hinüber.

»Gehört der zu dir?«

»Ja.«

Der Alte grinste verschlagen. »Dann kostet es doppelt.«

»Mach schon auf, Halsabschneider!«

Das rostige Schloss knirschte widerlich, und die Gefährten traten ein. Gleich hinter dem Eingang versperrte ein
Tisch, der schon bessere Zeiten gesehen hatte, teilweise
den Zugang zu einem dunklen Korridor mit einer Reihe
von Türen. Auf dem Tisch standen ein Petroleumkocher
und eine Sperrholzschachtel, in der ein Stoß Blätter lag.
Der Alte setzte geschäftig seine Brille auf – das eine Glas
hatte einen Sprung –, setzte sich an den Tisch und holte
einen Bleistiftstummel hervor.

»Vorname, Nachname, Geburtsjahr.« Seine Hand hing
über einem vergilbten Blatt Papier.

»Bist du vollkommen übergeschnappt, Alter?!« Der Stalker geriet in Rage.

Der Alte räusperte sich ungerührt und schaute die Besucher über seine Brille an.

»Zweck des Aufenthalts? Für wie viele Nächte braucht
ihr das Zimmer?«

Taran warf ein Päckchen Aspirin auf den Tisch.

»Eine Luxussuite bis morgen früh. Und hör auf mit der
Maskerade.«

Der Alte runzelte unzufrieden die Stirn, riss einen Papierfetzen ab, schrieb schnell etwas darauf und reichte ihn Taran.

»Die Frühstückscoupons. Das Speisezimmer ist am Ende des …«

»Steck dir die Coupons sonst wohin.« Der Stalker hob den Rucksack vom Boden auf. »Bring uns zum Zimmer, du Bürokrat.«

Das Zimmer erwies sich als eine kalte Betonschachtel, drei mal fünf Meter, mit zwei durchgelegenen Pritschen, einem altersschwachen Tisch und zwei Hockern. In der Ecke befanden sich ein angeschlagenes Emaillewaschbecken und eine tönerne Kanne mit trübem Wasser. Den Tisch hatte man in weiser Voraussicht an die Wand gelehnt, da eines der Beine aus irgendeinem Grund fehlte. Das matte Lämpchen flackerte wild, vertrieb aber kaum die Dunkelheit – das unverkennbare Anzeichen eines überlasteten Generators.

»Mach's dir bequem.« Taran stellte den Rucksack in der Ecke ab und lehnte seine Kalaschnikow und das Gewehr an die Wand. »Und verhalte dich ruhig. Hier bist du sicher. Zur Sicherheit schließe ich nach mir ab. Nur ich habe einen Schlüssel.«

Taran verschwand hinter der Tür. Das Schloss schnappte zu. Gleb streifte den Schutzanzug ab und zog die feuchten Schuhe aus. Bleierne Müdigkeit überkam ihn, seine Gedanken verhedderten sich. Gleb fiel auf seine Pritsche und wickelte sich in eine alte Decke ein. In der behaglichen Stille war nur noch das leise Surren der flackernden Lampe zu hören. Der Junge blickte in ihr Licht und genoss das Gefühl von Sicherheit. Endlich ging dieser Tag zu Ende. Mit dem sorgsam behüteten Feuerzeug in der Hand schlief er ein.

4

DAS QUARTIER

Der unregelmäßige Schein der Fackeln spielte auf den Gesichtern der Menschen. In den hohen Bögen des Raumes hallte das Echo der zahlreichen Stimmen wider und verschmolz zu einem einzigen monotonen Dröhnen. Die Gemeindemitglieder hatten ihre Augen geschlossen und die Hände in vereinter Ekstase nach oben gestreckt, hin zu einem mit schwarzem Samt bedeckten Podest, auf dem ein hagerer Mann in weißem Kittel stand. Seine feinen Haare wehten im kaum spürbaren Luftzug des Tunnels, die Hände hielten einen Kelch mit Wasser, sein Blick aber war in die Ferne gerichtet, auf einen Punkt jenseits dieser primitiven Gebetsstätte, jenseits der dumpfen, feuchten Tunnel, jenseits der strahlenden Erdschichten. Zur Oberfläche.

»Hört, Brüder! Der Tag ist nah, da unsere sündigen Seelen errettet werden. Nah ist der Tag, da unsere Familien aus dem Kerker der unterirdischen Welt befreit werden!« Die Stimme des Messias wurde immer lauter, sie benebelte und hypnotisierte die Menschenmenge. »Heute hat der Diener des ›Exodus‹ erneut ein Zeichen gesehen. Dort, am Großen Wasser, hat er gestanden, ungeachtet der Gefahr der vergifteten Welt, so lange bis sich seinem Blick das gleißende Licht offenbarte! Das Licht der Arche, die bereits ihre Ankunft ankündigte! Die Erlösung ist nah! ›Exodus‹ wird alle Leidenden auf die Arche geleiten, und die Ufer des Gelobten Landes werden sich uns eröffnen! ›Exodus‹ glaubt an die Errettung! ›Exodus‹ betet für euch! Betet auch ihr, Brüder und Schwestern! Es kommt die Zeit des Großen Exodus! Es naht die Erlösung!«

»Es kommt die Zeit des Großen Exodus!«, stimmten die Gemeindemitglieder in gemeinschaftlicher Ekstase ein. »Es naht die Erlösung!«

Der Messias in der Robe setzte den Kelch vorsichtig auf dem Podest ab. Der Menge zeigte sich ein kleines Spielzeugschiff, das sich auf dem Wasser wiegte. Das Licht einer dünnen Kerze, die in der Mitte des Bootes aufgestellt war, fesselte ihre Blicke. Das Stimmgewirr verstärkte sich.

»Es naht die Errettung! ›Exodus‹ naht!«

Gleb hörte nicht, wie Taran zurückkam. Als der Junge gegen Morgen aufwachte, fand er seinen Meister friedlich schlafend auf der Liege gegenüber. Glebs Magen knurrte vor Hunger, doch zögerte er aufzustehen, um nicht aus Versehen den Stalker zu wecken. Die Situation löste sich von selbst, als der »Empfangschef« von gestern an die Tür klopfte. Der schlaue Alte kam in der festen Absicht, die Mieter entweder an die Luft zu setzen oder aber für eine weitere Übernachtung zahlen zu lassen. Taran stand auf und schob fluchend eine weitere Packung Tabletten unter der Tür durch.

Merkwürdigerweise beschränkte sich ihr Aufenthalt auf der Station nicht nur auf die Übernachtung. Taran wartete offensichtlich auf etwas oder jemanden, weihte aber Gleb nach wie vor nicht in seine Pläne ein. Nach einem spartanischen Frühstück machte sich der Stalker daran, seinen Schüler zu drillen: Er ließ Gleb Kniebeugen und Liegestütze machen bis zum Umfallen – und zwar mit dem Rucksack auf den Schultern. In den kurzen Verschnaufpausen brachte ihm Taran den Umgang mit Waffen bei. Zum Mittag beherrschte Gleb die schwere Pernatsch bereits einigermaßen und konnte sie in wenigen Augenblicken laden. Danach führte Taran den Jungen in die Grundlagen des Messerkampfs ein. In den erfahrenen Händen des Stalkers flatterte Glebs Fallschirmjägermesser wie ein Schmetterling hin und her. Von seinem Schüler forderte er das natürlich nicht, sondern beschränkte sich darauf, ihm die Methoden beizubringen, wie er am effektivsten einen Gegner töten oder bewegungsunfähig machen konnte. Von all den Geschichten über Sehnen und Arterien wurde Gleb übel. Dennoch hörte er seinem Meister äußerst konzentriert zu, denn nach jeder ungenau ausgeführten Bewegung verpasste dieser ihm sofort eine mächtige Ohrfeige.

Gegen Abend verfluchte der Junge den Stalker im Stillen. Seine Muskeln waren steif geworden und schmerzten dumpf, der Kopf dröhnte vor lauter Informationen. Taran blickte immer häufiger auf die Uhr und horchte besorgt in den Gang hinaus.

Gegen Mitternacht machte sich erneut jemand an der Tür bemerkbar. Dieses Mal jedoch erbebte sie und knarrte fürchterlich unter den mächtigen Schlägen, die gegen sie donnerten. Taran öffnete – und Gleb fiel mit einem Ausruf der Verwunderung vom Bett und riss den alten Tisch mit sich. Im Türrahmen stand ein Monster. Der breitschultrige Gigant mit einer Größe von über zwei Metern, einem missgestalteten, fleischigen Gesicht und einem schiefen Lächeln bückte sich ungeschickt und schaute ins Zimmer, als warte er auf eine Einladung. Seine Haut war kränklich, grünlich. Ein Mutant.

Das Ungeheuer beugte sich vor und drängte sich herein. Es nahm fast das halbe Zimmer ein.

»Gennadi«, stellte es sich mit heiserem Bass vor und reichte dem Stalker seine riesige Tatze. »Für meine Freunde: Dym. Und Sie sind, denke ich, Taran.«

»Freut mich.« Der Stalker schüttelte dem Riesen die Hand und zeigte auf den Jungen. »Das ist Gleb.«

Der Junge wunderte sich von neuem. Dieses Mal über die Worte seines Meisters. Offenbar kannte er seinen Namen. So was!

»Angenehm«, ertönte Gennadis Bassstimme erneut.

Der Junge nickte unsicher und kroch unter dem Tisch hervor. Das Ganze war ihm fürchterlich peinlich. Um die Situation irgendwie aufzuhellen, platzte er heraus: »Warum Dym? Das bedeutet doch Rauch.«

Der Mutant deutete auf die Kippe zwischen seinen Zähnen: »Ein altes Laster.«

Dym rollte die Zigarette vom einen Winkel seines riesigen Mundes in den anderen und fügte hinzu: »Die Tür am Ende des Ganges. Wir erwarten euch. Kommt vorbei.«

Der Mutant ging vorsichtig nach draußen und zog mit zwei Fingern die Tür hinter sich zu. Es knallte. Es klirrte.

Im Gang fluchte der Gigant verhalten und öffnete noch einmal die Tür.

»Entschuldigt bitte.« Gennadi legte die abgerissene Klinke auf die Schwelle und ging.

Gleb schaute ihm benommen nach. Die gewählte Sprache des geheimnisvollen Besuchers passte so gar nicht zu dessen grauenvollem Äußeren. Verstohlen schaute der Junge zu Taran hinüber. Auf einmal kam ihm der Stalker nicht mehr ganz so schrecklich und fremd vor.

»Worauf wartest du? Lass uns gehen.«

Während Gleb seine Schuhe zuschnürte, musste er an ein altes Bilderbuch denken, das er einmal mit Nata angeschaut hatte. Die Leute nannten das »Comics«. Und in diesem »Comic« war eine Figur vorgekommen, die haargenau wie Gennadi aussah. Genauso grün und quadratisch. Allerdings etwas weniger taktvoll. Und mit schiefen Zähnen.

Nachdem sie die Tür abgeschlossen hatten, begaben sich Taran und Gleb zu der angegebenen Adresse. In dem weitläufigen Saal – als Zimmer ließ sich dieser Raum beim besten Willen nicht bezeichnen – wimmelte es von Militärschutzanzügen in gesprenkelter Tarnfärbung. Neben dem Riesen Dym zählte der Junge sieben hochgewachsene Männer, die sich im Raum verteilt hatten. Eine weitere Person kauerte, in einen imprägnierten Feldmantel gehüllt, in einer entfernten Ecke des Raumes an der Wand.

Gleb identifizierte unter den Anwesenden ohne Mühe den Anführer: der finstere, große Kerl dort mit T-Shirt und Armeehose. Er saß an einem Holztisch und studierte mit konzentriertem, forschendem Blick eine vergilbte Karte.

Gleb musterte den Kämpfer heimlich. Er hatte dunkle Haare, hohe Wangenknochen und gerade, scharf geschnittene Gesichtszüge. Auf der rechten Schulter trug er eine sorgfältige Tätowierung – das Emblem der Primorski-Allianz. Kurz: ein Stalker wie aus dem Bilderbuch.

Taran setzte sich dem Kämpfer gegenüber an den Tisch; der Stuhl knarrte bedenklich, als er sich zurücklehnte.

»Kondor?«

»Derselbe. Und du bist also Taran?« Der Kämpfer blickte gespannt, sogar unfreundlich, wie Gleb fand. »Von dir wird viel erzählt, Stalker. Wenn auch nur die Hälfte davon wahr ist, findet sich ein Platz für dich in meiner Truppe.«

»Ich arbeite allein.«

»Wer ist der Welpe da?« Kondor warf einen Blick über Tarans Schulter und schaute den Jungen skeptisch an.

»Gleb. Er gehört zu mir.« Die Stimme des Stalkers war wie immer ausgeglichen, ohne jegliche Regung, die Wülste auf seinen Wangenknochen allerdings bewegten sich kaum wahrnehmbar.

Der Kämpfer am Tisch blickte in den Raum und nickte der Reihe nach in Richtung seiner Untergebenen: »Schaman. Ksiwa. Der Belgier. Okun. Farid. Nata.«

Als Gleb den vertrauten Namen hörte, zuckte er zusammen und reckte den Hals. Erst jetzt erkannte er, dass einer der Stalker eine junge Frau war. Sie zog die Kapuze der Windjacke herunter, rieb sich den steif gewordenen Hals und musterte die Gäste argwöhnisch. Kurzhaarschnitt, mit Spikes besetzte Handschuhe. Sie hatte eine stolze Körperhaltung und einen stechenden Blick hinter langen Wimpern. In den kargen, aber gleichmäßigen Bewegungen der

Besucherin lagen die Grazie und die Kraft eines wilden Raubtiers, ruhend und doch jeden Augenblick bereit, sich auf jeden, selbst den furchtbarsten Gegner zu stürzen.

»Dym kennt ihr ja schon.« Kondor wandte sich der einsamen, in den Umhang gehüllten Figur zu. »Und diesen ›Kameraden‹ haben uns die Sektierer aufgehalst. Von ›Exodus‹ habt ihr sicher schon gehört. Wie heißt du doch gleich, mein Lieber?«

Der Unbekannte erhob sich und trat an den Tisch. »Bruder Ischkari, Diener des neuen Glaubens. Ich erlaube mir zu bemerken, dass ›Exodus‹ keine Sekte ist, sondern der Bote der Erlösung, und nur dem, der glaubt …«

»Genug!«, unterbrach ihn Kondor. »Du bist gerade mal einen Tag dabei, aber uns brummen schon die Ohren von deinen Predigten.«

Der junge Sektierer verstummte sogleich und ging in seine Ecke zurück.

»Wieso habt ihr euch verspätet?«, fragte Taran.

»An der *Baltiskaja* war die Strecke zusammengesackt. Wir mussten etwas warten, bis der Durchgang wieder frei war. Schaman, skizziere unseren Gästen die Situation.« Kondor rutschte ans Tischende und fing an, ein wuchtiges Petscheneg-Maschinengewehr auseinanderzunehmen.

An den Tisch setzte sich nun ein kleingewachsener, gut genährter Mann mittleren Alters. Er war der Einzige unter den Anwesenden, der älter aussah als Taran. Die langen, grau melierten Haare des Stalkers waren im Nacken zu einem sorgfältigen Knoten zusammengebunden. Auf dem Kopf trug er einen kniffligen Reif mit einem Linsen-Set für das linke Auge. Schaman nickte Taran zu, hakte die sehnigen Hände ineinander und rückte die Karte näher.

»Vor einigen Tagen haben die Stalker von der *Wassilje-ostrowskaja* einen Streifzug unternommen. Auf einer der Uferanhöhen haben sie Rast gemacht.« Schaman tippte auf einen Stadtplan von Petersburg. »Genau hier, hinter der *Primorskaja*. Sie haben ein Licht gesehen. Ungefähr aus Richtung Kronstadt. Allem Anschein nach ein Signalscheinwerfer. Die Signale waren so verworren, dass sie sich nicht entschlüsseln ließen. Die Spinner von ›Exodus‹ denken, dass ein Schiff in den Finnischen Meerbusen eingelaufen ist. Nach dem Motto, die Retter aus Wladiwostok.«

»Ja, genau!« Der Sektierer sprang wieder auf. »Die Erlöser aus dem Gelobten Land!«

»Schweig, Einfaltspinsel!« Schaman wandte sich Taran zu. »Kurz gesagt: Ich weiß nicht, woher ›Exodus‹ diese Information hat. Aber sie nehmen an, dass Wladiwostok dem Raketenschlag entgangen ist und nun im ganzen Land die verbliebenen Überlebenden einsammelt.«

Im Saal herrschte eine lange Pause. Jeder hing seinen eigenen Gedanken nach.

»Es klingt naiv«, fuhr Schaman fort, »aber in der Not frisst der Teufel Fliegen, wie man sagt. Nur die Jungs von der ›Technoloschka‹ haben noch eine andere Version. Auf dem Gelände der Kronstadter Werft KMOLS soll es einen Atomschutzbunker geben. Angeblich einen ziemlich geräumigen. Und wenn man bedenkt, dass das Werk für das Verteidigungsministerium gearbeitet hat … Ein riesiger Bestand an Ressourcen und Technologie. Kurzum, die Masuten sind sicher, dass die Signale von Überlebenden gesendet werden. Und sie glauben, dass wir mit denen unbedingt in Kontakt treten sollten. Einen Scheinwerfer, der bis Kronstadt reicht, haben sie nicht gefunden. Also haben sie die Allianz hinzugezogen. Und die Führung hat jetzt beschlossen, eine Expedition auszurüsten, um ganz sicherzugehen. Nur dummerweise ist bisher keiner von uns jemals so weit außerhalb der Stadt gewesen.«

»Du wirst uns auf dem Marsch helfen, Stalker«, setzte Kondor ein. »Aber ich warne dich gleich: Stell dich nicht quer. Meine Befehle sind ohne Widerspruch auszuführen.«

Taran hatte sich die ganze Zeit über nicht gerührt. Nun hob er die Augen zu dem Anführer und schaute ihn mit diesem langen Blick an, von dem Gleb immer Gänsehaut bekam.

»Vergiss es.«

Alle drehten gleichzeitig den Kopf zum Tisch und traten unmerklich näher. Eine weitere lange Pause.

»Und der Grund wäre?«

Taran stützte sich mit dem Ellenbogen auf den Tisch. »Wenn wir Rast machen, kannst du deine komische Truppe meinetwegen herumkommandieren bis zum Abwinken. Aber unterwegs führe ich. Nicht einmal atmen werdet ihr ohne meine Erlaubnis. Falls ihr dann überhaupt noch atmen könnt.«

Noch eine ganze Weile maßen sich die beiden mit ihren Blicken. Die Spannung nahm mit jeder Sekunde zu und drohte, sich in einer heftigen Prügelei zu entladen.

»Du vergisst dich, Stalker! Deine Rolle in der Mission, die von der Allianz vorgeschlagen wurde …«

»Ich hab mich eurer Allianz nicht aufgedrängt! Meinen eigenen Hintern zu riskieren wegen des betrunkenen Gefasels irgendwelcher altersschwacher Narren …«

Kondor hörte nicht mehr zu. Seine riesige Faust, die einem Vorschlaghammer ähnelte, schnellte nach oben. Taran wich zur Seite aus und sprang über den wackligen Tisch. Mit aufgesperrtem Mund verfolgte Gleb die blitzschnellen Bewegungen dieser beiden Kampfmaschinen. Angriff und Verteidigung folgten aufeinander in schnellem Wechsel. Ein Stuhl wurde von einem heftigen Fußtritt gegen die Wand geschleudert und zerbrach. Ein fürchterlicher Faustschlag riss ein enormes Stück Putz aus der Wand. Das Handgemenge dieser beiden Meister des Nahkampfs war erbittert und kurz. Mit einer unmerklichen Bewegung packte Taran den Arm seines Gegners und schleuderte ihn mit gewaltiger Kraft durch den Raum. Kondor schlug ächzend auf den Boden. Ein schwerer Stiefel presste seinen Kopf auf den rauen Beton, sein Arm wurde schmerzhaft nach hinten verdreht. Kondor verstummte, gab sich geschlagen. Benommen blickten die Stalker auf ihren besiegten Kommandeur.

Bruder Ischkari kam erneut aus seiner Ecke. »Aggression ist das Los der Schwachen. Der Schwachen im Geiste. Nur die Demut weist den Weg zur Erlösung, meine Brüder! Demut und Tugend.«

»Halt den Schnabel. Gleb, wir gehen.« Taran ließ seinen Gegner los und ging zur Tür.

»Warte.« Es war die Stimme der jungen Frau. »Kondor hat überreagiert. Nicht wahr, Kondor?«

Kondor verzog den Mund und stand vom Boden auf. Er spuckte Blut aus. Schaute den Stalker finster an. Nickte.

»Wir brechen morgen früh auf.« Taran wollte gerade nach der Türklinke greifen, als er wie vom Blitz getroffen zu Boden stürzte und am ganzen Körper zu zittern begann. Seine Füße schabten über den Beton, die Augen verdrehten sich.

»Was ist los mit ihm?« Kondor wollte sich zu dem Stalker herabbeugen, aber Gleb hatte sich bereits schützend vor den bebenden Körper gestellt. Die Mündung seiner Pistole zielte genau auf die Stirn des Kämpfers.

»Zurück!«, brüllte der Junge mit einer fremden Stimme. »Niemand rührt ihn an!«

Die Stalker sprangen von ihren Plätzen auf und griffen nach ihren Waffen. Ohne sie aus den Augen zu lassen, hockte sich Gleb neben Taran auf den Boden und zog mit der freien Hand eine Spritze heraus. Mit einem dumpfen Zischen drang die Nadel in die Schulter ein.

»Mach keine Dummheiten, Kleiner!« Schaman hob beschwichtigend die Arme.

Der Junge schwenkte seine Kanone nervös von einer Ecke in die andere. »Keiner rührt sich von der Stelle. Und du, Grobian, zwei Schritte zurück. Sofort!«

»Ganz schön wild, der Kleine …« Kondor ging wie befohlen zur Wand.

Gleb fletschte die Zähne wie eine in die Ecke getriebene Ratte. Die Pistole in seiner Hand zitterte gefährlich. Unterdessen bekam Taran einen Hustenanfall und stöhnte auf.

»Scheint ja wieder zu gehen.« Schaman betrachtete neugierig das seltsame Paar. »Unser Wegführer steckt voller Überraschungen.«

Kondor schüttelte niedergeschlagen den Kopf. »Das wird ja immer schöner. Sorg dafür, dass dein fallsüchtiger Partner schnell wieder auf die Beine kommt. Morgen früh brechen wir auf. Mit ihm oder ohne ihn. Aber jetzt gehen erst mal alle schlafen.«

Gleb legte sich den Arm seines Meisters über die Schultern und half ihm, in sein »Zimmer« zu humpeln. Ohne sich auszuziehen, fielen sie auf ihre Liegen. Der Junge betrachtete die feuchten Flecken an der Wand und versuchte, seine aufgescheuchten Gedanken zu beruhigen. Der erbitterte Kampf. Die Neuigkeiten über die Expedition. Ischkaris Worte über das geheimnisvolle Licht gingen ihm einfach nicht aus dem Kopf. Er wünschte sich so sehr, dass sie sich als wahr erwiesen. Gleb versuchte sich vorzustellen, wie er auf dem Deck eines gewaltigen Schiffes stand, das ihn in ein geheimes Land brachte mit sauberen Seen und frischer Luft. Womöglich war dies ebenjener Ort, von dem die Eltern erzählt hatten. Der Junge schloss die Augen und begann zu träumen, als er auf einmal hörte:

»Danke ... Gleb.«

Die Worte klangen fast unwirklich, drangen kaum durch die Stille. Rhythmisch tickte Tarans Zeitmesser auf dem Tisch. Das Kondenswasser, das sich an der schiefen Decke gebildet hatte, tropfte auf den feuchten Boden. Im Kopf des Jungen tobte ein Sturm.

»Taran ... Wie heißen Sie wirklich?«

Der Junge wartete reglos. Plötzlich wünschte er sich sehr eine Antwort auf seine Frage. Wenn er den Namen des Stalkers kannte, würde er vielleicht nicht mehr diese unerklärliche Angst vor ihm empfinden und aufhören, ihn zu hassen.

»Was macht das jetzt für einen Unterschied? Mein Name ist in dem alten Leben zurückgeblieben. Ich bin Taran. Schlaf.«

In dem von dicken Staubflusen überdeckten Wetterschacht herrschte furchtbarer Lärm. Ein riesiger Ventilator blies mit letzter Kraft und durchdringendem Knirschen Luft in das Innere der Station. Der ölverschmierte Techniker inspizierte besorgt die flatternde Achse des uralten Getriebes. Das letzte noch funktionierende Gebläse wurde behütet wie ein Augapfel. Die Luft der Station *Kirowski sawod* stank mit jedem Tag mehr nach den Auspuffgasen der eingeschmuggelten Diesel-Generatoren. Der Verlust des Generators würde diesen Ort unbewohnbar machen.

Als er seine Routineuntersuchung beendet hatte, wischte sich der Mann die schmutzigen Hände mit einem Lumpen ab. Plötzlich fiel ihm weiter hinten ein mattes, glutrotes Licht auf. Er beugte sich über den Apparat, schaute ins Innere des Schachts und erstarrte. An der Innenwand des Abzugs blinkte das winzige rote Licht einer Sprengvorrichtung. Der arme Teufel konnte gerade noch einmal schlucken, als die Diode aufhörte zu flackern und gleichmäßig rot weiterleuchtete. Im nächsten Augenblick verschlang eine grelle Explosion den Mann. Die Detonation rollte wie eine Feuerwelle durch den Wetterschacht, schoss in den Tunnel und leckte dort buchstäblich wie eine Zunge eine Gruppe hiesiger Bewohner auf, die gerade zur Station gingen.

Das Krachen der Explosion und die sich krümmenden, brennenden Menschen, die brüllend in die Station hineinliefen, versetzten alle in Panik. Die *Kirowski sawod* brodelte wie ein aufgeregter Ameisenhaufen.

Wieder riss ein ungestümes Klopfen an der Tür Gleb aus dem Reich der Träume. Vom Gang waren die gedämpften Schreie des »Verwalters« zu hören. Der Alte stürzte in das Kämmerchen herein, polterte los und rollte wild die Augen.

»Das ist das Ende, Burschen! Ihr müsst abhauen! Irgendein Schuft hat den Ventilator in die Luft gejagt. Der Chef spuckt Gift und Galle. Er glaubt, es war Taran mit seinen Handlangern! Kein anderer!«

Taran warf dem Jungen den Rucksack zu. »Pack deinen Kram, rasch!«

Hastig sammelten sie ihre Ausrüstung zusammen.

»Ich weiß doch, dass du zu einer solchen Schweinerei nicht fähig wärst!«, fuhr der Alte fort. »Der Chef trommelt seine Kerle zusammen! Ich will seinen Skalp, hat er gesagt. Als ich das gehört hab, bin ich sofort hierher!«

Im Gang trafen sie direkt auf Kondors Gruppe.

»Ich weiß Bescheid«, stieß der Kämpfer im Laufen aus. »Ich wüsste gern, welches Schwein uns ans Messer liefern wollte.«

Zusammen stürmten sie durch die Gänge und Lager, vorbei an kreischenden Bewohnern und Bergen von zerschlagenem Glas. Als sie auf den Bahnsteig hinausliefen, begriff Taran sofort, dass sie nicht mehr zu den Rolltrep-

pen durchkommen würden. Eine Gruppe tobender Trink-
brüder versperrte mit Schrotflinten und Gewehren den
Ausgang. Es waren keine großartigen Haudegen dabei, aber
zahlenmäßig waren sie ihnen weit überlegen. Taran packte
Gleb am Ärmel und sprang auf die Gleise.

»Da sind sie! Gebt den Schurken Saures!«

Es fielen Schüsse. Menschen hasteten hin und her und
kreischten. Die Helfershelfer des Aufsehers feuerten weiter
auf den Trupp. Kondors Kämpfer verteilten sich auf dem
Bahnsteig, brachten sich hinter den Müllhaufen in Position
und erwiderten das Feuer mit kurzen Salven. Einige der
Banditen stürzten, niedergemäht von gezielten Schüssen.
Fontänen von Betonsplittern spritzten gefährlich nah bei
den Gefährten heraus. Das Scharmützel drohte in eine re-
gelrechte Katastrophe auszuufern.

Taran griff in den Gürtel seiner Ausrüstung, riss eine
Nebelhandgranate ab und schleuderte sie auf den Bahnsteig.
Dichter Rauch stieg auf und trennte die Stalker von den
Banditen. Auf einen Wink Tarans befahl Kondor den Rück-
zug. Sich gegenseitig Deckung gebend, erreichten sie schließ-
lich das Bahnsteigende und verschwanden im Tunnel.

»Bist du nicht bei Trost, Taran?! Wir sind in der Falle!
Da vorn ist die *Awtowo*!«

Gleb schauderte. Er hatte schon von dieser verlassenen
Station gehört. Großvater Palytsch hatte erzählt, dass man
sie als offene Station gebaut hatte, bis zur Oberfläche waren
es nur vierzehn Meter. Früher war sie sogar bewohnt gewesen. Solange, bis mit dem Grundwasser Strahlung in die
Station einsickerte. Jetzt gab es da nur noch Tod und Verwüstung.

»Sollen wir vielleicht umdrehen und an einer Kugel krepieren, Klugscheißer?!«

Über ihren Köpfen schlug ein Geschoss an der Kante des Tunnelrings ein. Und noch eins.

»Wenn man vom Teufel spricht! Wir ziehen uns weiter zurück!«

Die Stalker hielten ihre Verfolger mit vereinzelten Schüssen in Schach und drangen immer tiefer in den Tunnel ein. Die Banditen feuerten ihnen wild, aber kaum gezielt hinterher. Farid stürzte auf die Gleise. Mit schmerzverzerrtem Gesicht schleppte er sich zur Wand, betastete seinen Schutzanzug und signalisierte: »Alles in Ordnung«. Dym wollte schon seine großkalibrige Utjos von der Schulter reißen, doch Kondor gebot ihm Einhalt.

»Das sind mindestens hundert! Wir gehen weiter!«

Der Trupp bewegte sich durch den Tunnel, bis weiter vorn undeutlich das Quadrat einer geschlossenen hermetischen Tür zu erkennen war. Davor waren lose Metallplatten und anderer Krempel aufgehäuft worden. Auf den Gleisen stand gleich auch eine verrostete Lore, mit der der ganze Plunder anscheinend hergebracht worden war.

»Angekommen«, kommentierte der Belgier, ein kleingewachsener Kämpfer mit pechschwarzen Haaren.

Taran inspizierte das Hindernis und warf einen Blick auf die Anzeige des Geigerzählers.

»Noch erträglich.«

Kondor stieß mit dem Fuß gegen den Metallhaufen. »Darum haben sie wahrscheinlich auch das Tor zugemacht, damit keine Strahlung von der *Awtowo* durchkommt.«

»Nicht nur zugesperrt, sondern auch noch Blei vom Werk bis hierher geschleppt.« Plötzlich packte Taran eine Platte und warf sie auf die Lore. »Blei schützt vor Strahlung. Was steht ihr noch rum!«

Kondor starrte den erfahrenen Stalker einen Moment lang dumpf an, dann klickte es auch bei ihm.

»Belgier, Farid: ihr gebt uns Deckung! Schaman, Nata: zur hermetischen Tür – dort gibt es einen Handantrieb! Ksiwa, Dym, los, wir machen den Weg frei.«

Die Gefährten verteilten sich auf ihre Plätze. Wände und Boden des geräumigen Wagens legten sie mit mehreren Bleischichten aus. Einige weitere Platten lehnten sie an den Seiten an – als improvisiertes Dach. Der Mutant befreite währenddessen eilig die hermetische Tür, indem er mit seinen riesigen Pranken das restliche Gerümpel beiseite schaufelte. Der Verschlussmechanismus knarrte. Langsam begann sich die hermetische Tür vom Fleck zu rühren.

»Rasch zum Wagen!«

Bruder Ischkari blickte gehetzt um sich und schlüpfte bereitwillig unter die Karosserie. Die Kämpfer versammelten sich um die alte Lore und schoben an. Die Räder setzten sich in Bewegung, die Lore fuhr an und beschleunigte. Taran packte Gleb am Kragen und schleuderte ihn nach innen. Wie Bobfahrer sprangen die Stalker einer nach dem anderen auf ihr »Verkehrsmittel« auf. Der Wagen nahm Fahrt auf.

»Die Strahlung wird stärker. Masken aufsetzen! Dym, spring auf!«

Der riesige Mutant stemmte sein ganzes Gewicht gegen den Wagen und beschleunigte. Die Muskeln in seinen stämmigen Beinen schwollen an, der riesige Brustkorb hob sich wie der Blasebalg eines Schmiedes. Die Lore jagte bereits mit ordentlicher Geschwindigkeit dahin.

»Du kriegst zu viel ab! Spring auf, verdammt!«, brüllte Kondor.

Dym knurrte, lief noch einige Meter, stieß sich mit großer Kraft ab und sprang auf die Lore. Gleb hörte, wie die Bleiplatte, die den Wagen bedeckte, knarrte. Der Eisensarg auf Rädern raste nun über die Gleise. Das Kreischen der Räder, das von den Tunnelwänden reflektiert wurde, war ohrenbetäubend. Nach wenigen Sekunden schien sich dieser widerliche Klang zu entfernen, sich in einem großen Raum zu zerstreuen. Eingezwängt zwischen den Körpern der Stalker sah Gleb nichts. Wahrscheinlich war das auch besser so: Sicher hatten sie nur noch wenige Augenblicke zu leben. Der Junge hatte unaussprechliche Angst. Er kniff die Augen zu und vergaß fast zu atmen.

Der in den Schutzanzug eingenähte Geigerzähler ratterte wie wild. Die Gefährten hatten die Station *Awtowo* erreicht.

5

DIE ERSTE ETAPPE

Gleb konnte sich kaum an den Moment des Sturzes erinnern. Das Knacken des Geigerzählers, die dröhnenden Schläge der Lore, wenn sie über irgendwelches Gerümpel auf den Gleisen fuhr, das heftige Fluchen der Stalker, die sich aneinanderdrängten wie Heringe in der Dose – diese ganze Kakophonie brach mit einem Schlag ab. Die Lore stieß donnernd gegen ein weiteres Hindernis und kippte um. Die Stalker rollten kopfüber auf die Schienen. Der Schädel des Jungen prallte schmerzhaft gegen ein Gleis. Alles drehte sich um ihn. Sein Helm war verrutscht. Vor seinen Augen hüpften helle Punkte.

Das Licht der Lampen durchschnitt die Dunkelheit. Wie sich herausstellte, war die Lore fast den ganzen Bahnsteig entlanggerattert und lag nun verwaist kurz vor dem Tunneleingang auf der Seite. Gleb musterte verstohlen die Umgebung, konnte aber in der in Finsternis gehüllten Station keine Einzelheiten ausmachen. Palytsch hatte erzählt, sie sei die schönste von allen, schoss es ihm durch den Kopf.

»Aufstehen, ihr Schwächlinge! Tempo, Tempo! Im Laufschritt, marsch!« Kondor begann Fußtritte auszuteilen, um den Trupp anzutreiben.

90

Taran trabte voraus. Unter seinen Stiefeln spritzte das zwischen den Gleisen stehende Wasser hoch. Wieder ging es in den Tunnel hinein. Die Gefährten rannten, durch die Filter ihrer Atemmasken war ihr rhythmisches Keuchen zu hören. Endlos zogen die Tunnelsegmente an ihnen vorbei. Dym dagegen paffte seelenruhig eine Zigarette. Als er Glebs Blick bemerkte, zwinkerte er ihm fröhlich zu.

»Machen Sie sich keine Sorgen, Gleb, wir schlagen uns schon durch. Ihr Partner ist ein heller Kopf. Hat er sich clever ausgedacht mit dem Wägelchen!«

Zu einem Gespräch ermutigt, fragte der Junge: »Gennadi, warum setzen Sie Ihre Gasmaske nicht auf?«

Der Mutant stieß eine Rauchwolke aus und grinste.

»Finde mal das Mundstück, Kleiner, das auf diese Visage passt«, mischte sich Ksiwa ein.

Die Stalker lachten schallend.

»Der braucht sich nicht mehr zu schützen«, ergänzte der Belgier kichernd. »Die Dosis, die unser Krokodil Gena aufgeschnappt hat, reicht fürs ganze Leben. Er ist ja nicht umsonst so grün.«

Erneut brach die Gruppe in Gelächter aus. Die Anspannung, die in der Luft gelegen hatte, verflüchtigte sich, je weiter sich die Weggefährten von der *Awtowo* entfernten.

»Ihnen, verehrter Belgier, mangelt es in katastrophaler Weise an Taktgefühl!« Dym drückte seine Zigarette am Helm seines Freundes aus.

»Warum eigentlich ›Belgier‹?«, wollte Gleb wissen.

Anstelle einer Antwort zog der Kämpfer sein Sturmgewehr hervor und hielt es in den Lichtstrahl seiner Lampe.

»Ein belgisches FN F2000«, flüsterte Ksiwa. »Das einzige in der ganzen Metro!«

»Schluss mit dem Geschwätz!«, unterbrach Kondor. »Bleibt mal alle stehen.«

Der Trupp hielt an. Kondor holte den Geigerzähler hervor, ging langsam um jeden Einzelnen herum und maß die Strahlung.

»Erträglich. Diesmal haben wir Glück gehabt. Taran, was weißt du über die Station *Leninski Prospekt*?«

»Drin war ich bisher nicht. Oben ist der Ausgang verschlossen. Da hat sich ein gutes Stück Straße abgesenkt. Die Unterführung ist verschüttet. Bis zur Station *Prospekt Weteranow* zu gehen hat auch keinen Sinn. Beide Stationen liegen in einer Tiefe von acht, neun Metern. Dort strahlt alles, und außen kommen wir da nicht vorbei. Wir müssen also oben lang.«

»Wie?«

»Hinter der *Awtowo* führt ein Gleis zu einem oberirdischen Depot.«

»Dann müssen wir zurück. Zu der Abzweigung.«

»Müssen wir nicht. Wir laufen schon im richtigen Tunnel. Vor uns ist der Ausgang.«

Kondor fluchte kaum hörbar und blickte Taran von der Seite an.

»Du bist ganz schön schlau, Mann. Geh voraus!«

Der Trupp folgte Taran. Gleb spürte ein angenehmes Kribbeln: Er würde das Tageslicht wieder erblicken! In der Gesellschaft dieser bis an die Zähne bewaffneten Stalker fühlte er sich fast sicher. Was wohl sein Vater gesagt hätte beim Anblick seines Sohnes inmitten von verwegenen Haudegen, auf der Oberfläche? Im Gehen musste Gleb bei diesen Gedanken lächeln – gut, dass dies im Dunkeln niemand sehen konnte.

Nach einiger Zeit näherten sich die Stalker vorsichtig dem Ausgang. Der Tunnel hörte hier plötzlich auf, die Gleise aber führten weiter, zum Depot. Ein Fetzen trüben Himmels ließ Glebs Herz schneller schlagen. Die Oberfläche. Sie war ganz nah. Verlockend, aber gefährlich und trügerisch, wie die vielen Knochen und Fellfetzen verrieten, die hier und da herumlagen.

Plötzlich warf Taran sich nach vorn und riss den Belgier mit einem groben Fußfeger von den Beinen.

»Was soll das, Mann, hast du den Verstand verlo...«

»Bleib ruhig liegen!«

Sie verharrten an der äußersten Grenze des Ausgangs. Erst jetzt bemerkte Gleb die durchsichtige Substanz, die von dem Vordach eines Betonbogens herabhing. Als hätte jemand einen Schal aus feinstem Garn dort aufgehängt. Das schwerelose Tuch schaukelte kaum merklich im Wind, so dass seine Enden fast die Stalker berührten, die auf den Gleisen ausgestreckt lagen. Taran passte den Moment ab, als die Substanz zurückwogte, stieß sich jäh von den Schwellen ab und riss den Kämpfer mit. Der rätselhafte Vorhang streckte sich zu spät nach ihnen aus, zog sich dann aber schnell wieder zusammen.

»Lebt dieses Zeug etwa?« Der Belgier verzog angeekelt das Gesicht, erst jetzt jagte das Adrenalin durch seine Adern. »Was ist das überhaupt?«

Taran schaute sich um. An der Wand hob er den halbverwesten Kadaver einer Ratte auf und warf ihn nach vorn.

Das Tier schien zuerst ungehindert nach draußen zu fliegen, doch dann schnellte das »Gewebe« plötzlich von dem Vordach herab, erfasste blitzartig seine Beute und wickelte sich in mehreren Schichten fest darum.

»Wir können gehen«, brummte der Führer und blickte Kondor an.

Der nickte schweigend. Die Weggefährten traten auf die Oberfläche hinaus, und im selben Augenblick vollzog sich mit dem Trupp eine Verwandlung: Die Kämpfer strafften sich, ergriffen ihre Waffen und verteilten sich geschickt im Gelände zur Erkundung. Mit einem Mal waren alle Witze und Plaudereien verstummt. Es herrschten nur noch Stille und äußerste Konzentration.

Gleb sah Ischkari, der sich dicht neben ihm hielt, von der Seite an. Der Sektierer fühlte sich offensichtlich nicht wohl in seiner Haut. Er blickte gehetzt um sich und rückte immer wieder das Mundstück seiner Atemmaske zurecht.

Etwa eine Minute lang blieb Taran stehen, als ob er auf seine innere Stimme lauschte, dann ging er mit einem Mal entschlossen in einen leichten Trab über. Die anderen folgten ihm. Der Reihe nach stiegen sie über einen hohen Betonzaun und verließen das Gebiet des Depots. Etwa hundert Meter weiter links war eine große Bresche in der Wand zu sehen: Vielleicht könnten sie ja dort durchschlüpfen? Doch Glebs Meister folgte seiner eigenen, nur ihm bekannten Logik. Ohne eine Sekunde stehen zu bleiben, trieb Taran den Trupp weiter an – vorbei an einem großen, offenen Platz voller verrotteter LKW-Gerippe, vorbei an einem gigantischen Gebäude, dessen Dach eingestürzt war, immer weiter, bis sich dem Jungen plötzlich ein faszinierender

Anblick darbot: eine gewaltige, unbebaute Ödnis, eine schier endlose, sich in der Ferne verlierende kahle Fläche zwischen Häusern auf der einen Seite und einer Wand aus Baumgiganten auf der anderen.

»Der Prospekt Statschek?«, fragte Kondor. »Da verrecken wir auf offenem Gelände. Wir sollten besser durch die Höfe gehen.«

»Hier wimmelt es von Wolfsmenschen«, erwiderte Taran, ohne stehen zu bleiben. »In den Höfen kesseln sie uns ein, und dann sitzen wir in der Falle. Auf dem Prospekt können wir sie einschüchtern. Wir haben viele Gewehre.«

Die Stalker trabten gleichmäßig atmend auf dem zerbröckelten Asphalt vorbei an Autowracks, die bereits in die Erde eingesunken waren, schief hängenden Reklametafeln und abgerissenen Stromleitungen. An die vergangene Macht der Menschen erinnerten nur noch die verlassenen, trostlosen Hochhäuser. Überall stießen sie auf unbekannte Tierspuren, Haufen von Exkrementen und üppige Vegetation – die Gerippe der Gebäude wirkten dagegen deplatziert und unnatürlich. Gleb konnte es nicht fassen, dass der Mensch hier einst uneingeschränkt geherrscht hatte. Noch schwerer fiel es ihm, sich vorzustellen, dass man in den Gewässern hatte baden können und dass in den Stadtparks anstelle unerbittlicher Kreaturen verliebte Pärchen umhergestreift waren. Vielleicht hatte Palytsch das alles ja nur erfunden?

Vor ihnen tauchte ein von dichtem Gebüsch bewachsenes Feld auf, auf das gleich mehrere breite Asphaltstraßen zuliefen.

»Das ist übrigens der Kronstadter Platz.« Kondor vergewisserte sich gerade auf der Karte. »Ein gutes Zeichen!

So kommen wir irgendwann vielleicht sogar in Kronstadt an.«

»Verschrei es nicht, Chef«, erwiderte der grauhaarige Schaman.

Als sie an dem verunstalteten Kasten des »Maxidom« vorbeiliefen, hielt der Stalker, den sie »Okun« nannten, inne.

»Wartet mal ... Sollten wir das nicht auskundschaften, wenn wir schon da sind? Da gibt es sicher noch einiges, was wir brauchen könnten.«

»Nein«, unterbrach ihn Taran lakonisch.

Kondor blickte den Wegführer feindselig von der Seite an und wandte sich zu dem ehemaligen Großmarkt-Gebäude um.

»Wir schauen rein.«

»Wozu?«

»Wir schauen rein!« Nervös packte der Kämpfer sein Sturmgewehr noch fester.

Einige Momente lang starrten sie sich finster an, dann gab Taran nach. Offenbar wollte er diesmal die Autorität des eigensinnigen Stalkers nicht untergraben. Die Gefährten liefen auf das heruntergekommene Gebäude zu, das von einem Geflecht graubrauner Schlingpflanzen umwunden war. Gleb entging nicht, dass Taran sein AK-74 näher an sich heranzog, ohne den Blick von dem schwarz gähnenden Schlund des Eingangs zu wenden. Die Kämpfer schalteten ihre Stirnlampen ein und rückten vorsichtig zwischen den chaotisch verstreuten Einkaufswagen vor.

Die hellen Strahlen entrissen der Dunkelheit umgeworfene Regale sowie haufenweise Einpackpapier, Schachteln und Zellophan. All das bedeckte eine dicke Schicht weißlichen Schmutzes. Als er genauer hinsah, bemerkte Gleb, dass diese Kruste nicht gleichförmig war. Sie bestand aus Millionen einzelner … Wie der Kot in dem Käfig, in dem Nata, Glebs Freundin von der *Moskowskaja*, ihren Zögling hielt, einen kleinen grauen Sperling.

Eine schreckliche Vermutung ließ Gleb den Lichtstrahl nach oben richten. Sein Meister schien zu demselben Schluss gekommen zu sein, denn auch er hob im gleichen Moment seine Lampe zur Decke. Hoch über ihren Köpfen wogte ein Meer von öligen, pechschwarzen Körpern, das wie ein einziger wimmelnder Teppich wirkte.

Taran begann wild zu gestikulieren, um die Aufmerksamkeit der Stalker zu erregen. Entsetzt wichen die Kämpfer zurück – lautlos, schweigend. Bis zum Ausgang waren es nur noch wenige Meter, als Ischkaris erschrockener Angstschrei die Stille zerriss.

Im nächsten Augenblick begann ein wahres Inferno. Das geflügelte Heer der Fledermäuse löste sich auf einen Schlag von ihren Stangen und stürzte wie eine einzige, dichte Masse nach draußen. Die Stalker verließen fluchtartig das Einkaufszentrum. Aus dem Schlund des Ausgangs drang die wabernde Masse der geflügelten Körper hinaus und strebte nach oben. Es herrschte ein Höllenlärm. Der schwarze Fleck verteilte sich schnell am Himmel. Die Kämpfer schossen wild um sich und versuchten, diese unheimliche Brutstätte so schnell wie möglich hinter sich zu lassen.

Plötzlich setzte der Schwarm zum Sturzflug an.

Die sehnigen Körper der Blutsauger verschmolzen zu einer kompakten grauen Wolke. Ein gewaltiger Stoß von hinten ließ Gleb über die Erde rollen. Ein widerliches, mit langen Eckzähnen bewehrtes Maul verdeckte kurz den Himmel. Taran stieß die Kreatur mit einem derben Fußtritt fort und schoss aus nächster Nähe.

»Schlaf nicht, Grünschnabel. Lauf!«

Der Junge sprang auf und stürzte seinem Meister nach. Die Luft war erfüllt von heftigen Flüchen und donnernden Schüssen.

»Zurück! Zurück, sage ich! An die Wand!«

Die Stalker gehorchten. Der Trupp stürzte zu dem Großmarkt zurück und umrundete das gesamte Gebäude. Die schwarzen Körper flatterten über den Köpfen, doch ohne freien Raum für ein Manöver kratzten sie nur mit ihren Hautflügeln gegen das blecherne Gerippe der Wand. Ohne innezuhalten jagten die Kämpfer die »Korabelka« entlang. Den zahlreichen Brandflecken an den Mauern nach zu urteilen, hatte in der ehemaligen Schiffbau-Universität einst ein schweres Feuer gewütet. Nun spielte allein der Wind in dem verkohlten Rumpf. Aber selbst nach seinem »Tod« leistete das Gebäude den Menschen nun noch einen guten Dienst. Der Trupp schlich die Mauer entlang, bis sie sich von dem Nistplatz weit genug entfernt hatten.

Eben wollten die Kämpfer Luft holen, als sie die oberirdische Natur sofort daran erinnerte, dass man sich hier für keine Sekunde entspannen durfte. Einige besonders aufdringliche Kreaturen flatterten plötzlich aus einer Fensteröffnung hervor, rissen Nata aus der Gruppe heraus und begannen das um sich schlagende Mädchen über den Asphalt zu schleifen. Sogleich fielen noch einige weitere Fledermäuse, die die Beute von weitem erspäht hatten, wie Steine vom Himmel. Dym und Kondor eilten Nata zu Hilfe, während die anderen das Feuer auf die Angreifer aus der Luft eröffneten. Endlich schüttelte auch Gleb seine Erstarrung ab und feuerte mit den anderen zusammen. Das Krachen der Schüsse war ohrenbetäubend. Der Belgier, der neben dem Jungen an der Mauer lehnte, war gleichsam mit dem Visier verwachsen und feuerte sparsam zielgenaue Salven aus seiner wunderlichen Waffe ab. Auch Farid und Okun bearbeiteten den Schwarm mit ihren bewährten Kalaschnikows. Schaman hielt ihnen den Rücken frei, indem er mit seinem Gewehrlauf die Fensterreihen der Universität sicherte.

Schließlich zerstreuten sich die Kreaturen planlos. Dutzende Blutsauger lagen bereits auf der Erde und krepierten. Der Luftangriff war im Keim erstickt. Aufgeregt blickte sich Gleb um. Kondor zog das Mädchen aus einem Leichenberg heraus, den der rasende Mutant aufgehäuft hatte. Dym drehte sich noch immer wie ein Brummkreisel, knallte die Kadaver auf den Asphalt, brüllte dumpf und riss die borstigen Körper mit seinen Händen auseinander.

»Nicht stehen bleiben! Marsch, Marsch!« Taran hetzte die Stalker weiter.

Nach zehn Minuten verlangsamten die Gefährten ihren Lauf. Die Fledermäuse hatten endlich von ihnen abgelassen und waren irgendwo weiter hinten zurückgeblieben. Eine Weile noch waren die durchdringenden Schreie der aufgeregten Bestien zu hören – dann verstummten auch sie. Mitgenommen und erregt setzten die Kämpfer ihren Weg fort.

Von nun an lehnte sich Kondor nicht mehr aus dem Fenster und folgte den Anweisungen des Wegführers. Nach einem Blick auf den Geigerzähler führte Taran die Gruppe immer weiter, vorbei am Dickicht des Poleschajew-Parks, an den Ruinen der »Baltischen Perle« – dieses seinerzeit nicht fertiggestellten Petersburger Chinatowns – und an den ätzenden Ausdünstungen der Teiche der Sergijew-Vorstadt. Die Bäume boten hier einen merkwürdigen Anblick. Eine furchtbare Kraft hatte die knotigen Stämme verkrüppelt und zusammengedreht. Kein einziges Blättchen gab es auf den abgestorbenen Zweigen, nicht ein bisschen Grün ringsherum. Ein dichter, graugelber Nebel, der tief über der vergifteten Erde hing, vervollständigte das Bild. Aus der Mitte dieser abstoßenden kahlen Fläche, einem in Dunkelheit gehüllten Teich, erklang auf einmal ein tiefes, dumpfes und vibrierendes Geheul.

Taran blickte sich alarmiert um.

Die Stalker machten einen großen Bogen um diesen seltsamen, aussätzigen Flecken. Sie betraten die Petersburger Chaussee genau gegenüber des großen Platzes, in dessen Mitte in stolzer Einsamkeit ein imposantes Gebäude stand.

Gleb zupfte neugierig an Tarans Ärmel.

»Die Makarowka«, erklärte dieser. »Die Marine-Akademie.«

Das dumpfe Geheul wiederholte sich, Gleb lief es kalt über den Rücken, und auch die anderen Kämpfer schienen zu erschaudern.

»Gehen wir in Deckung«, entschied Taran, und deutete mit dem Kopf in Richtung Akademie. »Warten wir ab. Womöglich kommt *es* plötzlich herausgekrochen.«

»Dort bewegt sich was hinter den Fenstern.« Der Belgier beobachtete das Gebäude durch das Zielvisier seiner FN F2000. »Keine Ahnung, was das ist. Sieht fast so aus wie ein Mensch.«

»Vor Menschen habe ich keine Angst.«

Taran nahm die Kalaschnikow von der Schulter und näherte sich, immer wieder Deckung suchend, dem Gebäude. Die Stalker folgten ihm. Auf der Hälfte des Weges sprang der schweigsame Tadschike Farid plötzlich zur Seite.

»Schaitan! Boss, komm mal her. Schau!«

Aus der Erde ragte ein Pfeil. Tatsächlich: ein echter Pfeil, lang und mit Federn am Ende.

»Indianer, oder was?« Ksiwa gab auf das Gebäude der Akademie eine Salve ab.

»Spar dir deine Patronen!«, wies Kondor den Kämpfer zurecht. »Vorwärts. Und haltet die Augen auf.«

Sich gegenseitig Deckung gebend, erreichten die Stalker das Vestibül. Vor ihren Augen bot sich das gewohnte Bild aus Verwüstung und Verfall, aus Müllhaufen und zerklüfteten Wänden. In der düsteren Stille war deutlich ein Rascheln zu vernehmen. Kondor und Schaman folgten dem Geräusch durch den Korridor, schlüpften durch eine offene Tür und fanden sich auf einem Treppenabsatz wieder. Auf den Stufen waren zwischen Schmutzklumpen die Spuren von nackten Menschenfüßen zu sehen. Der kurze Abstieg über einige Treppenabsätze endete in einem weiteren Gang, der zu den Kellerräumen führte. Die Blicke der Stalker richteten sich jedoch gebannt auf den leicht geöffneten Flügel einer hermetischen Tür. Kondor bedeutete den anderen, draußen zu warten. Dann verschwanden er und Schaman im Inneren.

Gleb und Taran kehrten zum Vestibül zurück, um die Umgebung zu beobachten. Der Junge rückte das Mundstück seines Atemgerätes zurecht. Seine Haut schwitzte unter dem Gummi und juckte furchtbar. Die trostlose Landschaft hinter dem zerschlagenen Fenster begeisterte ihn nicht mehr. Nach dem anstrengenden Gewaltmarsch waren seine Beine schwer wie Blei, und sein leerer Magen knurrte.

»Wie geht es dir, Jüngling?« Bruder Ischkari hockte sich neben ihn und massierte sich die müden Waden.

»Ganz o.k.«, brummte Gleb.

Auf ein Gespräch mit dem halb wahnsinnigen Sektierer hatte er irgendwie keine Lust. Den Jungen interessierte jetzt vielmehr der geheimnisvolle Unbekannte, der sich dort unten verbarg. Ischkari jedoch schien Glebs groben Tonfall nicht bemerkt zu haben. Er kramte in den Falten seines Mantels und reichte Gleb eine abgegriffene Fotografie. Der Junge konnte einen Ausruf der Verwunderung nicht unterdrücken. Auf dem Foto war Wasser zu sehen. Sehr viel Wasser. Bis zum Horizont. Das Meer. Vielleicht sogar der Ozean. Inmitten der Wellen erhob sich stolz ein eisernes Schiff, auf dessen Bordwand die großen weißen Ziffern »011« zu lesen waren.

»Das ist der Raketenkreuzer ›Warjag‹«, flüsterte Ischkari ehrfürchtig. »Das Flaggschiff der russischen Pazifikflotte. Die Arche, die uns in das Gelobte Land bringen wird.«

»Taran sagt, dass wir alle schon längst tot sind. Und auf nichts zu hoffen brauchen. Glauben Sie wirklich, dass es irgendwo in anderen, fernen Städten Leben gibt?« Der Junge blickte den Sektierer unruhig an.

»Ja, das glaube ich, Jüngling. Viele sagen, dass ›Exodus‹ nur eine Zusammenrottung von blinden Fanatikern ist, die die harte Realität nicht erkennen und akzeptieren wollen. Ja, wir sind fest in unserem Glauben!« Ischkari rückte näher an Gleb heran, sah ihm unverwandt in die Augen und fuhr im Flüsterton fort: »Unser Glaube stützt sich auf Fakten. Die schlimme Strahlung und die Zerstörungen, die der Mensch hervorgebracht hat, haben die Erde unbewohnbar gemacht. Es gibt aber noch Orte, die der gierigen Umarmung des Chaos entgangen sind. Es gibt sie! ›Exodus‹ weiß das, ›Exodus‹ glaubt daran! Glaube auch du, Jüngling!«

Taran unterbrach die leidenschaftliche Ansprache Ischkaris und vertrieb ihn in eine andere Ecke. Die vergilbte Fotografie blieb in Glebs Händen zurück. Heimlich verstaute der Junge das Stückchen Papier in einer Tasche seiner Marschweste. Die Worte des Sektierers läuteten in Glebs Kopf Sturm: *»Es gibt noch Orte, die der gierigen Umarmung des Chaos entgangen sind ... es gibt noch Orte ... es gibt noch Orte ...«*

Auch Gleb wollte daran glauben.

Es musste noch Orte auf der Erde geben, wo die Menschen leben konnten ohne Gasmaske, ohne Geigerzähler, oben leben, unter dem Licht der Sonne, leben wie früher! Wo das Gras noch grün und weich war, wie auf den Bildern in den Kinderbüchern, und der Himmel blau, das Wasser sauber und das Essen reichlich. Irgendwo musste es diese Welt geben, von der seine Mutter ihm in seiner Kindheit erzählt hatte, wenn sie ihn schlafen gelegt hatte.

»Ich muss diesen Ort finden.« Gleb merkte gar nicht, dass er laut sprach.

»Was?« Taran drehte sich zu seinem Schüler um. »Was hast du gesagt?«

Der Junge wurde verlegen und schüttelte den Kopf.

Unterdessen tauchten die Stalker aus dem Gang auf. Kondor und Schaman zogen einen Mann mit sich, der in schmutzige Lumpen gehüllt war. Der Unbekannte sträubte sich, stieß unartikulierte Laute aus und fletschte die Zähne. Um die Hüften trug der arme Teufel ein verschmiertes Wolfsfell und am Hals ein Band aus ausgetrockneten Rattenschwänzen. Die schräge Stirn und die unnatürlich eng stehenden Augen ergänzten das sonderbare Aussehen des Wilden.

»Hast du so was schon mal gesehen, Taran?«

»Ein Mensch ist mir an der Oberfläche noch nie untergekommen. Brüder im Geiste sozusagen …«

»Ein Mutant, oder was?«, platzte Ksiwa heraus, stockte und blickte schuldbewusst zu Dym hinüber.

»Da unten ist ein heruntergekommener Bunker. Knochen, Felle, ausgedörrtes Fleisch. Schätzungsweise muss dort ein ganzer Haufen von denen leben.« Kondor stieß dem Unbekannten in die Seite. »Nur dass unser Neandertaler nicht singen will, wohin seine Kumpel abgedampft sind.«

»Ich glaube, er versteht euch einfach nicht.«

Der Anführer trat dicht an den Unbekannten heran. Er sah ihm in die Augen, als ob er in seine Seele schauen wolle. Der Wilde hörte auf zu jaulen.

»Willst du essen?«

Das Scheusal wurde lebendig. In seinen Augen funkelte Interesse. Taran reichte ihm von seiner eigenen Ration eine Packung Armeezwieback. Der Wilde biss die Verpackung auf und verschlang gierig den Leckerbissen. Der Stalker holte noch eine Portion heraus, hielt sie jedoch zurück. Der Unbekannte streckte zaghaft seine schmutzige Hand danach aus, erinnerte sich qualvoll an die menschliche Sprache und presste nur ein Wort hervor: »G… Gib.«

»Na also, wir haben Kontakt!« Kondor beugte sich zu dem Vagabunden hinunter. »Wo. Andere. Wie du.«

»Nein …« Der Wilde dachte nach und suchte mühevoll nach Worten. »S-sind fort … schon lange … Allein … lange …«

Taran streckte dem Wilden die Packung Zwieback hin.

»Lasst ihn in Ruhe. Er ist harmlos. In etwa fünfzehn Jahren werden wir selbst genauso aussehen.«

»Hör auf zu unken!«

Sie ließen den zerzausten Landstreicher laufen. Die Kämpfer pfiffen und spotteten, während sie zusahen, wie der halbnackte Mann fortrannte und dabei seine kurzen, knorrigen Beine komisch anzog.

Ein langes, angespanntes Heulen erschütterte die Umgebung. Von den Sümpfen her gluckerte es, und giftige Dämpfe traten dort hervor.

Schaman bekreuzigte sich. »Vielleicht sollten wir hier unten übernachten? Ich habe keine Lust, hier in der Dunkelheit herumzulaufen wie ein blinder Welpe.«

»Mir gefällt es hier auch nicht. Nicht weit von hier ist der Konstantin-Palast. Die Keller dort sind gedämmt, sollten also trocken sein. Dort bleiben wir über Nacht.« Taran ging in den Regen hinaus.

»Worauf wartet ihr? Vorwärts!«, trieb Kondor die Stalker an.

Sie verließen die Makarow-Akademie. Gleb folgte seinem Meister. Die Begegnung mit dem missgestalteten Mann hatte seine Laune getrübt. Was, wenn die Einwohner der fernen Stadt das gleiche Los ereilt hatte? Wenn anstelle der früheren Bewohner schwachsinnige, degenerierte Wilde in den verlassenen Elendsvierteln hausten? Der Junge zermarterte sich den Kopf.

In seiner Tasche lag jetzt jedoch neben dem Feuerzeug dieses alte Foto. Und dieses Foto forderte von Gleb, die Suche fortzusetzen.

6

DER SYMBIONT

Der Konstantin-Palast empfing seine Besucher mit eisiger Gleichgültigkeit. Seine frostigen Keller schützten zwar vor dem Unwetter, waren aber – im Gegensatz zu den »tropischen Gefilden« der Untergrundbahn – kein wirklich geeigneter Rastplatz. Gleb, der sich vor Kälte zusammengekauert hatte, lauschte dem bedächtigen Gespräch der Erwachsenen.

»Also, vor der Katastrophe hat dieser Typ als Metrobauer gearbeitet«, erzählte Ksiwa gerade. »Einmal hatte er ganz schön einen sitzen, da hat er mir Folgendes gezwitschert: Genau hier drunter, sagt er, hat er an einem Regierungsbunker mitgebaut. Angeblich haben sie damals eine ungeheure Menge Leute zusammengetrieben. In drei Schichten wurden die Schächte gegraben. Ohne Pause. Und ihr Chef war ...«

»Alles Quatsch !«, unterbrach Kondor. »Hier gibt es keinen Bunker. Wenn wir zurück sind, mache ich diesen Dummschwätzer persönlich ausfindig und rücke ihm den Kopf zurecht.«

»Klar, sag ich doch auch, dass er lügt, der Hund ...« Verlegen wechselte Ksiwa das Thema. »Sag mal, Chef, vielleicht sollten wir irgendwo einen Kutter auftreiben? Damit sparen wir uns sicher 'ne Menge Scherereien. Einsteigen, Motor an – und schon sind wir in Kronstadt!«

»Du hältst dich wohl für besonders schlau?« Schaman stellte eine Fleischkonserve auf den Feldkocher. »Wir haben mehrmals Erkundungsgänge gemacht, immer ohne Ergebnis. Nichts als verrottetes und rostiges Zeug. Wir wollten damals in den Trockendocks nachsehen. Als wir bei den Nordwerften ankamen, gab es da keine Docks mehr – die ganze Gegend war ein einziger Trümmerhaufen. Als ob eine Herde Nashörner drübergelaufen wäre. Keine Ahnung, was dort gescheppert hat, aber zu holen war da nichts mehr.«

»Ihr hättet beim ›Admiral‹ suchen sollen«, bemerkte Ksiwa gewichtig.

Schaman zuckte zusammen. »Hüte deine lose Zunge! Die Admiralitätswerften sind ein verbotener Ort. Ein Fluch lastet auf ihnen. Eine Menge fähiger Jungs sind dort umgekommen! Und bis heute weiß keiner, warum.«

»Es geht das Gerücht, dass die Leute verrückt werden, sobald sie das Pförtnerhaus durchquert haben …« Kondors Gesicht flackerte geheimnisvoll im Licht der Flamme.

»Du hast nicht zufällig was davon gehört, Taran?«

Gleb schaute seinen Meister an. Der lehnte halb sitzend an der Wand und hatte die Augen geschlossen. Nach kurzem Schweigen antwortete er:

»Da hausen die Irren …«

Es trat eine Pause ein. Die Stalker blickten mit Befremden auf ihren Wegführer. Schließlich brach es aus Nata heraus: »Wie bitte? Was für Irre? Davon höre ich zum ersten Mal.«

»Und hoffentlich auch zum letzten«, entgegnete Taran, drehte sich um und legte sich schlafen.

In dieser Nacht hatte Gleb zum ersten Mal in seinem Leben Nachtwache. Kondor fand, dass dieser »minderjährige Ballast« doch wenigstens zu irgendetwas nütze sein müsse, und wies den Jungen an, Okun abzulösen. Gleb hatte sich an einen rostigen Heizkörper gelehnt und gähnte herzhaft. Diese Nachtwache war nur aus Prinzip aufgestellt worden, denn die Stalker hatten den Eingang zum Keller vorsorglich verbarrikadiert. Zum Zeitvertreib beschloss Gleb, sich in den angrenzenden Räumen umzusehen. Neugierig griff sich der Junge eines der Nachtsichtgeräte. Das teure Spielzeug gehörte dem Kommandeur, doch Gleb hätte ihn niemals darum gebeten, ihm dieses Wundergerät zu zeigen, schließlich nannte Kondor den Jungen beharrlich weiter einen Welpen.

Gleb streifte sich das Nachtsichtgerät über und drang in das Labyrinth des Souterrains ein. Unter seinen Stiefeln knirschten Splitter von zerschlagenem Glas: Flaschenscherben bedeckten einen großen Teil des Bodens. An den Wänden entlang standen schiefe, halb verrottete Regale mit wabenartigen Fächern darin. Außerdem lagen hier eine Menge geborstener Holzfässer und Bündel vertrocknetes, braunes Stroh. Taran hatte gestern von Weinkellern erzählt, was allerdings das Wort »Wein« bedeutete, hatte er Gleb nicht erklärt. Er hatte nur seine Augen verdreht, als ob er sich an etwas furchtbar Angenehmes erinnerte.

Gleb erreichte den hintersten Abstellraum des Kellers. In der Ecke war alles genau so, wie bei der ersten Besichtigung: Einsam stand dort eine Kabelrolle herum. An der Wand gegenüber hatte jemand ein primitives Bild hingekritzelt: einen Schädel mit schwarz ausgemalten Augenhöhlen. Kondor hatte vermutet, dass hier genau solche Wilde vorbeigekommen waren wie der, dem sie in der Makarow-Akademie begegnet waren. Das Nachtsichtgerät jedoch enthüllte etwas Aufschlussreiches, das den Gefährten zuvor im schmalen Lichtstrahl der Lampe entgangen war. Um den Rand der Kabelrolle erblickte Gleb im Betonboden einen winzigen Spalt. Neugierig machte sich der Junge an der enormen Spule zu schaffen, nahm alle Kraft zusammen und schob die Rolle zur Seite.

Jetzt waren bereits die Umrisse einer runden Luke und ein Metallbügel deutlich zu erkennen. Mit brennender Ungeduld machte sich der Junge an dem Bügel zu schaffen und zog ihn mit aller Kraft zu sich heran. Sogleich gab die schwere Klappe nach. Gleb keuchte vor Anstrengung. Irgendwie schaffte er es schließlich, die Luke zu öffnen. Im Boden klaffte ein vertikaler Schacht. Der Strahl der Lampe fiel auf die rostigen Metallbügel einer Leiter. Der Junge hing über dem Einstieg, konnte aber, sosehr er sich auch mühte, den Boden des Schachts nicht erkennen. Von unten stieg ein kaum wahrnehmbarer Geruch von Verwesung auf. Dem Jungen graute auf einmal derart, dass er mit den Zähnen knirschte. Das vage Gefühl einer unerklärlichen Gefahr machte sich durch einen stechenden Schmerz im Nacken bemerkbar.

Er musste die Stalker wecken und sie warnen. Selbst wenn er es jetzt schaffte, das Schlupfloch wieder zu schließen, gab es sicherlich noch andere Gänge. Hier war es nicht sicher!

Gerade wollte Gleb zurückkehren, da fiel plötzlich das Feuerzeug aus seiner Brusttasche. Er versuchte es noch zu fassen, doch seine Finger glitten an dem Metallgehäuse ab. Das Feuerzeug klirrte kurz gegen den Rand der Luke und verschwand dann in der Dunkelheit des Schachts. Verzweifelt starrte der Junge das Loch hinab. Im nächsten Augenblick vernahm er ein fernes Geräusch: Das Feuerzeug war auf den Boden gefallen. Fast hätte Gleb losgeheult. Alles, nur das nicht!

Der Junge brauchte genau eine Minute zum Nachdenken. Dann stülpte er sich das Nachtsichtgerät erneut über, setzte die Atemmaske auf und kroch vorsichtig in den Schacht. Sein Herz schlug ihm bis zum Hals, die Hände zitterten, doch Gleb kletterte unbeirrt weiter nach unten. Fast hatte er sein Ziel erreicht, als ein durchgerosteter Bügel unter seinem Gewicht brach. Der Junge stürzte den Schacht hinab, so rasend schnell, dass er nicht einmal erschrak.

Die Landung war ziemlich unsanft. Von dem Aufprall verschlug es Gleb den Atem; anstelle eines Schreis entwich seiner Kehle nur ein klägliches Röcheln. Der Junge richtete sich auf und tastete krampfhaft auf dem Betonboden nach seinem Feuerzeug. Da war es! Er steckte seinen Schatz ein, rieb sich den geprellten Ellenbogen und begann wieder hinaufzuklettern. An einer Stelle griff Gleb jedoch ins Leere. Er schätzte die Entfernung zum nächsten Bügel ab und begriff, dass der Rückweg abgeschnitten war. Es war ihm peinlich, um Hilfe rufen zu müssen, doch gab es keinen anderen Ausweg. Der Junge hob den Kopf und wollte schon losrufen, als sich plötzlich die schwere Tür über ihm zu bewegen begann. Rasselnd klappte die Luke zu.

Und ich wollte sie noch abstützen, kam ihm die späte Einsicht. Gleb tröstete sich mit dem Gedanken, dass die anderen ihn früher oder später finden würden. Der Ausgang aus dem Keller war ja verbarrikadiert, also würden sie im Innern des Kellers suchen. Aber leichter wurde ihm dadurch nicht zumute. Der Junge unterdrückte eine Panikattacke, ließ sich auf den Boden des Schachtes herab, entsicherte seine Pernatsch, stellte das Nachtsichtgerät ein und sah sich aufmerksam nach allen Seiten um.

Seinem Blick bot sich ein langer, rechteckiger Gang, der sich in beide Richtungen erstreckte. Es herrschte Stille. Kein Geraschel, kein Luftzug, nichts. Absolute Finsternis und ein nackter Betongang, der wer weiß wohin führte.

Gleb wollte nicht einfach nur dasitzen und demütig auf Hilfe warten. Vielleicht würde es ihm gelingen, einen anderen Ausgang zu finden. Beidhändig hielt er die Pistole vor sich und ging vorwärts. Zehn Meter. Zwanzig. Der Gang endete an einer soliden Eisentür. Das verglaste Guckloch war mit einem rostigen Gitter bewehrt. Hinter dem Fensterchen war nichts zu erkennen. Das Handrad, mit dem der Riegel betätigt wurde, ließ sich nicht bewegen: Offenbar war diese Tür schon lange nicht mehr geöffnet worden.

Der Junge schlich wieder zum Schacht zurück und ging in die andere Richtung weiter. Nach zehn Metern bog sich der Gang leicht und öffnete den Blick auf einige seitliche Abzweigungen. Unter Beachtung aller Vorsichtsmaßnahmen passierte Gleb einige größere Räume, die mit allem möglichen Plunder vollgestellt waren, sowie eine Reihe kleiner Kammern. Abgesehen von dem Bauschutt, der dort chaotisch herumlag, waren die Räume leer. An einer der Wände lag ein mächtiges Werkzeug. Ein Bohrer? Ein Presslufthammer? Ein dickes Kabel zog sich von dem Gerät durch den ganzen Raum und verschwand im Gang.

An der Decke hingen Girlanden spärlicher Lämpchen, die sich nachlässig durch die gesamte Anlage zogen. Die provisorische Beleuchtung und das Fehlen von Starkstromkabeln an den Wänden konnten nur bedeuten, dass das Bauvorhaben nicht zu Ende gebracht worden war. Woher hatten sie dann den elektrischen Strom genommen? Gleb lief das Kabel entlang, das sich durch den gesamten Gang wand und schließlich hinter einer Ecke verschwand. In einer kleinen Nische stand hinter einer Trennwand ein Dieselgenerator. Dahinter, gleich nach den Fässern mit dem Dieselöl, ging es einen engen, schrägen Gang hinab.

Eine Reihe unebener Stufen führte nach unten. Wie sich herausstellte, waren es gar nicht so viele.

Von unten drangen unverständliche Laute herauf.

Am Eingang zu einer Halle kauerte sich der Junge hin, warf einen vorsichtigen Blick hinein – und zuckte zusammen. Der Anblick, der sich seinen Augen bot, ließ sich nicht beschreiben. Eine Wahnvorstellung, ein Wirklichkeit gewordener Alptraum. Starr vor Entsetzen, außerstande sich abzuwenden, blickte der Junge auf das Geschehen …

Nun wusste er, was aus den verschwundenen Brüdern des Wilden von der Makarow-Akademie geworden war.

Zwischen zahlreichen Kisten und Paketen wimmelte es von Wesen, halb Menschen und halb Tote. Ihre Bäuche waren riesig aufgebläht, und sie gaben schmatzende Geräusche von sich. Ihre Gesichter waren verzerrt von der Maske des Wahnsinns. Ungeschickt mit blutigen Fingern hantierend, fraßen die Dickwänste fieberhaft irgendwelche Fleischkonserven, halbverfaulte Graupen und Klumpen einer feucht gewordenen Substanz, höchstwahrscheinlich Mehl. Gleb krümmte sich vor Abscheu, beobachtete aber weiter, wie sich einer der Unglücklichen den Mund mit verschimmeltem Reis vollstopfte und gleichzeitig aus einem Haufen eine neue Konservendose hervorwühlte, die er an der Kante einer Blechkiste aufzuschlagen versuchte.

Welcher Wahnsinn hatte die Menschen in diesem Lebensmittellager erfasst, dessen Vorräte hier offensichtlich seit Vorkriegszeiten lagerten? Während der Junge beobachtete, wie sich die menschenähnlichen Geschöpfe in der Dunkelheit bewegten, versuchte er, ruhig Blut zu bewahren, doch zunehmend ergriff eine irrationale Angst von ihm Besitz. Das Nachtsichtgerät lieferte inzwischen kein scharfes Bild mehr.

Gleb bemerkte eine unruhige Bewegung in der Halle und drehte an dem Stellrad – und genau da gab das Gerät seinen Geist auf.

Der Junge schaltete seine Stirnlampe an. Der Lichtstrahl entriss der Dunkelheit das aufgedunsene, blau angelaufene Gesicht des nächststehenden Scheusals. Es kniff die Augen zu, öffnete sie dann mit schmerzverzerrtem Gesicht. Für einen Augenblick nahm sein Blick einen verständigen Ausdruck an.

»T-ö-ö-ö … e-e-e!«, blökte der Dickwanst. Seine aufgerissenen Augen verrieten, wie sehr es ihn quälte. »T-ö-ö-ö … m-i …!! Töööteee! Miiich …«

Töte mich, erriet Gleb. Er will sterben. O Gott …

Gleb richtete sein Licht in das Innere der Halle – und endlich sah er *es*. Aus einem breiten Riss in der Decke zog sich ein dunkelbraunes, waberndes Gedärm zu den Körpern der Unglücklichen hin. Bisweilen durchlief ein Krampf diese Tentakeln, und man konnte sehen, wie das Blut aus den Körpern der Verdammten gepumpt wurde. Diese unbekannte Kreatur benutzte die Menschen auf perfide Weise als Milchkühe: Sie saugte sich mit ihren Nervenenden am Gehirn der Unglücklichen fest und stimulierte mit dieser eigentümlichen »Hundeleine« das Hungerzentrum des Gehirns. Und die »Menschen« fraßen. Sie würgten Vermodertes herunter, während sie auf dem Boden nach Essbarem tasteten und sich körperlich an der Grenze zwischen Leben und Tod bewegten. Sie waren keine vernunftgeleiteten Wesen mehr.

Ohne nachzudenken und fast ohne zu zielen, schoss der Junge auf den Dickwanst, der noch immer gebetsmühlenartig vor sich hin lallte. Sein Körper zuckte und sank schwerfällig zu Boden.

Ein unbegreifliches, unvorstellbares Zusammenwirken von Umständen. Roh, abstoßend, aber alles in allem effektiv. Wie nannte man so was? Symbiose.

Dies war eine *Farm*.

Erst jetzt bemerkte der Junge die verendeten Ratten, die dicht auf dem Boden verstreut lagen. Kadaver von fetten, gemästeten Ratten, mit klaffenden Wunden an den Seiten.

Ratten, die die teuflische Kreatur hingeworfen hatte als Köder für eine größere Beute … Mit einem Schlag wurde ihm die Bedeutung der Zeichnung im Keller klar. Es war eine Warnung, hinterlassen von einem Wilden, der am Leben geblieben war.

Gleb wurde übel beim Anblick dieser irrealen Szenerie. Er wollte so schnell wie möglich von diesem furchtbaren Ort verschwinden.

Der Schlag gegen seinen Kiefer kam blitzartig und mit enormer Kraft. Der Junge wurde auf die Stufen geschleudert. Die Pernatsch fiel ihm aus der Hand und verschwand in der Dunkelheit. Die Stirnlampe zerbrach klirrend an der Kante einer Stufe.

Gott sei Dank durch die Maske, schoss es Gleb durch den Kopf. Die Zähne sind ganz.

Im nächsten Augenblick zog etwas seitlich an seiner Maske. Die Lampe in der Brusttasche – schnell!

Der Lichtstrahl beleuchtete eine feuchte Tentakel, die sich – genau vor seinen Augen – an der durchsichtigen Kunststoffscheibe festgesaugt hatte. Entsetzt schnappte Gleb nach Luft, riss sich die Maske vom Kopf und durchschnitt mit seinem Messer den Luftschlauch. Dann ertastete er die Pistole am Boden und kletterte die Stufen hinauf. Eine zweite Attacke erfolgte nicht. Gleb stürzte nach oben. Er schrie – vor Angst, allein mit der unbekannten Kreatur in dieser völligen Dunkelheit zurückzubleiben.

Seltsamerweise zwang gerade dieses Gefühl seinen Verstand, in die richtige Richtung zu denken.

»Wenn es nur funktioniert … Wenn es nur … Komm schon, alte Kiste, spring an!«

Die langen Nachtschichten im Generatorraum der *Mos-kowskaja* waren nicht umsonst gewesen. Der Junge hätte den Dieselmotor auch mit geschlossenen Augen anwerfen können. Nun kam ihm diese Fähigkeit sehr gelegen. Es war kaum zu glauben, aber der uralte Generator sprang tatsächlich an. Einige Sekunden lang krächzte sein rostiges Innenleben vor sich hin, doch dann fuhr er hoch und schnaufte los. Mattes Licht vertrieb allmählich die Dunkelheit im Gang. Gleb erstarrte. Neben ihm stand wankend eines dieser aufgedunsenen Wesen, sperrte gierig seinen stinkenden Rachen auf und streckte die Arme nach ihm aus. Wie von selbst stiegen in Glebs Kopf die Lehren des Meisters hoch. Reflexartig fuhr der Junge zurück und drückte auf den Abzug. Die Schüsse hallten dumpf durch die Anlage. Die Kugeln rissen dem Dicken die Seite auf. Wie aus einem löchrigen Sack schlug graubraunes Gedärm zusammen mit Klümpchen von halbverdautem Essen auf den Boden. Der arme Tropf stand da und blickte stumpfsinnig auf den eigenen Bauch. Ein dümmliches Grinsen zeichnete sich auf seinem Gesicht ab. Dann schöpfte der Dickwanst eine Handvoll Eingeweide aus der Wunde und steckte sie in den Mund.

»Du bist kein Mensch«, sagte Gleb laut, um das Grauen zu unterdrücken und diesen Alptraum zu zerstreuen. »Kein Mensch …«

Der zweite Schuss zertrümmerte dem Dickwanst den Schädel. Der Fangarm löste sich sogleich von der Leiche und zog sich in die Höhle der Kreatur zurück. Gleb überwand seine Angst und stürzte hinterher. Er behielt den Spalt in der Decke im Auge und riss die Waffe hoch.

Die Pernatsch erwachte in seinen Händen zum Leben und schenkte den anderen Untoten die letzte Ruhe.

Erst als er mit dem letzten von ihnen fertig war, bemerkte Gleb plötzlich, dass der Fangarm-Schlauch nicht mehr zu sehen war. Auch in der verfluchten Spalte rührte sich nichts mehr.

Dafür war jetzt im Hauptgang ein schrilles Zirpen zu hören. Gleb wandte sich langsam um und erblickte sie. Die Kreatur.

Sie hing von der Decke, hatte sich mit ihren Tentakeln an dem Beton der Zwischendecke festgesaugt. Es war ein abstoßendes, unmögliches, unglaubliches Monster. Eine Kreuzung aus Krake und Gottesanbeterin. Aus welchem Sumpf war diese Kreatur in diesen Bunker gekommen? Was war der Auslöser für einen solchen Irrtum der Schöpfung gewesen? Die Kauwerkzeuge am Maul der Kreatur bewegten sich rhythmisch, die dunklen konvexen Augen schauten den Jungen regungslos an. Sein Verstand weigerte sich, sie als etwas Reales wahrzunehmen.

Doch die Bestie hatte nicht vor zu verschwinden. Sie hing unbeweglich mitten im Gang und verbreitete einen unerträglichen, widerlichen Gestank.

Gleb stand da wie angewurzelt, zu nichts weiter in der Lage, als seinem eigenen Tod ins Angesicht zu starren. An seinen Beinen floss es warm und feucht herunter. Die Pistole fiel aus seiner zitternden Hand. Eine trügerische Müdigkeit zwang ihn in die Knie. Schicksalsergeben ließ der Junge den Kopf auf die Brust sinken.

»Hinlegen!«

Wie ein Springteufel tauchte plötzlich Taran aus einer Ecke auf, riss seine Kalaschnikow hoch und drückte ab.

Aber das ratternde Sturmgewehr wurde aus seiner Hand gerissen und die Schüsse gingen ins Leere. Das Monster erwies sich als äußerst treffsicherer und kluger Gegner, der die Gefahr, die von der Waffe ausging, einschätzen konnte. Taran wich zurück. Der Puppenspieler folgte ihm ohne Hast und setzte dabei geschickt seine Saugnäpfe ein. Tarans Maschinengewehr war außer Reichweite.

Um den Mutanten so weit wie möglich von dem Lager wegzulocken, stürzte Taran den Gang entlang. Den neuen Angriff der Kreatur sah er nicht kommen. Ein heftiger Schlag gegen die Beine riss ihn blitzartig zu Boden. Der Puppenspieler holte erneut aus und schleuderte einen Fangarm über den nackten Beton – der Stalker konnte gerade noch zur Seite springen. Er raffte sich wieder auf, sprang durch die Türöffnung und warf eine Handgranate hinter sich. Es folgte eine ohrenbetäubende Explosion, ein Betonbrocken flog quer durch den Raum und traf ihn an der Seite. Aus dem Gang strömten dichte Rauch- und Staubschwaden.

Der Stalker holte tief Atem, erhob sich und tastete nach dem Revolver. Durch den Rauch kroch der Puppenspieler heran und klammerte sich mit seinen Tentakeln am Türpfosten fest. Der Körper der Bestie war stellenweise verkohlt. Einige der Fangarme hingen wie schwelende Peitschen herab, noch mehr aber waren abgerissen. Taran eröffnete das Feuer. Immer wieder wurde die Wand von grellen Explosionen erleuchtet. Die Neun-Millimeter-Patronen, die die Nossorog ausspuckte, schlugen Fontänen von Steinbrocken aus den Betonwänden heraus. Das Monster hätte diese Hölle niemals überlebt, wäre es an seinem alten Platz geblieben. Den heranfliegenden Schatten bemerkte der Stalker zu spät. Ein rauchender Körper riss den Stalker von den Beinen, und die Gegner wälzten sich brüllend auf dem Boden. Während Taran den klappernden Kiefern auswich, warf er den leeren Revolver beiseite, langte nach dem Messer und rammte die Klinge mit aller Macht in den Körper des Puppenspielers. Die zähe Kreatur zeigte jedoch keine Reaktion, sondern klammerte sich weiter mit den Überresten ihrer Tentakeln an ihrem Opfer fest und versuchte, an dessen Kehle zu gelangen. Der Stalker schlug noch einmal zu – und noch einmal. Er versuchte, den Schädel zu durchstoßen, doch die Klinge glitt unbeholfen ab und verpasste dem Kopf des Tieres nur Kratzer. Seine Kräfte schwanden rasch. Ungeduldig klapperten die Kiefer des Monsters vor seinem Gesicht. Von dem widerwärtigen Gestank trübte sich sein Bewusstsein.

Vor Angst zitternd kroch Gleb in den Raum. Seine Füße kratzten kaum über den Boden, und sein Körper weigerte sich zu gehorchen, doch in seiner Verzweiflung zog sich der Junge mit blutigen Fingern immer näher an seinen Meister heran. Die Pernatsch war irgendwo hinter ihm zurückgeblieben.

Taran spannte seine ganze Kraft an, stöhnte vor Anstrengung und warf die Bestie über den Kopf. Als er obenauf war, hieb er mit dem Messer in den kreischenden Fleischklumpen. Wieder und wieder. Die Kreatur wollte einfach nicht krepieren. Sie peitschte mit den Stummeln ihrer Fangarme auf die Panzerweste und klapperte mit ihren Kiefern. Als der Stalker einem neuerlichen Angriff auswich, glitt er auf einer Blutlache aus und wurde sogleich wieder umge-

rissen. Seine Hand berührte kalten Kunststoff. Mit angst-
verzerrtem, verheultem Gesicht schob Gleb seinem Meister
den Bohrhammer in die Hand. Jenes Gerät, das die Bauleute
damals einfach zurückgelassen hatten. War es Vorsehung?
Schicksal? Glück? Es gab keine Zeit für Mutmaßungen.

Taran zog den Bohrhammer zu sich heran. Aus einem
unerfindlichen Grund wusste er in diesem Moment, dass
er funktionieren würde. Er sammelte all seine verbliebene
Kraft, presste die widerstrebende Kreatur mit den Absät-
zen seiner Armeestiefel gegen die Wand und drückte auf
»Start«. Das Gerät heulte auf und der lange, großkalibrige
Bohrer begann sich schnell zu drehen. Die Kreatur zuckte
und versuchte sich zu befreien, aber der Bohrer war bereits
in ihren Schlund eingedrungen, verspritzte Fleischfetzen
und schraubte sich schließlich ins Gehirn.

»Verrecke! Verrecke!«, schrie der Stalker mit zusammengekniffenen Augen. »*Verrecke!*«

Als alles vorüber war, lagen sie einfach da, schweigend,
kraftlos, den leeren Blick gegen die Decke gerichtet. Den
Jungen schüttelte es. Leise schluchzend kauerte er sich zusammen, vergrub das Gesicht in der Schulter des Stalkers
und gab sich einfach diesem überwältigendem Gefühl der
Sicherheit hin. In diesem Augenblick wurde Gleb bewusst,
dass sich etwas in ihrer Beziehung geändert hatte. Die
Anspannung, die den Jungen die ganze Zeit umklammert
hatte, hatte sich verflüchtigt. All die Angst und Feindselig-
keit, die Taran bei ihm hervorgerufen hatte, waren auf einmal verschwunden.

ZWEITER TEIL

VERLUSTE

7

DER DSCHUNGEL

»Dir ist klar, dass du deinen Posten verlassen hast?« Kondor schritt die Formation der Kämpfer auf und ab und redete dem, der die ganze »Bescherung« verursacht hatte, mit gefährlich leiser Stimme ins Gewissen. »Wegen dir, Welpe, hätten wir alle hier den Löffel abgeben können!«

»Was für ein schönes Kameradengrab«, flüsterte Okun Farid zu und grinste.

»Ne richtige Familiengruft«, ergänzte Ksiwa am anderen Ende der Reihe.

»Schluss mit dem Geschwätz!« Kondor baute sich vor Gleb auf. »Hör mir gut zu, Junge. Ich werde mich nicht wiederholen. Wenn du noch einmal meinen Befehl missachtest, schlag ich dir das Hirn aus dem Schädel, ich bin da nicht zimperlich.«

Vor dem Gesicht des Jungen schwebte eine imposante Faust. Gleb blickte sich unsicher nach seinem Meister um, der nicht lange auf sich warten ließ:

»Und ich stopfe die Fetzen wieder zurück und mach das Ganze nochmal.«

Die morgendliche Abreibung konnte die Stimmung des Jungen nicht trüben. Er war am Leben geblieben, und das war verdammt großartig. Das Veilchen unter seinem Auge würde vergehen. Für das zerbrochene Nachtsichtgerät hätte er noch viel mehr einstecken können.

Der Trupp traf alle Vorbereitungen für den Marsch und setzte seinen Weg über die Sankt Petersburger Chaussee fort. Ein leichter Schneewind wirbelte über die Asphaltreste und riss abgefallenes Laub sowie feinen Sandstaub mit sich. Die Stalker rückten in geordneter Formation durch das wilde, unbekannte Gebiet vor. Die Vegetation um sie herum wurde immer dichter und dichter. Breitblättrige, grüne Giganten wechselten sich ab mit einem üppigen Dickicht aus mutierten Büschen, aus deren Innerem in einem fort das Geheul von unbekannten Raubtieren zu den Gefährten herüber drang. Als sie in die Nähe des ehemaligen Michailow-Parks kamen, führte Taran den Trupp von dem Pfad weg. Die Überreste der Straße ließen sich nur noch mit Mühe als solche bezeichnen. Die Geigerzähler tickten hektisch, weshalb der Anführer immer weiter nach links auswich, bis der Trupp auf eine Reihe zweigeschossiger Häuschen stieß, die in einem Teppich aus hohem, dichtem Gras versanken.

»Das ist die Michailowka. Früher mal eine Elitesiedlung.« Der Anführer prüfte die Karte. »Wir gehen da durch. Das Gebiet dahinter ist unbebaut – sie hatten dort einen Golfplatz.«

Die Stalker passierten vorsichtig die verstreuten, schon ziemlich schief gewordenen Landhäuser. Gleb versuchte sich vorzustellen, welche Kraft die Dächer von den auf den ersten Blick stabilen Häusern hatte herunterreißen können. Er wunderte sich, dass jedes dieser seltsamen Gebäude für sich allein stand. In der Metro war es am praktischsten und sichersten, wenn man an belebten, zentralen Stationen wohnte, und zwar so nah wie möglich bei den Kochstellen und der Wache. Die Stationen, die vernachlässigt oder am Rand der Metro gelegen waren, wurden eigentlich nur von denjenigen bewohnt, die es sich nicht leisten konnten, im Zentrum zu leben. An diesem Ort hier mussten ganz arme Leute gelebt haben, wenn sie sich so weit außerhalb der Stadt niedergelassen hatten.

Ich muss nachher unbedingt mal fragen, was »Elite« bedeutet, dachte Gleb.

Über all dem Grübeln bemerkte Gleb nicht, wie sie die Siedlung hinter sich ließen. Ringsum erstreckte sich ein weites Feld, das von dichtem Gras überwuchert war. Für einige Augenblicke stach die gleißende Sonne aus den Wolken heraus und tauchte die Gegend in helles, langersehntes Licht. Die Gefährten blickten verblüfft um sich und genossen die unwirklich schöne, friedliche Landschaft.

»Was meinst du, Taran?«, durchbrach Kondor das Schweigen.

»Ein schlechter Ort. Zu ruhig.«

Als Erster bemerkte Farid den Streifen durchpflügter Erde. Taran hielt den Trupp sofort an. Die Kämpfer standen da und beobachteten den Wegführer angespannt. Nachdem er eine Minute nur dagestanden war, ließ er sich auf die Knie herab und legte sein Ohr auf die Erde.

»Wir kehren um. Wir suchen uns einen anderen Weg.«

»Was sagst du da, Stalker? Was für einen anderen Weg? Wir sind sowieso schon weit genug von der Küste entfernt.« Kondor ging voraus. »Hier ist keine Menschenseele weit und breit. Sieh selbst.«

»Wir kehren um!«

»Sei nicht hysterisch, Taran. Natürlich bist du ein sehr erfahrener Mann, aber manchmal zieml...«

Keiner von ihnen war in der Lage, vernünftig zu reagieren, als sich vor ihnen plötzlich die Erde aufbäumte und eine riesige, kegelförmige Schnauze ans Tageslicht schoss, bedeckt von glänzender, grauer Haut. Schreiend sprangen die Kämpfer zur Seite, und im nächsten Augenblick ratterte Farids Kalaschnikow los. Dym riss wütend an seinem Patronengürtel, der sich verheddert hatte. Kondor brüllte fluchend Befehle.

»Was ist denn das für ein Scheiß?!«, heulte Ksiwa auf und blickte sich nach allen Seiten um.

Um sie herum explodierte die Erde, stieß Fontänen von Schmutz hervor, wand sich in fürchterlichen Krämpfen. Aus ihrem Inneren drang ein dumpfes, rhythmisches Getöse, das langsam immer lauter wurde.

»Maulwürfe!«, brüllte der Meister in höchster Anspannung durch die Atemmaske. »Alle stehen bleiben! Niemand rührt sich! Stehen bleiben, verdammt!«

Die Stalker begriffen endlich und blieben starr stehen, wo sie gerade waren. Aus dem Loch in der Erde, vielleicht sieben Meter von der Gruppe entfernt, schaufelte sich der voluminöse Körper des gefräßigen Tiers mit riesigen, krallenbewehrten Pfoten flink nach oben. Es drehte sein gestrecktes Maul zu den Besuchern hin und nahm geräuschvoll Witterung auf – einmal, dann noch einmal. Der gigantische, blinde Maulwurf schwenkte seine Nase

wie eine Sonde hin und her und kroch ruckweise vorwärts.

»Nicht schießen. Nicht bewegen. Sie können uns nicht
sehen.«

Das Untier blieb nur wenige Meter vor dem Belgier ste-
hen und schwenkte sein Maul von der einen auf die andere
Seite. Mehr tot als lebendig stand der Kämpfer an seinem
Platz. Das Gewehr zuckte in seinen Händen.

»Ich fürchte nicht die Dunkelheit in meinem Herzen«,
murmelte Bruder Ischkari mit bebender Stimme und hielt
mit zitternden Händen ein Gebetsbuch umklammert. »Das
Unglück wird am Diener des ›Exodus‹ vorübergehen. Denn
ich glaube.«

Ein weiterer Maulwurf kroch durch das hohe Gras heran.
Der erste witterte seinen Rivalen, gab ein kurzes Brüllen
von sich und riss den Rachen auf. Das war zu viel für den
Belgier: Er riss seine Waffe hoch und feuerte los. Die Kugeln trafen das borstige Maul und durchschlugen die knorrige Hornhaut. Brüllend wich der Maulwurf zur Seite aus.
Dafür stürzte der zweite Gigant blindlings auf den Lärm
zu. Dym hechtete zur Seite und konnte der flinken Kreatur gerade noch ausweichen. Die Utjos in seinen breiten
Händen begann wie ein Presslufthammer zu zucken, bis
ihre unbarmherzigen Panzerbrandgeschosse den Koloss in
Stücke gerissen hatten.

»Nein! Nicht schießen!« Taran versuchte mit seinen
Schreien die Kämpfer zu erreichen, aber seine Stimme ging
in dem höllischen Gefechtslärm unter. Der ganze Trupp
feuerte nun auf immer neue Monster, die an die Oberfläche gekrochen kamen.

Dem Trupp gelang es für wenige Minuten, den Vorstoß der rasenden Geschöpfe aufzuhalten, doch mit einem Mal begann die Erde unter ihren Füßen abzusinken und sich mit einem Netz von Rissen zu überziehen. Die Kämpfer stürzten davon. Inzwischen hatte sich ein dichter Staubschleier gebildet. Gleb rannte seinem Meister nach, immer im Bogen um die riesigen Löcher herum. Links von sich erblickte er den Belgier, doch schon im nächsten Augenblick verschwand plötzlich die Erde unter dessen Füßen, das Gewehr fiel ihm aus der Hand und er stürzte in eine tiefe Grube. Nicht weit von ihm tauchte eine weitere Kreatur auf. Energisch grub sich der Maulwurf durch den lockeren Boden und näherte sich mit kräftigen Zügen seinem Opfer.

Alles passierte sehr schnell. Während Gleb noch nach den Stalkern rief und seine Pernatsch hervorzog, fischte der Belgier seine FN F2000 aus der Erde. Der Abzug klickte, doch das komplizierte Gewehr hatte zu viel Dreck geschluckt und funktionierte nicht. Eine Krallenhand schoss heran und warf den Kämpfer um. Ein widerliches Knirschen ertönte – die riesigen Kiefer hatten den Kämpfer blitzschnell in der Mitte durchgebissen.

»Sanja! Sanja-a-a!«

Okun, der hinzugeeilt war, wollte sich geradewegs in den Trichter stürzen, doch Dym schaffte es gerade noch, ihn am äußersten Rand des Abhangs aufzufangen. Er zog Okun nach oben, drückte ihn fest an sich und ließ ihn nicht los.

»Zu spät, Bruder, lass gut sein! Du kannst ihm nicht mehr helfen!«

Okun schlug in der mächtigen Umarmung des Mutanten wild um sich, doch dann sank er auf einmal kraftlos zu Boden und begann zu lamentieren: »Und ich hab dem Idioten noch gesagt: Schmeiß das zimperliche Importzeug weg. Die Kalaschnikow macht doch alles mit. Aber dieses Arschloch wollte es unbedingt so haben ...«

Der Junge aber bekam das nicht mit. Während das Tier dort unten hin und her zuckte und seine Beute zerkaute, brüllte Gleb Verwünschungen und feuerte wild drauflos, obwohl er begriff, dass dies nichts mehr ändern würde. Und während er auf den Maulwurf schoss, hatte er plötzlich wieder das längst vergessene Gefühl, einen nahen Menschen zu verlieren – obwohl er den Belgier doch erst seit wenigen Tagen gekannt hatte. Dann tauchte sein Meister aus der Staubwolke auf und zog den Jungen mit sich.

»Vorwärts, wir müssen weiter!«

Die Petersburger Chaussee betraten sie erst wieder kurz vor Peterhof. Der Trupp marschierte in völligem Schweigen. Sogar der ansonsten so geschwätzige Ksiwa hielt sein Schandmaul. Kondor und Taran waren erneut aneinandergeraten. Gleb hatte ihr erregtes Gespräch noch immer im Ohr. Die harten Worte des Meisters hatten ihn, wie immer, unangenehm berührt.

»Hätte er getan, was ich gesagt habe, würde er noch leben. Es war ganz allein seine Entscheidung. Eine Lektion für die anderen.«

Hart, aber gerecht. Vielleicht waren die Stalker deshalb so still geworden und folgten exakt den Anweisungen des

Wegführers. Beim Anmarsch auf die Stadt mussten sie ihren Schritt beschleunigen. Etwa einen Kilometer führte eine enge Schneise durch einen dichten Wald. Zwischen Bruchstücken von Asphalt wellten sich knorrige Baumwurzeln. Giftig-grüne Äste peitschten gegen ihre Helme. Ständig regte sich etwas in dem dichten Gestrüpp, huschten seltsame Schatten vorbei. Gleb wurde immer unheimlicher zumute. Er hielt sich dicht hinter seinem Meister und blickte immer wieder nach allen Seiten.

Endlich tauchten weiter vorn Gebäude auf. Besser gesagt: das, was von ihnen übrig war. Die Vegetation drang von allen Seiten vor; die Stadt glich jetzt haargenau den Bildern aus dem Buch über die Maya-Indianer und ihre Tempel, das Nata, Glebs hinkende Freundin von der *Moskowskaja*, besaß. Nach einer Weile hielt Taran den Trupp an und verschwand im Treppenaufgang eines nahe gelegenen Hauses. Inzwischen rückten die Gefährten entsprechend seinen Instruktionen langsam weiter vor. Einige Minuten später erblickte Gleb seinen Meister auf einem Dach. Der Stalker schraubte den länglichen Zylinder eines Schalldämpfers auf sein Präzisionsgewehr. Gleb blickte sich um, bemerkte aber nirgends etwas Gefährliches. Ein lautes Geräusch vom Dach des Nachbargebäudes ließ die Kämpfer ihre Sturmgewehre heben. Einen Augenblick später stürzte ein angeschossener Wolfsmensch vor die Füße von Bruder Ischkari. Der Sektierer sprang erschrocken beiseite und fing an, vor sich hin zu jammern.

Der Junge schaute zurück. Taran zielte erneut. Die gewaltige Waffe zuckte einmal, dann noch einmal. Der Stalker löste sich vom Visier und verschwand in einem Dachbodenfenster. Die Gefährten schlugen sich gerade durch den tiefen Graben, der den Prospekt kreuzte, als der Meister den Trupp einholte.

»Späher«, erklärte er Kondor. »Wenn man sie nicht erledigt, kommt das ganze Rudel herbeigelaufen. Jetzt kommen wir vielleicht unbemerkt an ihnen vorbei.«

Sie rückten weiter vor, bis auf einmal zu ihrer Linken eine hohe, wunderliche Anlage auftauchte, die stolz über die üppige Vegetation hinausragte. Gleb sah zum ersten Mal ein solches Wunder. Vier kleinere Türme umsäumten einen großen in der Mitte. Drei davon hatten sogar noch ihre Kuppel, deren ehemals vergoldeter Überzug mit der Zeit jedoch dunkel geworden war. Trotz des schmutzig grauen Belags auf den Wänden zog der feierliche rot-grüne Anstrich des Gebäudes die Blicke auf sich.

»Die Kathedrale der heiligen Apostel Peter und Paul.« Taran schaute ehrfürchtig in die Höhe. »Sie hat den Krieg mit den Deutschen überstanden. Und dann auch noch die Katastrophe. Ein wahrhaft heiliger Ort.«

»Was sind Apostel?«, fragte Gleb leise.

Ischkari lebte auf und trat nach vorn.

»Bruder Saweli ist der Apostel des neuen Glaubens, des Glaubens des ›Exodus‹ an …«

»Halt dein widerliches Maul, du Gotteslästerer!« Außer sich packte Taran den Sektierer am Kragen, hob ihn in die Luft.

Als er bemerkte, dass Kondor ihn beobachtete, ließ er Ischkari wieder herunter. Sofort versteckte sich dieser hinter den Rücken der anderen Stalker.

Nata versuchte das Thema zu wechseln: »Diese Kathedrale ist wirklich so alt?«

»Der Grundstein ist noch zur Zeit der Zaren gelegt worden.« Der Wegführer blickte erneut auf die Anlage. »Im Großen Vaterländischen Krieg hat sie ordentlich was abgekriegt. Sie wurde unter Beschuss genommen, weil ein deutscher Aufklärer von dort aus unsere Schiffe – und übrigens auch Kronstadt – ausspionierte.«

Es herrschte eine lange Pause. Danach blickten sich Kondor und Taran gleichzeitig an und gingen ohne weitere Worte zum Eingang. Gleb eilte ihnen nach, den anderen aber befahl Kondor, unten zu warten.

Es dauerte nicht lange, bis sie die Treppe ausfindig machten, die zu der Kolonnade führte. Die Gittertür, die den Aufgang einst versperrt hatte, lag verwaist auf den staubigen Stufen. Während sie immer höher hinaufstiegen, berührte Gleb die Wände des majestätischen Gotteshauses vorsichtig mit seinen Fingern. Die alte Kraft, die von dem Gebäude ausging, war fast greifbar. Welche Geheimnisse bargen diese schweigsamen Wände? Wie viel menschliches Leid würde dieses Gotteshaus noch erleben? Auf einem Wandstück, von dem der Putz abgeblättert war, erblickte Gleb einige Zeilen, die jemand mit kleinen schiefen Buchstaben dort hingeschrieben hatte.

»… da ward ein großes Erdbeben, und die Sonne ward schwarz wie ein härener Sack, und der Mond ward wie Blut.

Und die Sterne des Himmels fielen auf die Erde, gleichwie ein Feigenbaum seine Feigen abwirft, wenn er von großem Wind bewegt wird.

Und der Himmel entwich wie ein zusammengerolltes Buch; und alle Berge und Inseln wurden bewegt aus ihren Örtern.

Und die Könige auf Erden und die Großen und die Reichen und die Hauptleute und die Gewaltigen und alle Knechte und alle Freien verbargen sich in den Klüften und Felsen an den Bergen ...«

Weiter war der Text nicht zu entziffern. Sosehr der Junge auch auf die raue Oberfläche der Wand starrte, um mehr über jene schrecklichen Tage der Katastrophe zu erfahren, das Gotteshaus offenbarte es ihm nicht.

Gleb hatte mehrmals versucht, Palytsch darüber auszufragen, wie *es* passiert war. Aber der Alte hatte sich stets in Schweigen gehüllt und nur einmal einige magere Sätze aus sich herausgepresst über das Heulen der Sirenen, die Schreie, die Panik, über das Gedränge bei der Evakuierung, den Hunger und die Entbehrungen der ersten Monate unter der Erde. Palytsch mochte sich nicht daran erinnern. Vielleicht schmerzte ihn der Gedanke an seine verlorene Heimat zu sehr, oder es war sonst irgendwas. Von den Menschen sprach er dagegen öfter. Von denen, die mit ihren Fehden und Ambitionen die Welt an den Rand der Katastrophe gebracht hatten, oder denen, die von Panik ergriffen über die Köpfe der anderen in den rettenden Schoß der Untergrundbahn geklettert waren. Hart sprach er, böse – als grollte er der ganzen Welt. Nach solchen Gesprächen verschwand er immer in seiner Ecke, um sich zu besaufen.

Taran rief nach seinem Schüler. Gleb fuhr auf und folgte den Stalkern, wobei er immer zwei Stufen auf einmal nahm. Oben angekommen, verschlug es dem Jungen den Atem von dem überwältigenden Anblick, der sich ihm vom Dachboden aus bot. Das schier unendliche Panorama dieser verlassenen Welt begeisterte Gleb, doch zugleich registrierte er bitter ihre Einsamkeit und Leblosigkeit. Wie unvorstellbar groß mussten der Hass und die menschliche Unvernunft gewesen sein, dass man ihnen alles Leben geopfert hatte – die Natur, das Wasser, die Erde …

Als Gleb in die andere Richtung blickte, traute er seinen Augen nicht: Genau wie in seinem Traum erstreckte sich hinter den Bäumen …

»Das Meer.«

»Fast. Das ist nur der Finnische Meerbusen.« Taran deutete mit seiner Hand in die Ferne. »Und dieses Stückchen Land da hinten, das ist Kronstadt.«

Kondor holte ein Fernglas hervor und beobachtete aufmerksam das ferne Ufer.

»Und, ist was zu sehen?«

»Alles ruhig und friedlich. Signale kann ich auch keine erkennen.«

Als Gleb sich an der funkelnden Wasserfläche sattgesehen hatte, lief er die Galerie entlang zur gegenüberliegenden Seite. Dort unten lag ein versumpfter See, dessen schlammige Oberfläche Blasen schlug. Der weißliche Dunst, der aus dem Wasser aufstieg, umhüllte zwei kleine, von Gebüsch überwucherte Inseln in der Mitte. Als er näher hinschaute, entdeckte der Junge, dass sich dort etwas bewegte. Er rief seinen Meister.

Was, wenn dort doch Menschen sind, dachte Gleb. An der *Moskowskaja* werden sie staunen, wenn sie erfahren, dass ausgerechnet ich …

»Hoppla.« Dem erfahrenen Stalker reichte ein Blick durch das Visier seines Gewehrs. »Alte Bekannte. Den Olga-Teich haben sie sich also ausgesucht.«

Kondor kam herbeigelaufen. Er schaute durch sein Fernglas und fluchte. Gleb, der vor Neugierde brannte, riss ihm ohne viel Federlesens das Gerät aus der Hand und hielt es an seine Augen. In der Ufervegetation huschten die grauen Köpfe von Wolfsmenschen vorüber. Für einen Moment schien es Gleb, als ob eine der Visagen ihn anstarrte. Der Mutant warf den Kopf in den Nacken und begann langgezogen zu heulen. Sogleich begannen sich in den Büschen die breiten buckligen Rücken seiner Artgenossen zu regen. Als hätte sie nur auf diesen Ruf gewartet, setzte sich die graue Masse mit einem Mal in Bewegung und lief auf die kleine Brücke zu, die die beiden Inseln verband.

»Was sollen wir machen, Stalker? Warten? Uns verstecken?«, Kondor sprach immer hektischer, während er beobachtete, wie die Wolfsmenschen nun mit weit ausgreifenden Schritten über die zweite Insel jagten. Die schnellsten unter ihnen sprangen bereits auf die Brücke, die ans Ufer führte.

»Abhauen.«

Sie flogen förmlich die Stufen hinunter und hinaus auf die Straße. Hastig hoben die anderen ihre Waffen auf und rannten ihnen nach.

Das rhythmische Schlagen der schweren Stiefel auf dem Pflaster beruhigte Glebs Nerven ein wenig. Seine feuchte Haut juckte unangenehm unter dem Gummi der Atemmaske.

»Ständig laufen wir und laufen«, ließ sich Dym vernehmen. »Ich komm mir langsam vor wie ne mongolische Antilope. Wir sollten die Köter einfach abknallen, und Schluss.«

»Der Belgier reicht dir wohl nicht, Gena? Hast wohl noch nicht genug gespielt?«, entgegnete der Kommandeur bissig. »Schneller, Nata, schneller!«

»In den Park!«, rief Taran.

Ohne anzuhalten, warf sich Dym mit voller Kraft gegen das schmiedeeiserne Tor. Mit kläglichem Scheppern sprangen die Flügel auf – einer davon flog gleich ganz aus der Angel. Die Stalker jagten durch den oberen Park, umrundeten die Schlossruine und kletterten die breiten Stufen der Großen Kaskade herab. Ihre Verfolger waren noch nicht zu sehen.

Am Fuße der Kaskade erblickte Gleb eine Statue: Ein nackter, muskulöser Mann kämpfte allein mit einer sonderbaren Kreatur.

»Wer ist das?«

»Samson.«

»Ist er auch ein Stalker?«

»Und was für einer!«, fiel Ksiwa kichernd ein. »Einen C-Anzug hat der nie getragen. Aus Prinzip.«

Die Gesichter der anderen Stalker blieben finster. Ihnen war nicht zum Scherzen zumute – zu frisch war noch die Erinnerung an den Tod des Belgiers. Nur Bruder Ischkari begann dumm zu kichern, doch auch sein Lachen riss ab, als sich der Trupp der Statue näherte. Das ausgetrocknete Wasserbecken, das die Skulptur umgab, war bis oben hin gefüllt mit menschlichen Überresten. Knochen, die mit der

Zeit und vom Staub dunkel geworden waren und an denen noch Fetzen verwitterter Kleidung klebten. Unheimliche, grinsende Schädel.

»Verflucht! Wie muss man das Leben hassen, um so was hier …« Schamans Lippen zitterten.

Gleb hatte schon früher gelegentlich Leichen gesehen. Einmal sogar ein menschliches Skelett. Vor einem Jahr war ein Kauz von der *Moskowskaja*, der ordentlich gebechert hatte, in einem Verbindungsgang nicht weit von der Station eingeschlafen. Nach einigen Tagen fand man ihn: es waren nur noch Knochen übrig, fein säuberlich von den Ratten abgenagt.

Aber um so was hier … Was war nur im Bewusstsein der Menschen passiert, dass sie sich gleichsam über Nacht verwandelt hatten in … »Bastarde«, wie Taran sich ausgedrückt hatte.

Der Junge wandte sich an seinen Meister, der auf einmal neben ihm stand: »Warum haben die Menschen das gemacht? Warum haben sie einander umgebracht? Hier ist etwas Furchtbares geschehen.«

»Der menschliche Hass hat viele Masken«, antwortete Bruder Ischkari anstelle des Stalkers in seinem typischen Singsang. »Dies hier ist eine davon.«

»Aber das ist doch nicht richtig. Es kann nicht überall so sein.«

»Woher nimmst du diese Gewissheit, Gleb?«, entgegnete Taran und schüttelte den Kopf. »In dieser Welt ist schon seit zwanzig Jahren nichts mehr richtig.«

»Ich weiß nicht. Ich würde nur gern daran glauben, dass es noch etwas anderes geben muss. Etwas Gutes. Normale

Menschen, eine saubere Erde ...« Der Junge schloss verträumt die Augen. »Einen Ort finden, wo alles anders ist!«

Der Stalker schmunzelte. »Wo ist das Problem? Such ihn doch einfach!«

»Aber wo?« Gleb blickte seinen Meister aufgeregt an. »Und wie?«

Taran wurde mit einem Mal sehr ernst. »Das spielt keine Rolle. Wenn du beschlossen hast, etwas zu tun, dann mach den ersten Schritt. Und hab keine Angst vor dem nächsten. Der einzige Fehler, den du machen kannst, ist, nichts zu tun. Du brauchst nur dein Ziel fest ins Auge zu fassen – alles andere schlag dir aus dem Sinn.«

Die Worte des Stalkers berührten etwas tief im Innern des Jungen. Oft hatte er sich in seinen Träumen vorgestellt, wie die Städte vor der Katastrophe ausgesehen hatten. Nun wurde ihm deutlich bewusst, was er sich am meisten wünschte. Solange er die Kraft dazu hatte, würde er nach einem unversehrt gebliebenen Stück Erde suchen. Schon allein um das Andenken an seine Eltern zu ehren, die stets davon geträumt und ihm seinerzeit mit bebender Stimme die erstaunlichsten Dinge von der verlorenen Welt erzählt hatten.

Gleb sah Taran direkt in die Augen. »Danke.«

»Wofür?«, fragte sein Meister ein wenig ironisch.

»Dafür, dass Sie mich auserwählt haben.«

»Aha, allmählich kapierst du es«, bemerkte der Stalker schnaubend und wandte sich Kondor zu. »Es ist zu gefährlich, hierzubleiben. Wir müssen weiter.«

Kondor nickte. »Los, Leute, was steht ihr hier rum! Habt ihr noch nie Knochen gesehen? Gehen wir!«

Ein neuer Gewaltmarsch folgte. Von Taran geführt, entfernte sich der Trupp immer weiter von der Kaskade. Sie schlugen sich durch den Uferdschungel, wobei sie einige Male verstärkter Strahlung ausweichen mussten.

»Das ist die Untere Straße.« Taran zeigte Kondor im Laufen die Karte. »Wir laufen an der Kläranlage vorbei und kommen dann auf die Oranienbaumer Chaussee. Hier biegen wir zum Ufer ab. Von dort sind es nur noch 500 Meter bis zum ›Raskat‹.«

Schon wieder ein unbekanntes Wort – Gleb machte sich eine geistige Notiz. Offenbar war ihre heutige Etappe bald zu Ende. Der Gedanke an eine Rast machte Gleb plötzlich bewusst, wie sehr ihn der Tag erschöpft hatte. Der Junge lief und wünschte sich nur eines: dass sich ihnen niemand mehr in den Weg stellen würde.

Die feindliche Welt an der Oberfläche hatte anscheinend beschlossen, den ungeladenen Gästen eine Atempause zu gönnen. Der Trupp lief ohne Hindernisse die skizzierte Marschroute entlang. Zwischen den Kronen der knorrigen Bäume wurde die Spitze eines hohen Eisenturmes sichtbar. Je mehr die Gefährten sich dem Ufer näherten, desto massiver und imposanter wurde die rot-graue Säule. Im oberen Bereich hatte der Turm eine zylindrische Verdickung mit Aussichtsfenstern nach allen Seiten. In der Stahlverkleidung des Fundaments waren deutlich tiefe, parallele Furchen zu erkennen – wie das Autogramm eines unbekannten Raubtiers.

»Was ist das für ein Turm?«, fragte Okun den Wegführer.

»Das ist ›Raskat‹, die Leitzentrale für den Schiffsverkehr. Wenn irgendwo eine Funkpeilungsanlage erhalten geblieben ist, mit der wir den Äther anzapfen können, dann nur dort. Einen Versuch ist es zumindest wert.«

»Willst du damit sagen …«

»Ich will damit sagen«, unterbrach Taran und warf Gleb einen schnellen Blick zu, »dass wir vielleicht schon jetzt ein paar Antworten bekommen können.«

8

»RASKAT«

Hoffnung ist ein seltsames Gefühl. Das Gegenstück zum gesunden Menschenverstand. Mitunter flößt sie uns zusätzliche Kraft ein, manchmal aber hindert sie uns einfach daran, das Wesen der Dinge nüchtern zu betrachten. Wir benutzen sie, um unüberlegte Handlungen zu rechtfertigen, und jagen sie fort, wenn sie womöglich ausschlaggebend wird für eine ernsthafte Entscheidung. Manchmal sagt uns die nüchterne Einschätzung, wie illusorisch ein bestimmtes Ereignis ist, und doch geben wir die Hoffnung nicht auf. Bei anderer Gelegenheit verlieren wir die Hoffnung auf etwas und kapitulieren bereits, um nur einen Moment später ebendieses Etwas zu erlangen. Warum hoffen wir? Und warum lässt der Verlust der Hoffnung die einen verzweifeln, für die anderen aber ist er nur der Weg zur Erkenntnis? Hängt von der Intensität unseres Hoffens ab, ob das, was wir uns wünschen, in Erfüllung geht? Ziemlich viele Fragen. Ein jeder beantwortet sie vor dem Hintergrund seiner eigenen Erfahrung. Eines jedoch ist sicher: Hoffnung ist ein seltsames Gefühl.

Während sie das zweigeschossige Gebäude neben dem Turm untersuchten, folgte Gleb seinem Meister und dachte darüber nach, wie realistisch die Hoffnung war, von hier aus Signale der in Kronstadt festsitzenden Leute zu empfangen. Was veranlasste »Exodus«, derart blind auf die Hilfe einer mythischen, unversehrt gebliebenen Stadt zu hoffen? Und worauf spekulierte die Primorski-Allianz, die sie auf diese gefährliche Expedition geschickt hatte?

Aus einem Nebenraum drang das Gepolter von Möbelstücken und Ksiwas verhaltenes Fluchen herüber.

»Hier gibt's nichts Interessantes. Alles leer. Rein gar nichts!«, berichteten die Kämpfer aus den verschiedenen Ecken des Gebäudes.

Schließlich versammelten sie sich alle in dem Gang, der das Gebäude im zweiten Geschoss mit dem Turm verband. Am anderen Ende stießen sie auf eine Eisentür mit einem unscheinbaren Schlüsselloch in der Mitte.

»Hat jemand eine Idee?«, wollte Kondor wissen.

»Wozu lange herumschwätzen?«, grunzte Gennadi und rammte seinen Stiefel mit voller Wucht gegen die Tür.

Dröhnend hallte das Echo durch den ganzen Gang, doch die Konstruktion hielt dem Schlag tapfer stand.

»Nur keine Eile, Dym. Wir knacken gleich das Schloss und …«

Doch der Mutant hörte nicht mehr zu. Beleidigt fixierte er die Tür, trat zurück, nahm kurz Anlauf und stürzte sich, eine Schulter nach vorn gestellt, mit seinen zweihundert Kilo Gewicht gegen die eiserne Tür. Die Konstruktion hielt dem Aufprall nicht stand und stürzte zusammen mit dem quadratischen Türrahmen nach innen. Weißli-

144

cher Staub stieg auf, und abgebrochene Teile der Betonwand traten zutage.

»Hättest ruhig etwas besser aufpassen können. Kein Gefühl für Ästhetik …« Kondor trat über den am Boden
liegenden Hünen und blickte in den Schacht des Turms.
»Farid, hol die Haken raus. Das wird ne Kletterpartie.«

Auch Gleb schaute neugierig in das Innere des Turmes.
Früher hatte es hier wohl mal eine Treppe gegeben, doch
davon war nur noch ein Haufen aus Betonbrocken und
rostigen Gitterstäben übrig, die den Boden des Schachts
bedeckten. Man konnte den Eindruck gewinnen, dass
jemand keine Mühe gescheut hatte, um ungebetene Gäste
daran zu hindern, in die oberen Räume des Turms zu gelangen.

Farid hatte unterdessen ein dünnes Seil abgewickelt, an
dessen Ende Haken angebracht waren. Dann angelte er aus
dem Rucksack eine knifflige Vorrichtung, die einer Arm-
brust ähnelte. Der gespannte Mechanismus klickte trocken, und der Kletterhaken schoss auf das hoch oben gäh-
nende Loch zu. Farid zog mehrmals an dem Seil, befestigte
eine Alu-Steigklemme daran und kletterte gewandt nach
oben.

»Okun, Ksiwa, ihr geht zurück ins Gebäude und beobachtet die Umgebung. Dym, du hilfst uns.« Taran hängte
sich die Petscheneg auf den Rücken und folgte dem Tadschiken.

Nach oben zu klettern erwies sich dank der schlauen
Kletterausrüstung als gar nicht so schwer. Als Gleb wieder
zu Atem gekommen war, blickte er sich um. Weißliches
Moos bedeckte den weitläufigen, runden Raum überall. Wie

ein dichter Teppich wucherte es auf dem Boden, stieg die Wände hinauf, formte Schneewehen auf den Tischen und hatte sich als undurchdringliche Masse auf die Steuerpulte gelegt. Die Fenster des runden Saales waren sorgfältig mit allerlei Materialien verbarrikadiert worden: Tischplatten, Brettern, Linoleum, das man aus dem Boden herausgerissen hatte. Bei der kleinen Treppe, die zu einer schmalen Aussichtsplattform führte, lag ein einsames Jagdgewehr herum. Von einer langen Stromleitung, die über den Deckenbalken geworfen worden war, hing eine ausgetrocknete, mumifizierte Leiche. Offensichtlich hatte der Unbekannte, der sich hier einst eingerichtet hatte, eines schönen Tages mit seinem Leben abgerechnet. Wahrscheinlich hatte er einfach … die Hoffnung verloren.

»Taran, ist das da gefährlich?«, wollte Nata wissen und zeigte auf den pelzigen Moosbewuchs.

»Außerhalb der Unterwelt ist es wie mit einem Liebhaber, Teuerste. Wenn du dir nicht sicher bist, sieh dich lieber vor. Wenn du ihn noch nicht kennst, bloß nichts überstürzen.«

Die Amazone prustete los, zog aber ihre Hand lieber doch zurück. Schaman lief unterdessen hektisch durch den Saal, auf der Suche nach unversehrt gebliebenen Funkanlagen. Seine Augen glühten.

»Dieses Moos ist überall«, beschwerte er sich. »Alles besudelt! Ein richtiges Gewächshaus.«

Der grauhaarige Stalker packte das Bruchstück eines Schrubbers und begann damit an den Regalen herumzustochern. Auf diese Weise hob er ganze Schichten dieses weißlichen Zeugs von den Kisten ab. Immer neue Geräte kamen zutage, Plastikkästen mit rätselhaften Knöpfen und Kippschaltern, laminierte Seefahrtskarten und vermoderte Kassenbücher.

Gleb sah Schaman einige Zeit bei der Suche zu und durchquerte den Saal. Inzwischen hatten sich die erschöpften Stalker die Gasmasken von ihren verschwitzten Gesichtern gezogen. Der riesige Dym hockte an der Wand und besah sich sein Maschinengewehr. Eine höchst interessante Vorrichtung erregte die Aufmerksamkeit des Jungen. Ein Eisenrahmen, zwei Räder mit ganz vielen dünnen Stangen, Kabel. Neben dem Aggregat stand ein Akkumulatorblock. Den erkannte der Junge sofort, denn ein ähnliches Teil stand im Generatorraum an der *Moskowskaja*. Immer wenn die Masuten die Elektrizität abstellten, ging im Generatorraum eine Lampe an, die von einem solchen Akku versorgt wurde. Beim Licht dieser Lampe hatten Karpat und er Stunden damit zugebracht, den altersschwachen Generator wiederzubeleben.

»Schau an, eine Dynamomaschine! Von einem Fahrrad! Nein so was!«, murmelte Schaman begeistert. »Unser Selbstmörder hat sich hier nicht übel eingerichtet! Vielleicht, wenn ich ein wenig mit den Elektrolyten herumexperimentiere …«

Von dem, was der alte Mechaniker weiter vor sich hinbrummte, verstand Gleb kein Wort.

»Er ist nicht zufälligerweise ein Masut?«, fragte er Nata.

»Nein, Gleb.« Nata lächelte. »Aber mechanische Dinge sind eben einfach seine Welt. In der Technik fühlt er sich wie ein Fisch im Wasser. Leute wie er sind in der Allianz heute Gold wert. Manchmal bastelt er Dinge zusammen, bei denen man nicht mal kapiert, wie ihm so was überhaupt einfallen konnte.«

Farid hatte in der Mitte des Raumes eine kleine Fläche für das Nachtlager frei geräumt. Über dem wackligen Kocher dampfte eine Blechbüchse mit siedendem Wasser – Nata kochte Tee. Etwas später kehrten Ksiwa und Okun von ihrem Erkundungsgang zurück. Kondor fand, dass der Trupp nach oben hin ausreichend geschützt sei und entschied, dass sie auf eine Nachtwache verzichten könnten.

Sie nahmen die sterblichen Überreste des früheren Bewohners von der Schlinge und schickten sie vom Balkon aus zu einem Freiflug hinab. Was natürlich ziemlich grob, aber in der gegebenen Situation angebracht war. Ihnen war jetzt nicht nach Sentimentalitäten. Schließlich war man ja nicht in der Metro.

Während sich die Kämpfer in dem Raum einrichteten, versorgte Schaman sie alle mit Aufträgen. Als Erstes benötigte er eine Antenne, und Farid kletterte, von Dym gedeckt, auf die oberste Ebene des Turmes, um dort ein langes Kabel zu befestigen. Dann war der Sektierer an der Reihe. Schaman jagte Bruder Ischkari beinah mit Fußtritten auf das Fahrrad, um den Akkumulator aufzuladen. Der arme Teufel ertrug die Last dieser verantwortungsvollen Mission mit stoischer Gelassenheit und strampelte wacker, bis sich der Mechaniker seiner erbarmte.

Die Gefährten ließen sich im Kreis um das Feuer nieder. Das Gespräch plätscherte langsam Wort für Wort dahin, während Schaman, ohne auf die fröhliche Runde zu achten, weiter mit Hochdruck an den Überresten der Apparatur herumwerkelte.

Gleb saß neben Taran, die müden Beine ausgestreckt. Über all dem Seemannsgarn, das die Stalker spannen, hatte er seine Büchse mit dem dampfenden Fleisch schon fast vergessen. Erst als sein Meister ihm einen vieldeutigen Blick zuwarf, griff er sich eilig einen Löffel und machte sich ans Essen, folgte aber weiter aufmerksam dem Verlauf des Gesprächs.

»Und dann war da noch diese Geschichte …« Natürlich war es Ksiwa, der wie gewöhnlich seine Redekunst zur Schau stellen musste. »Damals waren Sergej Domkrat und ich unterwegs, um uns irgendwo Zeitschriften zu besorgen.«

»Zeitschriften?«

»Logisch, *Zeitschriften*. Die Mädels bei uns konntest du ja an den Fingern abzählen …«

Okun prustete los, während er den Tee ausschenkte. Nata verzog angewidert das Gesicht, behielt jedoch die bissige Bemerkung, die ihr auf der Zunge lag, für sich.

»Wir durchstöbern also den Nebenraum eines Buchladens, stopfen die Rucksäcke bis oben hin voll und marsch zurück. Kurz vor dem Eingang zur Metro sehen wir plötzlich auf der Kreuzung so einen Typen im langen Büßerhemd. Mitten auf der Straße steht er da, starr wie eine Säule. Unter der Kapuze nichts zu sehen, rein gar nichts. Wir rufen zu ihm rüber: ›Bruder, von welcher Station bist du?‹ Er schweigt, wie ein Fisch auf dem Trockenen! Was sollten wir machen? Wir lassen ihn stehen und sind schon beinah wieder in der Metro. Ich geh als Letzter. Plötzlich reitet mich der Teufel, und ich schau mich um. Und vor meinen Augen macht dieser komische Typ auf einmal einen Wahnsinnssprung bis auf ein Hausdach!«

»Das Märchen kannst du jemand anderem erzählen!«

»Ich schwör's!« Ksiwa beugte sich vor und gestikulierte wild. »Der ging nur kurz in die Hocke und dann hat er diesen Satz gemacht! Über die Kante, und weg war er!«

»Alles Aufschneiderei …«

»Mich soll die Strahlung erwischen, wenn ich lüge! Fragt doch Taran! Hör mal, Stalker, du hast doch bestimmt auch schon mal so einen Freak gesehen?«

Taran schwieg kurz, dann antwortete er: »Habe ich nicht.«

Okun grinste. Nata zog die Augenbrauen zusammen und nickte, als wollte sie sagen: »Schon gut, Junge, fabulier ruhig weiter.« Ksiwa fand das jedoch überhaupt nicht witzig. Das Verhalten seiner Gefährten kränkte ihn.

»Ihr habt doch keine Ahnung! Ich hab mir damals vor Angst beinah in die Hose gemacht. Obwohl die Metro gleich in der Nähe war. Und dieser Typ wollte ja auch nichts von uns.« Ksiwa schien durch seine Gesprächspartner hindurchzusehen. Sein Blick war niedergeschlagen und verwirrt zugleich. »Steht einfach da und springt plötzlich. Wahnsinn.«

Die Kämpfer verstummten und sahen in das winzige Feuer des Kochers.

»Taran, hast du eigentlich manchmal Angst?«, fragte Nata plötzlich.

Es hatte so ausgesehen, als schliefe der Stalker. Doch nein, er rührte sich, hob den Kopf und blickte das Mädchen an, müde und zugleich … angespannt.

»Habe ich. Man muss schon ein Idiot sein in diesem Leben, um sich nicht zu fürchten.«

»Wann hattest du am meisten Angst?«

Gleb erstarrte und lauschte auf jedes Wort. Der Meister schwieg, den Blick auf einen Punkt geheftet. Die Finger zitterten hin und wieder, verrieten seine Anspannung. Der Junge war sich sicher, dass der Stalker das Mädchen gleich zum Teufel schicken würde. Doch zu Glebs Überraschung begann Taran langsam eine schwermütige Geschichte zu erzählen.

»In jenem Jahr ging gerade meine Dienstzeit zu Ende. Ich kehrte nach Piter zurück. Ständig luden mich Bekannte und Freunde zu sich ein. Klar war das für die eine Ehre, einen Berufssoldaten, gerade aus einer Krisenregion zurück, zum Kumpel zu haben. Wir haben anständig gefeiert – das Geld, das ich in fünf Jahren verdient hatte, war schnell ausgegeben. Ich musste mir eine Arbeit suchen, aber wer brauchte schon jemanden ohne Berufserfahrung? Ich bin dann in einem Krankenhaus als Wachmann untergekommen. Für einen Hungerlohn, der kaum für eine Mietwohnung reichte. Da bot mir der Chefarzt einen Nebenverdienst an: Ich sollte den Bombenschutzkeller des Krankenhauses in Ordnung bringen. Also habe ich renoviert. Am Anfang war es ungewohnt, aber dann habe ich mich eingearbeitet. Ich lernte zu verputzen, zu malern, zu tischlern. Der Bombenkeller wurde dann abgenommen und ausgestattet. Der Chefarzt war so davon angetan, dass er mir erlaubte, dort zu wohnen, bis ich genügend Geld zusammengespart hatte. Später wurde das ganze Krankenhaus zur Renovierung geschlossen. Und ich bin als eine Art Bewacher geblieben.«

Der Stalker unterbrach für einen Augenblick, nahm einen Schluck aus seinem Flachmann und seufzte. »Ich hatte eine

Freundin. Sie war schön – wie du, Nata. An jenem Tag hatten wir beschlossen, ins Zentrum zu fahren und auf dem Newski spazieren zu gehen. Ich stand an der *Moskow-skaja* und wartete. Die Sonne schien, die Vögel zwitscherten. Ein herrlicher Tag. Dann heulten plötzlich die Sirenen auf. Ihr habt sicher die Lautsprecher auf den Häusern gesehen? Die liefen auf vollen Touren. Die Leute standen da und sahen sich um. Die Jugendlichen machten noch Scherze und kicherten rum. Aber die Sirene hörte einfach nicht auf zu heulen. Irgendwann ist dann so ein Großmütterchen mit lautem Geschrei zur Unterführung gewetzt, und da sind sie auf einmal alle unruhig geworden. Zuerst einzeln, dann in Grüppchen begannen sie zur Metro zu laufen. Als dann ein Wagen der Verkehrspolizei an der Unterführung bremste und die Bullen aus der Karre rausgesprungen und sofort nach unten gestürzt sind, sind die Menschen buch-stäblich aufgewacht. Mit lautem Gezeter stürzten sie los, in die Metro.

Ich hab gleich nach meinem Telefon gegriffen – damals trug so gut wie jeder eines mit sich rum –, um Oxana an-zurufen. Während ich wartete, dass sie abnimmt, sah ich, wie die Menschen aus allen Richtungen zu den Unter-führungen liefen. Die Autofahrer mussten scharf bremsen, denn auf einmal waren überall Leute auf der Fahrbahn. Ein Bus wich zur Seite aus und raste mit voller Wucht in ein Blumengeschäft – beide Verkäuferinnen waren sofort tot. Ringsum Geschrei, Gebrüll. Alle rannten, brachen sich die Beine auf den Stufen. An den Unterführungen herrschte ein wahnsinniges Gedränge. Kinder kreischten und wein-ten. Die Leute waren wie wahnsinnig geworden. Drängelten, stießen, prügelten sich, teilweise sogar mit Flaschen. Jeder wollte auf einmal leben. Ein Mann zog ein Mädchen aus der Menge. Sie war bewusstlos. Ich dachte mir, toll, gut gemacht, er rettet sie. Aber dieses Arschloch warf sie aufs Gras und fing an, ihr die Sachen runterzureißen. Da bin ich ausgeflippt. Ich weiß nur noch, dass ich auf seine Fresse eingeprügelt habe, bis mir die Hand wehgetan hat.

Dann bemerkte ich Oxana. Die Arme humpelte, denn ihr war ein Absatz abgebrochen. Vollkommen aufgelöst war sie, die Augen vor Schrecken aufgerissen wie zwei Untertassen. Als sie mich sah, winkte sie freudig. Im nächsten Augenblick hatte die Menge sie verschluckt und schleppte sie über den Asphalt mit. Schleifte sie mit. Trampelte über sie hinweg …

Ich weiß nicht mehr, wie ich mich zu ihr durchgeschlagen habe. Überall waren Leichen. Verwundete stöhnten. Der Gehweg war glitschig von all dem Blut. Und das alles innerhalb weniger Minuten. Mein Mädchen lag da mit offenen Augen und schaute in den Himmel. Sie war tot.

Ich zog sie aus dem Chaos heraus, aber dann konnte ich mich nicht mehr auf den Beinen halten. Ich bin einfach auf dem Asphalt eingeknickt, wo ich gerade war. Ich erinnere mich nicht, wie lange ich da gesessen habe. Ich saß nur da und schaute sie die ganze Zeit an. Sie war so hilflos. So zerbrechlich. Ihr erstauntes Gesicht habe ich heute noch vor Augen. Ich hatte das Gefühl, eine Ewigkeit dort zu sitzen. Tatsächlich waren es nur fünf Minuten, nicht mehr.

Von unten aus der Unterführung waren Schreie zu hören: ›Sie haben die Tore geschlossen!‹, ›Kein Durchkommen zur Metro!‹

Irgendwo in der Ferne blitzte es auf. Und zwar so grell, dass diejenigen, die in diese Richtung geblickt hatten, die Hände vor die Gesichter schlugen. Sie rieben sich die Augen, krümmten sich. Mir war auf einmal so unheimlich zumute, dass ich alles auf der Welt vergaß. Die Leute, ja sogar meine Geliebte …

Während ich zum Krankenhaus rannte, blitzte es noch mehrmals auf. Aber, Gott sei Dank, irgendwo in der Ferne. Unterwegs kamen mir ständig Menschen entgegen. Sie alle hetzten zur Metro. Eine Frau schien ihre beiden Kinder schon fast hinter sich herzuschleifen. Die Armen konnten nicht mit ihr Schritt halten. Ständig stolperten sie und weinten.

Ich raste weiter. Dachte nicht mal daran, dass ich sie vielleicht hätte retten können. Ich war vor Angst völlig von Sinnen. Ich lief, was ich konnte. Rettete meine eigene Haut. Während ich versuchte, das Kellerschloss aufzuschließen, begann es hinter mir zu donnern. Zuerst leise. In der Ferne. Dann immer lauter. Meine Hände zitterten so sehr, dass ich den Schlüssel zuerst nicht ins Schlüsselloch bekam. Dann stürzte ich in den Bombenkeller hinein, verriegelte die hermetische Tür, und erst dann ließ es allmählich nach. Oben donnerte es, alles bebte, der Putz fiel von den Wänden. Und ich lag auf dem Boden und heulte, konnte einfach nicht aufhören …«

Taran verstummte und nahm erneut einen Schluck. Alle schwiegen. Nata saß bleich da, außerstande, das Gespräch fortzusetzen. Erschüttert starrte Gleb seinen Meister mit weit aufgerissenen Augen an. Es war das erste Mal, dass Taran so lange gesprochen hatte.

»Ich war damals erst zwei«, brach Kondor das Schweigen. »Ich erinnere mich an nichts. Später hab ich immer wieder meinen alten Herrn über diesen schrecklichen Tag ausgefragt. Was idiotisch von mir war.«

»Diese Prüfungen sind uns von oben gesandt«, warf Ischkari zaghaft ein. »Nur die im Geiste Standhaften werden Rettung erlangen. Wir müssen gemeinsam glauben an ...«

»Halt den Mund!«, unterbrachen ihn gleich mehrere Stimmen.

Schweigend und bedrückt blickten die Kämpfer ins Feuer. Das Gespräch war gewissermaßen von selbst erloschen.

Plötzlich ertönte aus den staubigen Lautsprechern, die Schaman auf einen Berg von Kisten gestellt hatte, ein Zischen. Die Stalker blickten in seine Richtung. Der Mechaniker, grau vor Staub und reglos wie ein Monument, thronte zwischen aufgetürmten, aufgeschraubten Apparaturen, eingewickelt in ein Netz von Kabeln.

»Was ist, Kulibin? Gibt es Leben auf dem Mars?«

Schaman reagierte nicht. Dafür wurde das Rasseln aus den Lautsprechern immer lauter. Dann brach das Geräusch einen Augenblick lang ab, und in der tönenden Stille war deutlich zu hören: »... auf, den Äther zu verstopfen!«

Dann begann der Empfänger erneut zu krächzen und zu glucksen.

»Warte! Dreh zurück! Mach lauter!«, riefen die Kämpfer alle auf einmal und stürzten hinzu.

Schaman saß starr an dem Pult und hielt mit feuchten Fingern das Stellrädchen des Empfängers umklammert. Von seiner Stirn perlten große Schweißtropfen. Sein Blick folgte unverwandt den pendelnden Zeigern der Skalen.

»Mach schon, Schaman, mach!« Nata tänzelte ungeduldig hinter dem Rücken des Mechanikers.

»Dreh zurück, Mann«, schrie Ksiwa.

»Ruhe! Haltet den Mund, verdammt!«, brüllte Schaman. Sofort verstummten die Kämpfer, und er beugte sich erneut über die Apparatur.

Durch das Rauschen drang allmählich eine Stimme durch. Gleb horchte verzückt auf das heisere Murmeln, konnte aber, sosehr er sich auch anstrengte, kein einziges Wort verstehen. Schaman hantierte weiter an den Geräten herum. Die Stimme, die dort monoton und kaum hörbar vor sich hinleierte, klang selbstsicher, aber was genau …

Plötzlich traf ein harter Schlag das Dach des Kontrollraums, dann noch einer. Widerliches Knirschen von Metall schmerzte in ihren Ohren. Das ganze Gebäude erbebte. Von oben war ein langgezogenes, dumpfes Brüllen zu hören.

»Lampen aus! Löscht den Kocher!«

Die Gefährten hielten still und lauschten, wie das unbekannte Tier sich hin und her drehte und mit gigantischen Tatzen über die Dachflächen des Kontrollraums tappte. Eine der Wandplatten, die am Fenster angenagelt waren, wurde krachend herausgeschlagen. Im Fensterrahmen war eine anderthalb Meter große, gebogene Kralle zu sehen.

»Da haben wir den Salat.« Ksiwa verzog sich unter die Gerätetafel.

Farid flüsterte Gebete zu Allah. Kondor ließ verkrampft das Seil in den Schacht hinab. Taran hatte sich auf den Rücken gelegt und hielt die Mündung des Sturmgewehrs auf die Decke gerichtet. Dym kaute nervös auf seiner noch nicht angesteckten Papirossa herum.

Der Junge lag halbtot da und starrte ängstlich auf die Decke, über die sich bereits imposante Risse zogen. Hätte er die Worte gekannt, so hätte er in Farids Gebete eingestimmt. Ihn schauderte bis ins Mark. Nicht einmal die Nähe seines Meisters bewahrte ihn davor.

Ein federnder Knall war zu hören, dann begann der Turm zu schwanken, und das Rauschen gigantischer Flügel war zu hören. Das Ungeheuer flog davon.

Starr vor Schreck blieben die Stalker noch einige Zeit in der absoluten Stille liegen, bis Schamans verdrossene Stimme erklang.

»Mistkerl! Hat die Antenne abgerissen, der gefiederte Fettwanst!«

Der Stalker lief zu dem Empfänger, drehte an den Kurbeln, wühlte in den wirren Innereien herum – vergebens. Die Lautsprecher krächzten, doch die rätselhafte Stimme war unwiederbringlich verloren.

»Gehen wir.« Taran angelte seinen Rucksack vom Boden.

»Bist du übergeschnappt?« Ksiwa erhob sich unschlüssig vom Boden. »Es ist schon fast Nacht, wo sollen wir denn hin?«

»Er hat Recht. Wir müssen raus hier.« Kondor, der noch immer das Seil hielt, lauschte. »Spürst du die Vibration?«

Wie um seine Worte zu bekräftigen, ertönte von unten ein Dröhnen, das nichts Gutes verhieß. Der Turm schwankte. Das Dröhnen nahm zu.

»Gleich stürzt er ein«, fasste Dym leise zusammen. Vor Aufregung wurde der grünhäutige Mutant bleich, seine Farbe erinnerte jetzt an ein eingelegtes Kohlblatt.

Eilig kletterten die Kämpfer nacheinander in den Schacht. Schon flackerte Bruder Ischkaris Mantel in dem Durchbruch auf. Kondor wollte ihm schon nach unten folgen, als er plötzlich Schaman bemerkte. Der Mechaniker schüttelte den Kopf und wühlte weiter krampfhaft in den Kabeln herum.

»Schaman, nach unten, schnell! Wir gehen sonst drauf!«

»Nein, nein«, murmelte Schaman. »Ich muss die Einstellung hinkriegen … damit wir das Signal einfangen …«

Kondor packte den Mechaniker und schleifte ihn zu dem Loch. Gemeinsam mit Taran gelang es ihm, den sich sträubenden Stalker in den Schacht zu stopfen. Als die letzten Mitglieder des Trupps aus dem Gebäude sprangen, bebte die Konstruktion bereits in Agonie. Einen Moment später neigte sich der eiserne Pfeiler und stürzte mit furchteinflößendem Getöse zur Erde, so dass Tonnen von Dreck aufspritzten.

Kondor betrachtete lange das Ergebnis dieses kleinen Weltuntergangs. Dann spuckte er aus und fluchte heftig.

»Masken aufsetzen und Waffen überprüfen! Vorwärts, marsch!«

Hoffnung ist wie ein Spiegelbild auf dem Wasser. Mal ist es da, im nächsten Augenblick verschwindet es wieder hinter dem kräuselnden Schleier aufeinanderfolgender Ereignisse. Doch obwohl es sich so schnell verflüchtigt, hinterlässt es doch einen kaum wahrnehmbaren Duft, glimmt irgendwo in den Tiefen des Bewusstseins weiter, und nach einer gewissen Zeit erscheint seine unbeständige Gestalt erneut auf der ruhigen Oberfläche unserer schlummernden Regungen. In diesen Augenblicken überkommt uns das wunderbare Gefühl, etwas lange Verlorenes wiedererlangt zu haben. Etwas, das man in jedem beliebigen Moment erneut verlieren kann. Und so immer weiter.

Gleb blickte sich noch einmal zu den Ruinen des »Raskat« um. Mit Bedauern dachte er an den verschütteten Empfänger, doch sein Herz bebte vor Freude über die Entdeckung: »Wir sind nicht allein.«

Hoffnung ist ein seltsames Gefühl.

9

SIEBEN WARTEN
NICHT AUF EINEN

Die Natur hatte einige Jahrzehnte gebraucht, um das Territorium zurückzuerobern, das sich der Mensch einst einverleibt hatte. Der Mensch dagegen hatte nur wenige Stunden benötigt, um die Errungenschaften und Erfolge von Jahrtausenden zu vernichten. In einem kurzen Augenblick hatte er alles ausgelöscht, übermannt von einem der gefährlichsten Laster der menschlichen Seele: der Habgier. Sie war die Ursache dafür, dass über die Jahrhunderte immer wieder Städte gebrannt hatten und Zivilisationen zugrunde gegangen waren. Den Menschen hatte dies nie aufgehalten. Methodisch nährte, kultivierte und hegte er sein größtes Laster. Weder wollte er sich seine Schuld eingestehen, noch war er fähig, etwas mit jemandem zu teilen. Dafür aber hatte er gelernt, Neid zu empfinden. Die Habgier hatte den Menschen geblendet an jenem denkwürdigen Tag.

Die Habgier wird immer neben der abgenagten Leiche der Menschheit bleiben, solange noch Leben in den letzten Metro-Löchern ist.

Das müde Himmelslicht, das hinter dem Horizont verschwand, überließ die küstennahen Regionen des Meerbusens den Geschöpfen der Nacht. Schreie hungriger, jagender Raubtiere durchschnitten die kühle Luft. Ihr einfaches, gleichförmiges Leben war aus dem Rhythmus gebracht worden durch diese Fremden, die da plötzlich aus dem Wald aufgetaucht waren. Diese rochen ungewohnt, bewegten sich noch ungewohnter auf zwei Gliedmaßen und wilderten dazu noch vollkommen unverschämt in den schon lange aufgeteilten Jagdgründen. Mit einem Wort: Fremdlinge.

Zehn unansehnliche Figuren rückten unter dem Schutz der Dunkelheit durch den Wald vor. Die Prozession beschloss ein Individuum, das sich merklich von den anderen durch seine auffallende Größe unterschied. In periodischen Abständen blieb es stehen, blickte sich um und fuhr wachsam mit der Mündung seines schweren Maschinengewehrs das Dickicht am Wegesrand entlang.

»Keine Ahnung, was das ist ...« Dym verzog das Gesicht. »Riecht wie Verfaultes.«

»Allerdings«, stimmte Ksiwa ihm zu. »Als ob jemand krepiert ist.«

Tatsächlich: Durch ihre Luftfilter drang zunehmend der Geruch von Fäulnis. Gleb runzelte die Stirn und versuchte, nur jedes zweite Mal zu atmen – ohne Erfolg. Von dem widerlichen Gestank wurde ihm übel.

»Chef, schau doch mal auf die Karte. Was kommt da vorn?« Schaman schaute angespannt voraus.

Kondor schnallte die Kartentasche auf.

»Der Park ›Sergijewka‹. Und da ist noch eine handschriftliche Anmerkung: FIB ...«

»Forschungsinstitut für Biologie.« Taran ignorierte den Gestank und lief munter den schmalen asphaltierten Streifen entlang. »Bald müsste eine Schneise kommen und links auf einer Anhöhe der Institutskomplex.«

»Na ja, laut Karte.« Ksiwa blickte nervös um sich. »Wer weiß, was nach so vielen Jahren dort ...«

Der Kämpfer stockte mitten in seiner Rede. Der Wald hörte plötzlich auf, und ihnen bot sich ein erstaunlicher Anblick. Tatsächlich querte hier eine breite Schneise ihren Weg: Zur Rechten ging sie bis ans Ufer des Finnischen Meerbusens, zur Linken stieß sie auf das Gerippe eines alten Gebäudes. Solche Ruinen hatte Gleb auf ihrer kurzen Reise schon oft zu sehen bekommen. Aber nicht sie waren es, die die Aufmerksamkeit der Gefährten auf sich zogen. Die ganze Schneise war übersät von seltsamen Gebilden: Graugelbe Stiele waren das, etwa eine Handbreit hoch, deren schmale Hüte einen braunen Schleim absonderten. Sie füllten die ganze Fläche aus, von dem einen Waldrand zum anderen. Für einen Augenblick dachte Gleb sogar, dass sich diese abscheulichen Sprösslinge leicht bewegten.

»Die Gemeine Hundsrute, ohne Zweifel.« Die junge Frau hockte sich nieder und betrachtete ein Exemplar dieser ungewöhnlichen Entdeckung aus der Nähe.

»Gemeine was?«

»Das sind Pilze. Ungenießbare allerdings. Genau wie im Buch. Nur ein wenig größer.«

»Pilze?« Ksiwa hockte sich neben sie. »Hätt ich nicht gedacht, dass du so drauf bist ...«

»Halt die Klappe. Was kann ich dafür, dass unsere Familie nur ein Buch hatte? Und dann auch noch eine Enzyklopädie über die Flora der Erde.« Nata fuhr fort, die stinkenden Missgestalten zu untersuchen, von denen die ganze Lichtung übersät war.

»Das sind nicht zufällig Psychopilze? Vielleicht sollten wir den ›Stummeln‹ ein paar Kilo rüberschieben?«

»Wenn du könntest, Okun, du würdest sogar deine Seele verkaufen!« Farid lächelte.

»Hängt vom Preis ab …« Okun zwinkerte seinem Freund zu. »Von den Pilzen kommt also dieser Gestank.«

»So vermehren sie sich.« Nata stieß das nächststehende Exemplar mit ihrer Stiefelspitze an. »Sie ziehen mit ihrem Geruch Fliegen an, und die verbreiten dann die Sporen.«

»Widerliches Zeug.« Ksiwa verzog das Gesicht.

Unterdessen war Taran weiter vorausgegangen und besah sich die Pilzwiese näher.

»Gut, wenn es Fliegen sind. Aber irgendwie scheint mir, dass …«

Wie um seinen Verdacht zu bekräftigen, erhob sich über der Pilzwiese ein leichter Dunst, und dann ertönte ein immer lauter werdendes, unangenehmes Sirren. Die Luft des allmählich anbrechenden Tages trübte sich von Myriaden winziger Insekten.

»Sumpfteufel«, stöhnte der Wegführer verzweifelt auf.

Die Kämpfer starrten den Stalker fragend an. Der wich langsam zurück, außerstande, den Blick von der immer dichter werdenden Schar der Mücken über der Lichtung abzuwenden. Gleb fasste sich als Erster. Er sprang auf den Weg, zog seinen Meister mit sich fort und stürzte auf die gegenüberliegende Seite des Waldes zu. Die anderen stürmten ihnen nach.

»Langsam find ich's nicht mehr witzig!«, brummte Gennadi im Laufen. »Hab ich ein Déjà-vu, oder rennen wir schon wieder?! Das ist kein Marsch, sondern der reinste Marathon!«

Die Kämpfer erreichten den Waldrand und bemerkten erst jetzt, dass einer fehlte. Als sie sich umdrehten, erblickten sie den Sektierer. Ischkari stand immer noch auf der anderen Seite der Lichtung. Ein leichtes Beben hatte ihn erfasst, während er gebannt den gefährlichen Mückenschwarm beobachtete.

»Was stehst du da, Idiot! Lauf her! Schnell!«

Bruder Ischkari reagierte nicht. Nur sein Blick senkte sich auf sein Gebetsbuch, das wer weiß woher in seinen zitternden Händen aufgetaucht war.

Taran wollte schon zu ihm stürzen, als hinter seinem Rücken ein scharfer Warnruf ertönte: »Keinen Schritt weiter!«

Kondors Hand senkte sich auf seine Schulter.

»Mir ist es gleich, mich haben sie sowieso schon gestochen!«

»Nichts da! Dort sind Millionen von ihnen. Die haben dich in null Komma nichts ausgesaugt!« Der Kämpfer umklammerte Taran fest mit beiden Armen. »Du bist zu wichtig für den Trupp, um ein Risiko einzugehen für diesen … Schwachkopf.«

Auf der Lichtung geschah derweilen etwas Merkwürdiges. Ischkari zog seine Atemmaske vom Gesicht, faltete demütig seine Hände und begann inbrünstig zu beten. Die Stimme des Sektierers wurde mit jedem Augenblick kräftiger und sicherer.

»Gepriesen sei ›Exodus‹! Gepriesen sei deine Tugend! Möge sich der Sohn aus deinem Schoß nicht fürchten vor der irdischen Schlechtigkeit! Mögen Plagen und Entbehrungen deinen Diener verschonen, denn ich glaube an dich, ›Exodus‹! Ich glaube an die Erlösung! Wahrhaftig ist der Glaube des Leidenden!«

Der Sektierer sprach weiter, und die Luft um ihn herum blieb auf unglaubliche Weise unberührt. Gleb beobachtete verwundert, wie der Sektierer gemächlich durch die Wolke der Mücken schlenderte. Um Ischkari herum hatte sich wie ein Halo ein beständiger freier Raum gebildet, der aus irgendeinem Grund für die gefährlichen Insekten ein unüberwindbares Hindernis darstellte. Unter den gebannten Blicken der Stalker durchschritt der Sektierer noch das letzte Stück der Schneise und näherte sich dem Trupp. Plötzlich flutete die Woge der Mücken zurück, als ob sie die Grenzen der Pilzwiese nicht verlassen wollten. Ischkari steckte sein Gebetbuch weg, als wäre nichts gewesen, und fuhr unermüdlich fort, Worte des Dankes an den von ihm verehrten »Exodus« vor sich hinzuflüstern.

»Das ist … Setz deine Maske wieder auf.« Wie gegen seinen Willen begann Kondor sich wieder zu bewegen und blickte Ischkari argwöhnisch an. »Was steht ihr da rum? Gehen wir.«

Im Laufe ihrer kurzen, nur wenige Tage zählenden Expedition hatte Gleb begonnen, Fußmärsche zu hassen. Taran schien die bloße Gelegenheit, jemanden anzutreiben, perverses Vergnügen zu bereiten. Der Junge verstand durchaus: Je schneller der Trupp vorrückte, desto schwieriger war es für die örtliche Tierwelt, die sonderbaren Besucher zu umzingeln und anzugreifen. Außerdem war ein C-Schutzanzug nichts für lange Ferien auf der Oberfläche. Folglich eilten die Kämpfer wieder einmal ihrem Wegführer hinterher, wichen schiefen Autogerippen aus und sprangen über umgestürzte Strommasten.

Sie passierten eine Tankstelle. Auf dem rostigen Vordach war immer noch die wackelige Aufschrift »RETTET MICH« zu erkennen. Gleb wollte schon anhalten, doch Taran winkte ab:

»Da gibt es niemanden mehr zu retten. Schon seit zwanzig Jahren.«

In diesem Augenblick sprang aus den Büschen gegenüber der Tankstelle ein Wolf heraus. Für das Tier kam die Begegnung mit den Menschen vollkommen unerwartet. Schon wollte Okun sein Sturmgewehr hochreißen, aber Dym stoppte den Kämpfer.

»Nicht nötig. Das ist ein gewöhnliches Tier. Na gut, vielleicht etwas größer.«

»Aber das Fell wäre doch interessant. Das ließe sich prima verkaufen.«

»Lass gut sein. Es sind nur noch wenige übrig. Von den unberührten. Heb dir deine Patronen lieber für die Mutanten auf.«

»Für dich vielleicht, Grüner?« Ksiwa konnte sich die Bemerkung nicht verkneifen.

Die Kämpfer brachen in Gelächter aus. Dym zeigte dem Spaßvogel seine riesige Faust. Der Wolf lag flach auf dem Boden und folgte den Gefährten angespannt mit den Augen. Nach einer Weile sprang er auf und huschte zurück ins Dickicht des Waldes.

Die Umgebung hatte sich inzwischen verändert. Immer häufiger begegneten ihnen nun anstelle der struppigen, giftig grünen Bäume verkohlte, versteinerte Stämme. Auf der Erde fanden sich Spuren des Feuers, das hier einst gewütet hatte. Die spärlichen, schwarzen Brandstellen wichen einer dichten, verkohlten Kruste, die von einem Netz aus Rissen überzogen war. Offenbar wich deswegen die Vegetation hier zurück und machte einen Bogen um diesen riesigen, aussätzigen Fleck.

Der Trupp näherte sich der Stadt Lomonossow. Es war sofort zu spüren, dass sie während der Katastrophe einiges abbekommen hatte. Von den meisten Häusern waren nur die Fundamente geblieben. Inmitten der Berge von Betonschutt, der von kärglichen Grasstoppeln bedeckt war, stand ein einsamer Betonbogen. Entgegen dem gesunden Menschenverstand und den Gesetzen der Physik war er unversehrt geblieben.

»Das Einfahrtstor«, erklärte Taran. »Wenn wir nichts Geeigneteres finden, übernachten wir hier.«

Das Schicksal war ihnen jedoch wohlgesinnt. Im Vorbeigehen bemerkte Taran ein Schild und bog in die Kronschtadtskaja-Straße ein.

Kondor bemerkte: »Nach dem Kronstadter Platz nun die Kronstadter Straße. Ein gutes Zeichen.«

Die Stalker kamen am Bahnhof an. Offenbar war das Gebäude besser erhalten als die anderen. Obwohl in der oberen Etage riesige Löcher klafften und sogar ein Teil des

Daches fehlte, versprach das Gebäude ein annehmbarer Zufluchtsort für die kommende Nacht zu werden.

Nachdem sie sich umgesehen hatten, betraten die Kämpfer vorsichtig das Gebäude. Einige angespannte Minuten vergingen mit der Untersuchung der menschenleeren Räume. Es war nichts zu entdecken, abgesehen von einigen staubigen Kästen mit Knöpfen darauf im Keller.

»Vielleicht sollten wir weitergehen?« Kondor studierte die Karte. »Da vorn ist eine Art Hafen.«

»Im Dunkeln herumzustöbern kann uns teuer zu stehen kommen«, erwiderte Taran entschieden. »Wir übernachten hier.«

Während sich die Kämpfer einrichteten, zupfte Gleb Taran vorsichtig am Ärmel.

»Was ist das dort?«

»Einarmige Banditen.« Als Taran die Verwunderung auf dem Gesicht seines Schülers bemerkte, erklärte er: »Das sind Spielautomaten. Das war früher so ein Zeitvertreib. Ein Spiel um Geld. Würde jetzt zu lange dauern, dir das zu erklären.«

Gleb begriff beim besten Willen nicht, was mit diesen wirren Worten gemeint war. Wie konnte eine Eisenkiste ein Bandit sein? Und bei dem Ausdruck »Spielautomat« kamen ihm nur die hölzernen Schnellfeuergewehre in den Sinn, mit denen die Jungs an der *Moskowskaja* herumrannten, wenn sie Stalker spielten.

»Und was ist ›Geld‹ noch einmal?«

»Eine Art Patronen. Nur schießen konnte man damit nicht. Nur handeln.«

»Wer braucht denn solche Patronen?«

»Vor der Katastrophe – alle. Du kannst dir gar nicht vorstellen, Junge, wie sehr die Leute es brauchten. Aber danach verschwand es. Sofort. Eine Zeit lang waren verschiedene Konserven im Umlauf. An einigen Stationen wurde mit Wasser bezahlt. Anfangs war das ziemlich knapp … Im Grunde war es also Tauschhandel mit Naturalien. Ein Bartergeschäft.«

»Barter? Was ist das?«

»Schluss jetzt, Gleb, die Vorlesung ist zu Ende. Ich will schlafen.«

Während er über die Worte des Meisters nachdachte, bemerkte Gleb nicht gleich, dass Bruder Ischkari sich ihm genähert hatte. Das Gesicht des Sektierers strahlte Seelenruhe aus, doch seine Finger zupften ununterbrochen an seinem Leinenbeutel.

»Sei so freundlich und gib mir die Fotografie zurück, Jüngling«, wandte er sich an ihn.

Gleb kramte geschäftig in seiner Innentasche und holte das fleckige Bild hervor. Mit Bedauern blickte er das letzte Mal auf das majestätische Schiff, dann reichte der Junge die Aufnahme dem Sektierer.

»Danke, Gleb.« Ischkari entfernte sich und setzte sich zu Okun.

Der Kämpfer betrachtete mit lebhaftem Interesse das Bild. Sie unterhielten sich halblaut. Sosehr der Junge auch lauschte, er konnte den Gegenstand ihres Gesprächs nicht in Erfahrung bringen. Worüber konnte der Sektierer schon sprechen? Über die Arche, über »Exodus«, über ihre Errettung … All das hatte jeder von ihnen schon mehr als einmal zu hören bekommen. Gleb hielt noch eine Weile aus, doch dann forderte die Müdigkeit ihren Tribut. Er machte es sich neben seinem Meister auf der kühlen Plane bequem und verfolgte im Halbschlaf, wie Kondor Befehle erteilte:

»Wachablösung ist alle zwei Stunden. Schaman und Ksiwa, ihr seid die Ersten. Dann weckt ihr mich. Taran, du bist mit Farid in einer Schicht. Dann Nata und Dym. Okun und Ischkari sind dann als Letzte dran. Und jetzt legt euch schlafen!«

Zuerst wurde ihm schwindlig. Sein Mund fühlte sich trocken an. Er nahm einen Schluck Wasser aus der Feldflasche. Für einen Augenblick löschte die Feuchtigkeit, die seine Speiseröhre hinabbrannn, den Brand in seinem Inneren. Doch gleich darauf stieg eine scharfe Übelkeit seine Kehle hoch. Schweiß trat auf seiner Stirn hervor, lief ihm in die Augen und kondensierte in großen Tropfen an den Gläsern seiner Atemmaske. Ihm war übel.

Vor ihm bewegte sich etwas und verschwand am Ende des Kellers. Durch die beschlagenen Gläser konnte er nichts erkennen. Zudem fiel es ihm mit jedem Schritt schwerer zu atmen.

Er riss den Luftschlauch nach oben und warf die Atemmaske beiseite. Frische Luft füllte seine brennenden Lungen. Für einen kurzen Moment verschwand der Kopfschmerz.

Das Sturmgewehr fühlte sich auf einmal so schwer an, dass er es sich über die Schulter hängte. Scheiß auf die Gefahr. Bloß nicht aufhören, sich zu bewegen. Links – und links, eins, zwei, drei …

Er spürte, wenn er jetzt auch nur einen Augenblick stehen blieb, würde er sich kaum zum Weitergehen zwingen können.

Die Wasserflasche war leer, und der quälende Durst wurde langsam unerträglich. Ein stechender Schmerz pochte in seinen Schläfen, hinderte ihn am Nachdenken. Dabei musste er gerade jetzt schnell schalten …

Über dem stillen Wasser stand dichter Nebel. Wie ein weißes, undurchdringliches Leichentuch verhüllte er alles ringsum, so dass nur eine winzige Wasserfläche zu sehen war. Instinktiv spannte Gleb seine Muskeln, denn er wusste bereits, was kommen würde. Eine Welle rollte heran. Und noch eine. Der Junge war am Ertrinken. Er spürte weder Kälte, noch Angst, sondern strampelte einfach müde mit den Beinen. Vergeblich versuchte er, sich dieser unüberwindlichen Kraft zu widersetzen, die seinen Körper unablässig auf den Meeresgrund hinabzog.

Gleb kniff die Augen zusammen, aber das grelle Licht drang sogar durch seine fest verschlossenen Lider. Jemand packte ihn am Arm und zog ihn entschlossen an die Oberfläche. Der Junge glaubte zunächst, es sei sein Meister, doch das Letzte, was er in seinem schwindenden Traum erblickte, war Bruder Ischkaris Gesicht. In höchster Aufregung schrie dieser ununterbrochen: »Wo ist er? Wo ist er?«

Gleb fuhr hoch, rieb sich die Augen und blickte sich um. Rucksäcke und leere Konservendosen lagen wild durcheinander. Die Stalker drängten sich um ihren Kommandeur. Dieser presste den verängstigten Ischkari an die Wand und schüttelte ihn heftig.

»Wo ist Okun?! Rede, du Scheinheiliger! Wo ist mein Kämpfer?!«

Der Sektierer baumelte in Kondors Armen, blickte sich gehetzt um und murmelte etwas Unverständliches.

»Lauter!«

»Ich sage dir doch, er hat geschlafen. Ich weiß nicht, wo er steckt«, plärrte der Sektierer. Vor lauter Schreck waren mit einem Mal die schwülstigen, gezierten Phrasen aus seiner Sprache verschwunden. »Er hat nur gesagt, schlaf weiter, ich halt Wache.«

»Pah! Worüber habt ihr gestern Abend geredet?!«

»Über die Arche! Er sagte, dass er noch nie in seinem Leben Schiffe gesehen hat. Ich habe ihm von der ›Warjag‹ erzählt.«

Kondor ließ den Sektierer herunter und wandte sich seinen Kameraden zu.

»Er ist zum Hafen gegangen, der Teufelsbraten. Sucht immer noch, womit er was verdienen kann. Packt eure Sachen! Vielleicht finden wir ihn ja.«

»Klar, finden werden wir ihn. Oder alle krepieren. Der ist doch längst hinüber«, brummte Ksiwa halblaut, während er seinen schäbigen Schlafsack zusammenrollte.

Diese wohl eher so dahingesagten Worte brachten Kondor zur Raserei.

»Was? Was faselst du da?!« Der Kommandeur packte den Kämpfer am Revers. »Ich hör wohl nicht recht: Das ist doch dein Kumpel! Deiner!«

Schaman trat eilig hinzu. »Hör schon auf, er hat doch nur dummes Zeug geredet. Kann jedem mal passieren.« Kondor fluchte.

»Hab schon kapiert!« Ksiwa riss sich von Kondor los. »Komm endlich runter.«

Die Kämpfer durchbohrten einander mit Blicken. Schließlich senkte Ksiwa den Kopf, wandte sich ab und begann fahrig seinen Rucksack zu packen.

Kondor zog sich erbittert den schweren Schutzanzug über den Rücken. »Der Belgier hinterlässt eine einjährige Tochter in der Metro. Okun hat eine Frau und einen kleinen Sohn. Was soll ich ihnen sagen? Tschuldigung, aber die sind leider ›hinüber‹?! Sucht euch neue Männer und neue Väter?!«

Schweigend machten sich die Kämpfer fertig.

»Ein Scheißleben ist das. Und eine Scheißwelt. Wo du auch hinschaust, überall nur Tod. Und immer muss er die Besten holen, das Arschloch! Um solche jämmerliche Gestalten dagegen« – Kondors Finger zeigte auf den Sektierer – »macht er einen großen Bogen! Weder Verstand noch Kraft! Sogar die Mücken verschmähen solche Typen wie den.«

»Nicht so hastig, Chef. Ich finde, du beerdigst Okun etwas zu früh. Vielleicht finden wir ihn noch.«

Sie brauchten gar nicht lang zu suchen. Kaum hatten sie das Bahnhofsgebäude verlassen, als hinter einer Ecke unsichere Schritte hörbar wurden. Schwer atmend näherte sich Okun der Gruppe. Ohne Atemmaske. Das bleiche Gesicht des Stalkers triefte vor Schweiß. Er wankte. Kondor wollte schon auf seinen Gefolgsmann zustürzen, doch

Okun richtete plötzlich sein Sturmgewehr auf den Kommandeur.

»Bleib weg! Bleib weg, sage ich!«

»Hast du den Verstand verloren?« Kondor wich verwirrt zurück. »Wo hast du dich überhaupt herumgetrieben? Und warum hast du keinen Rüssel auf?«

Der Kämpfer blickte schuldbewusst auf seine Kameraden und ließ das Gewehr sinken.

»Ich … Also ich bin zum Hafen gegangen. Ich dachte, ich lauf eben mal schnell hin und schau nach, ob die Fähre nach Kronstadt noch ganz ist. Und grabe bei der Gelegenheit vielleicht noch was Interessantes aus. In den Lagerhallen. Taran hätte es sowieso nicht erlaubt, dass wir von der Route abweichen. Auf dem Hinweg war alles normal. Tolle Schiffe gab's da. Hab ein bisschen rumgestöbert. Und mich lange gewundert, warum es dort so sauber und ruhig ist. Und dann war mir auf einen Schlag klar: ›Okun, du steckst in der Klemme.‹ In meinem Schädel war plötzlich dieses Rauschen. Ich hab auf den Geigerzähler geschaut – der war gar nicht an. Ich hab gleich den Deckel aufgemacht und zu allen Göttern gebetet. Ich schau nach: Batterie verrutscht. Also alles wieder zu, einschalten – und da hat diese Mistkrücke angefangen zu knacken. Ich die Beine in die Hand und hierher. Mit einem Wort, Chef, bei mir ist Schicht im Schacht. Oder nicht?«

Okun schaute hoffnungsvoll auf seine Kameraden. Dann krümmte er sich plötzlich und erbrach die Reste des Abendbrots auf den Asphalt. Nata schrie auf. Der Kämpfer wankte.

»Schicht im Schacht«, fasste Okun zusammen und wischte sich am Ärmel ab.

»Serjoscha …« Kondors Stimme zitterte. »Wie konntest du nur so dumm sein, Serjoscha? So dumm …«

»Wie lange warst du da draußen?«, mischte sich Schaman ein.

»Etwa anderthalb Stunden.«

Kondor fluchte. Schaman ging zu dem Kämpfer und jagte ihm, obwohl dieser protestierte, ohne zu zögern eine Spritze in die Schulter.

»Als ob mir das helfen würde. Nicht bei der Dosis, Bruder.«

»Das ist gegen die Schmerzen«, erwiderte Schaman mit gebrochener Stimme.

Der Trupp rückte auf der Hauptstraße weiter vor – allerdings nicht so zügig wie vorher. Okun lief am Ende der Kolonne und versuchte nicht zurückzufallen. Als der Kämpfer den Wunsch geäußert hatte, gemeinsam mit der Gruppe zu gehen, solange er noch die Kraft dazu habe, hatte Taran nur mit den Schultern gezuckt. Kondor versuchte Okun zu helfen, doch der schimpfte nur erbost und jagte den Kommandeur jedes Mal aufs Neue weg. Es schien, als ob er befürchtete, dass der unsichtbare Tod auch auf die anderen überspringen würde. Zu allem Übel füllte sich der Wald um sie herum erneut mit allen möglichen Geräuschen und Stimmen. Die Raubtiere liefen zusammen, als ob sie den geschwächten Stalker witterten.

Gleb blickte sich immer öfter um. Okun wankte von einer Seite auf die andere. Er röchelte und hustete angestrengt, schleppte sich aber weiter, obwohl er kaum ein Bein vors andere stellen konnte. Die Situation war bedrückend. Die Schreie der wilden Tiere wurden immer dreister und ungeduldiger. Dym verlor als Erster die Nerven. Er wandte sich um, ging an Okun vorbei und begann das Dickicht mit langen Salven zu durchsieben. Die Utjos zuckte rhythmisch in seinen Armen und mähte ganze Schichten der Vegetation nieder.

»Da, holt euch was zum Fressen! Wer will noch ins Jenseits? Fresst, ihr Kreaturen!«

Dies war der Tropfen, der das Fass zum Überlaufen brachte. Nun drehten auch die anderen Kämpfer durch. Knatternd stimmten ihre Kalaschnikows in den Maschinengewehrlärm des Mutanten ein. Für Okun war die ganze Schießerei wie ein trauriger Salut. Ein Salut für einen unüberlegten, dummen Streich. Ein Salut für die menschliche Habgier.

Eine Granate flog in die Büsche. Eine Explosion folgte. Erdklumpen und Wurzelstummeln flogen durch die Luft. Danach verstummte das Schießen. In der einsetzenden Stille konnte man hören, wie winzige Erdteilchen mit leisem Rascheln auf den letztjährigen Laubteppich herabrieselten.

»Na, habt ihr euch ausgetobt?« Taran stand abseits und hatte die Arme auf der Brust verschränkt. »Geht es euch jetzt besser?«

Er trat dicht an Okun heran und drückte dem Kämpfer den kalten Griff seiner Nossorog in die Hand. »Dir wird es jedenfalls nicht mehr bessergehen. Sei also ein Mann und triff die Entscheidung selbst. Wälze sie nicht auf die Schultern anderer ab.«

»Weg von meinem Kämpfer!« Kondor wollte Taran schon an der Schulter packen, als dieser sich jäh umdrehte. Ihre Blicke prallten aufeinander.

Gleb machte sich schon auf ein erneutes Handgemenge der zwei unversöhnlichen Rivalen gefasst. Kondors Gesicht war verzerrt. Taran seinerseits jedoch sah ruhig aus, nur in seinen Augen funkelte ein ungewöhnliches, sengend kaltes Feuer.

»Hört auf«, ertönte Okuns Stimme. »Der Wegführer hat Recht. Ich will nicht, dass wegen mir alle draufgehen … Eins noch, Chef. Tu mir den Gefallen, kümmer dich um meine Lieben, wenn ihr nach Hause kommt. Richte ihnen aus, dass …«

Sein Blick begann umherzuirren. Reglos rang der Kämpfer nach Worten. Dann winkte er resigniert ab und entfernte sich. Kondor wollte etwas erwidern, wusste jedoch nicht, was. In seinem Kopf schwirrten alle möglichen Sätze und Abschiedsworte herum, aber sie alle erschienen ihm dumm und heuchlerisch.

Die Kämpfer schwiegen. Nicht einmal Bruder Ischkari vermochte den elenden Stalker zu trösten. Was gab es auch zu sagen – es war ohnehin alles klar. Mit ihm ging es bergab. Sein Marsch war zu Ende.

Okun wandte sich ab und setzte sich auf den zerklüfteten Asphalt der Straße. Zögerlich entfernten sich die anderen. Als Letzter rührte sich Kondor. Mit schleppenden Schritten folgte er den anderen. Immer wieder hielt er inne und blickte zurück. Die Vernunft trieb ihn weiter, aber auf seiner Seele lastete ein schwerer Stein. Er fühlte sich abscheulich.

Sie gingen immer weiter und weiter, bis sich der Wald lichtete und die Straße eine Kurve auf den Damm hinaus machte. Der Wind trieb unermüdlich sandige Schwaden vor sich her, die mal in einer Spirale aufwirbelten, mal wieder auf den Asphalt herabfielen und seltsame Muster bildeten. Doch schon mit dem nächsten Stoß des Herbstwindes verlosch diese vergängliche Schöpfung der Natur, und die kleinen Wirbelstürme setzten ihren Weg rasch fort, um erneut irgendwo am Ufer der Bucht niederzugehen.

Neun unscheinbare Figuren drangen entlang den Trümmern der Überführung weiter vor, bis sie die Brandung erreicht hatten. Vor dem Hintergrund der unendlichen Wassermassen erschienen sie wie winzige, völlig unpassende Details eines imposanten Gemäldes. Die Gefährten schauten auf das Spiel der Wellen und schwiegen bedrückt. Es war immer schwer, Abschied zu nehmen. Aber so … Plötzlich zuckten sie zusammen: In der Ferne war ein Schuss zu hören.

10

DIE ÜBERFAHRT

Die Straße durchschnitt mit einem entschiedenen, schnurgeraden Strich die Newabucht, bis sie irgendwo in der Ferne verschwand. Die Stalker liefen auf dem Damm entlang, wobei sie das Wasser argwöhnisch im Auge behielten. Der durchdringende Wind zerrte an ihrer Kleidung. Die schäumenden Wellen stürmten ununterbrochen gegen das von Menschenhand errichtete Hindernis. Über dem Rand der Mole erhob sich von Zeit zu Zeit ein Feuerwerk aus schäumenden Spritzern. Die Elemente tobten, als wollten sie die ungebetenen Gäste vertreiben.

Die Gefährten näherten sich einem seltsamen Bauwerk, das an eine Brücke erinnerte. Auf der linken Seite ragten längs des Bauwerks eine Reihe rechteckiger, völlig verrosteter Türme hervor.

Taran warf einen Blick in die Karte. »Die Wasserdurchlass-Anlage W-1. Weiter hinten kommt noch so ein Ding. Über den Damm sind es insgesamt sieben Kilometer bis zur Insel. Woher, sagst du, kam das Licht?«

»Weiß der Geier woher. Irgendwo aus Kronstadt.« Kondor musterte das Bauwerk. »Hört gut zu: Von hier an werden wir auf jede Kleinigkeit achten. Unsere ›Kontaktpersonen‹ könnten in der Nähe sein. Wahrscheinlich sollten wir auch diese ›Krönchen‹ hier durchkämmen. Was denkst du, Stalker?«

Taran zuckte nur mit den Schultern. Die Kämpfer liefen den Betonscheitel des Wasserwerks entlang und schauten in sämtliche Ritzen und Ecken. Dann klappten sie einen Kanaldeckel auf und stiegen ins Innere der Anlage herab. Dunkelheit, Feuchte und der Lärm des Wassers, das in einem ungestümen Strom unten vorbeirauschte – mehr entdeckten die Stalker während ihres vorsichtigen Rundgangs durch das Innere des Bauwerks nicht. Sie waren bereits auf dem Weg nach draußen, als sie auf einen Abstellraum stießen, voll mit vermoderndem Gerümpel: leere Kanister, Schraubenschlüssel, Kabelrollen …

Gleb schaute sich in dem Raum um, als er plötzlich auf etwas Weiches und Elastisches trat. Unter seinen Füßen zischte es scharf. Taran reagierte sofort. Er riss den Jungen zurück und richtete den Lauf seines Gewehrs auf den Boden. Im Licht der Lampe erblickten sie einen Gummischlauch, der in einer schwarzen Halbkugel steckte.

Der Stalker fluchte leise und senkte die Kalaschnikow.

»Sieh häufiger nach unten. Das ist hier kein Spaziergang.«

»Was ist das?« Gleb schaute erschrocken hinter dem Rücken seines Meisters hervor.

»Hast du das etwa noch nie gesehen, Bruder? Das ist eine Pumpe. Du drückst so mit dem Fuß drauf, dann kommt Luft durch den Schlauch.«

180

Eine Pumpe – war das nicht diese Maschine, mit der das Wasser aus der Station gesaugt wurde? Der Junge betrachtete interessiert den Fund. Er musste daran denken, welche Plackerei es immer gewesen war, den alten Kanonenofen an der *Moskowskaja* anzuheizen. Mit diesem Apparat hingegen könnte man die Kohlen schneller anfachen und müsste sich dabei nicht mal bücken. Was für nützliche Dinge man doch früher hergestellt hatte.

Der Trupp gelangte wieder auf die Straße hinaus. Bis zum nächsten Wasserdurchlass kamen sie ohne Zwischenfälle. Nur Farid schielte immerzu auf das Wasser und stolperte sogar mehrmals über seine eigenen Füße.

Natürlich war es Ksiwa, der einfach den Mund nicht halten konnte: »Was spähst du da aus?«

»Ach …« Der Tadschike seufzte schwer und deutete mit dem Kopf zu den Gebäuden hinüber, die am Horizont kaum noch auszumachen waren. »Dort ist die Metro. Mein Zuhause.«

»Zuhause? Ich dachte, dein Zuhause ist ein wenig weiter von Piter weg.«

»Ich hab dort wenig gelebt, erinnere mich nicht. Hier bin ich schon lang. Hier ist mein Zuhause.«

»Wie bist du eigentlich nach Piter gekommen?«

»Ich war zehn. Hab meinen Onkel besucht. Die Stadt anzuschauen. Schön war sie.« Farid stockte für einen Augenblick. »Dann hat Schaitan die Erde zum Zittern gebracht. Schrecklich. Vater ist umgekommen, Onkel, nur ich nicht.«

Taran an der Spitze des Trupps ging nun langsamer. Über dem Damm wurde der Nebel allmählich dichter. Der Weg voraus verschwand in graublauem Dunst. Die

Gefährten passierten langsam die ihnen schon bekannten spitzwinkligen Türme der nächsten Wasserdurchlass-Anlage, als der Geigerzähler anfing, unruhig zu knacken.

»Hoppla. Ich hab hier ziemlich hohe Werte. Ausgerechnet jetzt.«

»Noch ist es erträglich.« Taran warf einen Blick auf das Display. »Weiter, aber vorsichtig.«

Sie marschierten langsam immer weiter durch den Nebel, bis vor ihnen auf einmal die Straße aufhörte. Hinter der ungleichmäßigen Abbruchkante ging es steil hinab. In einer Tiefe von etwa neun Metern hörten sie das Wasser plätschern. Die Stahlbeton-Segmente der Konstruktion waren hier verstümmelt, in Stücke gerissen von einer unbekannten Kraft, die ein riesiges Loch in das Bauwerk gebrochen hatte. Der gegenüberliegende Rand der Kluft befand sich irgendwo weiter vorn, verborgen im dichten Nebel.

»Das war's wohl.« Kondor beugte sich über den Rand und blickte nach unten. »Würde gern wissen, womit das weggeblasen wurde. Sieht aus wie ein Bombenangriff.«

»Kaum.« Taran wies auf die gekrümmten Ränder der Stützbalken. »Siehst du die Richtung der Stoßwelle? Die Stützen waren vermint. Das war eher eine Sprengung. Das Übrige hat das Wasser getan.«

»Sabotage? Wüsste gern, wem das genützt hat.«

»Das werden wir jetzt nicht mehr erfahren.«

»Wie geht es weiter, Taran?«

»Wie schon … Wir setzen über.«

Ungläubig blickte Kondor erneut auf das Wasser hinab. »Und wie?«

»Wir schwimmen. Das können doch alle?«

Die Kämpfer starrten Taran entgeistert an. Gleb schauderte. Er musste an seine nächtlichen Alpträume denken.

»Klar doch. In der Metro haben wir ja alle schwimmen gelernt. Was denkst du dir eigentlich, Stalker?«

»Ich kann's«, sagte Farid leise. »Es ist lang her, aber ich weiß noch, wie es geht.«

»Ich auch«, echote Schaman.

»Hm, nicht gerade üppig.« Taran musterte skeptisch das Kommando. Sein Blick wanderte über die Sturmgewehre, die Marschwesten mit den vollgestopften Taschen, die Rucksäcke der Stalker. »Das ist dann wohl ne Luftnummer, wie man so sagt.«

Er machte ein paar Schritte den Abgrund entlang, dann rief er auf einmal Gleb zu sich heran.

»Gib mir mal dieses Dingens.« Der Meister nahm sich die Pumpe, die der Junge an seinem Rucksack befestigt hatte. »Hast dir also doch ein Andenken mitgenommen.«

Gleb machte sich schon auf eine Standpauke gefasst, aber der Stalker schien es damit nicht eilig zu haben.

»Sag mal, hast du neben dieser Pumpe eventuell so einen großen Rucksack gesehen?« Taran breitete die Arme komisch aus. »Oder einen Ballen, eine Tasche ...?«

»Ja, da war ein Rucksack.« Der Junge blickte vorsichtig zu seinem Meister. »Und zwei Schaufeln steckten an der Seite.«

»Perfekt. Gut gemacht, Kleiner. Ein Lob für deine Aufmerksamkeit.« Taran klopfte seinem Schüler auf die Schulter und wandte sich Kondor zu.

»Wir gehen zurück, zu dem ersten Durchlass. Wenn ihr schon nicht schwimmen lernen wollt ...«

»Los, los, nicht faulenzen!« Schaman trieb Ischkari ein weiteres Mal an.

Der Sektierer warf dem Mechaniker einen unzufriedenen Blick zu und fuhr fort, das Boot aufzupumpen. Die rhythmischen Luftstöße ließen die Seiten des Bootes allmählich runder werden. Das feuchte, von Schimmelflecken bedeckte Gummi roch muffig, doch Schaman schien das in keiner Weise zu kümmern. Seine Augen glänzten, wie im Übrigen immer, wenn Technik aus der Vorkriegszeit im Spiel war.

»Und das, junger Mann, sind keineswegs Schaufeln!« Schaman schwirrte begeistert um das Boot herum und rief Gleb zu sich. »Das sind Ruder! Hast du so was etwa noch nie gesehen? Und das hier sind die Dollen. Damit kann man die Ruder fixieren.«

»Lass ihn doch in Ruhe.« Dym steckte sich genüsslich eine neue Zigarette an. »Siehst du nicht, dass der Junge auch so schon hundemüde ist?«

Gleb konnte seinen Blick nicht von der schwarzen Wasseroberfläche lösen. In einem endlosen Strom wälzte es sich durch das Loch im Damm hindurch. Plötzlich übertrug sich das Gefühl des Erstickens auf unbegreifliche Weise aus dem Traum in die Wirklichkeit. Er verspürte den Wunsch, die Atemmaske herunterzureißen und zu atmen, mit weit geöffnetem Mund. Die kalte Herbstluft einzufangen, zu schlucken, sich daran zu berauschen. Zwischen seinen Schulterblättern floss ein Strom von Schweiß herunter. Die Erde begann ringsherum zu schwanken.

»He, immer sachte!« Taran packte seinen Schüler und zog ihn vom Rand weg. »Setz dich erst mal hin und atme

184

ruhig. Gut so. Schau auf die Erde. Was tust du mit der Maske? Rück sie wieder gerade. So ist's gut. Atmest du? Ein … aus … gut.«

Glebs Kopf hörte auf sich zu drehen, das Zittern hatte nachgelassen, und er stand auf. Die flüchtige Schwäche war ihm peinlich. Umso mehr, als die Stalker es mitbekommen hatten. Er sah seinen Meister von der Seite an. Wie oft hatte sich Taran um ihn kümmern müssen wie um einen hilflosen Grünschnabel? Der Junge erinnerte sich daran, wie er sich in dem Bunker eingemacht und wie ihn Ksiwa deswegen ausgelacht hatte.

»Geht's besser?«

»Ja.« Gleb wischte sich verbittert über die Gläser der Atemmaske.

»Nimm es dir nicht zu Herzen. Du bist es nicht gewohnt. Nach dem Leben im Untergrund kommt einem das alles seltsam vor.« Taran begab sich zu den anderen. »Gehen wir. Wir werden erwartet.«

Die Stalker ließen das Boot bereits zu Wasser. Farid saß darin und hielt das Ende des Seiles fest.

»Mehr als drei trägt es nicht auf einmal.« Kondor kletterte nach unten. »Taran, du kommst mit uns in der ersten Fuhre.«

»Nimm Gleb mit.«

»Nein. Du kennst den Weg, also komm jetzt mit mir. Ich brauche dich dort.«

Taran verschwand nach Kondor hinter der Abbruchkante. Gleb setzte sich vorsichtig am Rand hin und beobachtete, wie die Stalker am Seil nach unten kletterten. Das Boot bog sich durch unter dem Gewicht der drei schweren

Körper, schaukelte jedoch recht sicher auf den Wellen. Einen Moment später verschwand seine Silhouette in dem milchigen Dunst.

Die Zurückgebliebenen lauschten in angespannter Erwartung. Die Luft um sie herum schien dichter geworden zu sein. Dichter und zäher. Sie hüllte sie ein und erdrückte sie.

»Unheimlich, irgendwie.« Ksiwa schüttelte sich und zog sein Sturmgewehr näher an sich heran. »Es wäre besser, wenn sie vom Ufer ablegen würden. Da ist der Nebel nicht so dicht, und man muss nicht diese Eisenbügel hinabsteigen.«

»Die Ufer sind versumpft«, erklärte der Mechaniker. »Dort wächst aller möglicher Mist. Vielleicht Algen, vielleicht aber auch was anderes. Taran sagt, man sollte sich besser davon fernhalten.«

Von unten hörten sie einen Zuruf von Farid. Er hielt das Seil und winkte ihnen vom Boot aus zu.

»Sie scheinen drüben zu sein.« Schaman begann herabzuklettern. »Nata, halt mal meine Kalaschnikow. Das blöde Ding rutscht mir immer runter.«

Da Nata sein Sturmgewehr hatte, war sie als Nächste an der Reihe, und Gleb kam auch bei dieser Fahrt nicht mit. Dann wurde der starke Dym plötzlich auf der anderen Seite gebraucht. Sie konnten dort offenbar irgendwas nicht befestigen, was genau, konnte der Junge Farids holprigen Erklärungen nicht genau entnehmen. Mit aufgerissenen Augen lag Gennadi flach auf dem Boden des Bootes und wagte es nicht, sich zu rühren. Der Tadschike fand irgendwie einen Platz neben ihm und legte sich in die

Ruder. Das überladene Boot entschwand von neuem im Nebel.

Sie blieben zu dritt zurück. Gleb schaute angespannt zu Ksiwa. Dieser seltsame Typ änderte seine Stimmung etwa dreißigmal am Tag. Mal riss er Witze, dann wieder knurrte er einen plötzlich an. Der Junge wusste nicht, was er von Ksiwas Kapriolen halten sollte und rückte deswegen näher an Bruder Ischkari heran. Bei dem war zumindest klar, was man von ihm zu erwarten hatte.

»Na endlich!« Als Ksiwa das Boot erblickte, begann er eilig nach unten zu klettern. »Los, du ›Exodusianer‹, mir nach.«

»Und ich?« Gleb wollte schon nach dem Seil greifen.

»Was soll das, Junge? Er hat keine Waffe. Warte hier.«

Krampfhaft schnaufend verschwand der Sektierer hinter der Abbruchkante. Der Junge blieb allein zurück. Diese Erkenntnis erfasste ihn wie die Kälte, die unter eine leicht verrutschte Decke kriecht. Die Angst drang unerbittlich in ihn ein, überflutete seinen Verstand, sosehr er auch versuchte, dieses beschämende Gefühl zu vertreiben. Was hatte er schon zu befürchten? Gleb blickte sich um. Der Nebel, die Straße. Weit und breit keine Seele. Plötzlich trieb ein Windstoß Fetzen des weißlichen Dunstes auseinander, und er erblickte für einen kurzen Moment eine einsame, merkwürdige Silhouette, die unbeweglich in einiger Entfernung auf dem Asphalt stand.

Krampfhaft zerrte Gleb seine Pistole hervor und zielte. Sein Atem hallte wie ein Donner in seinen Ohren, das Herz raste. Sogleich fiel ihm Ksiwas unheimlicher Bericht wieder ein: »... *auf der Kreuzung so einen Typen im langen*

Büßerhemd. Mitten auf der Straße steht er da, starr wie eine Säule.
Unter der Kapuze nichts zu sehen, rein gar nichts. … Der ging nur
kurz in die Hocke und dann hat er diesen Satz gemacht! Über die
Kante, und weg war er!«

Der Junge zitterte. Seine Finger verkrampften sich am
Abzug, aber sein Verstand gewann noch rechtzeitig die
Oberhand. Gedanken rasten ihm durch den Kopf: Ein Trug-
bild? Oder nicht? Ach, egal. Nochmal falle ich nicht darauf
rein. Gleb schwenkte die Pistole hin und her und starrte
angespannt in den Nebel. Nichts.

Von hinten war das klatschende Geräusch der Ruder zu
hören. Der Junge ging rückwärts auf den Rand des Abhangs zu, steckte verkrampft die Waffe ein, packte das Seil
und schwang sich hinunter. Mit den Füßen stieß er sich
von den rostigen Trägern ab und begann den Abstieg. Das
Rauschen des Wassers war auf einmal viel stärker, und
wieder begann sich alles zu drehen. Gleb stieg behutsam
über die aus der Wand ragende Bewehrung. Er warf einen
schnellen Blick nach oben: Der Rand war schon weit entfernt und durch den Nebelschleier kaum noch zu sehen.
War das die verwinkelte Abbruchkante, die derart bizarre
Konturen zeichnete, oder sah er *es* wirklich: den Unbekannten mit der Kapuze, der, über den Abgrund gebeugt,
Gleb beobachtete?

Seine Hände wurden für einen Augenblick schwach,
ihm entglitt das Seil. Mit rasender Geschwindigkeit flog
die zerklüftete Betonwand an ihm vorbei. Dann schlug er
auf, eisiges Wasser spritzte hoch. Gleb öffnete die Augen.
Zu beiden Seiten ragten die prallen Seitenwände des Bootes auf.

»Schaitan!« Farid sah ihn zornig von seinem Platz an. »Bist du vollkommen verrückt geworden? Wieso bist du gesprungen? Mann, hast du mich erschreckt!«

»Entschuldigung.« Gleb richtete sich auf und setzte sich bequemer hin. »Ich bin abgerutscht.«

Der Tadschike legte sich in die Ruder. Die Dollen knarrten im Takt, das Boot glitt gleichmäßig über das Wasser. Gleb schaute ein letztes Mal nach oben. Ob dort jemand war oder nicht, spielte jetzt keine Rolle mehr. Er beschloss, Farid nichts davon zu erzählen. Die Männer würden sich ja doch nur über ihn lustig machen.

In der Mitte des Durchbruchs nahm die Strömung zu. Der Kämpfer ruderte stärker und hielt sich weiter links. Je weiter sie sich von der Abbruchkante entfernten, umso leichter wurde dem Jungen ums Herz. Erschöpft lehnte sich der Junge an die Seitenwand des Bootes, doch im nächsten Augenblick bekam er von unten, durch den weichen Boden des Bootes, einen heftigen Schlag. Wie von der Tarantel gestochen sprang Gleb auf. Im selben Augenblick wurde das rechte Ruder aus Farids Hand gerissen und verschwand zuckend zusammen mit der ausgerissenen Ruderdolle von der Bildfläche.

Der Tadschike starrte entgeistert auf das Wasser, bis sich auf einmal eine dunkelgrüne, dreifingrige Hand an der Seitenwand des Bootes festklammerte. Farid schrie auf und schlug reflexartig mit dem zweiten Ruder darauf ein. Die Finger verschwanden im dunklen Wasser und hinterließen an der Wand eine lange schleimige Spur. Der Tadschike sprang in den Bug des Bootes und begann verzweifelt mit dem verbliebenen Ruder zu paddeln. Das

Wasser um sie herum brodelte und schäumte. Einen Augenblick lang tauchte der bläulich-grüne Buckel eines merkwürdigen Wesens auf. Panisch klammerte sich der Junge an das Sicherungstau an der Bootswand. Erst Farids hektischer Zuruf riss ihn aus seiner Erstarrung: »Tu was, Kleiner! Schieß!«

Gleb riss seine Pernatsch hoch und feuerte donnernd los. Die Kugeln durchsiebten das Wasser und ließen kleine Fontänen aufspritzen. Wie zur Antwort brodelte die Wasseroberfläche auf, schwoll an mit länglichen, geschmeidigen Körpern, die um sie herum schwammen. Ein unheimliches Wesen, das entfernt an einen Menschen erinnerte, schwang sich in die Luft und zog einen Schwall schäumenden Wassers mit sich. Der Junge konnte es nicht erkennen. Nur seine langen, flossenartigen Extremitäten blitzten im Schein der Lampe auf. Gleb schoss aus nächster Nähe, so dass die Amphibie zurückgeschleudert wurde. Der Körper des Mutanten plumpste ins Wasser und hinterließ auf der Oberfläche dunkelbraune, blutige Flecken.

»Von hinten!«, brüllte Farid, der sich gerade noch rechtzeitig umgeschaut hatte.

Gleb ließ sich instinktiv zu Boden fallen und hob die Arme über den Kopf. An seinem Helm knirschte etwas, ein weit aufgesperrter Rachen mit winzigen scharfen Zähnen flog an ihm vorüber. Das glitschige Ungetüm hatte sein Ziel verfehlt und stürzte auf der anderen Seite des Bootes wieder ins Wasser. Der Junge feuerte ihm hinterher. Dann kniete er sich hin und blickte sich um.

Der gegenüberliegende Rand der Ruine tauchte aus dem Nebel auf. Daneben trieb das Wrack eines kleinen Schiffes kieloben auf den Wellen. Auf dem rostigen Höcker standen Nata und Taran. Beide hatten ohne Hast das näher kommende Boot ins Visier genommen. Sobald sich ein weiterer widerwärtiger Schädel an der Oberfläche zeigte, ließen ihn zwei zeitgleiche Schüsse in lauter kleine Teile zerbersten. Nun war auch von weiter oben das Donnern von Schüssen zu hören: Von der Abbruchkante aus feuerten die Stalker auf die Mutanten. Als er seinen Meister erblickte, fasste Gleb wieder Mut. Jetzt würde es nicht mehr lange dauern. Nur noch ein ganz klein wenig.

Eine weitere Amphibie schraubte sich aus dem Wasser und stürzte auf Farids Rücken herab. Der Kämpfer schrie auf, ließ das Ruder ins Wasser fallen und versuchte das Biest von sich abzuschütteln. Gleb warf seine Pistole hin und eilte ihm zu Hilfe. Nachdem er vergeblich versucht hatte, das glitschige Ungetüm von dem Tadschiken herunterzureißen, zog er sein Messer hervor, zielte und jagte die Klinge in den geschuppten Körper. Die Amphibie zischte und glitt zuckend von Bord. Farid fiel kraftlos ins Boot zurück. Der Schutzanzug des Stalkers war am Rücken an einigen Stellen durchgebissen. Blut quoll hervor.

Die schnelle Strömung trieb das Boot rasch zur Seite.

»Fang!«

Von oben kam das Ende eines Seils angeflogen, das sich in der Luft abwickelte. Gleb, der wie durch ein Wunder noch immer nicht aus dem Boot gefallen war, ergriff das Seil, zog es heran und band es an einem Bügel am Bug fest. Das Boot ruckte an und näherte sich langsam wieder dem Bauwerk. Noch immer herrschte um ihn herum ein Höllenlärm. Die Stalker feuerten auf die trübe Wasseroberfläche, um die Mutanten in Schach zu halten. Das Wasser hatte sich purpurrot gefärbt. Da und dort trieben widerwärtige, schuppige Kadaver.

Farid stöhnte bei dem Versuch, sich hinzuknien. Gleb hob die Pernatsch auf und lud verkrampft nach. Der Bug des Bootes war unterdessen an den Kiel der gekenterten Barkasse gestoßen. Nata kam dem Jungen zu Hilfe, um den schwankenden Tadschiken herauszuziehen.

»Rasch nach oben!« Taran feuerte sparsam Salven ins Wasser, das sich in eine dicke Fischsuppe verwandelt hatte.

Sie schleppten Farid zu einem Haufen herabgefallener Betonbrocken. Nata befestigte einen Karabiner am Gürtel des Kämpfers und zog kurz an dem Seil. Der Körper des Verwundeten wanderte langsam nach oben.

»Jetzt du!« Nata schob Gleb zu den Trümmern des Bauwerks. »Da rechts ist ein Gitter. Klettere daran hoch. Ich sichere.«

Der Junge kletterte über die zertrümmerten Platten und sprang von dort aus in die lange Bahn des Bewehrungsgitters hinein. Nata kletterte ihm hinterher. Das Gitter vibrierte und schwankte unter ihren Füßen. Als Gleb für einen Moment stehen blieb, trieb ihn die junge Frau mit barschen Zurufen an. Aus den Augenwinkeln erblickte der Junge seinen Meister. Der schnallte sich bereits den Karabiner des herabgelassenen Seils an, während die anderen den verletzten Farid vom Rand des Abhangs fortschleppten. Schließlich tauchte von oben eine Hand auf, die den Jungen am Kragen packte und ohne viel Federlesens nach oben riss. Im nächsten Augenblick polterte etwas, ein Staubwirbel stieg auf und die ganze Stützkonstruktion löste sich plötzlich wie in Zeitlupe mit widerwärtigem Knirschen von der Wand. Von unten ertönte ein entsetzter Schrei. Die junge Frau hing an den Händen in der Mitte des Gitters und wand sich verzweifelt.

»Nata!«, brüllte der Kommandeur. »Klettere zurück!«

Die Konstruktion ruckte und gab noch weiter nach. Die junge Frau hangelte sich schnell nach unten. Immer schneller stürzte das riesige Gitter nun ein und hätte Nata um ein Haar unter sich begraben, wäre die junge Frau nicht zuvor auf den Beton gesprungen und kopfüber beiseite gerollt. Riesige Wasserfontänen und Betonbrocken wurden in die Luft geschleudert, als der Stahlberg in die Tiefe donnerte.

»Nata, zum Boot! Zum Boot!«

Durch den aufwirbelnden Staub war zunächst nicht zu erkennen, was unten geschah. Dann tauchte auf einmal eine einsame Figur aus der trüben Wolke auf und sprang an Bord des Bootes.

»Zieh!«, brüllte Kondor.

Dym ergriff das Ende des Seils, wickelte es mehrmals um seine gewaltige Pranke und zog mit aller Macht daran. Das Boot wurde heftig über den Beton nach oben geschleift. Nata klammerte sich verzweifelt mit beiden Händen an dem Sitzbrettchen fest.

»Da! Da sind sie!«, schrie Gleb, der die Wassermassen beobachtet hatte.

Die Oberfläche brodelte erneut. Wendige Körper schossen aus dem Wasser hervor und stürzten sich mit ihrem ganzen Gewicht auf das Boot. Die meisten Amphibien prallten an den elastischen Seitenwänden des Bootes ab und rutschten wieder zurück in die Tiefe, einige jedoch hatten sich in dem Gummi festgebissen und hingen nun gefährlich nah bei Nata. Eine Seitenwand verlor zischend Luft. Wie eine Traube hingen die Kreaturen nun von allen Seiten an dem Boot, so dass es unter ihrem Gewicht allmählich nach unten gezogen wurde. Dym ächzte, brüllte, grub mit seinen Füßen lange Furchen in den Boden, stoppte aber schließlich die Bewegung. Mit aller Macht zog er das Tau zu sich heran.

»Was steht ihr da rum, helft ihm!«, schrie Kondor.

Die Kämpfer sprangen herzu und packten mit an. Immer wieder rutschten sie aus, doch schließlich begannen sie das Boot nach oben zu ziehen. In diesem Augenblick berührte das Seil den scharfen Rand eines Betonträgers und riss. Die Stalker rollten über den Asphalt. Das Boot stürzte mitsamt den kreischenden Biestern auf die Betonbrocken. Dym stand brüllend auf, nahm Anlauf und sprang in den Abgrund. Gleb sah entgeistert zu, wie der riesige Körper mit zappelnden Beinen nach unten flog. Sein Herz setzte für einen Schlag aus, als der zweihundert Kilogramm schwere Dickwanst auf der aus dem Wasser ragenden Kielspitze der Barkasse aufprallte. Der Rumpf hallte wider wie eine Glocke. Der Junge kniff die Augen zu, doch seine Neugier gewann die Oberhand. Dym erhob sich langsam. Es war unfassbar, aber die Knochen des Mutanten hatten den Aufschlag unversehrt überstanden. Im nächsten Augenblick zog Dym einen riesigen Hirschfänger aus der Scheide und stürzte zu den Überresten des Bootes. Die Amphibien krümmten sich unter seinen gnadenlosen Hieben. Stümpfe von Armen und Schwänzen flogen in alle Richtungen. Während er die glitschigen Körper nach allen Seiten schleuderte, lief Dym den Rand des Wassers entlang, aber die junge Frau war nirgends zu entdecken. Er sprang auf das Schiffswrack zurück und schaute angestrengt auf das trübe Wasser.

»Dym!«

Endlich erblickte der Mutant Nata und atmete erleichtert auf. Die junge Frau stand gegen die Wand gedrückt auf einem Eisensims etwa vier Meter über der Erde. Niemand hatte bemerkt, wie sie es geschafft hatte, vom Boot dorthin zu springen. Nun aber hatte Taran sie bereits erspäht und seilte sich geschwind von oben ab.

Dym stieß ein Triumphgeheul aus und streckte seine riesigen Hände zum Himmel. Da erbebte die rostige Barkasse unter ihm und begann schnell im Wasser zu versinken. Von allen Seiten stürzten sich die widerlichen Kreaturen auf den Kämpfer. Die Stalker eröffneten das Feuer, aber alles war vergebens. Begraben unter einem Knäuel glitschiger Körper verschwand der Mutant in Sekundenschnelle im Wasser. Gleb presste die Fäuste zusammen, bis es wehtat, und schrie gemeinsam mit den anderen auf. Das Schießen hörte auf. Die Stalker starrten entsetzt auf das brodelnde Wasser und heulten in ihrer Ohnmacht.

Über dem Abhang tauchte Tarans Gesicht auf. Der Wegführer packte den Rand einer Platte, stemmte sich hoch und kletterte nach oben. Er trug Nata auf dem Rücken, die den Stalker mit Händen und Füßen umklammerte. Die junge Frau glitt auf den rauen Beton herab und begann zu schluchzen.

»Nun komm schon, es ist vorbei. Du kannst sowieso nichts mehr ändern. Hör auf zu weinen.« Kondor umarmte sie und versuchte sie zu beruhigen, obwohl er sich selbst nicht besser fühlte.

Ksiwa fluchte wütend. Eine Granate flog nach unten. Die Wucht der Explosion ließ eine riesige Wasserfontäne aufspritzen.

»Schluss damit!« Kondor sprang auf und musterte seinen Trupp mit strengem Blick. »Zieht den Rotz hoch. Hievt Farid hoch. Wir gehen weiter. Taran, du führst uns!«

Die Straße durchschnitt mit einem entschiedenen, schnurgeraden Strich die Newabucht, bis sie irgendwo in der Ferne verschwand. Die Stalker liefen auf dem Damm entlang, wobei sie einander in unregelmäßigem Abstand folgten. Der durchdringende Wind zerrte an ihrer Kleidung. Die Wellen stürmten ununterbrochen gegen das von Menschenhand errichtete Hindernis. Die Elemente salutierten mit schäumender Gischt vor den freigiebigen Gästen. Ihre Gabe war akzeptiert worden.

11

DER RUBIKON

Gibt es etwas Motivierenderes als Angst? Etwas, das unser Handeln genauso stark beeinflussen kann? Was bedeutet Angst für jeden von uns? Angst ist unbeständig und wechselhaft. Erfindungsreich und heimtückisch. Oft macht sie mit uns merkwürdige Dinge. Wegen ihr weinen und lachen wir, unterwerfen uns und werden zu Verrätern, empfinden Hass und Scham. Wegen ihr bezichtigen wir andere der Panikmache, während wir unsere eigenen Gefühle als vernünftige Vorsicht ausgeben.

Müssen wir uns für unsere Angst schämen? Sie bekämpfen? Oder etwa Nachsicht mit ihr üben? Angst hat wahrlich eine große Macht. Ohne sie ist es zu ruhig, ja langweilig, mit ihr hingegen oft unerträglich. Sie kann das Leben fahl und minderwertig machen, oder umgekehrt, leuchtend und reich. In welcher Gestalt sie auftritt, das hängt allein von ihr ab. Aber es gibt eine Regel, die für alle gleichermaßen gilt, nämlich dass man von Angst nicht allzu häufig heimgesucht werden sollte. Besser, man lockt sie nicht an. Lässt sie nicht in seine Seele. Denn das Spiel mit der Angst ist gefährlich. Und bisweilen ist der Einsatz darin übermäßig hoch.

»Ist es noch weit?«

»Wir sind fast da. Hinter der Biegung führt die Straße in einen Tunnel. Wenn er nicht überflutet ist, kannst du davon ausgehen, dass wir die Insel erreicht haben.« Taran warf einen Blick auf die Karte.

»Und was ist das darüber?« Ksiwa betrachtete misstrauisch die ausgeklügelten Aufbauten.

»Das ist der Schiffsdurchlass S1. Diese riesigen Bögen sind schwimmende Schleusentore. Mit ihnen wurde der Kanal gesperrt, wenn eine Sturmflut drohte.«

»Ja, die Ingenieurskunst war damals auf der Höhe.« Der Mechaniker blickte entzückt auf das technische Wunder, das vor ihnen aufgetaucht war. »Ich denke, es würde sich lohnen, die Konstruktion zu untersuchen. Vielleicht wurden von dort aus die Lichtsignale gesendet.«

Kondor blickte Farid von der Seite an. Der Kämpfer hielt sich großartig, obwohl ihm anzusehen war, wie viel Mühe es ihn kostete. Sie brauchten eine Atempause.

»Wir machen das so. Schaman, wir beide schauen uns oben um, die anderen untersuchen den Tunnel. Wenn alles sauber ist, machen wir Rast.«

»Was, sollen wir vielleicht direkt unter dem Wasser übernachten?«, fragte Ksiwa nervös.

»Hast du etwa Angst, dir die Füße nass zu machen?«, entgegnete Taran schneidend. »Deinem Kumpel hat das nichts ausgemacht.«

»… nichts ausgemacht!«, äffte Ksiwa ihn nach. »Weil er mit dem falschen Körperteil gedacht hat. Er musste ja unbedingt den Romantiker raushängen lassen.«

Nata drehte sich wütend auf dem Absatz um und schlug

mit aller Wucht zu. Der Kämpfer stürzte auf die Erde, hielt sich die aufgeschlagene Lippe und warf der jungen Frau einen finsteren Blick zu.

»Halt. Dein. Maul.« Ihr Gesicht war bleich geworden, die Nasenflügel blähten sich vor Zorn.

»Na hör mal … Wo kein Feuer, da kein Rauch.«

Kondor löste seinen Blick vom Fernglas und sah den Kämpfer befremdet an, während er das Gerät in seiner Patronentasche verstaute. Ksiwa krümmte sich auf einmal zusammen und wandte sich ab.

»Da hast du Recht. Dyms Feuer ist erloschen … für immer.«

Die Stalker trennten sich. Schaman und Kondor verschwanden hinter einer Mauer. Taran führte seine Gruppe zu dem ehemaligen Autotunnel. Über eine sanft abfallende Anfahrtsrampe tauchte die Straße in zwei breite, dunkle Tunnel hinab. Dort, an der Grenze zwischen Licht und Finsternis, blieb der Wegführer stehen.

»Kontrolliert die Waffen. Schaltet die Lampen ein.«

Plötzlich fiel Ischkari auf die Knie, begann am ganzen Körper zu beben und inbrünstig sein Kauderwelsch zu murmeln. Nata versuchte den Sektierer aufzuheben, aber der winkte nur ab und blickte sie empört an.

»Schau in deine Seele, Jungfer, und erkenne, ob du bereit bist, den Rubikon zu überschreiten. Stellt euch die Frage, Brüder, ob in euren Herzen noch weltliche Unredlichkeiten sind, denn nur der Starke an Geist und Verstand wird Errettung erlangen, den Schwachen erwartet das Vergessen.«

Die Stalker blickten sich unsicher an, schauten in das sich verdichtende Dunkel vor ihnen.

»Hör auf mit dem Gelaber, du Psycho.« Ohne weiter nachzudenken, zeigte Taran auf die rechte Öffnung. »Wir gehen hier rein.«

»Was, Stalker, noch immer Schiss vor nem Strafzettel?« Der Tadschike lächelte durch seine vor Schmerz zusammengepressten Zähne.

Der Wegführer grinste zurück. »Gewohnheiten sind was Schlimmes, Farid. Ich hab seit Ewigkeiten nicht mehr am Steuer gesessen, aber von den Bullen träume ich heute noch.«

Sie rückten ins Innere vor und horchten auf Geräusche in der Dunkelheit. Am Ende folgte Ischkari mit trippelnden Schritten: Die Angst, allein zu bleiben, hatte überwogen. Ihre Schritte hallten durch die Betongewölbe des Tunnels. Unter ihren Füßen knirschte Sand. Aus der Dunkelheit tauchte ein verkohlter Kinderwagen auf. Etwas weiter trafen sie auf das Skelett eines umgekippten Jeeps mit aufgerissenen Türen. Überall hier lagen Knochen herum – allem Anschein nach menschliche. Vorsichtig rückten die Stalker weiter vor. Je tiefer sie in den Tunnel eindrangen, umso häufiger stießen sie auf halbverrottete Autos. Gleb stellte sich vor, wie die Menschen in Panik hierhergefahren waren, als sie das grelle Licht am Himmel gesehen hatten. Wie sie sich in das Innere dieses Betonschlauchs gedrängt hatten in der Hoffnung, gerettet zu werden. Beim Betrachten dieser trostlosen Details einer vergangenen Zeit empfand Gleb tiefe Trauer. Dieser Ort roch nach Verwüstung, eine Grabeskälte ging von ihm aus.

»Eine Gruft …« Ksiwa schien seine Gedanken gelesen zu haben. »Ein Ort des Todes. Bloß weg von hier.«

»Reiß dich zusammen.« Taran stieg weiter hinab, wobei er sich immer wieder nach allen Seiten umblickte.

Die Neigung hatte unterdessen aufgehört. Gleb vermutete, dass sie den mittleren Abschnitt des Tunnels erreicht hatten. Irgendwo über diesem Betongewölbe mussten sich die Wassermassen befinden. Den Jungen fröstelte. Unheilvolle Gedanken kamen ihm in den Sinn. Die Wände ringsum flößten ihm kein Vertrauen mehr ein. Jetzt begriff Gleb, warum Ksiwa ein solches Theater um den Platz ihres Nachtlagers gemacht hatte.

Der Wegführer blieb an einer Stelle stehen, an der sich zwei rechtwinklige Seitenabzweigungen öffneten.

»Links ist das Verbindungsstück zum Paralleltunnel. Und dies hier rechts scheint das zu sein, was wir brauchen.«

Über eine kleine Abstellkammer erreichten sie einen Raum mit elektrischen Schalttafeln. Am hinteren Ende befanden sich ein sperriger Ventilator und das Gehäuse der Luftzufuhr. Taran warf den Stalkern einen Blick zu, diese verstanden wortlos. Mit einem Seufzer der Erleichterung ließ sich Farid an der Wand nieder. Ksiwa nahm sein Sturmgewehr ab, ging mit dem Geigerzähler in jede Ecke und nahm dann mit Genugtuung die Atemmaske ab. Nata kramte in ihrem Rucksack herum und fischte eine Packung Zwieback und Konserven heraus.

»Nata, du bist ein Miststück.« Ksiwa fuhr sich vorsichtig mit der Zunge über das geschwollene Zahnfleisch. »Du hast mir einen Zahn ausgeschlagen.«

»Schade, dass es nicht alle waren«, entgegnete sie bissig. »Das nächste Mal denkst du zuerst, bevor du den Mund aufreißt.«

Als Gleb bemerkte, wie sich der Tadschike mit dem Schutzanzug abmühte, lief er zu ihm und half ihm, den widerspenstigen, gummierten Stoff abzustreifen. Währenddessen breitete die junge Frau auf dem Boden eine kleine Apotheke aus.

»Vorsichtig … So ist's gut. Was haben wir hier?« Nata nahm die blutgetränkte Binde ab und untersuchte den Rücken des Tadschiken. »Sieht gar nicht so schlecht aus. Der Schorf ist schon fast trocken. Die Wunden haben sich kaum entzündet. Du hast Glück gehabt, Farid.«

Der Tadschike lächelte und zwinkerte Gleb zu. Nata gab ihm eine Tetanusspritze, rollte ihren Schlafsack auf, schlüpfte hinein und drehte sich zur Wand. Keiner hatte Lust auf ein Gespräch. Unterwegs hatten sie andere Dinge im Kopf gehabt – der Marsch hatte all ihre Konzentration gefordert –, nun aber musste jeder an Dyms Tod denken.

Als Kondor und Schaman von ihrer Erkundungstour zurückkamen, trafen sie die Gruppe in dieser mürrischen und schweigsamen Stimmung an. Der Wegführer hatte ihre Schritte in dem hallenden Tunnel gehört, war ihnen entgegengegangen und hatte sie zu der kleinen Kammer geführt. Taran und Kondor berieten sich und versperrten den Ausgang dann mit einem schweren Transformator.

»Alles leer.« Der Mechaniker hatte die stumme Frage in dem Blick seines Freundes gelesen und setzte sich zu Farid. »Nirgends eine Menschenseele. Sogar die Ratten haben sich versteckt.«

Die Stalker verstummten und blickten starr vor sich hin. Die Flamme im Kocher loderte auf. Der Tadschike machte sich an dem Geschirr zu schaffen, um Tee zu kochen.

Kondor erkundigte sich: »Wie geht's dir, Farid?«

»Wird schon heilen, Chef. Schade um den Schutzanzug! Der Schaitan hat ihn mir kaputt gemacht. Der muss genäht werden.«

»Wir werden ihn schon flicken. Und dich auch, keine Angst. Bis zur Hochzeit ist alles wieder gut! Hast du denn jemanden ins Auge gefasst?«

Verlegen klapperte der Tadschike mit den Bechern und lächelte verträumt. »Ja. Sobald wir von dieser Expedition zurückkommen, werde ich sie heiraten.«

»*Falls* wir zurückkommen.« Ksiwa nahm seinen Becher Tee in Empfang, versuchte einen Schluck, verbrühte sich jedoch fast die Lippen. »Irgendwie glaube ich noch nicht so recht daran.«

»Schluss mit der Unkerei!«, herrschte Kondor ihn an. »Wir sind bis hierher gekommen, also können wir auch weiter. Wir müssen nur diese Signalgeber finden.«

»Nicht jedem ist es vergönnt, das Licht der Arche zu erblicken. Nur den Auserwählten wird sich der Weg in das Gelobte Land öffnen …«

Gleb fuhr auf, als er diese beunruhigenden Worte hörte, aber der Sektierer war schon wieder verstummt. Offensichtlich hatte die außergewöhnliche Situation auch ihn beeindruckt.

»Nata, komm, lass uns Tee trinken.« Kondor erstarrte mit dem ausgestreckten Becher in der Hand.

»Lass sie schlafen, Chef. Sie muss sich ausruhen.«

Kondor reichte Ischkari den Becher. Der saß da, die Knie umfasst, mit vor Kälte zuckenden Schultern, schüttelte aber nur den Kopf.

»Trink, du komischer Heiliger. Du musst dich aufwärmen und Kräfte sammeln. Von der ganzen Lauferei musst du doch fix und fertig sein … Trink, sage ich. Das ist ein Befehl.«

Der Sektierer nahm unwillig einen Schluck von dem heißen Gebräu. In der zunehmenden Dunkelheit trat erneut eine dumpfe Stille ein. Ein Gespräch wollte sich nicht ergeben. Nur von Nata war von Zeit zu Zeit ein leises Schluchzen zu hören. Die junge Frau weinte offenbar im Schlaf.

»Dieser Ort hier ist böse. Nichts als Verderben und Gefahr«, sagte Ksiwa schließlich. Er überlegte kurz und zog aus einer Brusttasche einen Flachmann. »Egal. Wodka spült die Strahlung raus und hebt die Stimmung.«

»Lass das sein«, fuhr Kondor ihn an. »Steck die Flasche weg. Oder besser, gib sie … dem Welpen. Bei ihm ist sie sicherer.«

Ksiwa runzelte die Stirn, fügte sich aber dem Befehl und reichte dem Jungen den Flachmann. Verärgert spuckte er aus und hüllte sich in seine Windjacke ein.

»Wir sollten eine Wache aufstellen.«

»Wozu? Wir hören auch so, wenn sich jemand im Tunnel rührt.« Kondor warf einen Blick auf die junge Frau und wandte sich flüsternd an Ksiwa. »Sag du mir lieber mal, warum du zum Teufel die Granate geworfen hast?!«

»Mann, die haben ihn aufgefressen! Ich war einfach so wütend! Ich dachte, so zahle ich es ihnen wenigstens heim.«

»Du dachtest?«, unterbrach ihn der Kommandeur. »Du hast überhaupt nicht gedacht, verdammt! Was, wenn du ihn mit der Explosion erledigt hast?«

Ksiwa verstummte verblüfft. Die Anschuldigung überrumpelte ihn.

»Denkst du etwa, ich habe ihn …«

»Vielleicht, vielleicht auch nicht. Du musst zuerst deinen Kopf einschalten, und danach die Reflexe! Merk dir, Ksiwa: Noch so ein Fehltritt, und ich reiße dich in Stücke! Ich brauche ein Team, keine Psychopathen, die um sich ballern!«

Gleb nahm den Streit der Stalker kaum noch wahr. Die Gedanken bewegten sich nur träge in seinem Kopf. Die nervliche Anspannung des vergangenen Tages machte sich nun bemerkbar. Ungeschickt versuchte er sich umzudrehen und stieß dabei mit dem Fuß gegen einen Teebecher. Die dampfende Flüssigkeit schwappte auf den Boden. Ksiwa schaute jedoch nur flüchtig hin und winkte beruhigend ab. Der Junge atmete erleichtert auf.

»Diese Prüfungen sind uns von oben gesandt.« Bruder Ischkari fing erneut mit seiner Leier an. »Durch Entbehrungen und Not erlangen nur die Starken Erlösung, die Schwachen aber und die Verirrten werden in Sünde und Totschlag versinken.«

»Wovon faselst du, Sektierer?« Ksiwa starrte Ischkari herausfordernd an. »Spielst du etwa auf mich an? Was für Sünden meinst du?«

»Wer im Geist schwach ist, ist auch schwach im Verstand. Seine Taten wirken sich wie nichts anderes auf das Schicksal seiner Nächsten aus.« Der Sektierer fuhr mit seiner Botschaft fort, ohne den Anfeindungen des Kämpfers Beachtung zu schenken. »Den Rubikon werden die Würdigen überschreiten, auf die anderen aber warten

Verdammnis und Verwesung ... Verwesung und Vergessen.«

Dieses Mal versuchte niemand mehr, den wahnsinnigen
Diener des »Exodus« zu beschwichtigen. Ihnen fehlte die
Kraft dazu. Seine monotone, betäubende Stimme ließ Gleb
vollends erschlaffen. Seine Augenlider wurden immer schwerer. Der Kocher erlosch, aber niemand rührte sich. Die
kleine Kammer versank in völliger Dunkelheit. Der Sektierer hörte auf, vor sich hin zu murmeln, und seufzte tief.
Hinter der Tür war das leise Heulen des Luftzugs im Tunnel zu hören. Für einen Moment schien es Gleb, dass in
dem Rascheln des Laubs, das der Wind über den Asphalt
trieb, sich Worte bildeten, Sätze. Dieses kaum wahrnehm-
bare, unverständliche Flüstern bedrückte ihn, ließ ihn
nicht nüchtern denken. Wie aus der Ferne hörte er Ksiwas
Stimme: »Ich bin an allem schuld. Ich allein. Ich war nei-
disch auf den Belgier. Hab immerzu sein Gewehr gelobt.
Ich hab ihm gesagt, was brauchst du noch deine Kalaschnikow, mit einer solchen Kanone in der Hand? Und er hat
drauf gehört. Hat sie weggeworfen.«

»Rede dir nichts ein«, mischte sich Kondor ein. »Das
war seine Entscheidung. Jeder macht mal Fehler.«

»Nein, nein ...« Die Worte des Kommandeurs hatten
Ksiwa nicht überzeugt. »Dass Okun draufgegangen ist,
liegt auch an mir. Ich hab ihn doch immer aufgezogen.
Arm wie eine Kirchenmaus, hab ich gesagt, und will sich
dann noch ne Familie zulegen. Er hat immer nur gelacht,
aber es wohl doch in sich reingefressen. Deshalb wollte er
auch damals was für sich rausschlagen. Ischkari hat Recht.
Worte haben eine große Macht.«

»Blödsinn«, warf Kondor kaum vernehmbar ein. Dann gähnte er und drehte sich auf die andere Seite. Für mehr reichte es nicht: Der Stalker schlief ein.

Gleb regte sich nicht, um auf keine Weise Ksiwas Aufmerksamkeit zu erregen. Nicht, weil er Angst vor dem impulsiven Kämpfer hatte, nein: Er wollte einfach nicht als einziger Gesprächspartner für ihn übrig bleiben. Irgendwo an der gegenüberliegenden Wand schnaufte Ksiwa, dann stockte plötzlich sein Atem, und Stiefelsohlen schlurften über den Boden.

»He? Wer ist dort? Wieso … Ich wusste es nicht! Wollte es nicht!«

Der Junge lauschte im Halbschlaf. Ksiwa flüsterte fiebrig mit jemandem, jagte diesen immer wieder fort. Der arme Teufel war scheinbar vollkommen übergeschnappt.

Gleb hatte nicht mehr die Kraft, über Ksiwas Worte nachzugrübeln – er selbst konnte kaum noch klar denken. Als er das gleichmäßige Atmen der Stalker vernahm, ergab auch er sich der Woge, die sie alle nach diesem schweren Tag erfasst hatte. Der Junge atmete tiefer und langsamer. Die Grenze zwischen Schlafen und Wachen verschwamm, löste sich in einem nebligen Dunst auf, der das Bewusstsein einhüllte und den Schmerz aus den verausgabten Muskeln drängte. Sein Körper wurde allmählich leicht und schwerelos, und er begriff, dass er bereits eingeschlafen war. Verwundert stellte Gleb fest, dass sein Bewusstsein dabei kristallklar geblieben war. Als er sich an diese neue Form der Wahrnehmung gewöhnt hatte, versuchte er zuerst die eine, dann die andere Hand zu bewegen. Vorsichtig stand er auf, ganz ohne die gewohnte Schwere seines Körpers, und schaute nach unten. Seine Beine waren nicht da, ja sein ganzer Körper fehlte. Er schwebte mitten in dem Raum, als ihm klar wurde, dass er doch eigentlich in dieser tiefen Dunkelheit nichts sehen durfte und dennoch die Gestalten der schlafenden Stalker deutlich erkannte. Der Junge schaute sich um. Sein Blick blieb an der Tür hängen, unter der ein dünner Lichtstrahl zu erkennen war.

Das ist alles ein Traum, beschwichtigte sich Gleb und schwamm zum Ausgang hin, ohne dass ihm seine neue Situation Unbehagen bereitete. Das Gefühl von absoluter Freiheit berauschte ihn. Ohne einen Anflug von Angst drang Gleb durch die Tür und schwebte in den Tunnel hinaus. Aus dem Gang gegenüber drang ein unregelmäßiges Licht. Er flog zur anderen Seite, durchquerte den engen Verbindungsgang und gelangte schließlich in den linken Tunnel.

Auf einmal strömten Geräusche an ihm vorbei: nervöses Flüstern, Schluchzen, Fluchen. Ringsherum waren Menschen, viele Menschen – der hell erleuchtete Tunnel war brechend voll. Sie drangen aus ihren Autos hervor, standen da und lauschten angespannt auf das Rollen des Donners. Gleb schwebte über ihren Köpfen und betrachtete die bleichen, verängstigten Gesichter. Sein Blick stockte bei einer Frau, die ein kleines Mädchen in ihren Armen hielt. Die Mutter blickte sich gehetzt um, drückte ihr Kind fest an sich. Panik stand in ihren Augen. Das Mädchen drückte ebenso ängstlich einen Plüschbären an die Brust und weinte ununterbrochen.

Von den fernen Ausgängen her blitzte ein grelles Licht auf. Der Tunnel erbebte, die Menschen fielen auf den Asphalt. Erschrockene Schreie ertönten. Die Lampen flackerten kurz auf, dann erloschen sie, die trübe Notbeleuchtung ging an und die erschrockenen Gesichter versanken im Halbdunkel. Dann schwoll der Donner an, und ein Wind erhob sich mit vielstimmigem Geheul. Im Handumdrehen erfüllte er den Raum mit einem Gemisch aus Sand und Abfall. Einige der Menschen versuchten, ihre Gesichter mit Jacken zu bedecken, andere wieder kletterten ins Innere der Autos, um sich vor dem rasenden Staubwirbel zu retten. Gleb spürte, wie die Temperatur anstieg. Von Sekunde zu Sekunde wurde der Wind immer heißer, schon verbrannte er die Haut. Das Wehgeschrei überall verschmolz zu einem unheimlichen, nicht enden wollenden Getöse. In der Ferne loderte grelles Licht. Es wurde unerträglich heiß. Die Menschen fingen an, hin und her zu laufen. Einige stürzten zum Ausgang. Das Tosen nahm mit jeder Sekunde zu. Der Tunnel vibrierte immer stärker. Der Putz an der Decke löste sich und fiel herunter.

In dem verzweifelten Versuch, ihre Tochter zu retten, stopfte die Frau sie in den nächststehenden Jeep. Die Leute darin nahmen das Kind entgegen und kurbelten die Fensterscheiben hoch. Das Mädchen hämmerte gegen das Glas und blickte seine Mutter an, aber die stand entrückt da, blickte ein letztes Mal auf ihren Liebling und lächelte. Sie wollte glauben, dass dieser verzweifelte Schritt ihr Kind vor der nahenden Katastrophe schützen würde.

Mehrere Explosionen erhellten das Gesicht der Frau – durch den Tunnel raste eine Feuerwelle. Einen Augenblick stand sie noch bei dem Auto, dann kochte ihr Lächeln auf und zerschmolz. Mit einem Schlag verstummten die Schreie, gingen unter im Tosen der Flammen. Die Druckwelle riss die Scheiben heraus, Autos wirbelten durch die Luft, wurden zusammengepresst und gegen die Wand geschleudert. Das Feuer, das in einer erbarmungslosen, alles verschlingenden Welle durch den Tunnel rollte, leckte in einem einzigen Augenblick all die Menschen auf – mit ihren Ängsten, ihrem Flehen und ihren unbedeutenden Problemen.

Nach einigen irrwitzig langen Minuten war alles zu Ende. Das Tosen der Flammen hörte auf, die Feuerwand rollte fort und wurde kleiner. Der gesamte Raum von der Decke bis zum Boden war von beißendem Rauch erfüllt, die Wände schwarz von Ruß. Die metallenen Gerippe der Fahrzeuge knarrten und kühlten langsam ab. Von den gekrümmten, schwelenden Scheiten, die soeben noch Menschen gewesen waren, ging eine gleichmäßige Hitze aus.

Gleb wollte aufwachen. Verzweifelt versuchte er die Augen zu öffnen, sie zuzukneifen, nur um nicht mehr dieses Grauen zu sehen, doch vor seinen Augen stand immer noch das wahnsinnige Bild der Tragödie, die sich hier einst abgespielt hatte, und wollte nicht verschwinden. Panisch suchte der Junge nach dem Übergang in den anderen Tunnel, aber die Wand war auf einmal überall gleich, ohne jegliche Unterbrechung.

In der ohrenbetäubenden, dröhnenden Stille knarrte eine Tür. Gleb drehte sich um. Von einem Jeep in der Nähe blätterten schwarze Flocken von Schlacke ab. Die Tür öffnete sich leicht, ein kleiner Kinderfuß mit grellbunter Sandale trat auf den Boden. Ein schmuckes Kleidchen erschien, und aus den Rauchschwaden tauchte das kleine Mädchen von eben auf – sie hatte weder Brandwunden auf ihrem Körper noch Ruß in ihrem rotwangigen Gesicht. In ihren Armen hielt sie ein rauchendes Kohlestück, das einst ihr Plüschbär gewesen war. Sie lief durch hie und da spärlich züngelnde Flammen und winkte Gleb zu sich. Der Junge folgte ihr wie in Trance durch den langen Tunnel. Unmittelbar am Ausgang blieben sie stehen. Das Mädchen hob ihr molliges Händchen und deutete lächelnd auf den Haufen einer zerschmolzenen, unförmigen menschlichen Leiche.

Befremdet starrte Gleb auf den verkohlten Leichnam, bis er ein mit Asche bedecktes Metallstück entdeckte. In den Strahlen der untergehenden Sonne blitzte das Relief eines zweiköpfigen Adlers auf. Sein Feuerzeug.

Das Mädchen sagte mit Tarans Stimme: *»Wir sind schon zwanzig Jahre tot. In die Erde haben wir uns eingegraben und irren dort herum wie ruhelose Geister. Wir suchen nach irgendetwas … alles völlig umsonst. Wir sind tot. Es gibt uns nicht.«*

»Nein, nein, das kann nicht sein …« Gleb fuhr zurück, schüttelte den Kopf, wollte es nicht sehen, nicht hören, nicht glauben. »Das kann nicht sein.«

Die Welt um ihn herum begann sich zu drehen wie ein rasendes Karussell, das Bild vor ihm verwischte, zerfloss. Als Gleb wieder zu sich kam, war es völlig dunkel. Er kramte nach seinem Feuerzeug, drehte an dem Rädchen. In dem Licht der kleinen Flamme erblickte er Natas beunruhigtes Gesicht neben sich.

»Was murmelst du da? Ein Alptraum?« Die junge Frau reckte sich schläfrig, machte die Taschenlampe an und hielt sie an ihre Uhr. »Meine Güte! Pennen die etwa alle noch? Es ist schon fast Mittag!«

Nata sprang auf und rüttelte die Kämpfer wach. Diese erhoben sich schwerfällig wie nach einem langen Saufgelage. In der kleinen Kammer herrschte eine betäubende, drückende Hitze. Gleb spürte ein dringendes Verlangen nach frischer Luft.

»Wahnsinn, brummt mir der Kopf!« Schaman setzte sich schwankend auf.

Gleb band sich mit steifen Fingern seine Schuhe.

»Es ist stickig geworden über Nacht.« Kondor stand schwerfällig auf. »Kein Durchzug, also auch keine frische Luft. Das reine Kohlendioxid. Hast du das mitgekriegt, Welpe? Packt eure Sachen, wir haben uns zu lange hier aufgehalten.«

Die Stalker kramten in ihrer Ausrüstung herum. In dem allgemeinen Wirrwarr achtete niemand auf die Tür. Jemand hatte das Transformatorgehäuse zur Seite geschoben.

»Wo ist Ksiwa?«

Die Strahlen ihrer Taschenlampen tasteten die Betonwände ab, leuchteten in dem Raum umher, der wie eine leere Schachtel wirkte.

»Oh, verdammt! Haben sich denn alle verschworen?!« Kondor riss sein Maschinengewehr von der Schulter und lief in den Tunnel hinaus.

Die Stalker eilten ihm nach. Während Gleb seinem Meister folgte, stieg eine ungute Vorahnung in ihm auf. Das Laufen ging nun schwerer, der Tunnel stieg gleichmäßig nach oben an. Durch den rechteckigen Ausgang am Ende fiel Tageslicht ein. Vor dem Hintergrund des grauen Himmels konnte man die Silhouette eines am Boden sitzendes Menschen erkennen. Der Trupp schlich sich vorsichtig an die einsame Gestalt an. Ksiwa saß reglos an der Wand, den Kopf zum Ausgang gedreht. Seine Arme lagen schlaff auf den Knien.

»Aufstehen, Stalker«, sagte Kondors mit zitternder Stimme. »Aufstehen, hab ich gesagt!«

Gleb schaute benommen auf das blutbefleckte Messer auf dem Asphalt. Dann bemerkte er die tiefen Schnittwunden an den Handgelenken des Kämpfers und wandte sich ab.

»Steh auf!« Kondor bebte am ganzen Körper.

»Beruhige dich.« Der Mechaniker bückte sich, darauf bedacht, nicht in die Pfütze des geronnenen Blutes zu treten, und drehte Ksiwas Kopf.

Ein glasiger Blick. Dünne, blutleere Lippen, geschlossen zu einem geraden Strich.

Schaman sah den Kommandeur missbilligend an. »Was hat dich geritten mit dieser Granate? Er hatte doch sowieso schon ein paar Schrauben locker. Heut Nacht hat er ständig vor sich hin gebrummelt, um Vergebung seiner Sünden gebetet.«

»Das kann doch nicht sein, dass Ksiwa diesem Blödsinn aufgesessen ist! Wir beide haben schon ganz anderes durchgestanden.« Kondor starrte noch immer mit geballten Fäusten auf den steif gewordenen Körper des Kämpfers, als traue er seinen eigenen Augen nicht. »Wie kann das sein, Bruder?«

»Wer im Geist schwach ist, ist auch schwach im Verstand«, seufzte Ischkari. »Der Tunnel hat ihn geholt.«

»Der Tunnel …« Kondor beugte sich über den Körper seines Kameraden und schloss ihm vorsichtig die Augen.

»Ich weiß nicht, was du vorhattest, Ksiwa, aber du hast dich geirrt. Mächtig geirrt. Leb wohl.«

»Wir sollten ihn beerdigen«, war Farids Stimme zu vernehmen.

»Das ist eure Angelegenheit. Ich halte Wache.« Taran warf sich die Kapuze über die Atemmaske, zog sein Sturmgewehr näher an sich heran und erklomm die sandige Aufschüttung neben der Auffahrrampe des Tunnels.

Der vorsorgliche Schaman zog aus seiner Ausrüstung einen Klappspaten hervor. Farid, Nata und er suchten einen ruhigen Ort in der Senke aus und machten sich daran, ein Grab auszuheben, wobei sie einander abwechselten. Nach ein paar Stunden war alles vorbei: die linkische Abschiedsszene, die kärglichen Phrasen der Kämpfer. Nur Kondor sagte kein Wort mehr. Gleb bemerkte, wie hohlwangig der Kommandeur in den letzten Tagen geworden war. Jeder neue Verlust traf ihn zunehmend schwerer.

Die merklich kleiner gewordene Truppe verließ den Tunnel und rückte langsam entlang der Sandhügel vor. Ksiwas angsterfülltes Gesicht hatte Gleb noch lange vor Augen. Gewitterwolken überzogen den Himmel mit einer dichten, undurchdringlichen Decke. Von Zeit zu Zeit brach ein gleißender Lichtschein durch die Wolkendecke, Vorbote eines herannahenden Gewitters. Schon konnten sie das erste Donnergrollen vernehmen. Dann legte sich der Wind mit einem Mal. Es war, als wäre die Luft schlagartig zusammengepresst worden. Die Natur erstarrte in Erwartung des Aufruhrs der Elemente.

Während die Stalker den Sanddamm hinaufstiegen, hoben sie immer wieder beunruhigt ihre Blicke in den bleiernen

Himmel. Vor ihnen erstreckte sich die Insel Kotlin. In der Ferne ragten sich rechter Hand undeutlich die Ruinen von Kronstadt auf. Die Blicke der Gefährten waren jedoch auf die andere Seite gerichtet. In den Ufergewässern links des Damms zeichneten sich durch den Nebeldunst die Umrisse eines riesigen Schiffes ab.

12

DIE ARCHE

Die Stalker beschleunigten ihre Schritte, als sie die Silhouette des eisernen Leviathans erblickten. Keiner schrie auf oder zeigte offen seine Freude – als fürchteten sie, dadurch das Glück zu verscheuchen. Gebannt schauten sie auf die raubtierähnlichen Umrisse des Kreuzers, der sich stolz über der Wasserfläche des Meerbusens erhob. Ihre Beine trugen sie wie von selbst zu dem wunderlichen Fund. Schließlich hielten sie es nicht mehr länger aus und begannen zu laufen – sogar Bruder Ischkari beschleunigte seinen Schritt. Wie sie so die Wasserkante entlangjagten, hatten sie ihre Erschöpfung völlig vergessen.

Gleb wollte ihnen gerade hinterherlaufen, als ihn sein Meister am Ärmel zurückhielt.

»Wohin so eilig? Hast du vergessen, was ich dir beigebracht habe?«

Taran nahm sein AK-74 fester und beobachtete unentwegt die Uferzone. Meister und Schüler rückten langsam am Ufer vor und behielten die Umgebung aufmerksam im Auge. Trotz der Warnungen seines Meisters blickte der Junge immer wieder gebannt zu dem Schiffskoloss hinüber, dem sie sich allmählich näherten. Wie zum Trotz verdeckten

Nebelschwaden den größten Teil des Schiffes und hinderten ihn daran, seine ganze Pracht und Größe zu bestaunen.

Freude überkam Gleb. All die Gefahren und Entbehrungen der gefährlichen Expedition hatten sich gelohnt. Endlich hatten sie sie gefunden: die Arche, die sie ins Gelobte Land führen würde. Während der Junge neben seinem Meister lief, dachte er, wie großartig es sein würde, genau so zu zweit auf den breiten Prachtstraßen einer gefahrlosen Stadt spazieren zu gehen, die kristallklare Herbstluft mit voller Brust und ohne jegliche Atemmasken einzuatmen. Schade, dass seine Eltern dies nicht mehr erleben würden. Es hätte ihnen sicher gefallen. Gleb musste bei diesen Gedanken lächeln.

Die anderen Stalker hatten bereits eine ordentliche Entfernung zurückgelegt. Nun standen sie schweigend am Wasser, direkt gegenüber dem Schiff, versuchten aber aus irgendeinem Grund nicht, die Aufmerksamkeit der Besatzung zu erregen. Kondor stand reglos da und presste das Fernglas an seine Augen.

Je mehr sich Gleb und sein Meister den anderen näherten, umso mehr neue Details erschlossen sich ihrem Blick. Das Schiff hatte etwas Schlagseite – es war auf eine Sandbank aufgelaufen. Die Seitenwände waren von Rostflecken bedeckt, als wären sie von Aussatz befallen, vor allem aber klaffte in der linken Bordwand, die vorher nicht zu sehen gewesen war, ein Leck von ungeheurer Größe. Durch dieses Leck rollten monoton die schäumenden Brandungswellen in das Schiff hinein wie in einen Hafen. Entlang der gesamten Bordwand hatte sich eine wogende, schwarze

Masse angesammelt aus Algen, vermodernden Balken und dunkelorangefarbenem Schaum. Anscheinend war der Kreuzer auf der Sandbank vor vielen Jahren aufgegeben worden – ein weiteres Denkmal einer vergangenen Epoche. Jener Epoche, als der Mensch beschlossen hatte, die Welt mittels einer Vernichtungswaffe zu seinen Gunsten zu verändern. Die Welt hatte sich verändert. Freilich überhaupt nicht so, wie der Mensch es sich gewünscht hatte. Warum gewannen Habgier und Anmaßung immer die Oberhand über den nüchternen Verstand? Wie war es möglich, selbst die unsinnigsten Entscheidungen und Taten mit dem »Wohl der Menschheit« zu verschleiern?

Die Gefährten stierten noch immer dumpf auf das Schiff.

Natürlich hatten sie die Ammenmärchen vom »Exodus« nicht wirklich geglaubt, aber insgeheim hatte jeder von ihnen dennoch auf ein Wunder gehofft.

»Na, Bruder, ist das etwa deine Arche?« Schaman schaute den Sektierer scheel an.

Ischkari sank langsam zu Boden und schwieg. In seinen Augen war Bestürzung zu sehen und … nein, Enttäuschung war es nicht. Eher Befremden, Unwillen, das zu glauben, was hier geschah. Und am Ende: Müdigkeit. Ischkari seufzte tief.

Gleb fühlte sich nur wenig besser als der Sektierer. Erneut hatte ihnen die Hoffnung gewunken und war dann vor ihren Augen dahingeschmolzen. Es war schwer, sich mit der Enttäuschung abzufinden, besonders jetzt, da sich das ersehnte Ziel so nah befunden hatte. Es war, als hätte er seine Hand ausgestreckt und – ins Leere gegriffen. Die Vision von der wunderbaren Stadt war mit einem Schlag in weiter Ferne verschwunden und der trostlosen Landschaft des öden Brandungsstreifens gewichen.

Kondor näherte sich dem Wegführer und sagte: »Wir sollten es untersuchen.«

»Das Licht kann kaum von dem Schiff gekommen sein.« Taran reichte dem Kämpfer die Karte. »Kronstadt läge dann direkt in der Bahn des Lichtstrahls. Unwahrscheinlich.«

»Wir müssen sicher sein. Wir sollten es uns ansehen.«

Es war offensichtlich, dass Kondor Zweifel hatte. Ihre Verluste stiegen jeden Tag, und er wollte das Leben der restlichen Kämpfer nicht umsonst aufs Spiel setzen. Taran, der die Qual des Stalkers bemerkt hatte, sagte entschlossen: »Ich geh rein. Ihr wartet hier.«

Taran ließ Kondor keine Möglichkeit zu widersprechen. Er legte Rucksack, Waffe und Marschweste ab. Nach einem Blick auf den Geigerzähler streifte er die Atemmaske ab, zog den Schutzanzug und seine Sachen aus. Gleb sah seinen Meister verstohlen an. Quer über den ganzen Rücken verlief eine hässliche Narbe. An der linken Wade war deutlich ein Gebissabdruck zu erkennen. Am Unterarm zeugte eine vernarbte Vertiefung davon, dass ihm bei einem seiner zahlreichen Scharmützel offenbar ein Teil des Muskels herausgerissen worden war.

»Du hast doch nicht etwa vor, ins Wasser zu steigen? Wir suchen lieber was, womit du rüber kommst.«

»Ich habe schon Ewigkeiten nicht mehr gebadet. An die zwanzig Jahre wahrscheinlich.« Taran packte seine Sachen in eine dicke Plastiktüte, band sie an seinem Gürtel fest und warf sich sein Gewehr über die Schulter. »Wann werde ich je wieder die Gelegenheit dazu haben …«

»Du wirst verstrahlt!«

»Nicht so schnell.« Er steckte sein Messer ein und ging ins Wasser.

»Das ist doch Wahnsinn«, murmelte Kondor und nahm seine Petscheneg von der Schulter.

Die Stalker verfolgten angespannt, wie sich die Gestalt immer weiter entfernte. Der Wegführer schwamm mit kräftigen, bedächtigen Zügen, schon hatte er fast die durchbrochene Bordwand erreicht. Vor dem Hintergrund des Kreuzers wirkte er nun wie ein winziger Floh. Einen Augenblick später verschwand er in dem Leib des Riesen.

»Sieht aus, als hätte er's geschafft. Der Teufel hat Glück!« Kondor senkte erleichtert seine Waffe.

Taran zog sich hoch und hievte seinen Körper auf die Eisenrampe. Vor Kälte zitternd öffnete er seinen Sack und zog seine Sachen an. Ein rascher Blick auf den Geigerzähler – alles normal. Sofort wurde ihm leichter zumute. Er knipste die Lampe an und leuchtete das rostige Innere des mit Wasser gefüllten Schiffsraums aus. Nachdem er die Atemschutzmaske wieder aufgesetzt hatte, blickte er sich um und begann sich entlang eines Schotts vorwärtszubewegen. Die Treppe vor ihm war nicht vertrauenerweckend, aber eine andere Möglichkeit schien es nicht zu geben. Taran stieg vorsichtig die verfaulten Stufen hinauf und gelangte in eine weite Halle: den Maschinenraum. Hier herrschte eine Atmosphäre der Verwüstung. Rostige Getriebegehäuse, orangefarbene Pfützen aus Kondenswasser auf dem metallenen Boden, herabhängende Kabel, zerfetzte Spinngewebe … Ein Geisterschiff.

Bald darauf hatte der Stalker den Ausgang zu den oberen Decks des riesigen Schiffes ausfindig gemacht. Die folgende Exkursion durch die Schlafkabinen brachte jedoch keinerlei Ergebnis. Überall das gleiche Bild: wild auf dem Boden verstreute Sachen, halbvermoderte Wäsche, Rahmen mit vergilbten Fotografien.

Auch die kurze Durchsuchung der Kapitänskajüte endete erfolglos. Es hatte den Anschein, als seien alle Dokumente absichtlich vernichtet worden. Der Stalker stieg die Treppe hinauf, die nach oben zur Kommandobrücke führte, aber die Luke klemmte fest. Er musste auf das Außendeck des Kreuzers hinaus.

Eine Bö eisigen Windes schlug ihm ins Gesicht. Taran blickte sich nach allen Seiten um und schlich sich dann über die Galerie der Außengänge und Treppen, bis er schließlich die Brücke erreicht hatte. Wohin war nur die Mannschaft verschwunden? Wann war das Schiff in diese Gewässer eingelaufen? War dies die Arche, von der die Sektierer ständig sprachen? Auf der Suche nach irgendwelchen Anhaltspunkten durchwühlte er alle Abstellräume und Schränke, konnte aber keinen einzigen Hinweis auf das Schicksal des Schiffes finden – weder ein Schiffstagebuch noch irgendwelche Register.

Etwas kitzelte den Stalker im Nacken: Er spürte einen fremden Blick auf seinem Rücken, auf seiner Haut.

Taran hob sein Sturmgewehr und drehte sich jäh um. In der Kajüte war niemand, aber durch das von der salzigen

Gischt bespritzte Schiffsfenster bemerkte der Stalker eine widerwärtige Gestalt. Ein Pterodon.

Der Mutant saß auf der Bordwand, hatte die Signalplattform besetzt und verfolgte unverwandt die Bewegungen des Menschen. Taran warf sich in den Schatten, ohne das Raubtier aus seinem Blickfeld zu verlieren. Unzufrieden mit einer solchen Nachbarschaft gab der Pterodon einen bedrohlichen Schrei von sich und breitete seine krallenbewehrten Flügel aus.

»Na, na, Freundchen, da musst du dir einen anderen Platz suchen …« Taran riss seine Kalaschnikow hoch, öffnete das Fenster und feuerte einige Einzelschüsse ab. Die Kugeln schlugen Funken, als sie an dem Gitter der Bordwand abprallten. Der Mutant schwang sich erschrocken in die Höhe, sperrte seinen Schnabel auf und schnarrte erzürnt.

»Na los, verschwinde von hier!«

Endlich gab das Ungeheuer nach, schlug mit seinen Hautflügeln und erhob sich behäbig von seinem Sitz. Zum Abschied kreischte es durchdringend und flog fort in Richtung Damm.

»So ist es besser …«

Kaum war die Kreatur aus seinem Blickfeld verschwunden, wandte Taran seine Aufmerksamkeit der Signalplattform zu. An sich gab es hier nichts von Interesse, dennoch stimmte etwas nicht an dem Bild, das sich ihm darbot. Als ob ein bestimmtes, wichtiges Detail fehlen würde. Nach einem erneuten Blick auf das Schiffsfenster begriff der Stalker plötzlich, was es war. Es hatte sich gelohnt, hier vorbeizuschauen. Er merkte sich diesen letzten Punkt seiner Exkursion und suchte einen Weg nach draußen.

Farid und Schaman setzten ihre Untersuchung des schmalen Streifens Ufervegetation fort: Mit den Läufen ihrer Kalaschnikows strichen sie durch das Gebüsch. Nata stiefelte direkt am Wasser entlang und kickte dabei Muscheln herum. Als sie dem Kommandeur einen Blick zuwarf, grinste sie. Um die Zeit totzuschlagen, hatte der sein Lieblingsmesser herausgeholt und fuhr damit konzentriert über einen Schleifstein.

Gleb hatte sich in einiger Entfernung bei den Habseligkeiten seines Meisters niedergelassen und betrachtete das Schiff.

»Das ist doch nicht die ›Warjag‹?«, fragte er Ischkari.

»Nein, Jüngling. Die Arche werden nur jene erblicken, die alle Prüfungen ohne Angst bewältigen. Wir haben schon vieles ertragen, aber anscheinend nicht genug, um ›Exodus‹ unseren Glauben zu beweisen und unser Streben nach …«

»Nicht genug?«, unterbrach ihn Nata und wandte sich um. »Hast du ›nicht genug‹ gesagt?«

»Fährnisse und Entbehrungen stärken den Geist, denn Opfer sind unvermeidlich. Sie sind der Tribut für die Errettung der Würdigen.«

»Tribut?« Die junge Frau kochte langsam hoch. »Deiner Meinung sind Okun, der Belgier, Ksiwa und Dym nur ein Tribut? Und du bist dann natürlich der Würdigste …«

Zornig ging Nata auf den Sektierer los. Der wich zurück, blickte seine Gegnerin aber weiter herausfordernd an.

223

»Glaube, und du wirst errettet werden! Andernfalls wirst du nur die Reihen jener Märtyrer auffüllen, die untergehen müssen, auf dass die Auserwählten gerettet werden.«

»Ah ja, die Auserwählten.«

Nata stand kurz davor, sich auf den Sektierer zu stürzen, als der Kommandeur sie zu besänftigen versuchte.

»Lass gut sein, Nata! Als ob du dieses Gefasel zum ersten Mal hörst …«

»Dies ist kein Gefasel, sondern die Lehren des Dieners von ›Exodus‹! Du sprichst ketzerisch. Besinne dich, oder du fällst der Verwesung anheim wie eure Gefährten!«

Kondor konnte nicht mehr einschreiten. Schon wollte er aufspringen, aber die junge Frau kam ihm zuvor. Mit einem Satz war sie bei dem Sektierer und warf sich auf ihn. Ischkari heulte erschrocken auf, war jedoch allem Anschein nach entschlossen, seine Prinzipien bis zum Schluss zu verteidigen. Die Atemmasken flogen zu Boden, und ein Handgemenge begann. Nach einigen wuchtigen Fausthieben der jungen Frau stürzte der Sektierer in den Sand, und eines seiner Augen lief blau an. Die Arroganz war aus seinem Gesicht verschwunden, der verzerrte Mund aber flüsterte noch immer die ewig gleiche, wahnsinnige Litanei.

»Im Vergleich zu ihnen bist du nicht mal einen Pfifferling wert! Also halt dein schmutziges, stinkendes Maul!«

Bruder Ischkari blickte gehetzt auf die über ihm thronende junge Frau. Dann schrie er plötzlich: »Exodus sei mit mir!« und rammte ihr sein ganzes Gewicht in den Leib. Kopfüber rollten sie durch den Sand und rissen Kondor nieder. Mühsam stand dieser wieder auf und warf sich fluchend auf die Kämpfenden, um sie zu trennen.

Nun waren alle drei ineinander verkeilt. Endlich gelang es dem Kommandeur, wieder auf die Beine zu kommen und die Streithähne auseinanderzubringen. Erst jetzt wurde dem Kämpfer klar, dass er sein Messer in der Rauferei verloren hatte. Er blickte sich um. Auf Ischkaris Mantel schimmerte ein roter Fleck. Der Sektierer erhob sich und tastete sich erschrocken ab.

Nein, das Blut war nicht von ihm. Ischkari atmete erleichtert auf und sah Kondor ratlos an. Der wandte sich erschrocken der jungen Frau zu.

Nata lag zusammengekrümmt neben ihnen, röchelte leise und presste die Hände gegen den Hals. Aber diese Wunde ließ sich nicht so einfach zudrücken. Leuchtendes Blut strömte durch ihre Finger und tropfte auf die Erde.

Woher?!

Etwas oberhalb von Natas Schlüsselbein ragte ein Messergriff hervor.

»Nein …« Der Kämpfer fasste sich an den Kopf und stürzte zu der jungen Frau hin, fiel auf die Knie und nahm sie in seine Arme. »Wie ist das möglich? Ich wollte nicht … Konnte doch nicht … Hätt ich es nur vorher weggetan …«

Natas Körper verkrampfte sich. Wenige Augenblicke später war sie still. Die Augen der Frau erstarrten mit einem Ausdruck der Verwunderung. Versteinert verfolgten die Stalker die Tragödie.

Kondor heulte auf. Der Kommandeur stieß einen langgezogenen, tierischen Schrei aus, voller Verzweiflung, Schwermut und Hoffnungslosigkeit. Dann wiegte er den leblosen Körper in seinen Armen und begann zu schluchzen.

Ischkari lag in einiger Entfernung am Boden. Seine Lippen bebten, und aus seinen Augen flossen große Tränen – auch seine Nerven lagen nun blank.

Wenig später fuhr Kondor auf und stürzte sich brüllend auf Ischkari. »Du warst das, du bist an allem schuld! Wegen dir ist alles so gekommen!«

Der Sektierer lag da, den Kopf in seinen Armen vergraben, zu einem Knäuel zusammengerollt, und erduldete unterwürfig die Schläge des vor Kummer wahnsinnig gewordenen Stalkers. Es ist ungewiss, womit das geendet hätte, doch auf einmal lief Schaman hinzu und riss den Kommandeur grob zur Seite.

»Es reicht! Es reicht, hab ich gesagt! Reiß dich zusammen!«

Kondor starrte mit abwesendem Blick auf die Erde. Dann öffnete er seine blutigen Fäuste.

In diesem Augenblick ertönten auf dem Schiff Schüsse. Gleb schaute besorgt in Richtung Meer und versuchte die Silhouette seines Meisters auf dem Kreuzer auszumachen – vergeblich. Ihm wurde plötzlich bewusst, wie schwach der Trupp ohne Taran war. Und dass ein Unglück immer dann passierte, wenn der Wegführer nicht in der Nähe war.

Seit der Trupp die Metro verlassen hatte, war er ständig von Pech und Unheil verfolgt worden. Die Welt an der Oberfläche, die der Mensch verlassen hatte, wollte ihn nicht zurückhaben. Das geheimnisvolle Licht, das sie hierhergelockt hatte, war verloschen, es versteckte sich wie ein Geist, ein Sumpffeuer. Würden sie den Weg zum Licht finden, zur Hoffnung durch die Schrecken der oberen Welt? Wie viele Kämpfer würden lebend ankommen? Vielleicht einer. Vielleicht auch gar keiner.

»Warum habt ihr nicht gleich noch ein paar Böller abgeschossen?« Taran trat an das Feuer heran, das von den Gefährten direkt am Ufer entfacht worden war. »Ihr seid kilometerweit zu sehen.«

Gleb lief auf seinen Meister zu. Kaum hatte er ihn aus dem Wasser kommen sehen, als er eine ungeheure Erleichterung verspürte. Taran streckte seine Hände zum Feuer und bemerkte erst jetzt die in eine Decke gehüllte Leiche. Für einen Augenblick erstarrte er – dann ließ er seinen Blick vom einen zum nächsten wandern. Plötzlich krümmte er sich zusammen und sprach mit gesenktem Kopf: »Wie ist das passiert?«

Kondor blickte den Wegführer unheilvoll von der Seite an, schien etwas sagen zu wollen, überlegte es sich aber doch anders und wandte sich ab.

Schließlich erhob der Mechaniker seine Stimme: »Es war ein Unfall. Sie ist auf ein Messer gestürzt.«

Während der Schilderung gab Taran keinen Laut von sich. Gleb versuchte die ganze Zeit, die Augen des Meisters unter der Kapuze zu erkennen, doch der Stalker hatte die Kapuze tiefer als sonst über sein Gesicht gezogen. Dann verstummte Schaman und der Stalker seufzte tief.

Kondor sprang auf, stellte sich dem Wegführer gegenüber.

»Na, was willst du sagen? Was?! Ja, ich habe sie umgebracht!«

»Das hast du allerdings.« Taran stand auf und sah dem Kommandeur finster in die Augen. »Du nennst meinen

Jungen einen Welpen. Dabei seid ihr selbst durch und durch wilde Tiere. Ihr werdet einander noch totbeißen, bevor wir ans Ziel gelangen.«

Kondor ging in die Luft. »War's das? Ist das alles?«

»Mein Auftrag ist es, euch ans Ziel zu bringen«, erwiderte der Stalker dumpf. »Diesen Auftrag werde ich erfüllen. Und nur darüber spreche ich.« Er schwieg und musterte Kondors Gesicht. »Für die Frau wirst du dich schon selbst bestrafen.«

»Hör zu, Chef«, mischte sich Schaman ein. »Wir müssen unsere Mission zu Ende bringen. Und ich denke, dass … Also, Taran sollte den Trupp anführen.«

Kondor zuckte zusammen, widersprach jedoch nicht sofort.

Nur wenige Tage zuvor, als Gleb den tapferen Stalker das erste Mal gesehen hatte, hätte er nie gedacht, dass der Kommandeur einen derart hilflosen und gebrochenen Eindruck machen könnte.

»Zum Teufel mit euch«, sagte der schließlich, ohne die Augen zu heben.

»Meine Bedingungen kennt ihr.« Taran schob mit seinem Stiefel die Kohle auseinander und löschte das Feuer. »Wenn ihr widerspruchslos das befolgt, was ich sage, dann wird niemand mehr sterben. Haben das alle verstanden?«

Die Stalker nickten. Der Wegführer ging zu dem Sektierer, der etwas weiter weg saß. »Und zu dir, du komischer Kauz. Ich rate dir dringend, deine Predigten künftig für dich zu behalten. Wenn du noch einmal ohne mein Wissen die Klappe aufmachst, puste ich dir den Schädel weg, kapiert?«

Ischkari wollte zuerst widersprechen, doch Taran richtete unzweideutig die Mündung des Gewehrs auf ihn. Der Anblick der Kalaschnikow war so furchteinflößend, dass Ischkari nur beflissen nickte. Taran kramte in seiner Tasche, zog einen Stapel Fotografien hervor und warf sie dem Sektierer auf die Knie. Rings um Ischkari lag nun ein Haufen Ansichtskarten, auf denen alle möglichen Schiffe abgebildet waren.

»Für deine Sammlung. Hab ich auf dem Kreuzer gefunden. Du bist doch derjenige von uns, der sich für Archen begeistert …«

Dann ging Taran zu Farid und reichte ihm ein Stückchen von einer übelriechenden grauen Substanz.

»Kau. Bei unserem Marsch kann ich niemanden brauchen, der uns aufhält. Das ist ein Moos, es enthält anregende Substanzen. Besser als die Chemie, die ihr euch immer reinjagt.«

Der Tadschike steckte den Happen ohne Widerspruch in den Mund, verzog das Gesicht, kaute aber weiter.

»Und nun zu dem Kreuzer: Das Licht ist nicht von dort gekommen, aber zumindest ist jetzt klar, was wir suchen. Der Signalscheinwerfer des Schiffs ist abmontiert worden, offenbar erst vor kurzem. Jemand ist vor uns hier gewesen, haltet also die Augen offen. Noch Fragen?«

Die Stalker schwiegen.

»Also marschieren wir weiter. Der nächste Halt ist Kronstadt.«

Der Trupp setzte sich in Bewegung, nur Kondor blieb noch neben der Leiche der jungen Frau stehen.

»Ich kann sie nicht … so zurücklassen.«

»Mir scheint, jemand wird dir die Entscheidung abnehmen.« Taran betrachtete angespannt den dunkler werdenden Gewitterhimmel. »Schnell in Deckung!«

Hastig suchten die Gefährten unter einigen kleinwüchsigen Bäumen Schutz, deren unnatürlich gekrümmte Äste sich bis auf die Erde bogen. Nach einer Sekunde des Zögerns tauchte auch Kondor ab. Die Kämpfer drückten sich flach auf den Boden und verharrten reglos. Vom Himmel stürzte ein riesiger Schatten herab. Gleb, der ebenfalls im Gras kauerte, wagte es zunächst nicht, den Kopf zu heben, doch dann gewann seine Neugier die Oberhand. Ein Geschöpf von gigantischer Größe fegte den Uferstreifen entlang, wirbelte Staub- und Sandwolken auf. Mächtig schlug es mit seinen weit ausladenden Flügeln – die Stalker wurden von einer heftigen Druckwelle erfasst – und durchfurchte mit gigantischen Klauen den Sand. Der unbekannte Riese wirbelte hinter sich einen wahren Orkan aus Ästen, Blättern und Sand auf, schwang sich nach oben, wendete majestätisch und flog in Richtung Norden davon. Der Körper der jungen Frau war verschwunden. Nur einige tiefe Furchen in der Erde verwiesen auf den Ort, wo sie gelegen hatte.

»Heilige Mutter Gottes … Mir scheint, die Gefahr ist vorüber«, flüsterte Schaman.

Kondor schluchzte leise, mitleiderregend. »Wieso nur … Nata … Das ist unmenschlich.«

»Lass uns gehen, Mann.« Taran klopfte ihm auf die Schulter. »In dieser Welt ist nichts menschlich.«

Sie traten auf die verwitterte Erde hinaus und blickten furchtsam in den Himmel. Die ungeheuerliche Kreatur war nirgends zu sehen, doch nun bereitete die Natur ihnen eine andere Überraschung.

Über ihren Köpfen flackerte es erneut grell auf, und die Landschaft erstrahlte in einem unerträglich hellen Licht. Ein ohrenbetäubendes Donnergrollen ließ die Gefährten instinktiv den Kopf einziehen. Die ersten Tropfen trommelten bereits auf die Erde und zerstoben in winzigste Spritzer. Mit einem Mal schwoll das Geräusch an zu einem Rauschen und Prasseln. Der ebenmäßige Lärm nahm zu, verschlang die unwirschen Rufe der Menschen. Nirgends konnten sie sich unterstellen. Ein heftiger Platzregen stürzte vom Himmel herab, Ströme von Wasser ergossen sich auf die Menschen.

Die Elemente tobten. Ein böiger Gegenwind warf sich den Kämpfern entgegen in dem vergeblichen Versuch, ihren Vormarsch zu behindern. Hartnäckig folgten die Gefährten Taran, die Köpfe nach vorn gebeugt. Der beharrliche Stalker schien das Unwetter gar nicht zu bemerken, sondern stampfte unermüdlich mit seinen Armeestiefeln weiter durch den Straßenschmutz.

Gleb wischte sich die Wasserstrahlen von den Sichtgläsern, watete seinem Meister nach, gedankenlos ein Bein vor das andere setzend. Eins, zwei, eins, zwei. Es gelang ihm nicht, sich abzulenken, nur ein einziger Gedanke wirbelte in seinem Kopf herum: Wenn es doch nur schnell vorbei wäre. Er war müde, körperlich und geistig. Er war es leid zu hoffen, ehrfürchtig ein Wunder zu erwarten, enttäuscht zu werden, sich zu fürchten. Nicht einmal die Gedanken an das Land seiner Träume halfen ihm mehr. Da war nur noch dumpfe Erschöpfung, Gleichgültigkeit und nasse Erde unter den Füßen.

Eins, zwei ... Gleb drehte sich verstohlen um und erblickte Farid. Der Kämpfer wankte, die Beine gehorchten ihm nicht, doch er schleppte sich hartnäckig weiter. Es schien dem Jungen, dass er ihm sogar zuzwinkerte, als wollte er sagen: Nur Mut, Junge, wir schlagen uns durch! Gleb schämte sich. Er hatte schon wieder schlappgemacht, und dabei ging es den anderen gerade viel dreckiger als ihm.

Farid war verwundet, Kondor verfluchte sich für Natas unsinnigen Tod, Ischkari war niedergeschlagen darüber, dass sein Mythos von der Arche in Scherben zerbrochen war.

Plötzlich hörte der Junge zu seiner eigenen Verwunderung, dass er laut sprach: »Mein Vater hat mir erzählt, dass es auf der Erde viele Orte wie unsere Metro gibt. In anderen Städten, auf der ganzen Welt. Dass sich auch dort Menschen gerettet haben. Er hat gesagt, dass eine Zeit kommen würde, da würden sie sich alle miteinander in Verbindung setzen, einander besuchen und miteinander handeln.«

»Dein Wort in Gottes Ohr!«, antwortete Schaman.

Der Tadschike lebte auf und erklärte souverän: »In Moskau ist die Metro die allergrößte. Hat mir mein Onkel erzählt.«

»Von London hat er dir nichts erzählt?«, schaltete sich Taran ein. »Die ›Allergrößte‹ ist nämlich dort.«

»Wieso London? Mein Onkel hat in Moskau Handel getrieben. Später in Piter.«

»Ja, so manches ist in Mütterchen Erde auf der ganzen Welt verbuddelt«, äußerte sich der Mechaniker und wandte sich an Ischkari. »Warum schweigst du? Du bist doch sonst so gesprächig?«

Der Tadschike grinste. »Taran hat doch versprochen, ihm den Schädel wegzuschießen. Darum schweigt er.«

Wie auf ein Kommando lachten die Stalker los. Ihre Anspannung ließ etwas nach.

Schaman seufzte verträumt. »Für andere Länder kann ich nicht garantieren, aber unsere Leute haben wir ganz sicher im Äther herausgefischt! Es war ein schwaches Signal. Höchstwahrscheinlich ist der Transformator hier in der Nähe. Was denkst du, Taran? Gibt es ein Licht am Ende des Tunnels?«

Der Wegführer antwortete nicht sofort, sondern druckste nur irgendwie herum und zog den Riemen seines Gewehrs straff.

»Ich mutmaße nicht gern. Wenn wir überleben, werden wir es schon sehen. Und wir werden überleben, nicht wahr, Gleb?«

»Werden wir!«

Der Junge lächelte ermutigt. Auch die anderen ließen sich von der Stimmung anstecken und begannen schneller zu laufen. Nicht umsonst hatte Ksiwa gesagt, dass Worte eine große Kraft hatten. Schade, dass er nicht mehr unter ihnen war. Kraft würden sie noch brauchen können. Vor ihnen lag die Stadt. Irgendwie spürte Gleb, dass sie dort Antworten finden würden, und diese Antworten würden sie nicht enttäuschen. So ist eben die Natur des Menschen: Wie schlimm es auch sein mag, er hört nie auf zu hoffen.

13

DIE NEKROPOLIS

Kaum hatten sie sich dem Container-Terminal genähert, als ihre Geigerzähler schon wieder anfingen zu knacken. Sie verstummten erst, nachdem der Trupp den gefährlichen Ort in einem weiten Bogen umgangen hatte. Durch das Fernglas waren deutlich die Stapel von länglichen Eisenboxen zu erkennen sowie jener Ort, wo die Frachtcontainer wie Würfel in einem chaotischen Durcheinander verstreut herumlagen und den Anlegeplatz blockierten. Gleb stellte sich die Kraft der Druckwelle vor, die einst hier vorbeigerollt war, und runzelte die Stirn.

Den Hochhäusern des 19. Wohnbezirks näherten sie sich von Nordwesten. Die Gebäude waren recht gut erhalten, nur der Putz hatte unter dem Druck des Windes, der über die Jahre an ihm genagt hatte, gelitten. Die Betonbrunnen in den Innenhöfen waren von dichtem Unkraut überwuchert. Die Häuser wirkten genauso menschenleer wie in Petersburg. Taran besah sich das Panorama eingehend und führte den Trupp am äußeren Ring der Neubauten entlang.

Bald darauf wurden die Gebäude immer weniger. Vor den Gefährten lagen zwei Kilometer über zerborstenen

Asphalt auf einer kerzengeraden Straße. Die trostlose Gegend hatte ihnen bisher keine einzige Überraschung bereitet, obwohl Schaman keine Gelegenheit ausließ, ihnen seine Beobachtungen mitzuteilen: »Zuerst der Platz, dann die Straße, und jetzt kommen wir auf die Kronstadter Chaussee. Schon wieder ein Zeichen, nicht wahr, Kondor? Wenn wir nur wüssten, ob ein gutes oder ein schlechtes.«

Kondor gab keine Antwort. Mit jedem Schritt wurde er immer apathischer, schien mal Natas Tod und dann wieder sich selbst zu bedauern. Er lief jetzt ganz hinten, ohne jedoch darauf zu achten, was hinter seinem Rücken geschah. Als Taran dies bemerkte, schickte er Schaman ans Ende des Trupps.

Der Regen hatte mittlerweile nachgelassen, es nieselte nur noch leicht. Die Straße war schlammig, und in den unzähligen Pfützen spiegelten sich die heller werdenden Wolken. Sogar der Wind hatte seine Kraft verloren und ließ langsam nach, als ob er sich müde gespielt hätte.

Der Mechaniker schüttelte sich. »Alles nass und klamm … Kotlin mag uns wohl nicht.«

Gleb horchte auf und fragte: »Woher kommt eigentlich dieser Name?«

»Der Kotlin-See. Noch nie davon gehört? Die Newabucht wird seit jeher so genannt.«

»Es gibt noch eine andere Legende«, schaltete sich Taran ein. »Hier haben die Schweden früher gesessen. Eine Wacheinheit.«

»Die Schweden?«, fragte der Junge.

»Nun, das ist wie mit unseren Veganern, nur …« Der Anführer stockte, suchte nach Worten. »Na ja, kurz gesagt, Fremde. Als Zar Peter mit russischen Schiffen die Insel ansteuerte, haben sich die Schweden aus dem Staub gemacht. So schnell, dass sie es nicht einmal schafften, das Feuer zu löschen. Und auf dem Feuer hing ein Kessel mit irgendeinem Fraß. Nun, und da hat man beschlossen, die Insel Kotlin, also ›Kesselinsel‹, zu nennen.«

»Den Kessel hätt ich jetzt gern …«, sagte Farid verträumt.

Ins Gespräch vertieft, legten sie einen Großteil des Weges schnell zurück. Da sich auf ihrem Vormarsch ansonsten nichts weiter ereignete, gelangten die Gefährten schließlich wohlbehalten in den alten Teil der Stadt. Die leeren Straßen empfingen sie mit einer unnatürlichen Stille, die sie aufhorchen ließ. Weder das Rauschen von Blättern noch das Heulen von Raubtieren war zu hören. Es war, als sei die Zeit hier stehengeblieben, als habe sie keine Macht über den ewigen Schlaf der verlassenen Stadt.

Gleb fiel auf, dass die Tierwelt der Insel sich bisher noch gar nicht gezeigt hatte. War sie ausgestorben? Möglicherweise konnten die Mutanten überhaupt nicht hierhergelangen. Schließlich wusste niemand, was mit dem nördlichen Teil des Dammes passiert war …

Der Trupp passierte Häuserblock um Häuserblock und drang immer tiefer in die von Dickicht überwucherten Ruinen ein. Die baufälligen, düsteren Häuser machten einen beklemmenden Eindruck. Leere und Vergessen waren hier die rechtmäßigen Hausherren geworden. Es war unheimlich, über die stummen, verlassenen Straßen zu gehen, vorbei an vernagelten Fensterrahmen und den dunklen Schlünden der feuchten Hauseingänge. Was mochte sich jetzt dort befinden, im Inneren dieser abstoßenden Gebäude? Während Gleb über das sandige Pflaster schritt, berührte er mit seiner Hand immer wieder den Schaft seiner Pistole. Das seltsame Gefühl, dass ihn jemand von der Seite beobachtete, verließ ihn keine Sekunde. Sein Meister schien das ebenfalls zu spüren, blickte sich beunruhigt um und musterte die mit Moos bewachsenen Dächer.

»Bleibt wachsam!« Taran beschleunigte seinen Schritt.

Irgendwo in der Nähe ertönte ein langgezogenes Knirschen. Die Stalker zuckten zusammen, griffen nach ihren Waffen. Ihr Anführer schlich konzentriert die Häuserwände entlang, doch ihre Sorge erwies sich als unbegründet. Bald darauf erblickten sie alle eine Tür, die ruhelos vom Wind auf- und zugeschlagen wurde. Die verrosteten Türangeln knarrten verzweifelt – ein trostloses Empfangsständchen für die ungebetenen Gäste.

»Schauen wir mal rein?« Taran zeigte auf eine Tür.

»Warum gerade hier?« Der Mechaniker blickte misstrauisch auf den düsteren Hauseingang.

»Warum nicht? Wir können jede noch so kleine Information gebrauchen. Es würde auch nicht schaden, Farid einen neuen Verband anzulegen.«

Der Tadschike nickte dankbar. Die Gefährten gingen hinein. Sie stiegen einige Stockwerke hinauf und stießen die erstbeste Tür auf. Der Junge machte sich mit großem Interesse daran, diese ehemals menschliche Behausung zu untersuchen. Ein kurzer Korridor, schwarz vermodertes Parkett. Unter der dicken Schicht aus Schimmel waren die Tapetenfetzen an den Wänden kaum zu erkennen. Das gleiche Bild in den Zimmern. Nur gab es hier mehr Möbel. Im Schlafzimmer standen ein altersschwaches Bett und die Überreste eines Kleiderschranks. An der in den langen Jahren feucht gewordenen Decke waren graugrüne Flecken. Asseln wimmelten in den Spalten des völlig vermoderten Fensterbretts.

Nicht gerade gemütlich. Wehmütig dachte Gleb an seine ordentlich mit einer Baumwolldecke hergerichtete Pritsche in der allgemeinen Wohnecke an der *Moskowskaja*. Sogleich stiegen in seinem Kopf Erinnerungen an nächtliche Treffen am Feuer auf, an Stalker-Spiele mit den Nachbarjungen, an die seltenen Wachdienste an den Vorposten, an die Markttage, wenn die Karawanen der »Stummeln« zu ihrer Station kamen. Jetzt waren diese Bilder verschwommen und wirkten sehr weit entfernt. Vieles hatte sich in seinem Leben geändert, aber Gleb wünschte sich sehnlichst, dass die Veränderungen auch all jene betrafen, die nun im Untergrund warteten und auf einen erfolgreichen Ausgang ihrer Expedition hofften. Gleb versuchte sich vorzustellen, wie sie sich freuen würden – Onkel Nikanor, Palytsch und all die anderen, wenn sie erführen, dass … Im nächsten Augenblick jedoch stieß der Blick des Jungen auf etwas, was ihn auf der Stelle aus dem Reich der Träume zurückholte in die widerwärtigen Ruinen mitten in Kronstadt.

Auf einem kleinen, wackligen Tisch lag ein völlig unversehrter Porzellanteller, bemalt mit dem Panorama einer nächtlichen Stadt. Ein in helles Licht getauchter Hafen, umgeben von Häusern, die in Reih und Glied das Ufer zierten und deren Fenster gemütliches Licht verströmten.

Herrliche Schiffe lagen still in der Bucht. Unter der farbenfrohen Zeichnung stand mit schnörkelloser Schrift sorgfältig ein Wort geschrieben, ein einziges, und doch so wichtiges und beunruhigendes Wort: »Wladiwostok«.

Gleb stand reglos da, den Mund weit aufgesperrt. Es hatte ihm den Atem verschlagen, doch seine Lippen flüsterten wie von selbst: »Das Gelobte Land.«

Ischkari ließ sich neben ihm nieder und deutete mit zitternder Hand auf das Bild.

»Na, ihr Brüder im Geiste, habt ihr euer ›Paradies‹ gefunden?« Taran grinste spöttisch. »Komm, Schaman, wir überprüfen die Wohnung gegenüber. Farid, hast du dein Verbandszeug?«

Die Kämpfer gingen zum Ausgang. Für einen Augenblick waren der Junge und der Sektierer allein. Schweigsam betrachteten sie das Bild, konnten sich nicht sattsehen daran. Gleb wagte es nicht einmal zu seufzen, um die Stille nicht zu stören. Ischkari nickte dem Jungen zu und deutete mit den Augen auf den Teller. Gleb nahm vorsichtig den zerbrechlichen Gegenstand, zögerte einen Augenblick und reichte ihn dann Ischkari. Der Sektierer richtete seine dankbaren Augen auf den Jungen, zögerte aber, den wertvollen Fund entgegenzunehmen.

»Du hast das Gleiche erblickt wie ich. Ein Zeichen von oben. Wir sind auf dem rechten Weg.«

»Dies muss sicherlich ›Exodus‹ gehören?«

»Behalt es, Junge. In deiner Seele erkenne ich noch Zweifel, aber dieser Gegenstand wird deinen Glauben festigen. Dann vielleicht wirst auch du die Stadt unserer Träume betreten.«

Der Junge nickte, drückte den Teller behutsam an seine Brust, nahm dann seinen Rucksack ab, wickelte den Fund in seinen Pullover ein und packte ihn gut weg.

»Gleb, wir gehen!« Das war Tarans Stimme.

Sie liefen auf die Treppe hinaus und holten die Stalker ein. Der Junge lächelte: Vor seinem geistigen Auge stand immer noch das Bild der fernen Stadt. Er konnte einfach nicht begreifen, wie eine solche Schönheit verschwinden konnte. Nein. Irgendwo mussten noch unversehrte, von der Katastrophe nicht geschändete Gegenden existieren. Wenn es sie tatsächlich gab, so würde er sie finden. Unbedingt. Denn es war nicht recht für den Menschen, in der Feuchtigkeit des Untergrunds zu vergammeln, sich gegenseitig wegen der letzten Krümel Nahrung bis aufs Blut zu bekämpfen und sich nicht zu trauen, auch nur die Nase an die Oberfläche zu stecken. Sollte Taran ruhig glauben, dass nichts sonst unversehrt geblieben war – Gleb würde beweisen, dass sein Meister sich irrte. Dass sich all die irrten, die aufgehört hatten zu hoffen.

Er würde bis zum letzten Atemzug daran glauben – wie seine Eltern daran geglaubt hatten.

Die Stalker liefen in einer Reihe und bemühten sich, keinen Lärm zu machen. »Lenin-Prospekt« las der Junge auf einer Tafel an einer verwitterten Mauer. Hier hielt der Wegführer an und studierte die Karte. Gleb trat an seine Seite und versuchte einen Blick auf das abgenutzte Blatt in seinen Händen zu erhaschen.

»Wir sind jetzt hier, an der Besymjanny-Gasse«, erläuterte der Anführer und fuhr mit dem Finger die verblichenen Linien entlang. »Wir können zum Hafen gehen oder versuchen …«

Der Junge hörte nicht mehr zu. Ein seltsamer Widerschein am Boden fesselte seine Aufmerksamkeit. Gleb ging näher an den rätselhaften Fund heran, betrachtete ihn genauer, fuhr mit der Schuhsohle über die glatte Oberfläche und schob einen Haufen Blätter und nassen Sand zur Seite. Dann kniete er sich hin und befreite ein paar Quadratmeter Fläche mit seinen Händen. Er erblickte eine Granitplatte, die direkt in das Kopfsteinpflaster eingelassen war. Darauf war offenbar ein Plan dieser Insel abgebildet, die ihnen widerwillig ihre Geheimnisse offenbarte. Seine Vermutung bestätigte ein Stern, dessen steinerne Zacken wohl die vier Himmelsrichtungen markierten. Umzäunt war das Denkmal von gusseisernen Kugeln und einer dicken Kette, die bereits zur Hälfte in der Erde versunken war.

Das Interessanteste entdeckte Gleb jedoch nicht sogleich. Auf einem der Kartensegmente war undeutlich ein merkwürdiges farbiges, im Laufe der Jahre verblichenes Zeichen zu erkennen. Der Junge erkannte darin sofort das Symbol des Todes – einen Totenschädel mit gekreuzten Knochen. Während er seinen Fund betrachtete, bemerkte er nicht, wie die Stalker von hinten herantraten.

»Der Abend wird noch richtig interessant«, sagte Taran, als er die Platte betrachtete. »Das Zeichen weist auf die Kronstadter Werft.«

»Wie es aussieht, Junge, hast du uns den weiteren Weg gezeigt.« Schaman verglich pedantisch die Karte in Granit mit der auf dem Papier. »Ja, das ist genau unsere Richtung.«

Beseelt von seiner Entdeckung eilte Gleb den anderen nach. Er rückte das Mundstück seiner Atemmaske zurecht und lächelte über seine eigenen Gedanken. Es war angenehm, im Zentrum der Aufmerksamkeit dieser erfahrenen Stalker zu stehen und ihnen, wenn auch nur ein klein wenig, geholfen zu haben.

Sie verließen die Gasse und standen vor einem langen, breiten Graben, der bis oben hin gefüllt war mit einer dicken Brühe aus faulenden Algen. Unter der Oberfläche des Wassers, auf der grünliche Entengrütze schwamm, konnte man eine ständige Bewegung ausmachen. Gleb verzog das Gesicht. Er hatte einmal zugesehen, wie jemand mit Blutegeln behandelt wurde. Kein angenehmer Anblick. Wie es aussah, hauste hier etwas Ähnliches.

Taran warf im Gehen ein: »Der Ringkanal.«

Der Junge hatte angenommen, dass der Anführer sie zu der Brücke bringen würde, die in der Ferne zu sehen war, aber Taran schritt zielsicher auf eine Aufschüttung zu, die den Kanal blockierte. Aus dem Wasser ragten verschiedene hohe Haufen heraus, die zur Hälfte aus Schotter und aus zertrümmerten Betonbrocken bestanden. Die anderen folgten den Entscheidungen des Wegführers wortlos. Mehr als einmal hatten sie sich vergewissern können, dass Taran auf dem Marsch immer Recht hatte.

Die Überquerung des Grabens war gar nicht so schwierig, wie Gleb anfangs vermutet hatte. Der Trupp passierte einen imposanten Hangar, dessen Bedachung nach innen eingestürzt war, und blieb an der Grenze des Petersdocks stehen, wie der Meister diesen Ort nannte. Der Junge wollte ihn schon nach der Bedeutung des unbekannten Wortes fragen, als dieser ihm zuvorkam und erklärte: »Hierher wurden die Schiffe zur Reparatur gebracht. Man ließ das Wasser ab, und das Schiff gelangte durch sein eigenes Gewicht in ein Spezialbecken – das ist da weiter hinten ausgehoben. Übrigens ist dies ein historisches Dock, der Grundstein wurde noch von Peter dem Großen gelegt.«

Gleb betrachtete den mit Steinquadern ausgekleideten Kanalboden und konnte überhaupt nicht verstehen, weshalb sein sonst so unzugänglicher Meister auf einmal mit einer solchen Ehrfurcht gesprochen hatte. Das waren doch nur zwei sich kreuzende Gräben mit einer tiefen Grube in der Mitte. In der Metro hatten sie da noch ganz andere Dinge ausgebuddelt.

Die Stalker kletterten vorsichtig zum Kanalgrund hinab. Die Überreste der steinernen Verkleidung waren von dichtem Gras überwachsen. In der Mitte der Grube war eine Schachtöffnung zu sehen – offenbar für den Wasserabfluss. Instinktiv hielt sich der Junge von diesem Loch fern und machte einen respektvollen Bogen darum.

Bei der Erkundung des Docks trafen sie hier und da auf Haufen von verfaulten Wurzeln und Heu. Der Blick stieß überall auf vertrocknete Exkremente. Durch ihre Atemmasken drang ein modriger Geruch.

Schaman erklärte kategorisch: »Hier wurde Vieh gehalten, da geh ich jede Wette ein! Klar, war ja auch bequem! Niemand brauchte es zu hüten, und Gras gab's im Überfluss.«

»Wenn wir nur die Hirten finden würden.« Taran durchsuchte akribisch das Gestrüpp an den Rändern des Kanals. »Hier ist es ungemütlich. Lasst uns weitergehen.«

Zwischen den Bäumen tauchte die Kuppel einer Kathedrale auf. Gleb hätte sich furchtbar gern diesem grandiosen Bau genähert, doch sein Meister wandte sich wie zum Trotz in die andere Richtung. Sie liefen um einige Häuserruinen herum und kamen endlich auf der Petrowskaja-Straße heraus.

»Nun geradeaus. Bis zur Werft ist es nur ein Steinwurf.«

Der Junge reckte seinen Hals und versuchte zu erspähen, was da vorn war. Im nächsten Moment spürte er erneut, dass jemand ihn unverwandt von irgendwoher anstarrte. Anscheinend hatte Taran auch etwas bemerkt, denn plötzlich rannte er ohne Vorwarnung über das Pflaster, überquerte die Straße und verbarg sich in einem Hauseingang. Die Kämpfer eilten ihm hinterher. Der Stalker sprang in den Hof hinaus, verharrte reglos und lauschte. Stille. Ein weiterer Betonbrunnen und leere Häuser ringsum. Taran wollte schon wieder aufbrechen, als auf einmal von hinten ein fürchterliches Wehgeschrei anhob. Die Gefährten stürzten zurück und erblickten den erschrockenen Sektierer. Bruder Ischkari saß auf dem Asphalt, zeigte mit dem Finger auf ein Gestrüpp in der Nähe und murmelte stockend:

»Dort … ist etwas. Ich habe es gesehen. Es … es ist plötzlich aufgetaucht und … weggelaufen!«

»Bleibt hier stehen!« Taran verschwand im Dickicht.

»Was hast du gesehen?«, fragte Schaman den Sektierer. Der schien vor Angst den Verstand verloren zu haben. Mit untergeschlagenen Beinen saß er da und stammelte undeutlich vor sich hin.

»Teufel! Du nutzt uns so viel wie ein Filzstiefel ohne den zweiten. Anziehen kannst du ihn nicht, und zum Wegwerfen ist er zu schade.«

Der Wegführer war inzwischen zurückgekommen, konnte jedoch nichts Neues berichten.

Der Trupp marschierte weiter, doch nun beobachteten alle die Umgebung durch die Zielfernrohre ihrer Gewehre. Sie näherten sich einem niedrigen, zweistöckigen Haus, auf dessen Dach große Buchstaben montiert waren: »SCHIFFS-WERFT«.

»Das Pförtnerhaus ...«

Die Stalker durchquerten eine kleine Halle voller Müll und zerschlagenem Glas und betraten das Werksgelände.

»Wohin jetzt?«

»Keine Ahnung.« Taran blickte sich finster um. »Ich war nur ein einziges Mal in der Werft. Hier gibt es alles Mögliche: Docks, Anlegestellen ... Versuchen wir uns durch die Werkhallen zu schlagen. Wie heißt es doch in dem Märchen: Geh dahin, ich weiß nicht wohin, finde das, ich weiß nicht was ...«

Sie passierten einige heruntergekommene, teils sogar komplett verfallene Gebäude. Wohin die Stalker auch blickten, überall erwartete sie das gleiche Bild: Haufen aus zerschlagenen Ziegelsteinen, rostige Überreste von Werkzeugmaschinen, die Gänge dazwischen voller Staub. In einem der Wärterhäuschen stießen sie auf die Reste eines frischen, noch nicht ganz verglühten Lagerfeuers. Im Kohlenstaub auf dem Blechboden war deutlich der Abdruck eines Stiefels zu erkennen. An einem Dreifuß aus Holzpfählen hing ein rußgeschwärztes Kochgeschirr.

»Die Hausherren scheinen es ja nicht eilig zu haben, ihre Gäste zu empfangen. Verstecken sich wie Küchenschaben.«

Der Mechaniker räusperte sich besorgt. »Es gibt Schaben, die dich auf einen Sitz verdrücken.«

Der Trupp bewegte sich weiter nach Osten. Eine Stunde zog sich ihre angespannte Suche bereits hin und fiel ihnen von Minute zu Minute schwerer.

»Weder Schilder noch Lüftungsschächte zu sehen«, murmelte der Mechaniker leise. Der Wegführer nickte zustimmend und ließ den Blick schweifen.

»Auf der Karte stand ein Zeichen«, merkte der Tadschike an und spielte mit seiner Gebetskette. »Das müssen wir suchen.«

»Woher willst du wissen, dass es ein Zeichen war?!« Die Stimme des Mechanikers klang immer gereizter. »Das riecht nach Verderben, Männer ... Wir hätten nicht hierherkommen sollen.«

Gebäude um Gebäude durchkämmten die Gefährten einen großen Teil der Werft. Schließlich erregte eine der Gassen zwischen zwei Hallenwänden ihre Aufmerksamkeit. Überall lagen hier die verschiedensten Gerätschaften herum: leere Spulen, windschiefe Spinde, geschweißte Metallkonstruktionen ... Gleb stellte sich sogleich einen Riesen vor, der die schweren Kästen durcheinandergeworfen hatte wie ein Kind sein Spielzeug. Der Eindruck drängte sich auf, dass jemand aus der ganzen Werft zunächst sämtlichen Plunder hierhergeschleppt, dann aber seine Meinung geändert und die unsinnige Beschäftigung sein gelassen hatte.

Noch mehr Gerümpel entdeckten sie hinter einer Abbiegung, dort, wo der Weg in einer Sackgasse endete. Wie im Laden eines Trödlers waren die Wände hier komplett mit Schrotthaufen und verrosteten Maschinenteilen voll gestellt.

»Eine Müllhalde?«, rätselte Farid.

»Nicht ganz … Sieht so aus, als hätten wir den Luftschutzkeller gefunden.« Taran musterte die großen Buchstaben an der Wand über einem der Schrotthaufen.

Die riesige, gut sichtbare Aufschrift lautete: *Brennt in der Hölle, ihr Bastarde!* Gleb betrachtete verwundert die sorgfältig errichtete Barrikade. Dem Anschein nach befand sie sich schon lange hier: Zwischen den verrosteten Trägern hatte sich Sand angesammelt und wuchsen Disteln mit ausladenden Blättern. Wer hatte sich hier verbarrikadiert? Vor wem hatten sich die Menschen abschotten wollen? Und wieder dieses Wort: Bastard. Obwohl es Gleb seit dem ersten Tag ihrer Expedition verfolgte, hatte er noch nicht wirklich begriffen, was es bedeutete. Ein Bastard … Das hatte mit Fortpflanzung zu tun … Waren damit Missgeburten gemeint?

»In den ersten Tagen nach der Katastrophe habe ich so was schon mal gesehen«, erläuterte Taran. »All die Pechvögel, die es nicht mehr in die Metro geschafft hatten, lauerten den Expeditionen auf, die aus der Metro kamen. Zuerst flehten sie, mit hinab genommen zu werden, dann begannen sie die Expeditionen zu überfallen. Die Station *Park Pobedy* haben sie sogar versucht zu blockieren, indem sie den Schacht der Rolltreppe mit allem möglichen Zeug zuschütteten. Arme Teufel. Was man nicht alles aus Verzweiflung tut …«

»Du glaubst also, hier gibt es nichts zu holen?« Schaman versetzte einem Eisenteil einen Fußtritt.

»Das ist nicht meine Entscheidung. Ich habe meinen Auftrag erledigt: Wir sind in Kronstadt.« Taran schaute Kondor fragend an.

Kondor trat langsam, scheinbar unwillig vor. »Der Luftschutzkeller ist die einzige Vermutung der Allianz. Selbst falls es dort nichts gibt, müssen wir uns vergewissern. Und herausfinden, ob es da unten tatsächlich so viele Ressourcen gibt.«

»Dann sollten wir nicht lange fackeln.« Der Mechaniker stellte seinen Rucksack ab. »Farid, hol den Sprengstoff, wir machen den Weg frei.«

»Im Großen Vaterländischen Krieg hat eine Fliegerbombe den Bunker getroffen«, erklärte Taran seinem Schüler, ohne die Umgebung aus den Augen zu lassen. »Wer sich damals in Schützengräben und Kellern versteckt hatte, blieb unversehrt, die anderen sind dabei draufgegangen. Später wurde der Luftschutzkeller umgebaut. Unter Berücksichtigung der früheren Fehler. Ich habe also keine Ahnung, was wir unter diesem Haufen entdecken werden.«

Sie betrachteten die Barrikade. Schaman und Farid hatten das teure Dynamit bereits montiert. Für die Verhältnisse der Metro-Welt war diese Sprengladung ein Vermögen wert. Seinerzeit waren fast alle Vorräte beim Bau neuer Stollen verbraucht worden, um den Wohnraum der Station zu vergrößern. Selbst Tarans Vorräte waren bis auf einige wenige Stangen so gut wie erschöpft.

»Fertig!« Der Mechaniker wickelte das Kabel ab, bis er die Ecke der nächsten Gasse erreicht hatte. »Wir können anfangen.«

Die Stalker drückten sich gegen eine Ziegelmauer und warteten reglos.

»Halt dir die Ohren zu und mach den Mund auf.«

Hastig folgte Gleb den Anweisungen seines Meisters. Bereits im nächsten Augenblick erfolgte die ohrenbetäubende Explosion. Die Erde bebte unter ihren Füßen, in ihren Ohren dröhnte es. Hinter der Ecke erhob sich eine Säule aus Staub und Eisensplittern. Orangefarbener Rauch hüllte die gesamte Gasse ein.

»Schaitan! Das hat gedonnert, was?« Farid bog als Erster um die Ecke und verschwand in den Rauchschwaden.

Die anderen folgten ihm. Allmählich lichtete sich der Rauch, und die Stalker konnten das Bild der Zerstörung betrachten. Rostige Eisenteile lagen überall herum. Dort, wo sie den Eingang vermutet hatten, klaffte ein großes Loch. In einiger Entfernung davon lagen die Fragmente des aus der Angel gerissenen Tores.

Als sie näher herantraten, erblickten die Stalker einen langen, schrägen Gang, der unter die Erde führte. An den dicken Betonmauern waren deutlich Kratzer und Aushöhlungen zu erkennen. Jemand hatte verzweifelt versucht, aus dem Luftschutzkeller herauszukommen – offenbar vergeblich. Die Stalker stiegen die Stufen herab und erreichten einen engen Treppenabsatz vor einer weit offenen Sicherheitstür, die tiefe Kratzspuren und Dellen aufwies.

»Wie es scheint, hattest du Recht, Stalker.« Der Mechaniker beleuchtete die Tür und fuhr über das verbeulte Metall. »Diejenigen, die es damals nicht geschafft haben, haben versucht, hier gewaltsam einzudringen. Und später umgekehrt. Jedenfalls haben sie einander die Suppe versalzen, so gut sie konnten. Ich weiß gar nicht, ob es überhaupt noch Sinn macht, da runterzugehen …«

Taran zog seine Schutzweste fest, nahm das Sturmgewehr hoch, warf einen Blick auf die Gruppe und sagte: »Überprüft eure Waffen und die Lampen. Wir gehen rein.«

14

DAS REICH DER FINSTERNIS

Die Strahlen ihrer Lampen schnitten durch die Dunkelheit, als sie den Raum der Dekontaminationskammer betraten. Der schwere Schritt der Armeestiefel war das erste Geräusch seit vielen Jahren, das die Stille dieses dämmrigen, gottverlassenen Ortes störte. Kleine Staubwolken wirbelten auf, als die Stalker das Reich der Finsternis betraten. Hinter der Kammer trafen sie auf einen weiteren Gang, der ebenfalls schräg nach unten führte. Hier machte die Gruppe einen ersten Fund: Entlang der feuchten Wände ruhten menschliche Gebeine, die zum Teil noch in vermoderte Fetzen gekleidet waren. Farid stieß unabsichtlich eines der Skelette an und fuhr zurück, als die Knochen wie ein Kartenhaus in sich zusammenfielen.

»Kondor, schließ die Sicherheitstür.« Taran war schon auf dem Weg nach unten. »Ich mag es nicht, wenn wir keine Rückendeckung haben.«

»Vorsicht ist besser als Nachsicht.« Der Kämpfer nickte und kehrte zu der Kammer zurück.

Die Tür schloss sich knarrend. Nun waren die Gefährten vor den Gefahren der äußeren Welt geschützt. Dennoch empfand Gleb nicht die erwartete Ruhe. Ganz im

Gegenteil, die niedrigen Gewölbe und die absolute Dunkelheit des Schutzkellers machten ihn nervös und drückten auf seine Stimmung.

Vor ihnen tat sich der erste größere Raum des Bunkers auf. Schmutz, Abfall und Unrat vermischten sich hier auf abscheuliche Weise mit halbverwesten menschlichen Überresten. Das alles ähnelte eher einer Gruft als einem Luftschutzkeller. Gleb folgte seinem Meister auf dem Fuß, stieg vorsichtig über die weiß glänzenden Knochen und bedauerte bereits, dass er nicht als Wache oben zurückgeblieben war. Doch jetzt war es zu spät, sich darüber aufzuregen. Das Einzige, was sich der Junge jetzt wünschte, war, dieser widerwärtigen Angst nicht nachzugeben wie damals im Keller des Krankenhauses. Doch zum Glück war der Rücken seines Meisters ganz in der Nähe zu sehen, und so ließ die Panik allmählich nach.

Sie setzten die Durchsuchung fort, folgten schimmlig grünen Wänden immer tiefer hinein in diese dunklen Katakomben. Eine weitere Halle tauchte vor ihnen auf. Doppelstockpritschen, Bänke, Waschbecken – alles war von dem Schimmelpilz überzogen. Mit jedem Schritt gab es mehr davon. Unter den moosartigen, dunkelgrünen Hügelchen auf dem Boden waren die menschlichen Überreste kaum zu erkennen. Zu allem Überfluss stand auch noch ein Teil des Raumes unter Wasser. Die Stalker wateten durch die knöcheltiefe, ölige Flüssigkeit und stießen auf die Ruinen eines Depots. Leere Regale, morsche Kisten, willkürlich im trüben Wasser schwimmende Atemschutzmasken.

»Was haben die denn hier veranstaltet?« Der Mechaniker betrachtete befremdet einen verrosteten Kanonenofen, auf dem ein verrußter Kessel stand. Daneben lagen auf dem Boden eine Gürtelschnalle, eine Schuhsohle und die Lehne eines ausgeweideten Sessels.

Taran genügte ein einziger Blick. »Die haben Leder zerkocht. Hier hat Hunger geherrscht.«

Gleb zuckte zusammen. Auch an der *Moskowskaja* hatte es Hungerzeiten gegeben. Daran erinnerte sich der Junge lieber nicht. Wenn in deinem Magen nichts ist außer Schmerzen, und du dieses brennende Gefühl nur dann unterdrücken kannst, wenn du deinen protestierenden Organismus durch ständiges Wassertrinken täuschst, dann hat das Leben seinen Sinn verloren.

Je tiefer sie kamen, desto schrecklicher wurde der Anblick.

Der Luftschutzkeller erwies sich als ziemlich weitläufig. Der Anzahl der Skelette nach zu urteilen, hatten ziemlich viele Menschen hier Zuflucht gefunden. Doch warum hatten sich an jenem schicksalhaften Tag so viele auf dem Werksgelände befunden? Tarans Bericht zufolge war das Werk zum Zeitpunkt der Katastrophe bereits mehrere Jahre so gut wie stillgelegt gewesen … Gedankenverloren ging der Junge weiter, blieb an irgendwas hängen und wäre beinahe auf den Betonboden gestürzt. Der Lichtstrahl fiel auf ein weiteres Skelett, das sich durch den Stoß mit leisem Knirschen in seine Einzelteile auflöste. Unter dem modrigen Lumpenhaufen ragte eine schmutzige Plastiktüte hervor.

Irgendwas an diesem Päckchen machte Gleb neugierig. Es musste etwas Wertvolles darin sein, schließlich hatte sich sein Besitzer bis zu seinem Tod nicht davon getrennt.

Der Junge zog das Bündel vorsichtig aus dem Haufen sterblicher Überreste heraus. Ein Buch? Gleb durchschnitt das Nylonband und streifte das feuchte Zellophan ab. »Tagebuch« lautete die geprägte Aufschrift auf dem rissigen Umschlag. Die vergilbten Seiten innen waren eng beschrieben. Der Junge blickte sich um: Die Stalker hatten sich über den Bunker verstreut und warfen einander von Zeit zu Zeit kurze Sätze zu. Die Strahlen ihrer Lampen flackerten in den Gängen. Gleb nutzte diesen Augenblick, richtete das Licht auf die Handschrift und fuhr mit dem Finger die geraden Zeilen entlang.

»Verflucht sei der Tag, als ich mich auf dieses Abenteuer eingelassen habe. Obwohl ich jetzt, wenn ich die Ereignisse der vergangenen Jahre analysiere, gar nicht so recht weiß, was das bessere Ende gewesen wäre: dort oben draufzugehen, schnell an der Strahlung zu krepieren, oder all diese Jahre Dutzende Meter unter der Erde zusammen mit einem Haufen anderer Pechvögel allmählich bei lebendigem Leib zu verfaulen. Ihnen tagein, tagaus in die Augen zu schauen und zu lügen.

Angefangen hat alles mit einem verlockenden Angebot von Petja Sawelew, meinem besten Kumpel. Wir hatten schon in der Schule Freundschaft geschlossen. Später trennten sich unsere Wege. Nach der Offiziersschule meldete sich Petja zum Dienst im Norden. Er hatte wohl Ärger mit seinem Mädchen gehabt. Na ja, jedenfalls machte er Schluss mit ihr und fuhr ans andere Ende der Welt.

Mit dem Studium hatte ich irgendwie kein Glück. Ich habe damals abgebrochen. Eine vernünftige Arbeit fand ich auch nicht, also schlug ich mich so durch, verdiente mal hier was, mal da. Und dann, eines schönen Tages, kam Petja zurück. Ich erinnere mich, wir haben richtig einen draufgemacht, um unser Wiedersehen zu feiern. Bei einer Flasche Wodka redeten wir über unser Leben. Petja erzählte so spannende Geschichten vom Meer, den Schiffen, der Weite des Nordens. Ich dagegen hatte irgendwie nichts zu sagen, also hab ich dummes Zeug geredet. So ist das, sagte ich, und so. Ich lebe so vor mich hin, passt schon so. Was hatte ich schon groß zu erzählen?

Petja war ein rücksichtsvoller Typ. Er fragte mir damals keine Löcher in den Bauch, sondern saß nur so da und pulte sich in den Zähnen herum. Er hatte diese schlechte Angewohnheit. Sogar den Nagel am kleinen Finger hatte er sich dafür wachsen lassen. Jedenfalls schaute er mich damals so an, ganz in Gedanken versunken. Aber ich hab gleich gemerkt, dass er was verbirgt, dass er mir irgendwas verschweigt. Jedenfalls hat er mir dann einen Job angeboten. Er sagte, es sei eine ernste Sache, und ich dürfe auf keinen Fall jemandem was davon sagen. Ich dachte schon, o Mann, der will doch nicht irgendwelche linken Dinger drehen. Aber er hat mich gleich beruhigt und gesagt, wir könnten für die Militärbehörde arbeiten. Der Lohn sei zwar nicht so riesig, aber Arbeit gebe es mehr als genug und außerdem drei Mahlzeiten täglich. Nur unterschreiben müsste ich was. Wegen der Verschwiegenheit.

Ich hab nicht lang nachgedacht. Schließlich hatte ich nichts zu verlieren – denn ich besaß nichts. Kurz, ich hab zugestimmt. Am nächsten Tag sind wir nach Kronstadt gefahren. Wie ich die Schiffswerft gesehen habe, sind mir sofort alle möglichen Vermutungen durch den Kopf geschossen. Ich dachte, wir würden vielleicht ein geheimes U-Boot bauen. Aber es war alles viel einfacher. Wir sollten einen Bombenkeller instand setzen. Gastarbeiter durften nicht ins Objekt, und von mir und vielen anderen hatten sie ja die Unterschrift. Das waren vor allem Militärs, die den Luftschutzkeller bauten. Irgendwelche Pioniertruppen. Soldaten rannten herum oder schleppten irgendwelche Kisten. Irrsinnsmengen an Technik schafften die ran. Ständig hetzten sie hin und her. Zu essen bekamen wir gleich im Objekt, aus einer Feldküche.

Außerdem dämmerte mir allmählich, dass mit diesem Bombenkeller doch nicht alles so einfach war. Als Erstes wurde eine hermetische Tür eingesetzt. Ein richtig fettes Ding! Aber nicht am Eingang, sondern im Gegenteil am anderen Ende des Schutzkellers. Was sich dahinter befand, wusste keiner. Man hatte uns strengstens verboten, dorthin zu gehen. Und der Posten, der ständig vor dieser Tür Wache schob, war nicht gerade gesprächig.

So zog sich das hin mit der Stoßarbeit. Petja hab ich nur selten gesehen, weil er genau an dieser Sicherheitstür arbeitete, wo wir Sterbliche nicht hin durften. In den wenigen Minuten, in denen wir uns sahen, schwieg er meistens, nur das Wort ›Komplex‹ fiel einmal im Gespräch. Ich wusste damals nicht, obwohl ich so meine Vermutungen hatte, dass die Militärs schon lange vor all diesen Ereignissen angefangen hatten, sich in der Erde einzugraben … Vielleicht bauten sie eine Kommandozentrale, oder sonst was … Der Bombenkeller war jedenfalls nur die Spitze des Eisbergs.«

»Noch eine Tür!«, war Farids Stimme von weitem zu hören. »Kommt her!«

Gleb schlug das Tagebuch zu und verbarg es hastig in seiner Brusttasche.

Vor der soliden Sicherheitstür hatte sich bereits die ganze Gruppe versammelt. Gleb wollte von seinem Fund berichten, aber dann begriff er, dass es eigentlich nichts zu berichten gab: Sie hatten die Tür auch so entdeckt.

Schaman untersuchte das neue Hindernis eingehend und versuchte an dem Rad des Verschlussmechanismus zu drehen – vergeblich.

»Wir müssen sprengen.«

»Stürzt der Keller dann nicht ein?«

»Wir warten oben ab.«

Wieder begannen die Vorbereitungen. Dieses Mal brauchte der Mechaniker nicht so lange und kam sogar ohne Farids Hilfe aus. Der Tadschike saß währenddessen schweigend auf der Seite und ließ seine Gebetskette durch die Finger gleiten.

Ein erneuter Donnerschlag, dann Staub und Betonschutt – alles wie es sich gehörte. Die Explosion hatte den Riegel aufgebrochen, aber die Tür selbst hatte sich nur leicht geöffnet, und stand schief, unbeweglich da. Sie mussten ihre Rucksäcke absetzen, um sich wie Kakerlaken durch den schmalen Spalt hindurchzuzwängen. Offensichtlich befand sich der Trupp jetzt im Inneren des »Komplexes«, von dem im Tagebuch die Rede gewesen war. Eine flüchtige Untersuchung ergab, dass es sich um eine weitläufige Anlage handelte. Sie entdeckten eine Treppe, die einige Stockwerke in die Tiefe führte, von denen die untersten jedoch vollständig überflutet waren. Auf den oberen Ebenen stießen die Stalker freilich auf einige interessante Dinge. So gelangten sie in eine weitläufige Halle voller Schaltpulte und Monitore. An einer halbrunden Wand hingen eine Reihe von Plasmabildschirmen.

»Genau wie in einem FKZ.« Schaman spazierte die Wände mit den Apparaturen entlang und warf einen Blick in die unordentlich herumliegenden Handbücher.

»FKZ?«, fragte der Junge.

»Flugkontrollzentrum. Aber das nur so, nebenbei. Was soll hier schon geflogen sein? Eines ist klar: Dies ist ein Kommandozentrum. Aber wem oder was sie hier Kommandos erteilt haben …«

Zu Glebs großem Bedauern gelang es Schaman nicht, die Apparate zu reanimieren. Wie sich herausstellte, stand der Generatorraum unter Wasser. Ebenso wie die Wohnbereiche. Und nirgends Leichen oder Knochen. Dieser Bunker war eindeutig schon vor langer Zeit verlassen worden.

Während die Stalker die zahlreichen Räume des Bunkers durchsuchten, machte es sich Gleb in einem altersschwachen Sessel bequem, öffnete sein geheimnisvolles Tagebuch und setzte seine Lektüre fort.

»An jenem Tag hatten sie uns zur Löschung einer Fuhre abgestellt. Wieder mal. Es war, als wären alle um uns herum toll geworden. Alle liefen wie wahnsinnig hin und her, schleppten Kisten und Ballen. Der Schutzbunker wurde von vorn bis hinten ausgestattet. Alles, wie es sich gehörte: Lüftung, Beleuchtung, Vorräte … Die vordere hermetische Tür wurde montiert, Schilder aufgehängt, alles, was nur ging, irgendwie markiert. Das glänzte und blitzte nur so. Die Farbe war noch gar nicht richtig trocken.

Na ja, dachte ich, sie bereiten wahrscheinlich die Abnahme vor. Anfangs hatte auch all das, was so in den letzten Minuten passierte, darauf hingedeutet. Wir hatten noch nicht alle Kisten in die Regale verteilt, als unser Brigadier hereingestürzt kam, das Gesicht krebsrot. Als er wieder Luft bekam, zischte er uns gleich an – setzt euch, hat er gesagt, leise, und macht keinen Ärger. Die Kommission

war angekommen. Irgendwelche hohen Tiere aus dem Generalstab.
Na, und da sind wir eben in dem Lager geblieben, es war einfach
zu spät, uns jetzt noch rauszujagen. Aus den Augenwinkeln habe
ich diese hohen Tiere sogar erkennen können. Irgendwelche Dick-
wänste, die ganz furchtbar wichtig taten. Und dann das ganze Ge-
folge: die Leitung der Bauunternehmen, die Militärbefehlshaber,
irgendwelche bewaffneten Männer in Zivil, wahrscheinlich FSB-
Leute. Sie sind durch den Bombenkeller gelaufen, ohne nach rechts
oder links zu schauen, und dann sofort nach unten, in das geheime
Objekt.

Ganz anders wurde mir dann, als alle Frauen ankamen, mit
Kindern und Gepäck. Waren das ihre Ehefrauen, oder was? Was
zum Teufel hatten die hier zu suchen? Aber ich hatte keine Zeit
mehr, darüber nachzudenken. Die Sirene heulte auf. Die geheime
Sicherheitstür wurde versiegelt. Dann kamen von draußen lauter
Leute herbeigelaufen – wahrscheinlich von dem Wohnbezirk gleich
neben der Werft. Plötzlich drängten sich alle am Eingang, es herrschte
ein furchtbarer Lärm, alle schrien durcheinander. Wir waren kaum
zur Besinnung gekommen, als so ein Sergeant die äußere Sicher-
heitstür verschloss. Die Leute um uns herum schrien, suchten Be-
kannte in der Menge …

Und plötzlich stand Petja vor mir. Er hatte sich einen Weg durch
die Menge gebahnt und zog mich zu der geheimen Sicherheitstür.
Aber er trommelte vergeblich dagegen – sie öffneten nicht. Petja
brüllte und fluchte. Die Generäle hätten Bescheid gewusst über den
Schlag, sagte er. Sie hätten es gewusst und geschwiegen – um sich
selbst verstecken zu können. Deswegen hatten sie so eilig die Vorräte
anlegen lassen …

Und dann gab es auf einmal einen riesigen Schlag. Die Men-
schen fielen auf den Boden, und das Licht ging aus. Das Schreien

und Stöhnen wurde noch lauter. Es war furchtbar, ein einziges Grauen. Etwa fünfzehn Minuten lang bebte die Erde – dann verhallte der Donner, und das Licht ging wieder an. Von irgendwoher tauchten plötzlich Soldaten auf, die für Ordnung sorgten. Sie versiegelten den Ausgang und blockierten das Rad des Öffnungsmechanismus mit einer Kette und Schlössern. Damit niemand aus Dummheit nach draußen fliehen konnte. Einige wollten ja unbedingt – zum Beispiel, weil sie noch irgendwo Verwandte an der Oberfläche hatten, oder weil sie Mitleid hatten mit denen, die draußen standen …

In den ersten Tagen hörte das Schlagen gegen die Tür nicht auf. Es war furchtbar. Zu wissen, dass da draußen Menschen waren, hinter der Wand, die langsam starben. Einige von uns, die schwächere Nerven hatten, bekamen einen hysterischen Anfall und forderten, die Überlebenden hereinzulassen. Aber die Militärs schafften schnell wieder Ordnung. So ein Typ trat vor, klein und unansehnlich, aber sowie er anfing zu sprechen, hielten all die Unzufriedenen die Klappe. Er bat sie nicht und versuchte auch nicht, sie zu überzeugen. Er sagte einfach klipp und klar: Wer die Tür öffnet, unterschreibt sein eigenes Todesurteil. Die Ressourcen des Bombenkellers seien beschränkt. Wer dagegen sei, würde erschossen. Petja flüsterte diesem Mann etwas zu, aber der sagte nur: ›Nicht gestattet!‹, und ging. Das hat meinen Kumpel richtig fertiggemacht, dass sie ihn nicht ins Objekt ließen. Aber was wollte er eigentlich? Er war doch kein hohes Tier.

Na ja, das Volk beruhigte sich allmählich und begann sich einzurichten. Nach wie vor bekamen wir dreimal am Tag zu essen, schließlich war das Lebensmittellager noch voll. Die Leute sprachen viel darüber, wie das alles hatte passieren können, und wer wohl als Erster den Krieg begonnen hatte. Aber was für einen Sinn hatten diese ganzen Diskussionen? Die Wahrheit würde man sowieso nie erfahren. Es gab weder Radio noch Fernseher. Die Handys hatten schon am ersten Tag keinen Empfang mehr.

Auch die Militärs schwiegen. Nach etwa einer Woche tauchten einige Leute auf, aber nur, um die Vorräte nach unten in den Bunker zu schleppen. Sie erklärten, sie würden die Verteilung der Lebensmittel unter ihre Kontrolle nehmen. Ein paar Tage haben sie geschleppt. Das Volk hinderte sie nicht daran. Alle waren sich irgendwie auf einmal einig, dass die Militärs schon für geordnete Verhältnisse sorgen würden. Aber ich machte mir alle möglichen Gedanken: Wie sollte das weitergehen? Wie lange würden wir hier sitzen? Was ging an der Oberfläche vor sich? Anfangs kam einmal täglich ein Offizier von unten herauf und erzählte, es sei so und so, die Lage sei schwierig, Brände, Strahlung und so weiter … Er sagte, wir sollten uns zusammennehmen und abwarten. Aber worauf wir warten sollen und wie lange, das wusste niemand.

Je länger es dauerte, desto schwieriger wurde es. Der Offizier kam immer seltener. Entweder gab es keine besonderen Neuigkeiten, oder sie machten sich keine Umstände mehr. Obendrein hatte sich auch noch eine Plage eingestellt: Pilzbefall. Selbst regelmäßiges Reinemachen half da nicht. Das Luftreinigungssystem war einfach zu schwach. Zuerst begann die Decke in den Ecken zu schimmeln, dann wurden auch die Wände grün. Es war ein furchtbar zähes Zeug.

Eines Morgens kamen wieder Soldaten von unten herauf. Diesmal in C-Waffen-Schutzanzügen und mit Gasmasken. Die Leute wurden ganz aufgeregt, denn sie dachten, wenn schon die Aufklärer losgeschickt würden, wäre die Zeit des Wartens sicher bald vorbei. Und sie brannten ja nur so auf Neuigkeiten. Nur waren die nicht ganz so fröhlich. Die hermetische Tür ließ sich öffnen, aber das Tor am Ausgang regte sich keinen Zentimeter. Vielleicht war es verschüttet worden, oder es war sonst was passiert, jedenfalls blieben alle Anstrengungen ohne Erfolg. Die Leute gerieten in Panik und fragten die Soldaten aus. Also hielt deren Chef wieder eine Rede. Wir sollten uns nicht aufregen, angeblich gebe es auf dem Objekt einen Reserveausgang. Besser gesagt: auf der Karte. Tatsächlich sei es ein noch nicht ganz fertiggestellter Tunnel. Dennoch sei es möglich, sich von dort an die Oberfläche zu graben, und genau das würden sie da unten bereits machen.

Ich erinnere mich noch genau, wie der Mann ganz aufrichtig diesen Unsinn gefaselt hat. Egal, das Volk glaubte ihm damals. Schließlich war das eine Stresssituation. So ist sie eben, die menschliche Psyche. Die Menge brauchte nur zu erfahren, dass jemand die Situation unter Kontrolle hatte, und schon beruhigte sie sich. Und verwandelte sich in eine apathische Herde.

Die Monate vergingen. Das Volk verkam, wurde schwermütig. Vor Nichtstun verlor es allmählich den Verstand. Die Militärs, die rechtzeitig kapiert hatten, dass das Volk Ablenkung benötigte, brachten einige Schachteln Schach und Dame, Karten und Domino herauf. Die Stimmung wurde merklich besser. Es wurde heftig gespielt, egal ob Jung oder Alt. Irgendwann begannen sie dann um Einsätze zu spielen: Essen, Kleider. Es kam eigentlich alles in Umlauf, was sich die Leute zurückgelegt hatten. Schließlich kam es zu Schlägereien, und die Militärs griffen erneut ein. Nun nahmen sie uns die Karten und Dominospiele weg. Schach und Dame ließen sie uns aus der Überlegung, zwei Leute seien ja keine Menschenmenge, die würden sich schon nicht raufen. Einsätze wurden verboten. Aufs Strengste. Es gab aber nur wenige Schachliebhaber, und von Dame hatte man auch schnell genug. Ein alter Mann schlug vor, Tschapajew zu spielen, was gut ankam. Es war auf jeden Fall interessanter als Schach, da war wenigstens noch eine gewisse Dynamik drin. Also lernten die Männer so perfekt Damesteine zu schnipsen, dass die Finger brannten. Schließlich organisierten sie eine Meisterschaft.

Der Wettbewerb war gerade in vollem Gange, als das Licht ausfiel. Die empörten Männer klopften an die Sicherheitstür und forderten Einlass ins Objekt. Der Dieselgenerator funktionierte zu der Zeit schon lang nicht mehr – der Brennstoff war ausgegangen. Mit Strom wurden wir aus dem Objekt versorgt. Erneut trat der Chef vors Volk. Wieder hielt er eine Rede, dass auch sie Probleme mit den Generatoren hätten. Und dass man mit den Ressourcen sparsam umgehen müsse.

Was sein musste, musste sein. Petroleumkocher kamen in Umlauf. Zum Glück funktionierte die Lüftung noch – dafür reichte offenbar die Energie des Dieselmotors aus dem Objekt aus. Die Leute verfielen in Depressionen. Manche irrten im Dunkeln herum wie unruhige Geister. Natürlich gab es auch Nervenzusammenbrüche. Die besonders Wilden wurden ins Objekt geschleift. Wahrscheinlich gab es dort Einzelzellen.

Zu allem Übel breitete sich noch Feuchtigkeit im Schutzkeller aus, was den Schimmelpilz so richtig aufblühen ließ. Alles wurde grün – von den Tischen bis zu unserer Kleidung. Die schwächeren von uns begannen zu kränkeln und kamen ebenfalls ins Objekt. Ins Lazarett.

Die Unzufriedenheit wuchs. Die Leute munkelten, im Objekt sei das Leben ganz anders – hell und trocken. Einige Schlauberger simulierten eine Krankheit oder irgendeinen Anfall, nur um nach unten zu gelangen. Aber die Militärs kamen schnell dahinter. Besonders Findigen entzogen sie die Ration für einen Tag, woraufhin diese Anfälle von Schlauheit von selbst aufhörten.

*So verging ein Jahr, dann ein zweites. Ich denke, hätte es die Vor-
räte des Objekts nicht gegeben, wir alle hätten hier längst ins Gras
gebissen. Aber so ging es ganz gut, man hielt durch. Der Mensch gewöhnt sich an alles. Offenbar auch daran. Im ganzen Bombenkeller
brannte jetzt nur noch ein einziges Lämpchen: an der geheimen Sicherheitstür. Weil wir uns auch an die Dunkelheit gewöhnten. Wir
bewegten uns tastend voran. Den Lageplan der Räume konnten
wir auswendig wie das ›Vaterunser‹.*

*In der Dunkelheit wurde es auch einfacher mit der Kleidung.
Man konnte einfach in Unterwäsche herumlaufen – es war ja
nichts zu sehen. Solche Dinge wie Anstand interessierten niemanden mehr. Die Leute redeten ja immer weniger miteinander. Nur
hin und wieder zankte sich jemand …«*

Hier musste Gleb abbrechen, denn Farid hatte einen Plan
des Bunkers ausfindig gemacht. Alle versammelten sich
um einen Tisch und machten sich daran, die alten, ausein-
anderfallenden Blätter zu studieren. Schaman zeigte auf
den Plan: »Hier ist der Notausgang zur Oberfläche. Wie es
aussieht, führt er zu den Docks. Was meinst du, Taran,
kommen wir da durch?«

»Auf dieser Ebene steht ziemlich viel Wasser. Es wäre
besser, wenn wir den alten Weg zurückgehen.«

»Ich fürchte, dann finden wir diesen Ausgang von außen
nicht mehr. Wir haben ohnehin schon die ganze Werft abgesucht.« Der Mechaniker blickte zu Kondor. »Was sagst du?«

Der zuckte nur mit den Schultern. Entscheidet doch
selbst, schien das zu bedeuten.

Nach kurzer Beratung stiegen sie die Treppe nach unten.
An der Wasserkante blieben sie stehen. Vor ihnen stand

unbeweglich eine dunkle Flüssigkeit, deren Oberfläche von irgendeinem Gewächs überzogen war.

»Na, was ist? Vorwärts.« Taran ging als Erster in das schwarze Wasser und versank augenblicklich bis zum Knie.

Kurz darauf setzte sich Schaman in Bewegung, dann folgten die anderen. Bruder Ischkari zögerte erst, in diese stinkende Brühe zu treten, überwand aber dann doch seinen Ekel und eilte dem Trupp hinterher. Unruhig tasteten die Strahlen der Helmlampen über den schaukelnden, grünen Teppich. Die Stalker bahnten sich ihren Weg durch die Schlammschicht und passierten einige Räume, die alle gleich aussahen. Alle paar Minuten glich Schaman den Weg mit dem Plan des Bunkers ab. Der Gestank des trüben Wassers drang durch ihre Luftfilter, verstopfte Nase und Rachen, kratzte im Hals.

Nach einiger Zeit erreichten sie den Schlund eines langen Korridors, an dessen Ende sich undeutlich ein Gitter abzeichnete, das den Zugang zum Aufzugschacht versperrte. In einer langgezogenen Kette wanderten die Stalker langsam den Korridor entlang, als hinter ihnen plötzlich etwas ohrenbetäubend knallte. Ischkari zuckte zusammen und fuhr auf. Die Gefährten wandten sich um und richteten ihre Sturmgewehre auf die Geräuschquelle.

Es war nur der schwere Flügel der Tür gewesen, die durch ihr Eigengewicht zugeschlagen war. Die Stalker marschierten weiter. Schaman blickte zum wiederholten Mal auf den Bunkerplan.

»Geradeaus ist der Lift, links die Tür zur Treppe. Wenn ich das richtig sehe, können wir auch so nach oben gelangen.«

Die Gefährten näherten sich der Öffnung des Aufzugschachts. Unter dem Druck ihrer vereinten Kräfte gaben die rostigen Falttüren nach und fuhren knirschend auseinander. Taran blickte nach innen. Der untere Teil des Schachts war mit dem gleichen blühenden Wasser vollgelaufen. An einer der Wände führte eine Reihe von Bügeln hinauf. Oben, vielleicht fünfzehn Meter über ihnen, war die Liftkabine zu sehen.

»Hier klettern wir hoch.« Taran schien mit seinem sechsten Sinn zu spüren, dass dieser Weg der ungefährlichste war.

»Warum sollen wir uns abmühen, wenn es eine Treppe gibt?« Schaman zeigte mit seinem Finger auf den Lageplan. »Genau hinter dieser Tür …«

»Hol's der Teufel!« Zur Verwunderung aller sprang auf einmal Ischkari in den Schacht und begann die Bügel hinaufzuklettern.

»Wohin willst du? Warte, du Idiot, sonst stürzt du noch ab!«

»Wir sind ins Reich der Toten eingedrungen! Verwesung und Schlechtigkeit überall! Ich will zum Licht, auf dass es mich erlöse … Zum Licht …«

Das Murmeln des Sektierers entfernte sich und wurde immer leiser.

Schaman zerrte wütend an dem Türriegel. »Farid, hilf mir mal. Das Ding ist völlig eingerostet.«

Der Tadschike sprang von der anderen Seite hinzu und stemmte sich gegen die eiserne Vorrichtung. Während er den beiden Stalkern zusah, begriff Taran plötzlich, was ihn so beunruhigt hatte. Über die ganze Tür zogen sich rostige Stellen, als ob …

»Halt!!«, brüllte er und begriff im selben Augenblick, dass es zu spät war.

Der Hebel gab mit ohrenbetäubendem Knarren nach, und im nächsten Moment wich die Tür dem Druck des Wassers im überfluteten Treppenschacht. Über die Gefährten ergoss sich ein eisiger Strom, warf sie um, riss sie mit sich durch den Korridor. Schon begann das Wasser rasant anzusteigen.

»Zum Schacht!« Taran zog Gleb aus dem Strom und schob ihn zum Ausgang. Die restlichen Stalker stürzten durch das gürtelhohe Wasser in dieselbe Richtung. »Nicht schlafen, Jungs, nicht schlafen!«

Fluchend kletterten sie die rutschigen Bügel hinauf, während von unten der brodelnde Strom immer näher kam. Schon war der Korridor bis zur Decke überflutet. Nacheinander hasteten die Stalker nach oben, riskierten jeden Augenblick, von den rostigen Bügeln der brüchigen Leiter abzustürzen. Endlich tauchte über ihren Köpfen der vergitterte Boden des Lifts auf. Die enge Luke unten an der Kabine war geöffnet – der Sektierer hatte Gott sei Dank Zeit gehabt, den Durchschlupf zu finden. Der Wegführer durchstieg den Fahrkorb des Lifts, betrat als Erster die obere Plattform und schaute sich um. Vorn war die hermetische Tür des Ausgangs zu sehen, rechts ging ein enger Gang ab, wahrscheinlich zum Maschinenraum der Aufzuganlage. Ischkari war auf der Plattform nicht zu sehen. Taran drehte sich um und half Schaman, in den schwankenden Käfig zu steigen.

Gleb kletterte als Nächster durch die Luke. Die Kabine des kleines Lifts bebte und schaukelte bedrohlich über dem Abgrund des Betonschachts hin und her. Als der Junge wieder festen Grund unter den Füßen hatte, seufzte er erleichtert auf.

Farid hatte weniger Glück. Kaum hatte er die Luke durchstiegen, als die Kabine zu vibrieren begann und sich mit abscheulichem Knirschen abwärts bewegte. Taran schaffte es gerade noch, zum Schacht zurückzuhechten und den Lauf seiner Kalaschnikow in den sich verengenden Spalt zwischen der Schwelle der Plattform und dem Türstock des Aufzugs zu schieben. Die Kabine stoppte, doch der Ausgang aus dem Lift war blockiert.

»Zurück durch die Luke! Klettere über die Bügel nach oben!«, brüllten die Kämpfer und starrten den Tadschiken durch das vergitterte Dach der Kabine an.

Doch es blieb keine Zeit mehr. Der Gewehrlauf bog sich durch, dann hörten sie einen lauten Knall, der Lift ruckte und begann mit rasender Geschwindigkeit nach unten zu gleiten. Die Kalaschnikow flog hinterher. Eine Unmenge Wasser spritzte auf. Wie ein Stein sauste die Kabine in die Tiefe und riss den Kämpfer mit sich auf den Grund des Schachts.

»Farid!« Kondor lehnte sich in den Liftschacht hinaus und starrte nach unten.

Neben ihm blitzte plötzlich Tarans Körper auf. Mit dem Kopf voraus tauchte der Stalker hinab und durchschlug die Wassermassen. Die Gefährten blieben reglos am Rand des Schachts zurück und starrten auf den trüben Wasserwirbel unter ihren Füßen. Es verging eine Minute … eine zweite … Vor lauter Anspannung biss Gleb sich auf die Lippen, seine Fäuste ballten sich unwillkürlich.

Endlich tauchte aus dem brodelnden Wasser der vertraute Scheitel des Meisters auf. Taran klammerte sich an den nächsten Bügel und schüttelte den Kopf. Jemand fluchte neben Gleb, doch er selbst atmete erleichtert auf. Wenigstens sein Meister war am Leben geblieben.

»Es ging nicht ...« Taran kletterte schwerfällig die Bügel hoch. »Da ist kein Herankommen an den Lift. Es ist alles komplett verbogen ...«

Der Junge half seinem Meister auf die Plattform und reichte ihm eilig die Atemmaske. Wasser tropfte von dem imprägnierten Stoff seines Anzugs und bildete ungleichmäßige Pfützen auf dem Boden. Aus der Tiefe drang ein dumpfes Tosen herauf. Die Gefährten schwiegen. Gleb sah noch immer Farids dunkle Augen vor sich. Erstaunlich: Angst hatte nicht darin gelegen.

Ischkari entdeckten sie ganz in der Nähe. Der Sektierer kauerte am Boden einer Nische, schniefte und murmelte unaufhörlich und kaum verständlich zusammenhanglose Dinge.

»Unser Prediger ist ja ganz aus dem Leim gegangen.« Schaman stupste den armen Teufel mit seiner Stiefelspitze an. »Steh schon auf, du Hypochonder, wir gehen weiter.«

Der inzwischen stark dezimierte Trupp lief den schrägen Gang hinauf. Knarrend öffnete sich die durchgerostete Sicherheitstür, und durch den Spalt fiel Tageslicht herein. Blinzelnd traten die Stalker ins Freie und blickten sich um. Der unscheinbare Betonkasten sah von außen aus wie ein

Wächterhäuschen. Kein Wunder, dass sie diesen Eingang übersehen hatten.

»Was machst du jetzt ohne Kanone?«, fragte Schaman den Wegführer.

»Macht nichts. Ich hab noch was in Reserve.« Taran zog aus seinem Rucksack ein Scharfschützengewehr und fügte geschickt die Einzelteile zusammen. Ein leiser Klick, und das letzte Fragment war an seinem Platz. Der Wegführer hängte sich die bedrohliche Waffe auf den Rücken.

»Wohin jetzt?«

Anstatt zu antworten, hockte sich Taran hin und untersuchte die Spur aus Ölflecken auf dem Asphalt.

»Ich hab sie schon dort unten bemerkt. Jemand hat vor kurzem Brennstoff aus dem Bunker geschleppt. Wahrscheinlich in Eimern.«

Die Stalker folgten der merkwürdigen Spur. Bald darauf gelangten sie zu einem riesigen Reparaturdock. Gegen die hohen, grauen Kaimauern plätscherte Wasser. Davor schaukelte eine heruntergekommene Barkasse auf den Wellen, die offenbar schon so einiges erlebt hatte.

15

EINE MEHRHEITS-
ENTSCHEIDUNG

Fünf unscheinbare Gestalten liefen gebückt und in kurzen Etappen die Rampe entlang, wobei sie immer wieder hinter Stahlpfeilern in Deckung gingen. Der Rumpf des kleines Schiffes kam beständig näher. Gleb warf einen schnellen Blick auf die Barkasse. Das Deck wirkte menschenleer. Auch in den Bullaugen war keine Bewegung auszumachen. Die Stalker rutschten die Gangway herab und sprangen an Bord. Der Junge holte seine Pernatsch hervor und folgte seinem Meister ins Steuerhaus. Schaman und Ischkari stiegen in den Schiffsraum hinab, um ihn zu durchsuchen.

Durch die schmutzigen Sichtfenster drang kaum Licht ins Steuerhaus. Die Luft war stickig. Auf dem Steuerpult stand einsam eine große Flasche, die jemand hier vergessen hatte. Eine trübe Flüssigkeit schwamm darin, die nach billigem Fusel roch. In der Ecke waren öldurchtränkte Lumpen aufgetürmt. Noch immer war niemand zu sehen.

Sie kehrten auf das Deck zurück. Bald darauf tauchten auch der Mechaniker und der Sektierer auf.

»Keine Menschenseele.« Schaman schüttelte enttäuscht den Kopf. »Dafür haben wir uns die Maschine näher angesehen. Jemand scheint den Kahn zu fahren. Die Tanks sind gefüllt.«

»Teufel! Wer spielt hier mit uns Verstecken?!«, platzte Kondor heraus. »Erst haben wir uns mit der Arche zu Idioten gemacht, und dann mit dem Bunker!«

Der Kämpfer trat wütend gegen einen leeren Kanister. Scheppernd schlug dieser gegen die Bordwand und plumpste ins Wasser. Mit ausladenden Schritten marschierte Kondor einen Steg hinauf, erklomm den Fuß des Drehkrans, zog die Atemmaske herunter und brüllte: »He, ihr hohen Herren! Jemand zu Hause? Kommt raus aus euren Löchern!«

Kondors Worte rollten durch das Dock und brachen sich an den Betonwänden. Doch über der Werft blieb alles still. Nur der allgegenwärtige Wind heulte in den unterschiedlichsten Tonlagen.

»Vielleicht haben wir sie, na ja … in dem Bunker ertränkt?«, ließ sich Schamans Stimme vernehmen.

»Wohl kaum. Wir haben dort alles durchkämmt.« Der Wegführer faltete die Karte auseinander. »Wir können noch die Anlegeplätze absuchen.«

»Woanders hat es sowieso keinen Sinn mehr … Führe uns an, Sussanin.«

Sie verließen das Dock und machten sich in Richtung Holzhafen auf. Doch auch hier sah es nicht viel anders aus: öde Piers, chaotisch herumliegende Kauschen, verrostete Anker und eine Rolle fauligen Tauwerks. Ein verkohltes Schiffswrack lag am Kai vor Anker. Und wieder keine Menschenseele. Ödnis, Verfall und Stille überall.

Die Stalker hielten inne und betrachteten enttäuscht die trostlose Landschaft. Worte waren überflüssig. Alle waren

272

sie erschöpft, sogar Taran schien am Ende seiner Weisheit angekommen: In sich gekehrt stand er da, die Arme in die Seiten gestemmt. Am schlechtesten von allen sah Ischkari aus: Er schien nicht mehr er selbst zu sein. Sein Blick war niedergeschlagen, die Schultern hingen schlaff herab.

Gleb ging zu dem Sektierer hinüber. »Vielleicht finden wir sie doch noch ...«

»Was?«

»Die Arche.«

»Wo sollen wir denn noch suchen?« Die Stimme des Sektierers bebte. »Wo?«

Ischkari verstummte und wandte sich ab. Sein Körper schüttelte sich wie bei einem Epileptiker. Unter der Atemmaske war unmöglich zu erkennen, welche Gefühle gerade auf ihn hereinstürzten. Dann hörten sie auf einmal ein leises Kichern, das in ein halbhysterisches Wiehern überging. Die Stalker starrten den Sektierer verwundert an. Als er sich wieder beruhigt hatte, trat er langsam an den Rand der Anlegestelle, zog den Packen mit den Abbildungen der Schiffe hervor, holte weit aus und schleuderte sie von sich. Die Fotos blitzten in der Sonne, wirbelten auf das Wasser herab und begannen auf den Wellen zu schaukeln.

»Humbug ... Nichts als Humbug. Hört ihr?« Ischkari erhob seine Stimme. »Es gab nie eine Arche! Wie konnte ich nur daran glauben ... Das Licht der Erlösung ... Die Errettung der Gerechten ...«

Gleb glotzte den Sektierer an. Er traute seinen Ohren nicht. »Und was ist mit ›Exodus‹?«

»›Exodus‹?«, fragte Ischkari zurück und begann wieder zu lachen. »›Exodus‹ – eine Bande altersschwacher Irrer, die sich eine romantische Heilsgeschichte ausgedacht haben! Verblendete, die nicht weiter sehen als bis zu ihrer eigenen Nasenspitze! Wer braucht uns denn? Wer soll uns erretten? Es ist alles vorbei, hört ihr?! Was für ein naiver Idiot ich doch war ...«

Der Sektierer riss die Atemmaske herunter, wischte sich den Schweiß von der Stirn. Dann lief er plötzlich auf Taran zu und sagte: »Du hattest Recht, Stalker: Wir sind alle tot. Das Einzige, was uns erwartet, ist, in der Erde zu verfaulen.«

Die Augen des Sektierers traten hervor, als könnten sie jeden Moment aus ihren Höhlen fallen. Sein Gesicht hatte sich zu einer schrecklichen Grimasse verzerrt, in der sich sowohl Raserei als auch Hilflosigkeit spiegelten.

Schaman musste grinsen. »Soll das etwa heißen, dass du deinem Glauben abschwörst?«

Der Sektierer hielt einen Moment inne, als könne er sich nicht dazu entschließen, das aufrührerische Wort laut auszusprechen. Dann senkte er den Kopf. »Ja, ich schwöre ab ...«

Es herrschte eine längere Pause. Als Erster reagierte Schaman: »Willkommen in der realen Welt, Junge.«

Der Sektierer achtete nicht auf ihn. Er zog sich die Atemmaske über und blickte auf das gekräuselte Wasser.

»Mir reicht's. Ich kehre zur Metro zurück. Wer kommt mit?«

»Wovon sprichst du?«

»Von der Barkasse. Du hast doch selbst gesagt, dass sie fahrbereit ist.«

»Jetzt mal langsam, Bruder. Wir haben noch nicht ...«

»... was gefunden?«, unterbrach ihn Ischkari. »Die Quelle des Lichts?«

Der Sektierer wandte sich an den Wegführer.

»Was hast du auf dem Kreuzer gesehen, Taran? Bist du sicher, dass wir unbedingt diesen verschwundenen Scheinwerfer finden müssen?« Ischkari sah Kondor an. »Seid ihr sicher, dass auch nur irgendwer irgendwas gesehen hat?«

»Die Stalker von der *Primorskaja* …«

»Das haben die doch im Suff geträumt!«, unterbrach ihn der Sektierer hysterisch. »Wenn sie etwas gesehen haben, warum sind sie dann nicht selbst hingegangen? Weil sie Idioten hätten sein müssen, um jemandem ein solches Gefasel abzukaufen! Aber es haben sich ja andere Idioten gefunden!«

Der Sektierer verstummte. Dann wandte er sich ab, entfernte sich und setzte sich auf einen Anlegepfosten. Schweigend dachten die Stalker über Ischkaris Worte nach. Jeder von ihnen schien nun selbst vor der Entscheidung zu stehen, entweder weiter sinnlos über die tote Insel zu irren, oder die Suche hier abzubrechen und zur Metro zurückzukehren. Keinem von ihnen gefiel die Aussicht, der Leitung der Primorski-Allianz vom blamablen Scheitern ihrer Mission zu berichten, aber in diesem Moment spielte das kaum noch eine Rolle.

»Ich sehe auch keinen Sinn mehr …«, sagte Kondor leise und wandte seinen Blick ab.

»Was ist los, Chef?«, begann der Mechaniker, doch Kondor ließ ihn nicht ausreden.

»Ich bin nicht mehr euer Chef, Schaman. Du hast doch selbst meinen Nachfolger bestimmt!« Kondor zeigte auf Taran. »Schaut selbst, wie ihr zurande kommt. Ich hau ab.«

»Und was ist mit dem Team?«

Kondor drehte sich scharf um und baute sich direkt vor Schaman auf. »Wo siehst du hier bitte ein Team?! Ksiwa, Okun, der Belgier – wo sind sie? Wo sind Dym und Farid? Wo ist …«, er stockte mitten im Satz, seine Stimme zitterte. »Wo ist Nata?«

Kondor warf sich das Maschinengewehr über die Schulter und ging auf Taran zu. »Ich hätte meine Leute beschützen sollen, aber ich habe versagt … So kann ich nicht mehr weitermachen. Verstehst du mich, Stalker?«

Taran blickte auf die zitternden Finger des Kämpfers und wandte sich ab. Kondor ging langsam auf das Dock zu, ohne sich umzusehen. Ischkari stand auf und blickte Schaman fragend an. Der Mechaniker blickte nervös den Wegführer an, dann wieder seinen Kameraden, der sich bereits entfernt hatte. Er schien hin- und hergerissen zwischen dem Wunsch, die Mission zu Ende zu bringen, und der Chance, in die unterirdische Welt der Metro heimzukehren.

»Ich bleibe. Falls ich etwas finde, lasse ich es euch wissen«, sagte Taran heiser. »Geh schon, Schaman, quäl dich nicht.«

Der Mechaniker zuckte zusammen, als ob er eine Ohrfeige bekommen hätte, sagte aber nichts. Er hatte seine Wahl bereits getroffen, der Wegführer hatte sie nur laut ausgesprochen.

»Danke, Taran. Ich richte der Allianz aus, dass du deine Mission erfüllt hast. Immerhin sind wir bis Kronstadt gekommen …«

Gleb verfolgte die Reaktion seines Meisters. Erwartete er etwa eine Wendung des Geschehens? Was sollte nun werden? Wie oft noch sollten sie das Schicksal herausfordern? Seine Träume von einer sauberen Erde schwanden mit jedem Augenblick.

»Lass uns nach Hause gehen, Junge.« Schamans schwere Hand legte sich auf Glebs Schulter.

Der Junge zuckte zusammen, drehte sich bestürzt um und blickte auf seinen Meister.

»Er bleibt.«

»Hab Erbarmen, Taran. Der Junge krepiert doch hier völlig umsonst.«

»Das geht dich nichts an. Verschwindet schon«, presste Taran bedrohlich hervor und richtete sein Gewehr auf die anderen Stalker.

»Du bist doch krank im Kopf! Richtest dich selbst zugrunde und den Jungen noch dazu!«

Der Stalker wartete, ohne sich zu rühren. Auf einmal aber senkte er das Gewehr, krümmte sich, als hätte er einen Schlag ins Zwerchfell erhalten, schnappte krampfhaft nach Luft – und fiel zu Boden. Die Atemmaske rutschte zur Seite, seine Augen verdrehten sich. Ein heftiger Krampf erfasste seinen Körper. Taran schüttelte sich und stöhnte auf.

Ein Anfall, schoss es dem Jungen durch den Kopf. Gleb stürzte auf seinen Meister zu, öffnete im Laufen die Brusttasche, doch plötzlich versperrte ihm Ischkari den Weg.

»Hilf mir, Schaman. Retten wir wenigstens diesen.«

Der Mechaniker schien zu zögern. »Was ist mit Taran?«

»Was soll schon mit ihm sein? Der kommt auch so wieder auf die Beine. Mach schon!«

Gleb versuchte sich loszureißen, aber der Sektierer hielt ihn fest. Im nächsten Augenblick stand Schaman neben ihm. Zu zweit hoben sie den sich sträubenden Jungen hoch und schleppten ihn zum Dock.

»Dummkopf! Wirst uns später noch ›Danke‹ sagen!« Schaman blieb stehen und band Glebs Hände mit einer Schnur zusammen.

Dann packten sie ihn erneut und brachten ihn zum Steg. Gleb warf den Kopf zurück und erblickte aus den Augenwinkeln die Gestalt seines Meisters, hingestreckt auf einer Betonplatte.

»Taran! Taran!!«

Vor den Augen des Jungen bewegten sich Schamans Stiefel, zunächst auf Asphalt, dann auf einem Holzsteg. Und dann kam der Schlag. In seinem Kopf dröhnte es, das Licht vor seinen Augen wurde trüb, und er hörte eine Stimme: »Pass doch auf, du hast ihn gegen die Brüstung geknallt!«

»So beruhigt er sich wenigstens …«

Dann war es, als ob man Watte in seine Ohren gestopft hätte. Die Stimmen entfernten sich. Gleb verlor das Bewusstsein.

Licht strömte in pulsierenden Wellen von überallher auf ihn ein. Er blinzelte und bedeckte die Augen mit beiden Händen. Weißer Dunst füllte den gesamten Raum aus, umhüllte ihn mit betäubender Wärme. Irgendwo an der Grenze seiner Wahrnehmung hatte sich ein Schleier der Finsternis zusammengebraut, der darauf zu warten schien, dass sich der zögernde Besucher seinen Gemächern näherte.

Vor ihm stand eine verschwommene Gestalt, die ihm winkte und ihn lockte. Geduldig wartete der Mann ab, blieb immer wieder stehen, wandte sich um und bewegte sich dann erneut vorwärts. Er begriff nicht, was diese ununterbrochene Bewegung bedeuten sollte, konnte sich aber diesem beharrlichen Lockruf nicht entziehen. Es schien, als habe er gar keine andere Möglichkeit, als dieser geisterhaften Silhouette zu folgen.

Der Weg aus dem Licht endete abrupt. Er spürte mit einem Mal harten Boden unter den Füßen, und die rätselhafte Silhouette vor ihm nahm für einen Augenblick deutliche Umrisse an – als hätte jemand eine Linse scharfgestellt, doch dann verschwamm sie genauso schnell wieder. In diesem kurzen Moment hatte er in der schemenhaften Figur etwas Vertrautes erkannt: das sichere Auftreten, die bedächtigen Gesten. Wenn sich die Gestalt doch noch ein Mal umdrehte! Nur ein einziges Mal! Das würde ausreichen, um sie zu erkennen …

»Vater?«

Seine Stimme hallte an der verwischten Grenze zur Finsternis wider und verschwand in den Tiefen des vollkommenen Nichts.

Nein. Aus einem unbestimmten Grund stieg in ihm die merkwürdige Gewissheit auf, dass es nicht jener war.

»Wer sind Sie? Wie heißen Sie?«

Der Unbekannte wandte sich nicht um, sondern löste sich spurlos in dem milchig-weißen Nebel auf. Von irgendwo weither vernahm er nur diese gedämpfte und so vertraute Stimme: »Was macht das jetzt für einen Unterschied? Mein Name ist im alten Leben zurückgeblieben.«

Dann erbebte die Erde und überzog sich mit einem Netz von Rissen. Durch die tiefsten davon sickerte bereits Wasser. Es stieg und stieg, rauschte immer lauter und überflutete innerhalb weniger Augenblicke alles ringsherum. Es wurde unerträglich kalt. Der Boden unter seinen Füßen gab dem gewaltigen Wasserdruck nach und verschwand nach unten. Die eisigen, lähmenden Wellen wurden immer höher …

Allen weiteren, schmerzhaft bekannten Ereignissen kam jedoch sein Bewusstsein zuvor, das seinen Körper mit einem Schrei des Protests dem Nichtsein entriss.

Gleb kam zu sich, als der kalte Boden unter ihm erbebte. Langsam wurde das Bild vor seinen Augen klarer, und er erkannte die rostig schwarze Decke eines Laderaums. Irgendwo hinter einer Wand dröhnte eine Maschine. Die Barkasse!, durchfuhr es ihn siedend. Der Junge regte sich und versuchte aufzustehen, doch sogleich durchbohrte ein scharfer Schmerz seinen Kopf, und Übelkeit stieg in ihm hoch. Gleb fiel zurück und versuchte vergeblich, seine betäubten Hände zu bewegen. Sie waren noch immer hinter dem Rücken zusammengebunden und hatten jegliches Gefühl verloren. Panisch rollte sich der Junge auf den Bauch, zog die Beine an und stand schließlich auf den Knien. Er schaute sich um. Ein rostiger Nagel fiel ihm ins Auge, der aus der Wand gegenüber ragte. Wankend erhob sich Gleb, lehnte sich vorsichtig gegen das Schott und ertastete den Nagel. Es funktionierte. Eine Minute später war die Schnur durchtrennt und fiel herab. Der Junge rieb sich erleichtert die Handgelenke, bahnte sich den Weg zur Tür und schaute durch das Bullauge nach draußen.

Die Barkasse näherte sich langsam der Ausfahrt des Docks. Die graue, feuchte Kaimauer zog in unmittelbarer Nähe der Schiffswand vorbei. Sein Herz machte einen Sprung: Noch war nicht alles verloren! Gleb nahm die Atemmaske vom Boden und riss entschlossen die Tür auf. Ein kräftiger Windstoß schlug ihm gegen die Brust, als wolle er ihn von seinem verzweifelten Vorhaben abhalten. Der Junge trat zurück, aber nur, um mehr Anlauf zu nehmen. Ohne weiter zu überlegen, beschleunigte er mit all seiner Kraft und stieß sich von der glitschigen Schiffswand ab. Unter seinen Beinen gähnte für einen Moment der Abgrund, schäumende Bugwellen blitzten in der Lücke auf, und in seinem Inneren zog sich vor Angst alles zusammen. Dann schlug er hart mit den Beinen auf, so dass ihm die Knie einknickten. Kopfüber rollte er über den nassen Asphalt und stieß gegen einen Stapel Holzkisten. Etwas Hartes traf ihn am Rücken, und es verschlug ihm den Atem. Stockstill lag Gleb zwischen den Trümmern, sog krampfhaft die feuchte Meeresluft ein und lugte dann vorsichtig aus seiner Deckung. Die altersschwache Barkasse, die ätzenden Rauch ausstieß, fuhr aus dem Hafen. An Deck war niemand zu sehen. Wie es schien, war seine Flucht nicht bemerkt worden.

Er benötigte nur wenige Sekunden, um sich umzusehen. Es dämmerte. Der Junge vergaß die Schläge und den Kopfschmerz, stülpte sich die Atemmaske über und eilte zum Pier. Eine Biegung, dann noch eine … Den Anker zur Linken kannte er. Irgendwo hier, ganz in der

Nähe … Gleb sprang auf die Landungsbrücke und schaute sich um.

»Jag mir den Mist einfach rein, wenn es mich wieder erwischt. Betrachte das als deine wichtigste Pflicht …«

Taran war nirgends zu sehen. Wo war er nur, wo?!

Als er die Stelle erreichte, an der Taran zurückgeblieben war, stolperte der Junge und fiel mit voller Wucht auf die Knie – von dem, was er sah, hatten ihm die Beine versagt. Blut … Blutflecken auf der Betonplatte, auf der zerfetzten Ausrüstung seines Meisters. Gleb fasste sich an den Kopf. Wie von selbst entfuhr ihm ein Schrei der Verzweiflung.

Was war geschehen?! Er war nicht da gewesen, als der Stalker seine Hilfe benötigte … Gleb musste sofort etwas unternehmen. Er sprang auf die Beine, zog seine Pernatsch und entsicherte sie. Dann stürzte er das Pier entlang, sah in jede Ecke. Tränen brannten in seinen Augen, aber jetzt war nicht die Zeit, schlappzumachen. Vielleicht war es ja noch nicht zu spät …

Wieder rasten Werkhallen, Hangars und Torbögen an ihm vorbei. Er jagte dahin, ohne auf den Weg zu achten. Unter seinen Stiefeln schmatzte der Schlamm, seine Kehle brannte von der feuchtkalten Luft.

Gleb schlug sich durch dichtes Gebüsch und stand plötzlich am Rand eines verlassenen, grasbewachsenen Docks. Wie ein riesiger gestrandeter Wal ruhte das Wrack eines U-Boots in dem ausgetrockneten Kanal. Der Junge hatte schon von solchen Schiffen gehört, die einst die Tiefen des Meeres bereist hatten. In einem Buch seiner Freundin Nata hatte er sogar einmal eine Abbildung gesehen. Nun aber sah er einen solchen von Menschenhand gefertigten

Riesen aus nächster Nähe. Allerdings war er gar nicht so leicht zu erkennen: Ein Teil der Außenwand fehlte, und durch die riesigen Löcher in dem rostigen Rumpf konnte man die Schotts erkennen – das Skelett eines eisernen Mastodons.

Wie viele Jahre lag dieses Monstrum schon hier? Womöglich hatte dieses Boot einst die Ufergewässer von Wladiwostok durchpflügt ... Für einen Augenblick stellte sich der Junge vor, wie es, die Seitenwände glänzend von frischer Farbe, die Wasserfläche durchkreuzte. Und wie oben, im Steuerhaus, er und sein Meister standen, den Blick auf das nahe Festland gerichtet.

Ein rhythmisches Knacken holte Gleb in die Wirklichkeit zurück, das die Melodie des Windes schon geraume Zeit unaufdringlich begleitete. Die Erkenntnis, dass dies sein Geigerzähler war, durchfuhr ihn wie ein Blitz. Er stürzte davon, so schnell ihn die Beine trugen, und lauschte fortwährend auf das Knattern des Geräts. Fast sogleich verstummte dieses wieder, doch der Junge konnte sich lange Zeit nicht beruhigen. War er verstrahlt worden? War ihm nun dasselbe Schicksal bestimmt wie Okun? Voller Furcht rannte er Hals über Kopf davon.

Völlig entkräftet sank Gleb schließlich neben einem altersschiefen Schuppen ins Gras. Was hatte Ksiwa nochmal über Wodka gesagt? Dass man damit nicht nur die Strahlung, sondern auch schlechte Gedanken wegspülen könne? Dies schien der geeignetste Moment zu sein, sich um das eine wie das andere zu kümmern. Der Junge wühlte in seinem Rucksack herum, ertastete den Flachmann, den er von Ksiwa zur Aufbewahrung erhalten hatte, und schraubte den Verschluss ab. Die kalte Flüssigkeit brannte in seiner Kehle und setzte sich wie ein Kloß irgendwo in ihm fest. Gleb zwang sich, noch einen Schluck zu nehmen und musste husten. Er beobachtete, was mit ihm vor sich ging. Die schlechten Gedanken waren nicht verschwunden, dafür hatte er nun im Mund einen widerlichen Nachgeschmack. Der Junge kickte den Flachmann in die Büsche, setzte sich die Atemmaske auf und marschierte weiter.

DRITTER TEIL

OFFENBARUNGEN

16

DIE REISE INS LICHT

Wenig taugt ein Mensch, wenn er noch nie verzweifelt war. Denn nur wer dieses quälende Gefühl schon einmal empfunden hat, weiß ein glückliches Leben wirklich zu schätzen. Nur wer am eigenen Leib die Schläge gespürt hat, mit denen das Schicksal unsere Standhaftigkeit immer wieder auf die Probe stellt, kann mit Gewissheit sagen: Ich bin stark. Ich schaffe das. Manchmal weckt die Verzweiflung in uns ungeahnte Kräfte, noch öfter aber treibt sie uns in den Abgrund der Verzagtheit. Denn sie zeigt dem Menschen seine Grenzen auf, indem sie ihn vor die schwere Wahl stellt: entweder zu resignieren und sich das eigene Unvermögen einzugestehen, oder aber selbst in den hoffnungslosesten Situationen die qualvolle Suche nach einem Ausweg fortzusetzen.

Solche Momente der Verzweiflung verlaufen für jeden von uns auf eigene Weise. An dem einen gehen sie spurlos vorbei, für den anderen ändert sich das Leben von Grund auf. Sich seinen Gefühlen zu ergeben und in Schwermut zu verfallen, ist die einfachere Lösung, doch mitunter lohnt es sich durchaus, sich vorher noch ein wenig umzuschauen. Oft erkennen wir einfach nicht jene Zeichen in

unserer Umgebung, die uns auf mögliche Lösungen hin-
weisen.

Es ist hart, immer wieder gegen die äußeren Umstände
anzukämpfen, wenn die Chance auf einen Sieg gleich null
ist. Wesentlich härter aber ist es später, mit seiner Niederlage zu leben. Mit dem Gefühl, aufgegeben zu haben.
Manchmal ist dies sogar so unerträglich, dass das Leben
nicht mehr lebenswert ist, seinen Sinn verliert.

Zu verzweifeln ist daher gefährlich, noch öfter ist es einfach sinnlos. Genauso sinnlos ist es aber auch zu leben,
ohne dieses Gefühl jemals erfahren zu haben. Wenigstens
einmal.

Taran war nirgendwo zu sehen. Gleb saß, an eine Ziegel-
wand gelehnt, und versuchte sich zu beruhigen. Es wollte
ihm nicht in den Kopf, dass sein Meister auf derart dumme
Weise umgekommen war. Jeder x-Beliebige, nur nicht er.
Vor seinem inneren Auge sah er ständig das Bild der riesigen, fliegenden Kreatur, die die Leiche der jungen Frau
fortgetragen hatte. Hatte den Stalker das gleiche Los ereilt?
In diesem Zustand hätte ihn allerdings jedes noch so küm-
merliche Tier erbeuten können.

Wie der Junge so dasaß, wurde ihm auf einmal klar: Er
war allein. Und das war etwas ganz anderes als jene Einsamkeit als Waisenkind, an die er sich im Laufe der Jahre
gewöhnt hatte.

Nein: An der *Moskowskaja* war immer jemand in der
Nähe gewesen, der mit ihm geredet, ihn angeschnauzt, oder
auch geschimpft hatte – stets hatte sich jemand um ihn ge-

kümmert. Aber jetzt war niemand in der Nähe. Überhaupt niemand.

Er war allein.

Allein mit seinen Ängsten und Zweifeln.

Allein gegen Tausende von Gefahren der oberirdischen Welt.

Nie hätte er geahnt, dass am Ende dieser aufregenden Expedition mit all diesen tapferen Kämpfern eine Abfolge von Todesfällen und das endgültige Scheitern seines Traums stehen würden. Wie sollte er jetzt in jenes unberührte Land gelangen?

Aber am tiefsten schmerzte ihn der Tod seines Meisters.

Noch immer hingen niedrige Regenwolken am Himmel. Aus der Ferne waren erneut Donnerschläge zu hören, und immer wieder zuckten Blitze hervor. Gleb drückte sich gegen den kalten, rissigen Asphalt, zog die Schultern zusammen, bedeckte seinen Kopf mit den Händen. Er versuchte, seine Angst zu besiegen, sich an etwas Helles, Gutes zu erinnern, das seine Stimmung heben würde. Doch die Bilder, die in seinem Gedächtnis auftauchten, bewirkten nur das Gegenteil: Zuerst fiel ihm Palytschs erschöpftes Gesicht ein, als dieser nach dem Überfall der Veganer auf die *Sennaja* zurückgekehrt war. Als Nächstes kam der Dickwanst Procha mit seiner Bande an die Reihe – deutlich hatte er dessen freche, feixende Fratze vor Augen und die fetten Finger, mit denen dieser das Feuerzeug besudelt hatte. Dann war da Nikanor, der Vorsteher der *Moskowskaja*, der Gleb gegen Schweinefleisch eingetauscht hatte. Kondors böser, verächtlicher Blick. Schaman, wie er ihm gerade die Hände fesselte. All diese Erniedrigungen, eine bitterer als die andere, drückten ihm jetzt die Kehle zusammen und nahmen ihm den Atem.

Taran. Der einzige Mensch, der ihm nach dem Tod der Eltern nahegestanden hatte. Warum musste man unbedingt erst einen Menschen verlieren, um zu verstehen, wie viel er einem bedeutete? Die Tränen begannen von selbst über seine Wangen zu strömen. In diesem Augenblick wünschte sich der Junge nur eins: zu verschwinden, egal wohin, um nichts mehr zu fühlen.

Was würde Taran jetzt zu ihm sagen, wenn er ihn in diesem Zustand sähe? Wie von selbst kamen ihm die Lehren seines Meisters in den Sinn: *»Wenn du beschlossen hast, etwas zu tun, dann mach den ersten Schritt. Und hab keine Angst vor dem nächsten. Der einzige Fehler, den du machen kannst, ist, nichts zu tun. Du brauchst nur dein Ziel fest ins Auge zu fassen – alles andere schlag dir aus dem Sinn ...«*

»Der einzige Fehler, den du machen kannst, ist, nichts zu tun ...« Gleb bemerkte nicht, dass er laut sprach.

Seine Hand griff nach der Pistole. Der Regen lief unablässig an ihm herab und wusch den Straßenschmutz von seinem Schutzanzug. Zugleich schien auch die Kruste aus Angst und Unentschlossenheit von ihm abzufallen. Sein erbärmliches Selbstmitleid machte ihn jetzt so wütend, dass sich sein Gesicht verzerrte. In diesem Moment hasste er sich selbst.

Das Ziel fest ins Auge fassen? Der Junge hielt sich den glänzenden Schaft seiner Pistole an die Schläfe und schloss die Augen. Versuchte sich vorzustellen, was *danach* wäre. Das Klicken des Sicherungshebels ging in einem ohrenbe-

täubenden Donner unter. Glebs Finger zitterte am Abzugs-
hahn.

Auf einmal schoss ein Lichtstrahl durch seine geschlossenen Lider. Gleb öffnete die Augen und erblickte es …

Das Licht!

Ein durchdringender, greller Lichtkegel stand über den
Ruinen der Hangars und den Masten der altersschwachen
Frachtschiffe.

Vor dem sich verdunkelnden Himmel zog der blendende
Strahl seinen Blick an wie ein Magnet. Unwirklich, ein
Fremdkörper in der Dämmerung, die sich allmählich über
die Insel legte, riss er den Raum auf, forderte die Nacht
heraus mit all ihren Heerscharen.

»Das Signal …« Seine trockenen Lippen flüsterten das
geheimnisvolle Wort wie von selbst, obwohl sein Verstand
das, was er vor sich sah, immer noch nicht wahrhaben
wollte. »Das Signal!«

Keuchend sprang Gleb auf und lief hin und her. Der Gedanke an Selbstmord erschien ihm plötzlich fürchterlich
feige. Vielleicht gelang ihm ja, was die anderen nicht ver-
mocht hatten? Er musste es versuchen. Er würde die Mission zu Ende bringen, für seine gefallenen Kameraden.

Als er seine Zweifel endgültig überwunden hatte, marschierte er los, vorbei an den Anlegedocks und den Ruinen
des Frachtterminals. Er passierte das Wrack eines riesigen
Lastkahns, der einsam auf einer Sandbank direkt neben
dem Pier vor sich hinrostete, und ließ den engen Absperr-
damm zwischen dem Holzhafen und dem Kohlehafen
hinter sich. Jetzt trennte den Jungen von der Lichtquelle
nur noch etwa ein halber Kilometer über eine breite Mole,

die sich wie eine riesige gerade Klinge in die Wasserfläche des Meerbusens einschnitt.

Angst hatte er keine mehr. Sie war verschwunden und hatte einer aufkommenden starrsinnigen Hoffnung Platz gemacht.

»Ich gehe zum Licht, dem Licht der Erlösung«, begann Gleb die Worte des Sektierers zu murmeln. »Zum Licht ...«

Ein schwarzer Schatten kam ungestüm vom Hangar auf ihn zugeflogen. Mit einer zuckenden, reflexhaften Bewegung brachte Gleb die Pistole in Anschlag. Dabei half ihm der unbewusste Grundsatz, den alle Bewohner der Metrowelt befolgten: Jeder Unbekannte, der in der Dunkelheit sein Kommen nicht ankündigt, ist ein Feind. Ein Schuss krachte, dann ein zweiter. Etwas Unförmiges fiel wie ein lebloser Sack in den Schlamm. Gleb hatte keine Zeit, seinen Angreifer näher zu betrachten. Stattdessen beschleunigte er seinen Schritt und lief auf den Leuchtturm zu, der Rettung verhieß.

»Diese Prüfungen sind uns von oben gesandt. Wer im Geist schwach ist, ist auch schwach im Verstand ...«

Eine weitere Silhouette löste sich von einer Mauer, trat jedoch beim Anblick der glänzenden Pernatsch in den Händen des Jungen den Rückzug an. Das Aufblitzen der Schüsse erhellte für einen Moment die undeutliche Gestalt, die entweder in Lumpen gehüllt war, oder in Fetzen von grauem Fell. Oder waren es Flügel? Die Schöße eines Mantels? Das Wesen zuckte zusammen und fiel rücklings nieder.

Auf der Seite lösten sich einige weitere Gestalten aus der Dunkelheit und stürzten auf ihn zu. Mit geschmeidigen

Sätzen bewegten sie sich vorwärts. Waren das Buckel oder trugen sie Kapuzen?

Gleb feuerte konzentriert, ohne Panik. Ihm war bewusst, dass er allein war und keinerlei Hilfe zu erwarten hatte.

Der Überfall hörte ebenso unerwartet auf, wie er begonnen hatte. Der Junge lauschte und musterte misstrauisch die zerbrochenen Eisenträger, die hier haufenweise herumlagen. Es war still. Keine Menschenseele zu sehen.

Gleb blickte nach vorn. Vor dem Hintergrund des aufgehenden Mondes zeichnete sich deutlich die hohe Kuppel des Leuchtturms ab. Der Lichtstrahl, der den Dunst des nächtlichen Nebels auseinandertrieb, zeigte in Richtung Petersburg. Nun bestand kein Zweifel mehr: Er hatte das Signal gefunden!

Mit jedem Schritt wuchs der stolze Turm, wurde höher, gewann an Haltung. Er befand sich am äußersten Rand der Mole, genauer in einer mit Stein ausgekleideten Ecke des Kais. Das Gebäude bildete ein harmonisches Ganzes mit den glänzenden Wellen im Hintergrund, als ob es ein Teil der Landschaft dieser rauen Insel wäre.

Der Junge war so von diesem Anblick gefangen, dass er die Bewegung am Ufer beinahe nicht bemerkt hätte. Hastig lief Gleb auf einen Turmkran zu, der nicht weit von ihm entfernt vor sich hinrostete, und versteckte sich zwischen den von dichtem Unkraut bewachsenen Pfeilern. Aus seinem Schlupfwinkel erkannte er die Barkasse, die in der Nähe des Ufers auf dem Wasser schaukelte. Es schien dieselbe zu sein, mit der die Stalker weggefahren waren. Hatten sie es sich anders überlegt? Sein Herz machte einen

Hüpfer vor Freude, die jedoch sogleich blankem Entsetzen wich: Über die schwankende Gangway stiegen sonderbare Menschen herab, deren Kleidung schon bessere Zeiten erlebt hatte. Sie trugen zerrissene Regenmäntel, willkürlich um den Körper gewundene Lumpen … Jetzt bestand kein Zweifel mehr: Diese Wesen gehörten zu der gleichen Art wie jene lumpigen Geschöpfe, die ihn zuvor angegriffen hatten: Es waren Menschen. Als Gleb näher hinsah, bemerkte er unförmige Bündel, die an der Gangway lagen. Die sonderbaren Leute – ihre Gesichter waren von hässlichem Schorf überzogen – schlugen Bootshaken in ihre Beute und schleiften sie über die Erde fort. Als der Junge genauer hinschaute, hätte er beinahe aufgeschrien: Es waren die Leichen von Kondor und Schaman! Gleb traute seinen Augen nicht, als er beobachtete, wie ihre Köpfe willenlos von einer Seite auf die andere baumelten. Hinter ihnen zog sich eine blutige Spur über die Erde.

Einer der Fremden trat plötzlich an Kondors Körper heran und zog ein Fleischmesser. Die breite Klinge blitzte auf … Der Junge wandte sich ab, außerstande, das weitere Geschehen zu verfolgen. Als er es dennoch wieder wagte, hinzuschauen, blieb sein Blick wie von selbst an der Wunde, die an der Seite des Stalkers klaffte, hängen.

Der Mensch, der auf Kondor eingestochen hatte, stopfte etwas in seinen Mund und riss mit den Zähnen daran … Fleisch?!

Das … Das waren Kannibalen!

Gleb wurde übel. Er hatte schon von solchen Dingen gehört, doch dies war das erste Mal, dass er so etwas zu sehen bekam. Der Junge riss sich die Maske vom Gesicht und schnappte nach Luft. Die widerwärtige Szene stand vor seinen Augen und wollte nicht verschwinden. Sein Bewusstsein weigerte sich, das Geschehene zu akzeptieren. Sogar in den härtesten Zeiten des Hungers hatte es an der *Moskowskaja* niemals Kannibalismus gegeben. Die Bewohner hatten sich mit gekochten Pilzen durchgeschlagen, niemals aber hatten sie Derartiges gemacht.

Das waren sie also – die »Kontaktpersonen« …

Wie sich herausstellte, war alles viel einfacher, aber auch weitaus schrecklicher, als Gleb es sich ausgemalt hatte. Sein Traum zerschellte in kleinste Bruchstücke, doch der Junge weigerte sich beharrlich, sich seine Niederlage einzugestehen. Der Wunsch, zu der Quelle des Lichts zu gelangen, wurde geradezu unüberwindlich.

Gleb erstarrte. Gänsehaut lief plötzlich über seinen Körper. Der Kannibale, der sich eben eine Portion »Frischfleisch« geholt hatte, stand jetzt unbeweglich da und schaute gebannt zu dem Kran herüber. Hatte er ihn bemerkt? Sein blutverschmierter Mund bleckte schreckliche Zähne, und seine Atmung ging schnell, wie bei einem Tier, das Beute wittert. Nichts Menschliches war in den Zuckungen, die von Zeit zu Zeit durch seinen Körper liefen.

Gleb hob die Pistole. Wie hatte Taran es ihn gelehrt? Ausatmen, zielen, den Moment zwischen zwei Herzschlägen abwarten und weich den Abzug drücken.

»Schau in deine Seele, Bastard, und erkenne, ob du bereit bist, den Rubikon zu überschreiten.«

Die Pernatsch zuckte und schlug gegen seine Hand. Der Kopf des Kannibalen wurde nach hinten geschleudert, auf seiner Stirn prangte ein Loch, und sein Hinterkopf zersplitterte mit einer Fontäne aus Blutspritzern. Einen Moment blickte das restliche Lumpenpack die Leiche ihres Artgenossen an, dann heulten sie auf und stürzten auf das Dickicht des hohen Grases zu. Zitternd kroch der Junge die rostigen Träger entlang, kletterte über einen Haufen von Eisenbetonplatten und rannte an der Wand des niedrigen Hangars entlang weiter. Wie ein Blitz durchfuhr ihn die Erkenntnis, dass sich seine Verfolger in der Uferzone verteilt hatten, um ihn in die Zange zu nehmen.

Gleb stolperte über eine Wurzel, die aus der Erde ragte, und rollte in eine tiefe Grube. Schlamm verschmierte die Sichtgläser und machte ihn orientierungslos. Doch dies kam ihm jetzt sehr gelegen. Er versuchte, sich noch tiefer in die heftig stinkende Brühe zu graben und erstarrte. Er hörte sein Herz rasen. Seine Lungen zersprangen von dem ständigen Laufen mit der Atemmaske.

Langsam, um sich nicht zu verraten, hob der Junge seine Hand und wischte sich die Sichtgläser ab. In dem geisterhaften Mondlicht sah er schemenhaft, dass die Grube mit Knochen und Schädeln übersät war. Es waren Menschenknochen. Schreiend fuhr Gleb auf und versuchte, sich mit den Beinen freizustrampeln. Wie zum Trotz versanken seine Arme fast bis zu den Ellenbogen in dem Schlamm, bis sie auf etwas Hartes stießen. Unter seinen Stiefeln knirschte es abscheulich.

An seinem Kopf rauschte ein Pflasterstein vorbei und klatschte in die trübe Brühe. Ein weiterer Stein traf ihn schmerzhaft am Bein und ließ ihn erneut zu Boden stürzen. Obwohl der Kevlarschutz den Aufprall dämpfte, fühlte sich sein Bein taub an. Am Rand des Abhangs war undeutlich die Silhouette eines Kannibalen zu erkennen, der ein langes Seil abwickelte. Rutschend und stolpernd tauchte der Junge in ein Sammelrohr ab, das durch einen Hügel zum nächstgelegenen Hangar führte, und kroch rasch weiter. In dem Rohr war es absolut finster, und das aufspritzende Wasser stank furchtbar. Der Junge blickte sich um und seufzte erleichtert. In der Öffnung war der Rand des Nachthimmels zu sehen, aber keine menschlichen Silhouetten bemerkbar. Seine Verfolger zögerten offenbar, ihm hinterherzukriechen. Vielleicht hatten sie ihn ja auch einfach aus dem Blick verloren. Doch für wie lange?

Am anderen Ende des Rohrs stieß er auf ein Gitter. Der Junge wollte schon auf das unerwartete Hindernis schießen, überlegte es sich dann aber doch anders. Vorsichtig steckte er deshalb sein Messer in den engen Spalt der Verankerung. Leise rasselnd gab das Gitter nach. Nur wenige Handgriffe später schlüpfte der Flüchtling aus dem Rohr und befand sich nun in einem engen Betonkanal, der oben mit Eisengittern bedeckt war. Die Gitter waren ebenerdig angebracht, woraus Gleb schloss, dass er sich im Abflusssystem einer Werkhalle befand. Durch die engen Ritzen war jedoch nichts zu erkennen.

Aus Richtung der Einfahrt zum Hangar waren unverständliche, abgehackte Worte zu hören. Gleb verhielt sich still. Schritte kamen unaufhaltsam näher. Einen Augenblick später blieb die Person direkt über ihm stehen. Der Schatten einer plumpen Gestalt fiel durch das Gitter. Gleb drückte den Griff seines Messers, dass seine Hand schmerzte, und traute sich nicht zu atmen. Sein Verfolger stank nach Alkohol und einem ungewaschenen Körper.

Das Gitter über seinem Kopf rasselte: Der Unbekannte hatte einen schweren Bootshaken auf das Blech gestellt. Von dessen spitzem Ende fielen Blutstropfen auf die Stiefel des Jungen. In der zähen Stille konnte er das heisere Atmen des Kannibalen hören. Das Messer in Glebs Hand zitterte, sein Körper versteifte sich in gespannter Erwartung, bereit, wie eine Feder loszuschnellen.

Die Stimmen von außen verstummten. Der Unbekannte stand noch etwas herum, dann drehte er sich um und ging fort. Eine Tür schlug zu. Der Junge wartete noch kurz ab, schob eine der gusseisernen Platten zur Seite und kletterte aus dem Graben. Die grauenhafte Einrichtung der riesigen Halle stach ihm sofort ins Auge: Eisenhaken hingen in langen Reihen, auf dem Boden waren Flecken einer grau-braunen Substanz zu erkennen, und überall lagen menschliche Schädel herum. Auf einem Karren entdeckte er ein menschliches Bein, in kleine Stücke gehackt.

Beim Anblick dieses abscheulichen »Schlachthauses« wurde Gleb erneut übel. Er befürchtete, das Bewusstsein zu verlieren, versuchte nicht nach links und rechts zu schauen, stürzte das Hallenschiff entlang und lief hinaus ins Freie. Niemand verfolgte ihn. Auch die Leichen der Stalker waren verschwunden. Anscheinend gaben sich die Menschenfresser mit der Beute zufrieden, die sie hatten erlegen können.

Nachdem Gleb sich hier umgesehen hatte, tauchte er in das hohe Gras ein und bewegte sich kriechend weiter. Bis zu seinem Ziel war es nicht mehr weit – vielleicht fünfzig Meter. Irgendwo in der Ferne waren Rufe zu hören. Über den Ruinen der Stadt flackerte der Widerschein eines

Feuers. Offenbar veranstaltete dieser merkwürdige Stamm gerade ein spätes Abendessen. Als der Junge sich die Details dieser Mahlzeit vorstellte, schüttelte er sich vor Abscheu. Die jüngsten, erschütternden Erkenntnisse ließen seinen ganzen Körper erzittern, dass ihm sogar die Zähne klapperten. Gleb sammelte seine letzten Kräfte und kroch die wenigen Meter weiter durch das taufeuchte Gras. Nun brauchte er nur noch die kurze offene Strecke unmittelbar vor dem Leuchtturm zu bewältigen.

»Ich fürchte nicht die Finsternis in meiner Seele. Ich gehe zum Licht …«

Tief geduckt rannte er auf den Bogen des steinernen Eingangs zu und stieß mit stockendem Herzen gegen die alte Tür. Sie war offen! Der Junge warf einen letzten Blick auf die finsteren Hafengebäude und schlüpfte hinein.

17

DIE STIMME AUS DER VERGANGENHEIT

Nichts verwandelt einen Menschen so sehr wie sein Selbsterhaltungstrieb. Sobald dieser seine Wirkung entfaltet, treten moralische Werte in den Hintergrund. Ihn zu unterdrücken ist äußerst schwer, ihn loszuwerden völlig unmöglich. Er ist von Natur aus im Menschen angelegt – nur einer von vielen Abwehrmechanismen neben dem Immunsystem, dem Husten, den Tränen … An sich eine einfache Sache, wie es scheint, und doch entsprechen jene seltenen Fälle, da sich dieser Instinkt in uns regt, meist nicht unserer Auffassung von Tapferkeit, Geistesstärke, Moral und anderen ähnlich vergänglichen Werten.

Fürchtet der Mensch den Selbsterhaltungstrieb etwa, weil er darin ebenjene niederen Bedürfnisse und Laster zutage treten sieht, vor denen uns die Gesellschaft mit allen Kräften zu bewahren sucht? Der Instinkt lässt den Menschen vor der Gefahrenquelle fliehen, ihn das Leid seines Nächsten nicht bemerken, zwingt ihn zu stehlen, zu rauben und zu morden. Und der Mensch flieht, übersieht, stiehlt, raubt und mordet tatsächlich – und dies alles jenem prinzipienlosen Wesen in seinem Inneren zuliebe, das ihm zuruft: Lebe! Erst später, wenn die eigene Haut gerettet ist, kommen Reue und Gewissensqualen. Und das nicht mal bei allen. Für manch einen sind diese Qualen wie ein Schluckauf nach einem reichhaltigen Mittagessen.

Der Schluckauf geht vorüber, und auch das Gewissen beruhigt sich mit der Zeit. Auch dies jedoch nicht bei allen. Die Seelen der Menschen sind zu verschieden, um eine allgemeine Regel abzuleiten. Aber eines lässt sich sagen: Die einen lernen, gegen ihr Gewissen anzukämpfen, die anderen gegen ihren Selbsterhaltungstrieb.

Gleb betrat den hallenden Metallboden des Leuchtturms und blickte sich um. Eine enge Wendeltreppe führte bis ganz hinauf in die Spitze. Die verrosteten Stufen wirkten nicht sehr vertrauenerweckend, aber was blieb ihm anderes übrig? Der Junge zog die Pistole und begann mit dem Aufstieg. Dabei starrte er angespannt in die Windungen des engen Ganges. Er hatte das Gefühl, dass hinter jeder Kurve der Feind auf ihn wartete, doch begegnete er auf seinem Weg keiner einzigen lebenden Seele. Nur eine Ratte huschte an seinen Füßen vorbei und verschwand mit lautem Quieken in der Dunkelheit.

Gleb passierte einige Zwischengeschosse und näherte sich immer weiter dem Scheitel des Gebäudes. Kurz vor Ende des Aufstiegs stieß er auf ein unerwartetes Hindernis: Der Durchgang war mit Eisentruhen vollgestellt, von denen aus ein dickes Kabel über die Stufen nach oben führte. Bei näherem Hinsehen erkannte er, dass es sich um sperrige Akkumulatoren handelte. Etwas Ähnliches stand im Generatorraum an der *Moskowskaja* für den Fall, dass der altersschwache Dieselmotor unbrauchbar würde. Diese Akkumulatoren hier waren allerdings ungleich größer.

Als Gleb dieses Hindernis hinter sich gelassen hatte, hörten die Stufen plötzlich auf, und er stand am Eingang zu einem runden Raum. Auf der anderen Seite des Zimmers war eine kleine Treppe zu sehen, die zu einer außen umlaufenden Plattform führte. Im matten Strahl seiner Lampe erkannte er einige weitere Akkumulatoren, die durcheinander an der Wand herumstanden. Auf dem steinernen Fußboden entdeckte er zudem Spuren einer Zusammenkunft, die sich erst vor kurzem ereignet haben musste – der graue Fleck eines Feuers, leere Flaschen, Knochen … Der Junge wich dem Anblick der Essensreste aus und betrat den Raum. Fast alle Möbelstücke waren zu Brennholz geschlagen worden, außer einem sperrigen Schrank voller Gläser, Lumpen und anderem Hausrat, der einsam an der Wand stand und ergeben seines Schicksals harrte.

Gleb folgte mit seinen Augen dem Kabel, das sich durch das Zimmer schlängelte, stieg die kleine Treppe zur Spitze des Turms hinauf und trat schließlich auf die Plattform hinaus. Aus schwindelerregender Höhe blickte der Junge auf das Panorama der riesigen Wasserfläche vor ihm hinab. Krampfhaft klammerte er sich an die Brüstung und schloss die Augen. Ein schneidender Wind riss wütend an den Falten seiner Kapuze. Der lange Turm schien unter dem Andrang der Elemente zu wanken.

Von hier waren die Umrisse der Uferhochhäuser auf der Wassiljewski-Insel deutlich zu sehen. Irgendwo dort, hinter vielen Kilometern grenzenloser Wasserfläche, gab es noch Leben – wenn auch unter der Erde, ohne Sonnenlicht, aber doch Leben. Gleb sehnte sich auf einmal furchtbar nach seinem Zuhause, der *Moskowskaja*. Oder dem Keller von Taran, auch wenn dieser Ort ohne den Stalker nie mehr so behaglich sein würde wie früher. Der Junge seufzte. Wie großartig wäre es, die Suche einfach von neuem zu beginnen. Gleich hier! Und nichts von der Metro zu wissen. Einfach mit Taran und den Stalkern aus Kondors Trupp loszulaufen, in der Hoffnung, ein neues Zuhause zu finden und zu guter Letzt – die unterirdische Welt von Petersburg mit ihren Stationen zu entdecken! Und dann die *Moskowskaja* zu betreten …

Verglichen mit der oberirdischen Welt war der Untergrund das reinste Paradies! Ohne Atemmaske zu laufen, keine Überfälle von hungrigen Raubtieren zu fürchten, nicht sehr sauberes, aber dennoch ungefährliches Wasser zu trinken … War das nicht das Gelobte Land? Lohnte es sich, noch weiter zu suchen?

Gleb blickte schwermütig auf den Horizont. Vor dem Hintergrund des dunkelblauen, dämmrigen Himmels konnte er die flachen Gebäude der Stadt erahnen. Er seufzte tief und blickte zur Spitze des Turms hinauf. Den zerborstenen Reflektoren nach zu urteilen, war der Scheinwerfer des Leuchtturms schon lange außer Betrieb und würde wohl kaum jemals wieder funktionieren. Dafür brach aus einem massiven Dreifuß, der ganz in der Nähe auf der Plattform aufgestellt war, ein gleißender Lichtstrahl hervor. Das musste der Signalscheinwerfer sein, den Taran erwähnt hatte. Die Mitteilung hatte also ihren Adressaten erreicht. Dieser war nun sogar vor Ort. Nur die Absender waren nirgends zu sehen. Irgendwie passte das alles nicht zusammen: die halbwilden Kannibalen und der Scheinwerfer auf dem Leuchtturm. Beim besten Willen nicht.

Vor lauter Rätseln dröhnte ihm der Kopf. Der Junge kletterte in den Raum mit den Akkumulatoren zurück, sah sich um und zog, ohne lange nachzudenken, mit aller Kraft an dem Kabel. Die Leitung wurde unterbrochen, das Licht erlosch. Nun würde sich die rätselhafte »Kontaktperson« einfinden, wer auch immer sie war.

Der Junge lud seine Pernatsch durch, setzte sich an die Wand, legte die Pistole sorgsam neben sich auf den staubigen Beton und machte sich auf ein langes Warten gefasst. In seinem Kopf war kein einziger Gedanke mehr, nur Gleichgültigkeit und eine Art übermütiger Entrücktheit. Sollte kommen, was wollte. Für eine Reise nach Hause hatte er weder die Kraft noch die Erfahrung noch genügend Vorräte. Warum also sollte er das Unausweichliche hinauszögern? Schon bald drang die Kälte der Wand an seinen Körper. Als er sich vorbeugte, spürte der Junge, wie sich etwas Hartes in seinen Bauch bohrte. Das Tagebuch.

Umständlich machte er seinen Schutzanzug auf, zog das Tagebuch heraus und begann es mit klammen, zitternden Fingern durchzublättern. In all der Aufregung hatte er seinen Fund völlig vergessen und wusste daher immer noch nicht, wie die Geschichte der Gefangenen in dem Atombunker zu Ende gegangen war. Doch nun hatte er ja Zeit im Überfluss. Das matte Licht seiner Lampe fiel auf die vergilbten Seiten.

»Die Zeit verging. Dann tauchte der Offizier wieder auf. Er sagte, dass sie Leute bräuchten, um den Tunnel zur Oberfläche schneller

fertig zu graben. Jedem, der sich freiwillig meldete, versprach er einen Wohnplatz im Objekt. An Interessenten gab es keinen Mangel. Petja ging gleich mit den Ersten mit. Er versuchte mich auch zu überreden, aber ich … hatte plötzlich Angst bekommen. Der Offizier kam mir nervös vor … Er hatte Schweiß auf der Stirn, und seine Finger zitterten … Wenn er sprach, sah er uns nie an. Jedenfalls traute ich ihm nicht. Hatte ein ungutes Gefühl dabei. Ich bin also nicht mitgegangen. Hab die ganze Zeit dagelegen und auf etwas gehofft. Ich wollte abwarten, bis der Tunnel fertig war.

Meine Uhr ging zu diesem Zeitpunkt schon lange nicht mehr. Die Zeit vergeht anders ohne Uhr. Mittag, Mitternacht, ein Monat, ein Jahr – was macht das für einen Unterschied? Wenn du in einer Gruft lebst, achtest du auf solche Kleinigkeiten nicht mehr. Ich hab mich an der Essensausgabe orientiert. Wir bekamen jetzt nur noch zwei Rationen: morgens und abends. Halbpension, meinte der Alte, der mit uns Tschapajew geklopft hatte.

Seit Petja ins Objekt gegangen war, waren einige Tage vergangen. Und dann hab ich mich beim Abendessen an etwas Merkwürdigem verschluckt. Es war hart, aber kein Knochen. Ich hab es mir bei Licht näher angeschaut: Es war der Fingernagel von Petja. Mit nichts auf dieser Welt hätte ich ihn verwechselt. Noch heute sehe ich ihn vor mir, wie er mit diesem Fingernagel in seinen Zähnen herumpult.

Ich hab noch an Ort und Stelle alles wieder rausgekotzt. Das also waren die tollen Vorräte aus dem Bunker! Ich hab aber zu niemandem was gesagt, sondern bin in meine Ecke gegangen und hab nachgedacht. Hätte ich das mit dem Fraß der Militärs an die große Glocke gehängt, hätte es sicher einen Aufstand gegeben, und sie hätten alle auf einmal umgelegt. Nein. Ich musste anders vorgehen. Ich bekam es damals so sehr mit der Angst zu tun, dass ich zu zittern *begann. Das Hirn hab ich mir zermartert, wie ich es anstelle, nicht unters Messer zu kommen. Und da kam mir eine Idee.*

Als sie das nächste Mal Freiwillige für die Erdarbeiten suchten, habe ich mich zusammen mit zwei anderen gemeldet. Sie führten uns nach unten ins Objekt. Wie ich so ging, tränten mir die Augen von dem ungewohnten, grellen Licht. Tatsächlich war es hier warm, hell und trocken. Sie führten uns durch Seitengänge, und von irgendwo war Kinderlachen und sogar Musik zu hören. Von wegen sparsamer Umgang mit Ressourcen. Die hatten sich hier gut eingerichtet, diese Arschlöcher. Ein paarmal begegneten wir hiesigen Bewohnern. An sich ganz normale Leute, aber ihr Blick war kalt und herablassend … Erst später dachte ich mir: Wie soll man sonst sein Fleisch anschauen?

Ich erinnere mich nicht, wie lange wir liefen – der Bunker war ziemlich groß. Dann wurde mir plötzlich klar, dass es an der Zeit war, meinen Plan in die Tat umzusetzen, denn vor mir tauchten weiße Fliesen auf. Dies war entweder die Küche, oder … Also hab ich dem Begleitsoldaten zugeflüstert, so ist es und so – eine Angelegenheit von höchster Wichtigkeit. Zum Glück war ich an das richtige Bürschchen geraten. Entweder hatte er Mitleid, oder er wollte das Problem einfach auf andere Schultern abwälzen. Jedenfalls brachte er mich nach einigem Hin und Her zu seinem Vorgesetzten.

Sie brachten mich in ein Arbeitszimmer. Dort saß an einem Tisch der Beamtentyp, den ich schon kannte. Mit nem Glas Kognak und einer Zigarette zwischen den Zähnen. Wie die Made im Speck, dieser Schweinehund. Ich hab ihm in seine fetten Augen geschaut und begriffen, dass meine Chancen zu überleben praktisch gleich null waren. Also hab ich so schnell geplappert, wie ich konnte. Ich redete auf ihn ein, dass ich über das Fleisch Bescheid wüsste,

306

dass ich aber schweigen würde und ihm von Nutzen sein könnte. Dass ich wie ein Verrückter graben würde, und später den anderen erzählen würde über die Fortschritte mit dem Tunnel, die Unterstützung aus Petersburg, oder was auch immer … Bloß nicht unters Messer …

Gefeixt hat dieser Fettwanst. Was für ein Tunnel, hat er gefragt und mir dann verraten, dass es von Anfang an einen Reserveausgang aus dem Objekt gegeben hatte. Und dass der auch jetzt noch existieren würde. Und an die Oberfläche würden sie schon lange gehen. Aber hier sei es immer noch sicherer. Auch mit der Lebensmittelversorgung wäre alles geklärt, wenn auch nur für eine gewisse Zeit. Was soll man machen, der Stärkste überlebt …

Worüber er damals nicht alles geplaudert hat – wahrscheinlich hatte er ein paar Schluck Alkohol zu viel intus. Am Anfang, wie ich verstand, wurden nur die Bewohner des Bombenkellers mit Menschenfleisch gefüttert. Ansonsten hätten die Nahrungsmittelvorräte nicht lange gereicht. Als die Fleischkonserven aufgebraucht waren, hatte die Elite erst ein wenig gehungert, war aber dann auch zu der allgemeinen ›Ration‹ übergegangen. So wurde der Bombenkeller zu einem ›Pferch‹ für das Vieh. Als ich ihn nach dem Hauptausgang fragte, sagte er, die zu spät Gekommenen hätten ihn verbarrikadiert. Zum Besseren, wie er meinte.

Wir verabredeten, dass ich über den angeblichen Tunnel irgendwelche Märchen verbreiten würde. Und noch andere Informationen. Dass Kranke, Meuterer und Unzufriedene als Erste an die Wand gestellt würden … Ich habe mich selbst gehasst, aber ich konnte doch nichts tun. Wenn ich aus dem modrigen Bombenkeller in den Bunker zum Rapport ging, bekam ich einen Becher Saft. Und eine zusätzliche Ration. Und ich hab sie gefressen. Alles bis zum letzten Fetzchen. Ich hasste mich, und doch fraß ich das Zeug.

Und dann ging es zurück, zurück in diese Hölle. Meine eigenen Kameraden hab ich angelogen. Von Angesicht zu Angesicht. Ich Gottloser.

Ich habe gesündigt. Gesündigt. Und ich kann es niemandem beichten. Das Heft hier hab ich stibitzt, direkt vom Tisch dieses Mörders. Ich bete, dass das Lämpchen, das einzige in dem ganzen Schutzkeller, nicht durchbrennt. Solange der Bleistift reicht, kann ich wenigstens aufschreiben, was mir auf der Seele lastet. Ich habe keine Kraft mehr, all das zu ertragen.

So sind die Tage vergangen – oder sind es Wochen, Monate? Ich weiß es nicht. Es ist, als wäre die Zeit stehengeblieben. Mir tut es leid, die Menschen anzuschauen. Zottig, verdreckt sind sie. Winselnd hocken sie in der Dunkelheit und kommen nur zur Fütterung herangekrochen. Inzwischen übrigens nur einmal pro Tag. Die Rationen sind wieder gekürzt worden.

Natürlich sind nicht alle so verwahrlost. Manch einer hält noch durch und hofft weiter. Nur werden wir jeden Tag immer weniger. Also wird bald kaum noch jemand da sein, der Hoffnung hat. Als ich das letzte Mal unten im Bunker war, hab ich mit einem Ohr jemanden von Treibsand reden hören. Offenbar ist das Wasser auch bei den Dreckskerlen dort eingedrungen. In dem Durcheinander damals hab ich unbemerkt einen Schlüssel aus dem Tisch des Beamten herausgefischt. Es ist der Schlüssel zu dem Schloss, das die Sicherheitstür am Eingang blockiert. Ich hatte schon so ein Gefühl, dass da etwas Ungutes im Anmarsch war. Unsere Aufseher sind dann in aller Eile weggezogen. Und uns haben sie zurückgelassen …«

An dieser Stelle brach die Aufzeichnung ab. Einige leere Seiten weiter stieß Gleb auf die Fortsetzung. Die Handschrift machte nun einen holprigen und konfusen Eindruck. Die Buchstaben überlagerten sich zum Teil, und nur mit viel Mühe ließ sich der Text lesen.

»Ich schreibe im Dunkeln – das Lämpchen ist verloschen. Ein ganzer Tag ist ohne Verpflegung vergangen. Der nächste steht bevor. Die Tür zu dem Komplex konnten wir nicht öffnen. Mir ist klar geworden, dass sie uns bei lebendigem Leib verfaulen lassen wollen. Wir sollen einfach elendig verhungern. Also hab ich alle versammelt, die sich noch auf den Beinen halten konnten, und wir sind zum Ausgang gegangen. Die hermetische Tür haben wir aufgebrochen und sind zu dem Tor hinaufgestiegen. Dort haben wir das Werkzeug gefunden, das von dem ersten Versuch zurückgeblieben war. Wir wollen versuchen, sie aufzubrechen, solange wir noch die Kraft dazu haben. Wir wechseln uns bei der Arbeit ab. Ich hab nur das Gefühl, dass mir nicht mehr lange bleibt. Ich bin so hungrig. Durst quält uns bislang noch nicht – wir trinken das Grundwasser aus dem überfluteten Saal …

Am dritten Tag des Hungers ist passiert, was unausweichlich geschieht, wenn die Instinkte an die Stelle des Verstands rücken. An dem Tag bin ich von lautem Geschrei aufgewacht. Und ich bekam Angst. Furchtbare Angst. Die Leute um mich herum hatten vollkommen den Verstand verloren. Sie hatten gemordet, um ihren Hunger zu stillen. Ich erinnere mich noch, ich stand irgendwie auf, ging in Richtung der Schreie. Ich sagte: ›Kommt zur Besinnung! Ihr seid doch Menschen und nicht irgendwelche Tiere!‹ Aber sie antworten mir: ›Halt's Maul, wenn du fressen willst. Sonst fressen wir dich auch noch …‹

Hunger ist eine furchtbare Sache. Nach einiger Zeit dachte ich mir: Ich hab sie ja nicht selbst umgebracht, also ist es auch keine so große Sünde. Und so hab ich mit den anderen gegessen. Gegessen und gedacht, dass wir uns nun durch nichts mehr von den Menschenfressern aus dem Bunker unterscheiden. Wir sind genauso. Wenn wir mit ihnen die Plätze tauschen würden, wäre es nichts anderes. Wir würden genauso unser falsches Spiel treiben, um zu überleben. Und deswegen erwartet uns alle dasselbe Schicksal ... Ich weiß nicht, wer der Nächste ist. Ich will nicht mehr warten und Angst haben. Ich kann nicht mehr. Ich schneide mir die Pulsadern auf, dann wird es nicht mehr lange dauern ...

Ich hoffe auf eines: dass es nicht überall so geendet ist – so unmenschlich. Darum schreibe ich auch und hoffe, dass diejenigen, die einmal hier heruntersteigen, dies lesen werden ... Dass sie mich verstehen und mir vergeben ... Bei Gott, ich wollte das alles nicht ... Mein Leben auf anderer Leute Kosten verlängern ... Auch lügen wollte ich nicht ... und Hand an mich legen ...

Ich habe gesündigt. Ich bereue. Herr, vergib uns allen.«

Der Junge schlug das Tagebuch zu und hob den Kopf.

Er fühlte sich elend, als hätte er eine verdorbene Konservendose geöffnet. Natürlich tat ihm dieser Mann leid. Und wie konnte er ihn verurteilen für seinen Überlebenswillen?

Zumindest war jetzt klar, wer diese Kannibalen waren: die Bastarde aus dem Bunker sowie deren Kinder.

Von unten war ein Geräusch zu hören: Die Eingangstür knarrte. Kurz darauf waren bedächtige Schritte und das dumpfe, kaum hörbare Geräusch der Eisentreppe zu vernehmen. Jemand stieg langsam nach oben. Wie es schien, würde der geheimnisvolle Hausherr des Leuchtturms nun doch noch in Erscheinung treten.

18

DIE BEICHTE

Der Hall der Schritte wurde mit jedem Augenblick lauter, das unangenehme, dumpfe Dröhnen der vibrierenden Stufen machte das Warten unerträglich. Gleb hob die Pernatsch und richtete sie auf den Eingang zur Treppe. Jetzt würde sich alles entscheiden. Der Junge war entschlossen, das Feuer bis zum bitteren Ende zu erwidern. In der Tasche hielt er noch ein letztes Magazin bereit, und die allerletzte Patrone davon war für ihn selbst bestimmt. Das aber alles erst später. Jetzt war es unbedingt notwendig, dass er sich zusammenriss und das widerliche Zittern in seinen Knien zur Ruhe brachte. Taran hatte Gleb seinerzeit ja nicht zufällig ausgewählt. Und das bedeutete, dass er es schaffen würde. Hauptsache, er geriet nicht in Panik.

Unterdessen leuchtete von unten ein mattes, schwankendes Licht auf. In dem Türrahmen erschien eine einsame Gestalt in einem Mantel und mit einer Kapuze über dem Kopf. In der Hand hielt sie eine alte Petroleumlampe. Durch das Gitter der Schutzhaube war die züngelnde Flamme zu sehen, deren Licht das Gesicht des Unbekannten jedoch nicht beleuchtete. Der Junge versuchte vergeblich, die verdeckten Gesichtszüge über seine Zielvorrichtung hinweg zu erkennen. Die Pistole erschien ihm schwerer als sonst, der Finger am Abzug verkrampfte sich vor Anspannung.

Gleb zuckte zusammen, als der Mensch ohne Gesicht beschwichtigend eine Hand hob und anfing zu sprechen: »Warte ... Schieß nicht ... Ich bin's doch ...«

Die Stimme des Ankömmlings war ihm schmerzlich vertraut. Dem Jungen war in dem Moment gar nicht bewusstgeworden, dass er diesen Mantel schon oft gesehen hatte. Ischkari zog die Kapuze herunter und lächelte.

»Du lebst! Hol's der Teufel, du lebst!«

Gleb ließ die Pistole fallen und lief dem Sektierer freudig entgegen. Sie umarmten sich wie alte Freunde. Der Junge lachte und weinte zur gleichen Zeit. Er war so froh, dass hier jemand war, mit dem er die Last und das Unglück dieser scheinbar ausweglosen Situation teilen konnte.

»Ich hab mich schon gefragt, wie du von der Barkasse verschwunden bist!«

»Rausgesprungen bin ich! Und wie hast du überlebt?« Gleb wischte sich die Freudentränen ab und verschlang Ischkari mit seinem Blick, als ob er befürchtete, dass dieser einfach so wieder verschwinden könne wie ein wunderbarer Traum.

»Abgehauen bin ich. Als diese Psychos uns überfallen haben, bin ich ins Wasser gesprungen. Wir müssen fliehen, hörst du, fliehen!«

Der Sektierer hob die Pistole auf und reichte sie Gleb. Der Junge streckte die Hand nach ihr aus, doch im nächsten Moment holte Ischkari aus und schlug ihm mit voller Wucht den Griff ins Gesicht. Von Schmerz geblendet stürzte Gleb zu Boden. Aus seinem Jochbein strömte heißes Blut. Sein Blick verschleierte sich, die Gestalt des Sektierers verschwamm und der Boden unter ihm schwankte. Der Junge versuchte sich aufzurichten, fiel aber von neuem hin. Die Kälte des Betonbodens brachte ihn wieder zu Bewusstsein. Worte drangen an sein Ohr, die er nur vage verstand.

»Rühr dich nicht, Welpe, oder du frisst Blei. Ich setze mit Vergnügen einen fetten Schlusspunkt unter die heldenhafte Geschichte der Expedition. Du bist ja der Einzige dieser ganzen Bande von Versagern, der noch nicht verreckt ist.«

Der Sektierer durchquerte das Zimmer und stellte seine Lampe in ein Fach des Schranks. Dann untersuchte er eingehend die aufeinandergestapelten Aggregate, legte einen Kippschalter um und beugte sich über die verschlissenen Leitungen. Schließlich steckte er das Kabel wieder ein und schaltete die Anlage an. Gleb drehte sich auf den Rücken und beobachtete Ischkaris Treiben. Dann stemmte er sich mit den Händen hoch und lehnte sich mit dem Rücken an die Wand. Der Schmerz ließ ein wenig nach, das Zimmer hörte auf zu schwanken.

»Logisch, dass du jetzt auf der Leitung stehst, Kleiner. Pass auf, ich erklär's dir.« Der Sektierer grinste. »Hat dir meine Idee mit dem Leuchtturm gefallen? Ja, die ist von mir. Hättest du nicht erwartet? Tja, du wirst dich heute noch öfter wundern. Wenn du ruhig sitzen bleibst und nicht rumtrickst, bekommst du noch eine Gnadenfrist. Also genieße deine letzten Minuten. Es heißt immer: Kommt der Tod, ist's eh zu spät … Blödsinn: Alle, die ich bisher erledigt habe, haben vorher um Aufschub gebettelt. Wenigstens für einige Minuten. Das Leben in dieser grässlichen Welt ist kein Spaß, Bruder, und doch klammern sich die Menschen wie wahnsinnig daran.«

Der Sektierer trat wieder an den Schrank, öffnete die rissige Tür und holte eine staubige Flasche heraus. Er schüttelte den trüben Inhalt, nahm einige gierige Schlucke und atmete tief durch.

»Ah … Eine Woche habe ich nichts getrunken. Ohne Alkohol ist es hier trostlos.« Der Sektierer wischte sich den Mund an seinem Ärmel ab. »Wo war ich stehengeblieben? Ach ja: der Leuchtturm. Da muss ich wahrscheinlich mit dem Bombenschutzkeller auf dem Werftgelände beginnen.«

»Ich weiß Bescheid.« Gleb schob Ischkari das Tagebuch hin. Dieser blätterte einige Seiten durch und grinste erneut.

»Tja, das erleichtert mir meine Aufgabe. Die armen Teufel hier auf der Insel sind tatsächlich die ehemaligen Bewohner des Objekts. Allerdings sind nicht alle derart heruntergekommen.« Das Grinsen verschwand auf einmal aus dem Gesicht des Sektierers. »Ich bin in diesem Bunker geboren. Hab also schon als Kind Menschenfleisch gegessen. War für mich das Normalste von der Welt. Es gab ja nichts anderes. Noch nie probiert? Es ist Fleisch wie jedes andere. Auf jeden Fall besser als Rattenfleisch. Schmeckt richtig süß dagegen.«

Der Sektierer nahm einen weiteren gierigen Schluck von dem Fusel.

»Als der Bunker vollzulaufen begann, beschlossen unsere Eltern, in die Stadt überzusiedeln. Wo sollten wir sonst hin? Die Kranken ließen wir zum Krepieren im Bunker zurück. Die waren uns zu eklig. Am Anfang haben wir uns von Tieren ernährt. Nur gingen die uns auch irgendwann aus. Bald hatten wir alles vertilgt, was sich irgendwie bewegte und was es auf der Insel an Essbarem gab. Von Lomonossow kamen in der ersten Zeit noch Überlebende rüber. Mit denen brachten wir uns dann durch.

Was wir damals nicht alles gemacht haben. Wir haben die ganze Gegend abgesucht nach Überlebenden. Später haben dann irgendwelche Helden ein Stück vom Damm weggesprengt, um uns auf der Insel einzusperren. Aber eines schönen Tages hatten wir Glück: Ein Touristenschiff legte an der Insel an. Es war schon ziemlich heruntergekommen und verbeult, hatte aber ne ganze Menge Leute an Bord. Während des Angriffs waren sie gerade mitten auf dem Ozean, auf der Überfahrt gewesen. Deshalb hatten sie überlebt.

Mit diesen Gästen gingen wir achtsamer um. Waffen hatten wir damals ja in Hülle und Fülle, und außerdem einen gesunden Appetit. Wir trieben sie alle zusammen und dann ins Trockendock, unter Bewachung. Das gleiche Dock übrigens, durch das uns Taran geführt hat. Jetzt ist es ja öd und leer, denn wir haben schon längst alle verbraucht. Aber damals war das eine ausgezeichnete Koppel, sozusagen. Es gab viel Platz, woanders hätten wir sie gar nicht untergebracht. Wie die Schafe saßen sie da herum. Und haben sich übrigens auch vermehrt. Der Mensch ist von Natur aus ein Opportunist. Wohin du ihn auch steckst, er überlebt überall. Sogar an Orten, wo die Ratten verrecken ...«

Je länger Ischkari sprach, desto größer wurde Glebs Entsetzen darüber, mit welcher Leichtigkeit der Sektierer diese unfassbaren Sätze fallenließ.

»So hätten wir immer schön weitergelebt, ohne Not zu leiden. Aber dann ging eine Seuche in der Stadt um. Unsere Leute hat es damals ordentlich erwischt, und auch das ganze ›Vieh‹ ist uns krepiert. Vor Hunger begannen wir aufeinander loszugehen. Damals haben sich unsere Ältesten den ›Exodus‹ ausgedacht. Ja, ja, Junge, ›Exodus‹ ist hier entstanden, in Kronstadt. Das schöne Märchen von der Arche ... Als der Scheinwerfer montiert war, setzten einige Leute heimlich nach Petersburg über. So erschienen die Prediger in der Metro. Ich bin auch mit der Barkasse rüber – der Hunger hat mich getrieben. Mit dem Essen ist es in der Metro natürlich viel einfacher. Obwohl mir die ersten Tage immer übel wurde von eurem Schweinefleisch.« Der Sektierer verzog angewidert sein Gesicht. »Aber auch naive Hinterwäldler gab es in der Metro zuhauf. Kaum war der Leuchtturm in Betrieb, als sich schon die ersten Gläubigen meldeten. Als ob sie drauf gewartet hätten. Die erste Fuhre war schon zur Abfahrt bereit, wir brauchten nur noch die rettende Barkasse heranzufahren ...

Doch da machte uns die Primorski-Allianz plötzlich mit ihrer Expedition einen Strich durch die Rechnung. Ich war damals näher als die anderen bei der ›Technoloschka‹, und es gelang mir, den Trupp abzufangen. ›Exodus‹ kann man nicht mehr einfach so ignorieren. Schließlich ist fast jede Station voll von Gemeindegängern. Kurz und gut, sie nah-

men mich ins Kommando auf, wenn auch unter Zähne-
knirschen.«

»Aber wenn ›Exodus‹ eine Erfindung ist, warum haben
dich dann die ›Sumpfteufel‹ nicht angerührt?«, fragte Gleb.
Er griff nach dem letzten Strohhalm, um seinen einzigen
verbliebenen Traum doch noch zu retten.

»Ein gewöhnliches Insektenschutzmittel. Schützt her-
vorragend gegen Mücken.« Ischkari nahm eine längliche
Flasche aus dem Schrank. »Ironie des Schicksals: Zum Fressen gab es nicht genug, aber das Zeug hier gab es im Bunker tonnenweise. Ich hatte gedacht, die Stalker würden
herbeilaufen, um mich zu retten, und dann ordentlich was
abkriegen. Aber es hat nicht geklappt ...«

Der Sektierer sah den Jungen von der Seite an. In seinen
Augen loderte ein unheilvolles Feuer.

»Eigentlich hättest du als Erster verrecken sollen – dort,
im Keller des Konstantin-Palasts. Denkst du etwa, die Luke
ist von allein zugeschlagen? Merk dir eins, Junge: Nichts
geschieht von allein. Kannst dich bei Taran bedanken, dass
er dich gleich vermisst hat, als er aufgewacht ist. So konnte
ich nicht mehr die Kellertür öffnen, um den Anschein zu
erwecken, du seiest nach draußen gerannt. Also begann er,
in dem Keller nach dir zu suchen ...

Später ergab sich dann einfach keine Gelegenheit, euer
Kommando auf einen Schlag kaltzumachen. Nur bei dem
einen konnte ich mit dem Gewehr ein wenig nachhelfen ... Wie hieß er noch gleich? Ach ja: der Belgier. Ich hab
ihm eine verbogene Patrone in sein Magazin geschoben.
Ich wusste, früher oder später würde es schon klappen.
Genauso wie mit dem Geigerzähler von Okun. Als ich be-

merkte, dass er ständig auf irgendwelchen Profit aus war, war mir gleich klar, dass ich ihn dazu bringen konnte, sich unerlaubt von der Gruppe zu entfernen. Die Strahlung im Hafen von Lomonossow ist uns allen längst bekannt. Damals haben wir selbst einiges davon abbekommen. Jedenfalls habe ich ihm alles Mögliche eingeflüstert: von unberührten Depots und Schiffen, die noch nicht ausgeplündert seien. Er hat es mir abgekauft. Und hat noch nicht mal seinen Geigerzähler überprüft. Im Batteriefach gibt es da so eine kleine Feder, weißt du …«

»Du mieses Schwein!«, brüllte Gleb.

Er bebte vor Wut. Direkt vor ihm stand dieser Mensch, der so viele unschuldige, anständige Leute umgebracht hatte, und berichtete davon, als wäre es das Normalste auf der Welt. Nein, das war kein Mensch … Er war – etwas Furchtbares …

Der Sektierer hob die Pistole und wackelte mit dem Lauf vor den Augen des Jungen hin und her.

»Ältere soll man nicht unterbrechen, Junge. Hat man dir in eurer ach so moralischen Metro etwa keine Manieren beigebracht? Hättest dir ein Beispiel an Dym nehmen können. Das war doch mal ein Intellektueller, wie man ihn noch nie gesehen hat. Hat aber trotzdem ein übles Ende genommen. Du hast wahrscheinlich gar nicht mitbekommen, dass er verrückt nach Nata war? Ich hab das gleich geblickt. Hätte nie gedacht, dass er auf einen solchen Unsinn reinfällt. Damals, auf dem Damm, hab ich ihm zugeflüstert, ich würde sie schreien hören, und er, der Idiot, ist gleich nach unten gesprungen. Sonst hätte er vielleicht überlebt … Psychologie ist Macht, mein Junge. Man muss

die Menschen kennen, damit man sie bei ihren Schwach-
stellen packen kann. Wie beim Ringkampf.«

Ischkari leerte die Flasche fast bis zur Hälfte. Seinem
trüben Blick nach zu urteilen, hatte er sich schon einen
ordentlichen Rausch angetrunken. Verträumt lächelte der
Menschenfresser vor sich hin.

»Ksiwa ist an seiner eigenen Angst zugrunde gegangen.
Er war ein Feigling. Ich selbst musste kaum etwas tun. Als
wir unser Nachtlager in dem Tunnel unter dem Damm
aufgeschlagen hatten, habe ich *dur* in den Tee gemischt.
Das ist so ein Pilz, von dem du Wahnvorstellungen bekommst. Der wächst nicht weit von hier, ein richtig starkes
Kraut. Wenn du viel davon nimmst, schläfst du einen Tag
lang wie ein Toter, ist es weniger, schickt es dich erst mal
auf einen Trip. Man kriegt alle möglichen Visionen. Ich
dachte, wenn alle schlafen, sorge ich dafür, dass Schluss ist
mit eurer ganzen Expedition. Die ganze Zeit schon hatte
ich auf einen geeigneten Moment gewartet, und nun schien
es endlich zu klappen …

Aber dann ist Kondor mir auf den Pelz gerückt – trink,
hat er gesagt, und ich musste auch einen Schluck nehmen.
Übrigens warst du schuld daran, dass Ksiwa seine Dosis
damals nicht ausgetrunken hat. Du hast doch seinen Becher umgekippt, erinnerst du dich? Ich musste also improvisieren. Druck auf seine Psyche machen. Schon bald hatte
ich Ksiwa geknackt. Als alle weggenickt waren, hat er sich
nach draußen geschlichen. Wahrscheinlich hatte er irgendeine Vision. Ich hinterher. Ich war direkt vor ihm, aber er
schien mich gar nicht zu sehen. Mit verschlossenem Gesicht saß er da und brummte vor sich hin. Als würde er

sich mit einem verblichenen Freund unterhalten. Es hatte ihn nicht schlecht erwischt. Ich hab dann dem armen Teufel eins auf den Schädel gegeben und ihm die Venen aufgeschnitten. Zur Täuschung. Nebenbei hab ich mich gleich noch gestärkt. Werde mir doch so was Feines nicht entgehen lassen.

Dann merkte ich, dass es mich auch erwischt hatte. Bis zu der Kammer bin ich noch irgendwie gekommen, aber mir fehlte die Kraft, euch Brüdern die Kehle durchzuschneiden. Bei mir ging einfach das Licht aus. Damals hast du mir dazwischengefunkt, Welpe. Der alte Taran wusste wohl, warum er dich mitschleppt ...

Am spannendsten war die Geschichte mit dem Fräulein. Das war die reinste Improvisation. Ich hab nur gesehen, wie sich euer Kommandeur mit seinem Messerchen vergnügt. Das Mädchen zu provozieren war eine leichte Sache, genauso wie Kondor im geeigneten Moment umzustoßen. Alles Weitere war eine Frage der Technik. Ein Messer, mein Junge, ist ein gefährliches Ding, das darfst du niemals aus den Augen lassen. Denn wenn es in erfahrene Hände gerät ...« Ischkari grinste. »Mir kannst du das glauben.

Später wurde es immer einfacher. In den eigenen vier Wänden kennt man sich schließlich aus. Ich hätte allerdings nicht gedacht, dass Taran den Bunker findet. Aber er war ein hartnäckiger Teufel. Ich wollte schon selbst nachhelfen, aber das war nicht nötig. Alles lief prima, ihr seid nur etwas zu schnell den Schacht hinaufgeklettert, so dass ich es nicht mehr rechtzeitig zum Maschinenraum geschafft hab. Ich hab noch an der Sperre des Aufzugs herumgemacht, als ihr bereits herausgeklettert kamt. Wenigstens einer ist ertrunken – auch gut.«

Gleb musste an Farids Blick denken, als der Lift nach unten abstürzte, und sah den Sektierer hasserfüllt an. Der trank den letzten Rest aus der Flasche und kickte sie mit seinem Fuß zur Treppe. Wie durch ein Wunder zerbrach sie nicht, sondern schepperte gegen einen Eisenträger und blieb am Rand der Stufe liegen.

»So ist das Leben. Es fließt ständig vor sich hin … Mal den Berg rauf, mal runter. Manchmal auch am Rand entlang. Und dann stürzt es plötzlich in einen Abgrund und zerplatzt in tausend Stücke … Als wir auf die Barkasse zuliefen, wurde mir klar, dass ich den Trupp spalten musste. Taran guckte mich nämlich schon die ganze Zeit schief an. Ich glaube, er hatte mich durchschaut. Nur konnte er nichts beweisen.

Kondor war zu dem Zeitpunkt schon völlig am Ende. Man hätte ihn nur mit dem Finger anzustupsen brauchen, und er wäre zusammengebrochen. Ich konnte mir also absolut sicher sein, dass er auf nichts bestehen würde. Ich brauchte ihm nur die Idee unterzuschieben, und er war sofort bereit, den Rückweg anzutreten. Ich hatte allerdings nicht gedacht, dass Schaman mir folgen würde, aber ohne seinen Chef konnte der anscheinend keinen Schritt machen.

Alles andere war einfach. Die lang erwartete Begegnung mit den ›Kontaktpersonen‹ vor der Küste, das Händeschütteln, die Glückwünsche … Du hättest sehen sollen, wie sich Schaman gefreut hat, wie begeistert er meine Jungs umarmte … bis er ein Messer in seinen Wanst gekriegt hat. Ein amüsanter Typ. Hat immer wieder nach den Radiosignalen gefragt …«

Gleb hatte den rudimentären Funkspruch, den sie im »Raskat« abgefangen hatten, schon längst vergessen. Auch dieses Rätsel war somit gelöst. Auch wenn sie im Bunker keinen funktionierenden Apparat hatten finden können, hatten die Kannibalen wohl auch hier ihre Hände im Spiel gehabt. Und ganz Kronstadt hätten die Stalker unmöglich durchkämmen können. Der Sektierer hatte sich unterdessen müde auf den Rand eines Batteriegehäuses gehockt und betrachtete interessiert die Pernatsch.

»Eine gute Kanone. Taran hatte Ahnung von Waffen, keine Frage. Ansonsten war er aber ein genauso beschränkter Großkotz wie die anderen. Wenn auch etwas erfahrener. Was ihm freilich nicht allzu sehr geholfen hat.«

»Was ist mit ihm?« Gleb starrte gebannt in das Gesicht des Sektierers.

Der hatte es nicht eilig mit einer Antwort, sondern genoss die Angst im Blick seines Opfers. Dann bleckte er die Zähne und verzog seine Miene zu einer abscheulichen Grimasse.

»Sie haben ihn aufgefressen, was denn sonst …«

Glebs Gesicht war schrecklich anzusehen. Bleich, hohlwangig starrte er mit verlorenem Blick vor sich hin … Mit erstaunlicher Klarheit zogen in seinem Kopf die wenigen Tage vorüber, die er mit dem Stalker verbracht hatte. Dann hörte er plötzlich eine harte, heisere Stimme: *Mach ihn fertig!*

Es war wie ein Befehl. Der Junge sprang auf die Beine, zog sein Fallschirmjägermesser heraus und blickte seinen Feind starr an.

»Du willst kämpfen? Respekt!« Ischkari lächelte spöttisch. »Wenigstens mal was anderes. Weißt du, ich hab die Schnauze voll von diesen Wirbellosen. Nichts als winselndes Fleisch ... Alle Jubeljahre mal Wildbret, wenn auch nur eine halbe Portion ...«

Der Sektierer stand auf und zog aus seinem Mantel ein dünnes Stilett hervor. Die scharfe Klinge glänzte im Schein der Lampe. Er steckte die Pistole in seinen Gürtel, legte den Mantel ab, ging in Stellung und breitete angriffslustig die Arme aus. Immer noch lächelnd machte er einen Schritt nach vorn, stockte jedoch, als er in die Augen des Halbwüchsigen blickte, die voller kalter Entschlossenheit waren. Gleb war keinen Schritt zurückgewichen – er schien mit den Füßen am Boden festgewachsen zu sein. Sogar sein Zittern war verschwunden. Er hielt das Messer fest in der gesenkten Hand. Sein Blick war wachsam und feindselig.

Ischkari ließ sich von dem passiven Verhalten seines Gegners täuschen und verpasste den Moment, als der Junge lossprang. Ohne jegliche Vorbereitung stürzte dieser direkt auf das ausgestreckte Messer zu. Die Klinge des Stiletts blieb in den Platten des gepanzerten Anzugs stecken, Glebs Stoß hingegen gelang besser.

Das Messer sauste von oben auf den Kannibalen herab, doch aufgrund der enormen Kraft seines Sprungs stieß der Junge mit ihm zusammen, und die glänzende Klinge riss die Robe des Sektierers am Rücken auf. Ischkari stieß seinen Angreifer zurück und legte eine Hand schützend auf die Wunde an seiner Schulter. Auf seiner Kleidung bildete sich ein dunkelroter Fleck.

»Welpe!« Der Sektierer betrachtete empört seine blutbefleckte Hand. »Dafür werde ich dich langsam abschlachten, Stück für Stück …«

Das Auftreten des Jungen hatte ihn so überrumpelt, dass er sich seinem Opfer nun vorsichtiger näherte. Die anfangs so amüsante Jagd wurde nun gefährlich. Er hatte nicht die geringste Vorstellung, wie dieses Katz-und-Maus-Spiel mit diesem auf den ersten Blick so hilflosen Halbwüchsigen enden würde. Offenbar war der Junge entschlossen, bis zum Letzten zu kämpfen …

Gleb sprang auf die Beine und hob den schweren Umhang des Sektierers vom Boden auf. Das heftige Schwingen der langen Rockschöße sandte einen federnden Luftstoß durch den Raum. Die Flamme der uralten Lampe erzitterte und erlosch, so dass nur ein schwebendes, weißliches Rauchwölkchen zurückblieb. Das Zimmer versank sogleich in tiefe Dunkelheit. Ohne Licht fühlte sich der Junge, der in der Metro aufgewachsen war, wesentlich sicherer.

Im nächsten Moment polterte etwas neben dem Sektierer und zwang ihn, sich blind nach dem Geräusch umzudrehen. Gleb jedoch stürzte sich von der anderen Seite auf seinen Gegner, schlitzte mit dem Messer dessen Bein auf und stieß erneut zu, diesmal in Richtung Leistengegend. Der Kannibale hatte dies jedoch vorausgeahnt, wich dem letzten Angriff aus und stieß selbst mit aller Wucht zu, doch die scharfe Klinge des Stiletts glitt an den Panzerplatten ab und der Junge rollte unverletzt davon. In diesem Augenblick spürte der Sektierer den brennenden Schmerz in seinem Bein. Er wich humpelnd zurück, stolperte und stürzte. Er machte eine Rolle rückwärts, drückte sich flach auf den Boden und hielt das Stilett vor sich. Erst jetzt bemerkte Ischkari, dass er die Pistole verloren hatte. In der gespannten Stille ertönte ein deutliches Klacken, dann flackerte der Raum mehrfach auf, als Glebs Pernatsch losdonnerte. Im Widerschein des Dauerfeuers konnte Gleb seinen Gegner ausmachen, wie er sich hastig aus der Schusslinie brachte. Gleb folgte der Gestalt des Sektierers mit dem Pistolenlauf. Eine heftige Salve traf den Schrank, der in einer Fontäne aus Holzsplittern explodierte, dann die Wand. Betonbrocken sprühten in alle Richtungen, das Geräusch von splitterndem Glas war zu hören, Lumpen wirbelten in die Luft.

Dann war mit einem Mal das Magazin leer. Gleb verlor wertvolle Sekunden. Endlich rastete das neue Magazin an seinem Platz ein, doch im gleichen Moment stürzte sich der Sektierer mit seinem ganzen Gewicht auf Gleb. Die Gegner fielen auf den Boden. Wie im Zeitraffer erblickte Gleb, wie der Raubtierstachel des Stiletts von oben herabsauste. Reflexartig warf er den Arm nach oben und konnte den Hieb zur Seite abwenden. Knirschend drang die scharfe Klinge in eine Spalte zwischen zwei Betonplatten ein. Mit einer heftigen Bewegung rammte der Junge seinen Ellbogen gegen das Stilett. Die schmale Klinge zerbrach genau am Griff.

Der Kannibale warf das nutzlose Heft fort und schlug Gleb mit aller Kraft ins Gesicht.

Myriaden gleißender Punkte blitzten vor den Augen des Jungen auf. Das Dröhnen in seinen Ohren war ohrenbetäubend, sein Kopf kippte willenlos nach hinten. Der Junge schlug rücklings auf dem Boden auf und sah wie durch einen Nebel die Faust, die erneut auf ihn zusauste.

Gleb duckte sich in Erwartung des nächsten Schlages, doch der blieb aus. Stattdessen versuchte der Sektierer die Pistole unter dem Jungen hervorzuziehen, wozu er seinen Rumpf ein wenig anheben musste. Das Training und die Anweisungen von Taran waren nicht umsonst gewesen. Glebs Körper reagierte von selbst auf die tödliche Gefahr: Gerade als Ischkari die Pistole an den Kopf des Jungen halten wollte, drehte sich dieser mit einem Ruck, packte den Arm des Kannibalen und schlang seine Beine um dessen Rumpf. Der Sektierer versuchte, den Jungen von seinem Arm abzuschütteln, doch der Junge atmete heftig aus, streckte seinen Körper und hielt den Arm dabei mit aller Kraft umklammert. Sein Körpergewicht verhalf dem schmerzhaften Kampfgriff zum Erfolg. Der Kannibale lag mit dem Gesicht nach unten auf dem Boden und brüllte aus vollem Halse. Ein Ellenbogenhebel bewirkte schließlich, dass die Pistole aus der erschlafften Hand fiel.

Gleb stürzte zu der Waffe, seine Finger umklammerten den Griff. Fluchend warf sich der Sektierer auf ihn und versuchte sie ihm wieder zu entreißen. Krachende Schüsse beleuchteten die im Staub kämpfenden Körper. Die Kugeln prallten eine nach der anderen von der Wand ab und durchpflügten den Raum gefährlich nahe bei den Kämpfenden. Schon bald verstummte die Pistole wieder. Dem Sektierer war es tatsächlich gelungen, die Pernatsch den Fingern des Halbwüchsigen zu entreißen, doch ohne Munition war die Waffe nutzlos. Der Kannibale ließ sie fallen, setzte sich rittlings auf den gestürzten Gegner und ließ einen Hagel von wilden Schlägen auf ihn herabprasseln.

Der Junge bedeckte seinen Kopf mit den Armen und versuchte vergeblich, sich aus der Umklammerung zu befreien. Die Schläge hagelten einer nach dem anderen auf ihn herab. In diesem Augenblick spürte er etwas Hartes in seinem Rücken. Das Messer!, durchfuhr ihn die plötzliche Erkenntnis.

Durch den blutigen Schleier vor seinen Augen konnte Gleb Ischkaris Silhouette nicht mehr gut erkennen, also stieß er einfach aufs Geratewohl zu. Der Sektierer schrie auf – die Klinge war tief in seinen Unterarm eingedrungen. Der Kannibale rollte von seinem Angreifer herunter, drückte sich den verletzten Arm gegen die Brust und rannte im Zimmer hin und her wie ein verwundetes Tier.

Der Junge rappelte sich auf, kroch zu dem halb eingestürzten Schrank und zog sich an dessen Fächern hoch. Er zitterte, sein Kopf dröhnte, die aufgeschlagenen Lippen bluteten. Von hinten ertönte ein zornerfüllter Schrei. Ischkari hatte sich das Messer aus dem Arm gezogen und griff erneut an. Instinktiv griff der Junge nach dem nächstbesten Gegenstand aus dem Regal. Es war die Lampe.

Alles geschah sehr schnell. Tarans Lektionen kamen Gleb wie von selbst in den Sinn. Also verharrte er zunächst reglos. Erst als der Kannibale ihn schon fast erreicht hatte, zuckte er zur Seite und tauchte unter der Klinge durch. Das Messer war bis zum Heft in die vertrocknete Schranktür eingedrungen. Der Sektierer versuchte gleichzeitig die Waffe herauszuziehen und seinen Gegner festzuhalten, doch dann erhielt er einen gewaltigen Schlag gegen den Kopf.

Die uralte Lampe zerbarst in lauter Teile, und das Petroleum ergoss sich über Ischkari. Der Sektierer schleuderte den Jungen fort und tastete blind um sich. Im Zimmer breitete sich scharfer Brennstoffgeruch aus.

Gleb fiel erneut auf den harten Boden und begriff, dass er nicht mehr in der Lage war aufzustehen. Er spuckte einen Klumpen Blut aus und blieb völlig entkräftet auf dem schmutzigen Beton liegen. Das Ende seiner Leiden war nah.

Seine Wange berührte etwas Kaltes. Als er die Hand danach ausstreckte, ertaste der Junge einen schmerzhaft vertrauten, metallischen Gegenstand. Er musste während des Handgemenges herausgefallen sein. Mit gewohnten Bewegungen klappte der Daumen den Deckel auf und drehte an dem Zündrad. Die Flamme beleuchtete die hohe Gestalt des Sektierers. Mit einer letzten bewussten Bewegung schleuderte Gleb sein geliebtes Feuerzeug auf den Feind.

Ischkaris Kleidung flammte auf wie eine Kerze. Augenblicklich verwandelte er sich in eine riesige, lebende Fackel. Der Sektierer brüllte, rannte durch den Raum hin und her, stieß blind gegen die Wände. Wahnsinnig vor Schmerzen lief er auf die Plattform hinaus, die Brüstung entlang, warf sich im Todeskampf gegen die Mauer, prallte zurück, stürzte über das Geländer und flog als gleißendes Flammenbündel den Leuchtturm hinab.

Der Junge sah dies jedoch nicht mehr. Fast besinnungslos blieb er liegen. Später, als sich sein Bewusstsein etwas aufhellte, fühlte sich sein Körper an wie ein einziger großer, schmerzender Nerv.

Es schien lange zu dauern, bevor es ihm endlich gelang, wieder auf die Beine zu kommen. Gleb kletterte die Treppe hinauf und gelangte mit Mühe auf die Plattform hinaus. Unten auf dem rissigen Asphalt, an der Stelle, wo Ischkaris Körper aufgekommen war, konnte er noch ein Glimmen erkennen. Gleb erschauderte. Die Rache war vollzogen. Er hatte einen tödlichen Feind besiegt. Doch fühlte er aus irgendeinem Grund keine Freude. Und auch seine Wut war auf einmal verschwunden. Allerdings war noch etwas zu tun …

Schwankend humpelte der Junge zu dem Scheinwerfer. Er ließ seinen Blick über die Plattform schweifen, auf der Suche nach etwas Schwerem. Er würde jetzt dieses Ding zerschlagen, es zum Teufel schicken und so einen Schlusspunkt unter die Geschichte vom Licht setzen … Einem Licht, das die Menschen angelockt hatte wie die Motten. Das anstelle von Erlösung nichts als Verderben gebracht hatte. Einem falschem Licht.

Doch ausgerechnet jetzt war nichts Passendes zur Hand. Mit letzter Kraft gelang es dem Jungen, den schweren Dreifuß umzukippen. Der Scheinwerfer stürzte auf die Seite, zerschlug aber nicht. Wie zum Hohn funktionierte der störrische Apparat noch immer und schickte seinen hellen Strahl in den Himmel. Nun allerdings in entgegengesetzter Richtung. Das Lichtbündel strahlte nun irgendwohin in Richtung Ostsee. Gleb blickte den Scheinwerfer erschöpft an. Sollte ihn doch der …

Von unten ertönte ein donnernder Schuss. Apathisch schaute der Junge über die Brüstung, denn er wusste bereits, was er erblicken würde … Genau. Wie er vermutet hatte, jagten vom Hafen her, in der Dunkelheit kaum erkennbar, einige Kannibalen herbei. Wieder ein Schuss – einer der Schurken stürzte tödlich getroffen zu Boden. Unruhig wandte Gleb seinen Blick in die andere Richtung – dorthin, woher das Geräusch gekommen war. Am Kai schaukelte noch immer die gebrechliche Barkasse auf den Wellen, und auf dem Deck ... Der Junge starrte auf die Silhouette des Mannes und wollte seinen Augen nicht trauen. Der Mann winkte ihm verzweifelt mit den Armen zu und bemühte sich, Glebs Aufmerksamkeit zu erregen. Dann wandte er sich plötzlich wieder dem Hafen zu, nahm sein riesiges Präzisionsgewehr von der Schulter und brachte es in Anschlag.

Glebs Herz setzte für einen Augenblick aus, dann begann es in seiner Brust zu hüpfen, und die Lippen des Jungen flüsterten wie von selbst den einzig möglichen, ihm so liebgewordenen Namen:

»Taran ...«

19

DIE JAGD

»Taran!!«

Der Junge beugte sich über die Brüstung und riskierte dabei herunterzufallen. Kein Zweifel: Das war er! Der Stalker schrie ihm etwas zu, aber Gleb konnte nichts verstehen, sosehr er sich auch bemühte. Sein Kopf brummte noch immer von dem erbitterten Kampf, und seine Gedanken kamen nur langsam vom Fleck. Was sollte er tun? Seinem Meister entgegenlaufen? Die Kannibalen hatten eine ungleichmäßige Kette gebildet und kamen immer näher. Vielleicht war es schon zu spät.

»… Der einzige Fehler, den du machen kannst, ist, nichts zu tun. Du brauchst nur ein Ziel fest ins Auge zu fassen – alles andere schlag dir aus dem Sinn …«

Gleb verwarf seine Zweifel und stürzte zurück in den Turm. In dem Halbdunkel des Zimmers tastete er krampfhaft auf dem Boden nach der Pernatsch und dem Feuerzeug. Kurz vor der Treppe stolperte der Junge über etwas und wäre beinahe hingefallen. Zu seinen Füßen lagen der Umhang des Sektierers und daneben sein Gebetbuch. Gleb folgte einem jähen Impuls, ergriff die Trophäe, verstaute sie bei seinen anderen Habseligkeiten und stürzte die Treppe hinab. Eine Windung folgte der nächsten, die Wände jagten mit schwindelerregender Geschwindigkeit an ihm vorbei. In halsbrecherischer Manier nahm der Junge mehrere Stufen auf einmal und raste immer weiter nach unten. Endlich tauchte der Ausgang vor ihm auf. Gleb riss die Tür auf, sprang nach draußen und versuchte sich zu orientieren.

Er lief am Kai entlang, wobei er auf den nassen Steinen immer wieder ausrutschte. Der Stalker feuerte ohne Unterlass, doch Gleb glaubte in seinem Rücken, nun schon ganz nah, das röchelnde Atmen seiner Verfolger und ihre ungeduldigen Schreie zu hören. Sein Körper begann unkontrollierbar zu zittern. Mit letzter Kraft lief der Junge über das Ufergeröll und flog ins Wasser, dass eine eisige Fontäne aufspritzte. Bis zur Barkasse war es nicht mehr weit.

Die letzten, verbliebenen Meter bis zur Bordwand musste er schwimmen. Gleb kam gar nicht dazu, sich zu fürchten. Verzweifelt drosch er mit Armen und Beinen auf das Wasser ein und versuchte zu der Strickleiter zu gelangen. Eine starke Hand zog ihn in genau dem Moment aus dem Wasser, als sein Verstand sich plötzlich zurückmeldete und in Panik geraten wollte. An Bord wollte der Junge dem Stalker um den Hals fallen, doch der kletterte bereits die Strickleiter hoch und stieß ihn in Richtung Steuerhaus.

»Ans Steuer! Schnell!«

Erst jetzt bemerkte Gleb auf der Brust seines Meisters einen Verband, der sich dunkelrot gefärbt hatte. Der Stalker bückte sich ungelenk und hob sein Gewehr auf.

»Steh nicht rum, verdammt! Lenk die Barkasse aufs Meer hinaus!«

Der Junge stürzte ins Steuerhaus. Der Rumpf des Schiffes zitterte leicht. Der alte Motor stotterte im Leerlauf. Gleb sprang ans Steuer und starrte benommen auf das Pult vor sich. Hebel, Knöpfe, Schalter ... Er griff sich an den Kopf und wandte seinen Blick von einem Instrument zum anderen ...

»Der schwarze Hebel! Drück drauf!«

Der Junge packte den Griff und stieß den Hebel von sich. Der Motor heulte auf, das Schiff zuckte und fuhr los. Gleb klammerte sich an das Steuerrad und atmete erleichtert auf. Sie waren entkommen! Lebend! Nur waren jetzt keine Schüsse mehr zu hören. Der Junge blickte beunruhigt durch das Schiffsfenster: Sein Meister rannte auf dem Deck hin und her und kämpfte gleichzeitig mit mehreren Kannibalen, die es noch geschafft hatten, auf die ablegende Barkasse aufzuspringen. Lange Buschmesser und Ketten schwingend bedrängten die Bastarde den verletzten Stalker, der ein Fallschirmjägermesser in seiner Hand hielt.

Gleb zog zitternd seine Pernatsch und legte das letzte Magazin ein, das er für sich selbst aufbewahrt hatte. Im nächsten Augenblick war er draußen. Rhythmische Schüsse erschallten. Es gelang ihm, drei umzulegen. Einem weiteren schleuderte Taran mit einer schnellen Bewegung das Messer in den Bauch. Der letzte Verfolger stürzte daraufhin zur Bordwand und sprang mit einem Schrei der Verzweiflung ins Wasser.

Gleb lief zu dem Stalker hin, reichte ihm die Schulter und half ihm, zu einer Bank zu humpeln. Immer wieder blickte der Junge Taran verstohlen von der Seite an, als könne er dessen unerwartete Rückkehr aus dem Reich der Toten noch immer nicht ganz glauben.

In diesem Augenblick hörte der Rumpf des Schiffes auf zu vibrieren, und der Motor setzte aus.

»Macht nichts. Wir sind weit genug vom Ufer entfernt. Jetzt erreichen sie uns nicht mehr«, sagte Taran beruhigend. »Jetzt ruhen wir uns erst mal ein wenig aus, und dann sehen wir, was wir aus dieser Schaluppe noch herausholen können.«

Gleb konnte sich nichts Schöneres vorstellen, als sich mit der altersschwachen Maschine im rostigen Inneren der Barkasse herumzuschlagen – er hatte ja seinen Meister wieder. Hastig berichtete er von den letzten Ereignissen und zog stolz seine wichtigste Trophäe hervor: das Gebetbuch. Taran jedoch schien nicht sonderlich begeistert und blickte angewidert auf das speckige Bändchen. Der Junge zuckte mit den Schultern und beschloss, sich die Bibel des Sektierers selbst anzusehen. Es trug den stolzen Titel »Der Weg des Exodus«, doch als er den Umschlag umblätterte, las er mit Erstaunen: »Ostsee-Handbuch«. Im Weiteren folgten Karten, übersät mit unverständlichen Symbolen, und ein Text, der reich war an nautischen Begriffen, jedoch in keiner Weise zu den Lehren von »Exodus« passte.

Auch dies war also eine Lüge gewesen. Die Geschichte von »Exodus« – eine einzige große Erfindung. Gleb hätte das gern mit Taran besprochen, doch er begriff, dass diesem nicht der Sinn danach stand. Mit schmerzverzogenem Gesicht hantierte der Stalker in der Maschine herum. Sein völlig durchnässter Verband verrutschte und enthüllte eine frische, blutende Wunde auf seiner Brust.

»Komm, ich mach dir einen neuen Verband.« Der Junge machte eine Packung Binden auf, die mit der Zeit dunkel geworden waren.

Nicht sehr geschickt, aber mit großem Eifer versorgte er dann die Wunde und legte einen neuen Verband an.

»Wer hat dich so zugerichtet? Was ist mit dir passiert?«

»Was gibt es da groß zu erzählen?«, murmelte Taran unwillig, während er weiter reparierte. »Der Anfall damals ist ziemlich stark gewesen. Ich kam wieder zur Besinnung, weil einer von diesen Asozialen mit einem Messer an mir herumdokterte. Er wollte wohl kontrollieren, ob ich lebe oder nicht. Ich hab ihm entsprechend geantwortet. Dann kamen die anderen dazu, und ich musste mich in die Stadt zurückziehen. Bei dem Schusswechsel bekam ich mit, wie sie ihrem Kumpanen gleich dort an der Anlegestelle die Haut abgezogen und ihn ausgenommen haben … Das sind doch keine Menschen … Aber in Kronstadt haben sie sich ziemlich gut eingerichtet. Ich wundere mich noch immer, wie wir sie haben übersehen können, als wir mit dem Trupp da lang sind …«

»Und den Sender, hast du den gefunden?«, fragte Gleb ungeduldig.

Taran überlegte, schüttelte den Kopf.

»So was hab ich nirgends entdeckt. Dafür hab ich aber einen Dieselgenerator aufgetan. Alte Männer hingen da rum, mit gierigen, bösen Augen … Wenn ich das richtig verstehe, haben sie dort ihre Akkumulatoren aufgeladen – für den Leuchtturm offensichtlich. Diese Schweinehunde …«

»Die Ältesten!«, erriet der Junge.

»Wie auch immer. Jetzt ist Schluss mit lustig. Ich hab die Alten umgelegt. Und den Dieselgenerator auch gleich zerstört. Den Brüdern hat das natürlich gar nicht gefallen. Fast durch die halbe Stadt sind sie mir nachgejagt. Da konnte ich mir diese Bastarde so richtig gut ansehen, bis mir übel wurde. Dreckig waren sie alle, und hässlich. Mit Geschwulsten überall … Klar, das Leben an der verstrahlten Oberfläche ist kein Zuckerschlecken. Mit der Strahlung ist nicht zu scherzen.

Dann hab ich die Barkasse im Hafen bemerkt. Als ich mich zu ihr durchschlug und die Wache erledigte, hab ich das Feuer auf dem Leuchtturm gesehen. Nicht schlecht ist er geflogen, dieser Mistkerl! Woher sollte ich wissen, dass du es warst, der den ganzen Lärm veranstaltet hat. Als ich dich dann bemerkt habe, dachte ich zuerst, ich träume. Aber siehst du, wie es am Ende doch noch gekommen ist … Gut gemacht, Gleb. Vielleicht krepierst du ja doch nicht!« Taran lächelte breit und fuhr dem Jungen durch die Haare.

Der Junge erwiderte das Lächeln. Er freute sich über das ungeschickte Lob seines Meisters. Jetzt würde alles gut werden. Gleb bezweifelte nicht, dass sie wieder nach Hause kommen würden. Zu zweit konnte man Berge versetzen … Bis zur Metro würden sie es sicher schaffen, zumal mit einem solchen Verkehrsmittel! Wenn sie dieses rostige Monster nur zum Laufen kriegen würden …

Als hätte es ihr stummes Flehen gehört, erbebte das »rostige Monster«, räusperte sich und heulte mühsam auf. Die Gefährten spürten, wie das kleine Schiff zu stampfen begann und allmählich losfuhr.

»Ja!« Der Junge breitete triumphierend seine Arme aus. »Wir fahren nach Hause!«

Im nächsten Moment ertönte ein ohrenbetäubendes Donnern, dann begann etwas metallisch von außen gegen die Bordwand der Barkasse zu hämmern, dass der Schiffsrumpf erzitterte. In der Wand des Maschinenraums waren Einschusslöcher zu erkennen.

Taran warf seinen Schüler zu Boden und legte sich schützend über ihn. Kaum waren die Schüsse verstummt, zog er Gleb mit sich nach oben. Aus Richtung des Kohlehafens war das Heulen eines Motors zu hören. Hinter der Mole tauchte die Silhouette eines Schleppers auf. Das Schiff, aus dem graublauer Rauch qualmte, schien ihnen mit Volldampf den Weg abschneiden zu wollen. An seinem Bug zeichneten sich deutlich die Umrisse eines langläufigen Geschützes ab.

»Verdammt, die haben ein MTPU an Bord. Das ist ein 14,5-mm-Maschinengewehr. Wir müssen abhauen!«

Taran rannte die Bordwand entlang, griff sich das Präzisionsgewehr und legte sich flach ins Heck. Der Junge huschte ins Steuerhaus, gab Volldampf und drehte am Steuerrad. Die Barkasse neigte sich kaum merklich zur Seite, nahm Fahrt auf und beschrieb einen Bogen. Unmittelbar neben der Bordwand schlug eine Salve großkalibriger Patronen schäumend ins Wasser. Eine weitere durchsiebte die Bugwellen am Heck des Schiffes. Taran feuerte aus seinem Gewehr, zielte auf die Kannibalen am Maschinengewehr. Gleb kämpfte verzweifelt am Steuer und versuchte aus der Barkasse alles herauszuholen, wozu das kleine, gebrechliche Schiff noch fähig war.

Um aus der Schusslinie zu geraten, musste sie scharf nach Steuerbord abdrehen. Die Kannibalen nahmen die Verfolgung auf – der Weg nach Petersburg war nun abgeschnitten. In der Ferne zogen die vertrauten Umrisse der Werft vorbei. Dann passierten sie den Mittleren Hafen und fuhren immer weiter hinaus. Sie ließen den Kaufmanns- und den Küstenschiffhafen hinter sich zurück, doch hatten sie ihre Verfolger noch immer nicht abgeschüttelt.

Bisher hatten sie Glück gehabt. Ein paarmal hatten Panzergeschosse das weiche Metall der Bugwand durchsiebt, jedoch ohne lebenswichtige Teile zu treffen. Der Schlepper ihrer Verfolger war anscheinend nicht im besten Zustand – obwohl er qualmte wie eine Dampflokomotive, holte er sie nur äußerst langsam ein. Schwer schnaufend näherte sich das Schiff dem Damm. Vor ihnen zeichnete sich undeutlich die Durchlassanlage ab. Gleb erkannte sofort die riesigen Schwimmtore. Irgendwo dort im Tunnel hatten sie Ksiwa verloren.

Die Schüsse hinter ihnen wurden immer seltener – dann verstummten sie vollständig. Kurz darauf erschien Taran im Türrahmen des Steuerhauses.

»Die Patronen gehen ihnen aus. Sie sparen, die Schweinehunde. Jetzt warten sie erst mal.«

»Worauf?«

»Bis sie uns einholen, was denn sonst?«

»Und wann holen sie uns ein?« Der Junge sah seinen Meister beunruhigt an.

»Nur keine Panik. Vielleicht geht ihnen ja der Diesel aus. Unser Tank ist dagegen fast voll.«

»Und wenn …«

»Darüber denken wir erst nach, wenn es dazu kommt.«

Die Insel Kotlin war weit hinter ihnen zurückgeblieben. Der Stalker erklärte, dass sie nach seinen Schätzungen den Finnischen Meerbusen bereits verlassen hatten. Vor ihnen breitete sich die endlose Wasserfläche der Ostsee aus.

Die Kannibalen waren vom Heck aus noch immer in der Ferne zu erkennen. Ihr Schlepper war nun schon beträchtlich näher gekommen. Taran verfolgte unablässig jede Bewegung an Deck des feindliches Schiffes, um ja nicht die nächste Attacke zu verpassen. »Haben wir ihnen denn so die Suppe versalzen?«, fragte Gleb verzweifelt.

»Darum geht es nicht. Aber wenn wir die Sache mit ›Exodus‹ an die große Glocke hängen, ist es aus mit ihnen. Dann wird sich niemand mehr nach Kronstadt wagen, und sie werden elend verhungern.«

»Was sollen wir also machen?«

»Weiterfahren. Versuchen wir uns weiter backbord zu halten, Richtung Koporje-Bucht. Wenn wir sie abhängen, schlagen wir uns von Sosnowy Bor aus auf Schusters Rappen durch.«

Zwischenzeitlich schien es Gleb, dass sie ihre Verfolger abgeschüttelt hatten. Aber auf einmal qualmte das Schiff wieder stärker und beschleunigte. Von dem Schlepper drangen triumphierende Schreie zu ihnen herüber.

»Wie es aussieht, haben sie die zweite Schraube flottgekriegt.« Taran dachte einen Moment nach, dann drehte er sich zu dem Jungen um. »Gib mir die Pistole. Und mach dich bereit, jetzt wird es heiß.«

»Warum schießt du nicht? Du hast doch ein Gewehr?«

»Ich hab nur noch wenig Munition. Nicht mehr lange, und sie machen Hackfleisch aus uns. Wir müssen also improvisieren.« Taran sprang wieder an Deck.

Gleb hielt sich krampfhaft am Steuerrad fest und versuchte sich zu konzentrieren. Schon begann das Gewehr des Stalkers zu knattern – offenbar hatten die Kannibalen wieder den Maschinengewehrstand erklommen. Zwei von ihnen erwischte er, aber der Dritte schaffte es bis zu der Waffe und nahm die Barkasse gezielt unter Beschuss. Taran ließ sich flach auf das Deck fallen und bedeckte schützend seinen Kopf. Der Junge krümmte sich auf dem Boden des Steuerhauses zusammen. Es war die reinste Hölle. Die Panzergeschosse durchlöcherten das nachgiebige Eisen wie Papier. Fetzen der Verschalung flogen in alle Richtungen. Das gesamte Heck war in wenigen Sekunden in Stücke gerissen. Der Stalker war jedoch wie durch ein Wunder in den Bug des Schiffes gekrochen und damit dem sicheren Tod entgangen. Wasser strömte in den Maschinenraum, die durchlöcherte Barkasse bekam bereits Schlagseite.

»Rückwärtsgang!«, brüllte Taran.

Gleb richtete sich auf und versetzte dem Steuerhebel einen Schlag. Die Barkasse heulte auf und verlangsamte so schnell ihre Fahrt, dass der Junge das Gleichgewicht verlor und mit den Zähnen gegen das Steuerpult prallte. Der Stalker sprang währenddessen auf die Beine, riss das Präzisionsgewehr hoch, zielte schnell und feuerte. Die vernichtende Waffe schlug mächtig gegen seine Schulter, und der

Kannibale im Steuerhaus des Schleppers wurde mit einem Loch in der Brust nach hinten geschleudert.

Die verbliebenen Verfolger hatten dem Steuermann noch Warnungen zugeschrien, doch der hatte sie nicht mehr gehört. Der Schlepper raste unter Volldampf auf das Schiff der Flüchtenden zu. Taran warf sein Gewehr zu Boden, packte die Pernatsch und lief das Deck entlang. Gleichzeitig hob er die Pistole und schoss, fast ohne zu zielen. Der Kannibale am Maschinengewehr stürzte mit durchschossenem Kopf zu Boden. Dann stieß der Schlepper mit einem ohrenbetäubenden Krachen in das ausgefranste Heck der Barkasse. Taran hatte inzwischen genügend Anlauf genommen, stieß sich im Moment des Aufpralls ab und sprang auf das Schiff der Verfolger. Er rollte übers Deck, rutschte auf dem Rücken weiter und legte die nächst stehenden Kannibalen noch im Liegen um.

Ringsumher knarrten die zerberstenden Schotts. Beide Schiffe zitterten in einer Art Todeskampf, Unmengen von Wasser strömten durch die hässlichen Lecks ins Heck der Barkasse. Taran glitt über das nasse Eisen und feuerte den Rest des Magazins auf die Halunken ab, die aus dem Schiffsraum heraufkamen. Auf die letzten Kannibalen schleuderte er sein Messer, doch gelang es diesem trotz seiner beeindruckenden Größe, geschickt auszuweichen. Die Klinge klirrte gegen die Bordwand und verschwand im Wasser. Der Kannibale stürzte sich mit Gebrüll auf seinen Gegner, einen riesigen Fischspeer in der Hand. Taran warf sich zur Seite. Von dem gewaltigen Stoß durchstieß der scharfe Haken das eiserne Deck gefährlich nah bei Tarans Kopf. Im selben Moment schnellte Taran hoch wie eine gespannte Feder und stieß dem Kraftprotz gegen die Beine. Der knickte ein und stürzte auf das nasse Deck. Fast zeitgleich erhoben sie sich wieder und stürzten aufeinander zu. Taran tauchte unter den Pranken seines Gegners hindurch und umklammerte von hinten dessen Hals. Der Kannibale begann zu zappeln, wälzte sich über das Deck, aber der Stalker hatte ihn fest im Würgegriff und ließ ihn nicht los. Nach einer Weile erschlaffte dessen Körper. Der Stalker stieß den toten Kannibalen von sich, stand langsam auf und musterte das von Leichen übersäte Deck.

Der Junge holte tief Luft. Die ganze Zeit über hatte er still dagestanden, den furchtbaren Kampf seines Meisters verfolgt und es nicht gewagt, das Steuer der Barkasse zu verlassen. Doch das Schiff hatte bereits zu sinken begonnen, und so packte Gleb den Türpfosten und schwang sich nach draußen. Die Barkasse erlebte ihre letzten Minuten. Ein Großteil des Hecks stand schon unter Wasser. Der Junge hangelte sich die Bordwand hinab und kletterte auf das Deck des feindlichen Schleppers hinüber.

Trotz des Aufpralls hielt sich das Schiff noch immer über Wasser, auch wenn der Motor ausgefallen war. An den Bordwänden des Schleppers hatten sich ungleichmäßige, längliche Risse gebildet. Irgendwo an einer Fuge war die Außenwand aufgebrochen.

»Lange werden wir uns nicht halten«, schlussfolgerte Taran, während er die Leichen ins Wasser stieß. »Die Strömung ist stark. Such die Rettungswesten … na ja, oder irgendwas, das schwimmt!«

Der Junge stürzte in den Laderaum, warf verkrampft einige Lumpen auseinander, Rollen aus feucht gewordenen

Tauseilen und sonstigen Plunder. Doch es war wie verflixt: Er konnte einfach nichts Taugliches finden. Der Boden des Laderaums stand bereits unter Wasser – am Kiel schoss eine richtige Fontäne in den Raum. Gleb blickte sich ein letztes Mal um und kletterte dann verzweifelt wieder an Deck.

»Da ist nichts!«

Taran fluchte: »Dieser Waschtrog fährt nirgends mehr hin. Die Maschine ist hinüber.«

Eine Pause trat ein. Schweigend standen sie da und sahen zu, wie die Barkasse im Wasser versank. Beiden war klar, dass dieses Schicksal auch das zweite Schiff bald ereilen würde.

»Werden wir sterben?«, fragte Gleb schließlich. Er rechnete nicht mit einer tröstenden Antwort, auch wenn er alles dafür gegeben hätte.

»Natürlich werden wir sterben.« Taran begann seine Marschweste auszuziehen. »Irgendwann mal, aber nicht jetzt. Zieh deine Stiefel aus und leg die Ausrüstung ab.«

Nur zu gern hätte Gleb den Worten seines Meisters geglaubt, aber die Situation war hoffnungslos. Sie konnten nirgends hin, und es war keine Zeit mehr, sich irgendetwas auszudenken. Der Junge zog seinen Schutzanzug und die Schuhe aus und steckte sich die sorgfältig eingewickelte Tüte mit dem Allerwesentlichsten unters Hemd. Dort hatte er auch den Aufkleber von Wladiwostok hineingesteckt, den er von dem Teller abgezogen hatte. Das Metall unter seinen nackten Fußsohlen fühlte sich unangenehm kalt an. Taran legte die nutzlose Pistole aufs Deck – es war keine Patrone mehr übrig.

Der Junge blickte mit Bedauern auf seine Pernatsch. Es schmerzte ihn, sich von ihr zu trennen, aber dort, wohin sie in kurzer Zeit aufbrechen würden, hatte er dafür keine Verwendung mehr.

»Zieh diese Dinger hier an.« Der Stalker warf seinem Schüler Schwimmflossen zu, die er auf dem Deck gefunden hatte.

»Wofür sind die?«

»Damit kannst du dich über Wasser halten.«

Sie stiegen auf das Dach des Steuerhauses, setzten sich an den Rand und ließen ihre Füße baumeln. Durch den nebligen Dunst drang immer noch ein matter, ferner Lichtstrahl.

Der Junge nickte in Richtung des Leuchtturms. »Was wird nun aus ihnen werden?«

»Auffressen werden sie sich gegenseitig, und dann ist es bald vorbei. Falls die Strahlung sie nicht schon eher erledigt …«

Gleb betrachtete die gleichmäßige Linie des Horizonts. Genau so wollte er sich die äußere Welt einprägen: ruhig, düster und majestätisch. Der Nebel wurde nun immer dichter, so dass jenseits des im Wasser versinkenden Decks kaum noch etwas zu erkennen war. Ein milchiger Schleier verhüllte alles ringsum. Hätte ihn nicht das Tosen des Meeres an die Wirklichkeit der Ereignisse erinnert, so hätte Gleb meinen können, dass er wieder träumte. Doch dies alles geschah wirklich. Und die Wellen, die sie bereits erwarteten, rauschten ganz in ihrer Nähe.

Die Frage, die ihn schon die ganze Zeit gequält hatte, kam ihm plötzlich wie von selbst über die Lippen: »Warum hast du ausgerechnet mich ausgewählt?«

Sein Meister seufzte, zauste dem Jungen die Haare, und sagte langsam, als wäge er jedes Wort ab: »Weil du genauso bist wie ich … Nur im Unterschied zu mir hast du die Hoffnung noch nicht verloren … Und das ist heutzutage eine sehr seltene Eigenschaft.«

Der Junge blickte seinem Meister in die Augen. »Sag mir, was ist dein wirklicher Name?«

Der Stalker zuckte kaum merklich zusammen, erstarrte für einen Augenblick und wandte auf einmal seinen Blick ab.

»Gleb Taranow.«

Wie versteinert starrte der Junge auf das weiße Leichentuch jenseits der Bordwand und versuchte seine Gedanken zu ordnen … So saßen sie nebeneinander da, in dieser irrealen Welt, die erfüllt war von Stille und Frieden, bis das Wasser das Dach des Steuerhauses erreichte.

Sie erhoben sich, und Gleb hielt sich instinktiv an seinem Meister fest. Die Meeresbrise bespritzte sie bereits mit salzigem Wasser, die Wellen warfen sich ungeduldig gegen den Schlepper, als ob sie wetteiferten, welche als Erste diese beiden winzigen menschlichen Gestalten erreichen würde, die durch eine Fügung des Schicksals in die unendliche Weite des Meeres gelangt waren.

Schon schwappte eine Welle über die wacklige Konstruktion. Ihre Beine rutschten auf dem abschüssigen Dach ab, und im nächsten Augenblick befanden sich der Stalker und der Junge in dem ernüchternd kalten Wasser. Der Schlepper verschwand in der Tiefe, und bald verwiesen nur noch vereinzelte Luftblasen an der Oberfläche auf den Ort des Untergangs.

Die Welt kippte um. Vor den Augen des Jungen flogen, einander abwechselnd, zwei Elemente vorbei: Wasser und Luft. Nebliger Dunst und dunkles Nass. Das Weiße und das Schwarze. Gleb geriet außer Fassung und schluckte gleich in den ersten Sekunden Wasser.

»Nicht so hastig! Strample mit den Beinen!« Der Meister hielt den hustenden Jungen fest. »Beweg dich, beweg dich!«

Der Junge begann verkrampft mit Armen und Beinen zu schlagen, doch schon bald merkte er, dass er müde wurde.

»Nicht so hastig! Ruhiger, sage ich! Schau, so.«

Allmählich gewöhnte sich Gleb daran, mit den Schwimmflossen zu paddeln. Nervös drehte er den Kopf hin und her. Überall stießen seine Augen auf ein und dasselbe Bild: Wellen und weißlichen Dunst. Nur den Kopf seines Meisters konnte er neben sich erkennen. Dessen Blick war erstaunlicherweise ganz ruhig. Zu ruhig ... fast schon schicksalsergeben. Gleb begann mit doppelter Energie auf das Wasser einzudreschen.

Die Kälte ging ihm durch Mark und Bein. Seine Zähne klapperten. Arme und Beine wurden bleischwer. Trotz der Hilfe des Stalkers fiel es ihm immer schwerer, sich über Wasser zu halten. Es gab keinen Ausweg.

»Ich will nicht ...!« Gleb geriet in Panik. Tränen strömten ihm wie von selbst aus den Augen.

Der Stalker zog den Jungen zu sich auf den Rücken und legte sich dessen Arme um den Hals.

»Bald wird die Unterkühlung einsetzen, und dann kann ich dir nicht mehr helfen ... Aber bevor das geschieht, verspreche ich dir, dass du nicht qualvoll sterben wirst.«

Der Junge fing an, lautlos zu weinen, und vergrub sein Gesicht im Nacken des Stalkers. Er zweifelte nicht daran, dass sein Meister tausend Arten des schnellen Todes kannte. Und dafür war er ihm, so absurd es auch klingen mochte, zutiefst dankbar.

Eine Weile verging. Waren es fünf Minuten, zehn? Gleb wusste es nicht. Sein Gefühl für die Zeit war ihm abhandengekommen. Es war, als wäre sie plötzlich stehengeblieben. Doch dann spürte der Junge plötzlich, wie Tarans Körper zu zucken begann und rasch abtauchte. Gleb gelang es, den Stalker an den Haaren zu packen und ihn, verzweifelt mit den Beinen strampelnd, wieder an die Oberfläche zu ziehen. Die Augen seines Meisters waren verdreht, und sein Gesicht war in einer schmerzverzerrten Grimasse erstarrt. Ein Anfall ... Der Junge erinnerte sich nicht daran, wie er sich tastend mit dem Verschluss der Tasche abmühte, dem Stalker das Serum verabreichte und mit letzter Kraft den schweren Körper des Stalkers über den Wellen hielt. Die Verzweiflung hatte seinen Verstand wie ein schwarzer Schleier umhüllt, und nur ein völlig unkindlicher Starrsinn ließ ihn sich weiter und weiter bewegen. Er durfte Taran nicht ein zweites Mal verlieren. Nur nicht das!

»Halte durch! Halte durch, Vater! Bitte!«

20

JENSEITS DES LICHTS

Das Wasser war überall. Wohin man auch schaute – ringsum war nur Wasser. Eisige, lähmende Wellen rollten eine nach der anderen heran und schlugen über seinem Kopf zusammen. Er spürte seine Beine nicht mehr. Sein ganzer Körper war von einer schrecklichen Müdigkeit gefesselt, sein Mund schnappte lautlos auf und zu, wie bei einem Fisch, doch anstelle rettender Luft schluckte er nur eine neuerliche Portion Wasser. Die erschöpften Arme stießen den Körper ein letztes Mal an die Oberfläche, doch eine besonders eifrige Welle schlug ihm verräterisch in den Rücken, und das Licht, das durch die Wassermassen gebrochen war, begann zu verblassen.

Licht? Ein grelles Lichtbündel. Ein Leuchtturm? Nein. Etwas anderes. Danach etwas seitlicher noch eine Lichtquelle. Und noch eine. Schon überfluteten gleißend helle Strahlen die ganze Oberfläche.

»Ich gehe zum Licht …«

Gleb fuhr auf, zappelte wie ein verletztes Tier, sein Mund öffnete sich zu einem stummen Schrei, und seine Arme streckten sich verzweifelt zur Wasseroberfläche. Etwas Dunkles bewegte sich neben ihm, packte ihn fest an der Hand und zog seinen Körper zur Oberfläche, hinaus an die Leben spendende Luft. Der Junge hustete verkrampft und spuckte Salzwasser aus. Immer wieder hustete er und röchelte, außerstande, richtig zu atmen. Allmählich ließ das Stechen in seiner Brust ein wenig nach. Mit trübem Blick erkannte Gleb neben sich Tarans bleiches Gesicht. Der Stalker lachte. Das erste Mal, soweit sich der Junge erinnerte. Direkt hinter ihm kam durch den Nebel eine riesige Konstruktion zum Vorschein, die von hellen Feuern umringt war.

Gewaltige Scheinwerfer tasteten mit ihren Strahlen das Wasser ab, auf einer Vielzahl von Decks standen Menschen. Viele Menschen. Sie schienen den gesamten Raum des gigantischen Schiffes auszufüllen.

»Ist sie das? Die Arche?«, krächzte der Junge.

»Sieht eher aus wie eine schwimmende Bohrplattform«, erwiderte Taran und prustete Wasser aus. »Aber meinetwegen ist es auch die Arche! Ich habe nichts dagegen!«

Alles Weitere blieb kaum in Glebs Gedächtnis haften. Nur einzelne Fragmente, wie Bilder einer Fotoreportage, zogen an seinen Augen vorbei. Wie sein Meister nach einem Rettungsring griff und den Jungen näher zu sich heranzog. Wie ihn jemandes Hände auf eine rutschige Steigleiter hievten. Wie man ihn, eingehüllt in eine gute Baumwolldecke, einen langen Gang entlangtrug, dessen Wandleuchten ein gemütliches Licht verströmten. Wie man ihn in einen hell glänzenden Raum brachte, der nach Medikamenten roch. Dann verließen ihn endgültig die Kräfte, ihm wurde schwarz vor Augen, und sein erschöpfter Verstand schaltete sich ab.

Seine Eltern standen ganz nah bei ihm. Er hatte das Gefühl, er brauche nur den Arm auszustrecken und würde sie berühren. Beide lächelten, Arm in Arm, und sahen ihn unentwegt an. Aus den strahlenden Augen seiner Mutter liefen große Tränen. Tränen der Freude. Gleb versuchte zu sprechen, doch die Worte blieben ihm im Hals stecken. Worte waren überflüssig. Was er in den liebenden Blicken seiner Eltern las, bedurfte keiner Erklärung. Plötzlich wurde ihm leicht und ruhig ums Herz. So war es gewesen, wenn sie abends alle zusammen am Feuer an der *Moskowskaja* gesessen und in die Flammen geschaut hatten. Diese Momente waren ihm besonders teuer gewesen, und er wünschte, er könne sie wieder und wieder erleben. Aber nichts währt ewig. Langsam erhoben sie ihre Arme zu einem Abschiedsgruß, und die Umrisse seiner Lieben begannen zu verschwimmen. Der Junge winkte zurück. Er war sich schmerzhaft bewusst, dass er sie nie mehr wiedersehen würde …

»Jemand soll mir noch Alkohol bringen! Reib ihn stärker ab, Roine! Wo bleibt die Wärmflasche?!«

Jemand fluchte leise vor sich hin. Er spürte ein Prickeln auf seiner Haut, und durch seinen Körper strömte eine angenehme, einlullende Wärme. Seine verklebten Lider zuckten, und Gleb öffnete die Augen.

»Er kommt zu sich …«

Über seinem Kopf hing die verschwommene Silhouette eines Mannes mit Strickmütze und einem gestutzten roten Bärtchen. Er konnte den Unbekannten nicht eingehend betrachten, denn eine fremde Hand stieß diesen ohne viel Federlesens fort. Unterdessen wurde ihm allmählich klarer vor Augen. Der Junge blickte sich um. Er lag in einem bequemen Bett, das in einem weitläufigen Raum mit weiß gefliesten Wänden stand. Gleb senkte den Blick und bemerkte beunruhigt die Kanüle, die aus seinem Arm ragte. Ein dünner Schlauch schlängelte sich von dort zu einem Ständer, an dem ein Tropf hing. Die Aufmerksamkeit des Jungen erregte jedoch etwas anderes.

Na so was … Bettwäsche. Alte zwar, aber frisch gewaschen und gebügelt. Fast schon weiß. Ein wahrhaft königliches Lager! So etwas hatte er bisher nur vom Hörensagen gekannt. Mit seiner durchgelegenen Matratze und der löchrigen Decke an der *Moskowskaja* war das überhaupt nicht zu vergleichen.

Neben ihm hüstelte jemand. Der Junge drehte seinen Kopf, sein Blick fiel auf einen seltsamen alten Mann, der einen Arztkittel anhatte. Mit seinem runzligen Gesicht ähnelte er Palytsch, sah aber ungleich energischer und kräftiger aus. Auf der Nase des Doktors saß, wie es sich gehörte, eine Brille mit dünnen Metallbügeln. Zwischen seinen Zähnen qualmte eine Selbstgedrehte.

»Das war sehr unklug von Ihnen, junger Mann, bei diesem kalten Wetter zu baden!«

Die Äußerung des Alten kam so unerwartet, dass Gleb mit offenem Mund dasaß und nicht wusste, was er entgegnen sollte. Aber der Alte kam ihm rechtzeitig zu Hilfe, indem er ihm seine trockene Greisenhand hinstreckte: »Pawel Wsewolodowitsch!«

»Palytsch?«, platzte es aus dem Jungen heraus.

»Exakt! Wie haben Sie das erraten?« Der Doktor hielt inne, die Hand noch immer ausgestreckt.

»Äh … Entschuldigen Sie, das ist mir so entschlüpft.« Der Junge schüttelte die Hand des Mannes. »Gleb.«

»Äußerst erfreut, Ihre Bekanntschaft zu machen! Mein Vatersname, Sie verstehen, ist recht lang, deshalb nennen mich alle nur Palytsch. Sie können sich gar nicht vorstellen, was das für ein Glück ist, jemanden aus der Metro kennenzulernen! So viele Jahre unter der Erde, das ist doch unglaublich! Wissen Sie, ich habe eine Menge Fragen zur Physiologie der Bewohner des Untergrunds, aber zuvor würde ich noch gern einige Tests durchfüh…«

»Wo ist Taran?«, unterbrach ihn der Junge.

Der Alte stockte mitten im Wort und blickte seinen Patienten über den Rand der Brille hinweg belustigt an.

»Nur keine Aufregung, mein Bester! Falls Sie nach Ihrem Vater fragen, der ist gerade bei unserer Obrigkeit.« Der Alte hielt vieldeutig seinen Finger nach oben.

»Meinem Vater?«, fragte der Junge nach.

»Nun ja …« Der Alte starrte seinen Patienten verständnislos an. »Ich bin natürlich schon etwas taub auf dem Ohr, aber nicht so sehr, dass ich den Satz ›Passen Sie auf meinen Sohn auf‹ irgendwie anders verstehen könnte.«

»Ich muss zu ihm. Sofort!« Gleb richtete sich mit einem Ruck auf und verhedderte sich mit den Beinen in den Falten der Decke. Sein Kopf begann sofort zu dröhnen. Die Kanüle rutschte aus seinem Arm.

Der Alte bemühte sich, seinen unruhigen Patienten zurück ins Bett zu legen. Hinter dem Wandschirm kam der rotbärtige Kraftprotz zu seiner Unterstützung hervor. Panisch sprang Gleb aus dem Bett, rollte über den Boden, riss dabei einen kleinen Tisch um und verharrte reglos in einer Ecke des Raums. Einige chirurgische Instrumente fielen klirrend herunter, was ein noch größeres Durcheinander auslöste.

»Roine, halt ihn fest!«

Mit einem künstlichen Lächeln auf den Lippen näherten sich ihm langsam der Doktor und dessen Assistent, doch plötzlich blitzte in den Händen des Jungen bedrohlich die Klinge eines Skalpells auf, und sie blieben auf dem halben Weg stehen.

Gleb fletschte die Zähne und hob seine Hand mit dem Skalpell. »Zur Seite! Zur Seite, hab ich gesagt!«

Die verdatterten Mediziner wichen gerade zur Wand zurück, als sich auf einmal die Tür des Zimmers öffnete. Auf der Schwelle stand Taran. Nachdem er die Situation erfasst hatte, schmunzelte er und zwinkerte Gleb zu. Der warf das Skalpell fort und stürzte mit nackten Füßen auf den Stalker zu. Bei ihm angekommen, umarmte er ihn linkisch und kniff die Augen zu.

»Na, das reicht.« Der Meister klopfte dem Jungen kurz auf die Schulter. »Ich mag dieses romantische Schluchzen nicht.«

Schuldbewusst trat der Junge zurück, aber seine Augen glänzten freudig.

»Ich …« In seinem Kopf rasten die Gedanken hin und her. Er wollte so vieles sagen, seinen Gefühlen Ausdruck verleihen, das Erlebte mit dem Stalker bereden, mit ihm die Begeisterung darüber teilen, dass sie ein zweites Leben erhalten hatten – aber wo sollte er beginnen …

»Gehen wir!« Taran warf Gleb dessen Stiefel zu und wandte sich zu Pawel Wsewolodowitsch um: »Eigentlich ist er ganz friedlich, wenn man ihn nicht reizt ... Nehmen Sie es ihm bitte nicht übel.«

Sie passierten ein Labyrinth von Gängen und Treppen und betraten eine Galerie, oder besser: eine lange Brücke, die drei riesige Türme aus massiven Metallträgern miteinander verband, ein jeder davon so hoch wie ein Haus. Weiter unten, in einer Senke zwischen den Wänden zahlreicher Aufbauten und Wohnblocks, war ein kleiner Platz zu erkennen, über den pausenlos Menschen hin und her eilten. Gleb war überrascht, wie verschieden die Bewohner dieser von Hand geschaffenen, schwimmenden Insel waren. Es gab Hoch- und Kleingewachsene unter ihnen, Menschen mit Schlitzaugen, Schwarzhaarige, Blondinen, Langhaarige, ja sogar einige seltsame Typen mit pechschwarzer Haut!

Neben ihnen tauchte Palytschs rotbärtiger Assistent auf. »Nun, wie gefällt euch unser Turm zu Babylon?«

»Was für ein Turm?«, fragte der Junge vorsichtig.

Taran schaltete sich ein: »Das ist so eine Geschichte aus der Bibel. Darüber, wie die Leute einst aufgehört haben, einander zu verstehen, und seither unterschiedliche Sprachen sprechen. So hat Gott sie dafür bestraft, dass sie einen Turm bis in den Himmel bauen wollten.«

»Und wofür sind die da bestraft worden?«

Der Bärtige lachte schallend. »Darum geht es doch gar nicht! Sie sprechen einfach auch verschiedene Sprachen. Was es hier nicht alles gibt: Russen, Norweger, Schweden, Esten ... Ich selbst zum Beispiel bin Finne. Übrigens, ich heiße Roine.«

»Ich weiß«, erwiderten Gleb und Taran im Chor.

»Diese Plattform ist das Wertvollste, was es auf der Moschtschny, der Mächtigen, gibt.«

»Der Mächtigen?« Der Junge lebte auf und blickte zwischen seinem Meister und dem Finnen hin und her.

»Ach ja, das weißt du ja noch nicht! Die Insel Moschtschny liegt in der Ostsee. Vielleicht hast du sie ja mal auf einer Karte gesehen?«

Der Junge blickte wieder zu Taran. Der nickte zustimmend: »Hör nur gut zu. Ich bin schon im Bilde, aber du wirst dich noch ganz schön wundern.«

»Die Russen hatten dort vor der Katastrophe eine Grenzwache, und auch eine geheime Luftabwehr-Einheit war dort stationiert.« Roine war offenbar äußerst redselig und genoss es, die Gäste in alle Einzelheiten einzuweihen. »Bei dem Angriff wurde die Insel nicht beschädigt. Die Garnison blieb vollständig unversehrt. Etwas später hat dann Kaliningrad Verbindung aufgenommen. Dorthin hatte man noch vor dem Krieg diese schwimmende Bohrplattform gebracht. Zur Reparatur. Aus der Nordsee sogar. Alle, die auf ihr überlebt hatten, begaben sich auch zu der Insel. Anfänglich gingen noch viele Signale ein. Von überall kamen Leute zu uns. Mit der Zeit aber immer weniger …«

Bis dahin hatte Gleb wie gebannt zugehört. Doch nun fasste er sich ein Herz und unterbrach den Finnen: »Das heißt, dort auf der Insel gibt es keine Strahlung, und das Wasser ist sauber?«

»Natürlich! Das ist unser Gelobtes Land!«

Gleb machte einen Satz vor Freude und umklammerte das Geländer, bis die Hände schmerzten. Es schien, als würde sein sehnlichster Traum doch noch in Erfüllung gehen.

»Für einen Finnen sprichst du' aber ziemlich gut Russisch«, bemerkte Taran.

»Ich lebe ja auch schon seit meiner Kindheit auf der Insel! Russisch ist meine zweite Sprache.«

»Und du arbeitest auf der Plattform, also …«

»Genau!«, bestätigte Roine begeistert. »Diese Plattform hier versorgt die Insel sowohl mit Nahrung als auch mit Holz und Brennstoff. Mal pumpen wir Erdöl, mal fahren wir zum Festland, um Holz zu besorgen, der wirtschaftliche Bedarf ist schließlich nicht gering. Auch gestern waren wir wieder mal unterwegs, da haben wir den Scheinwerfer aus Kronstadt entdeckt. Also sind wir näher herangefahren, um herauszubekommen, was das ist. Na, und da sind wir auf euch gestoßen. Übrigens habe ich euch als Erster gesehen.« Der Finne lächelte.

»Nach Kronstadt dürft ihr nicht, dort …«

»Wissen wir schon. Taran hat es uns in aller Kürze erzählt. Der Obrigkeit aber, denke ich mal, ausführlich?« Roine blickte den Stalker an.

»Warum habt ihr in all dieser Zeit Petersburg kein einziges Mal angelaufen?«, fragte Gleb.

Roines Gesicht verfinsterte sich. »Es kamen keine Signale von dort. Kein einziges Mal in all der Zeit. Wir wollten kein Risiko eingehen. Dazu noch ohne Seehandbuch in den Finnischen Meerbusen hineinfahren – das wäre doch reinster Selbstmord. Zumal für so ein Ungetüm. Von der Newabucht ganz zu schweigen. Da gibt es Sandbänke, dass …«

Gleb hörte nicht mehr weiter zu. Es war, als ob in seinem Gehirn ein Schalter umgelegt worden wäre. Irgendwoher kannte er dieses Wort …

»Wo sind die Sachen, die ich bei mir hatte?«, fragte er Taran.

»Hier, in dem Rucksack.« Der Stalker reichte dem Jungen ein Bündel mit seinen Habseligkeiten.

Gleb begann darin herumzukramen und zog schließlich das falsche Buch des »Exodus« heraus. Ungeduldig öffnete er es.

Der Finne warf einen neugierigen Blick über die Schulter des Jungen und erstarrte. Erst nach einigen Sekunden rief er verblüfft: »Das kann nicht sein! Ist es das? Das Ostsee-Handbuch? Aber woher?«

»Das ist eine lange Geschichte …« Gleb reichte dem Finnen mit gespielter Lässigkeit das Buch. Doch der trat hastig nah an den Jungen heran und schaute sich um: »Verbirg es! Steck es weg!«

»Was ist denn los?« Gleb legte das Buch wieder an seinen alten Platz.

»Ihr habt ja keine Ahnung, was für einen Schatz ihr da mitgebracht habt!«, flüsterte Roine aufgeregt. »Über dieses Büchlein solltet ihr euch besser mit dem Kapitän unterhalten. Es enthält unschätzbare Informationen.«

Der Finne schaute sich erneut um und führte sie zu der Kapitänskajüte. Auf dem Weg dahin blickte sich Gleb mit offenem Mund nach allen Seiten um. Auf der Plattform wimmelte es von Menschen wie in einem riesigen Ameisenhaufen. Bei genauerer Betrachtung war jedoch zu erkennen, dass sämtliche Abläufe genau aufeinander abgestimmt und straff organisiert waren. Die Menschen hier waren so sehr mit ihren eigenen Angelegenheiten befasst, dass sie die Gäste gar nicht zu bemerken schienen. Einige kräftig gebaute Männer kippten frisch gefangenen Fisch durch eine Öffnung in den Laderaum; man konnte hören, wie sie einander dabei träge beschimpften. Ein paar Frauen in abgetragenen Wattejacken besserten geschwätzig einige Taue aus. Etwas weiter rührte ein großer, beleibter Kerl in weißer Mütze mit einer Schöpfkelle in einem riesigen Kessel herum – der hiesige Schiffskoch. Von oben ertönten rhythmische Schläge auf Eisen – dort werkelten Monteure an den Flaschenzügen eines Aufzugs herum.

Am Eingang zur Kajüte hielt sie ein strenger Kerl mit vorgestrecktem Scharfschützengewehr auf. Der Wachposten sprach kurz mit dem Finnen, wies sie an zu warten und verschwand hinter der Tür.

»Verkauft es nur nicht zu billig«, flüsterte ihnen Roine zu. »Feilscht ruhig noch etwas. Ein sicherer Weg nach Petersburg kostet viel!«

»Wir feilschen nicht«, entgegnete Taran scharf. »In der Metro sterben die Menschen wie die Fliegen. Der Hunger, die Strahlung, die Mutanten … Sie müssen gerettet werden.«

In diesem Augenblick ging die Tür auf, und die Gefährten betraten die Kajüte, die einen recht behaglichen Eindruck machte: ein Sofa, das allerdings schon bessere Zeiten gesehen hatte, Regale mit See- und Landkarten, ein großer Chronometer an der Wand. Hinter einem beeindruckenden Tisch saß ein akkurat gekleideter Mann von etwa sechzig Jahren, der konzentriert etwas in einem dicken Journal notierte. Seine Dienstmütze und die gebügelte Uni-

formjacke wiesen ihn als Kapitän der schwimmenden Plattform aus. Der Kapitän sah für einen Augenblick von seinen Papieren auf, warf einen raschen Blick auf seine Gäste
und deutete mit dem Kopf auf einige Sessel. Die Gefährten nahmen Platz. Es herrschte Schweigen.

»Nun, was haben Sie da?«, sagte er schließlich.

Gleb holte sein »Ostsee-Handbuch« hervor und legte es
vor dem Kapitän auf den Tisch. Der blickte zunächst verständnislos auf den Umschlag, dann blätterte er einige Seiten durch. Dem Jungen entging nicht, mit welchem Interesse
der Mann in der Uniformjacke die mit Notizen übersäten
Karten betrachtete. Der Kapitän nahm aus seinem Ziga-
rettenetui eine Selbstgedrehte heraus, zündete sie an und
blickte die Gäste an: »Was wollt ihr dafür haben?«

Gleb blickte Taran erwartungsvoll von der Seite an, aber
sein Meister hatte es offensichtlich nicht eilig mit einer
Antwort, sondern blickte seinen Gesprächspartner unverwandt an.

»Dass die Menschen aus der Metro evakuiert werden.«

Der Kapitän schwieg. Er zog an der Selbstgedrehten,
klopfte die Asche ab und blickte durch das Schiffsfenster.
Dann stieß er eine Wolke graublauen Rauches aus.

»Sehen Sie, nach Moschtschny kommt nicht jeder. Für
alle ist einfach nicht genügend Platz. Außerdem können
wir auf der Insel nicht jeden x-Beliebigen brauchen. An
Kranken und Alten haben wir auch so schon genug. Kräf-
tige und Gesunde dagegen weisen wir nicht ab. Umso
mehr, als mit diesem Buch« – er nickte in Richtung des
Seehandbuchs – »die Überfahrt nach Petersburg realistisch
wird.«

»Und wie wollen Sie die ›Brauchbaren‹ auswählen?«, fragte Taran mit Nachdruck.

»Denken Sie doch einmal nach. Die Insel hat all die Jahre bisher nur überlebt, weil jeder ihrer Bewohner strengste Disziplin geübt und schwere Arbeit geleistet hat. Verstehen Sie, jeder einzelne Bewohner. Bei uns haben alle ihre Aufgabe – Jung wie Alt. Schmarotzer und Invaliden brauchen wir nicht.«

Gleb erinnerte sich an Nata, das Hinkebein … Sollte das bedeuten, dass auch ihr der Weg zur Insel verwehrt war? Mutig fragte er: »Ich habe eine Bekannte in der unterirdischen Welt. Sie ist ein gutes Mädchen, hinkt nur ein wenig.«

»Das ist nicht schlimm«, versicherte ihm der Kapitän. »Wir machen eine Ausnahme.«

Der Junge beruhigte sich ein wenig. Er überlegte, wer von seinen Bekannten noch nicht auf die Insel gelangen könnte.

»Du hast doch auch eine Krankheit, Taran, nicht wahr?«, fragte der Mann in Uniformjacke auf einmal.

Der Junge begann sich schon um das Schicksal seines Meisters zu sorgen, doch der Kapitän fuhr sogleich fort: »Wenn sie nicht ansteckend ist, dürfte es keine Probleme mit deiner Übersiedlung geben. Unsere Gemeinschaft braucht erfahrene Stalker, und du hast, wie ich höre, in dieser Hinsicht einiges an Erfahrung vorzuweisen …«

»Aber ich kann keine Gemeinschaft brauchen, die Menschen aussortiert. Für die, die ihr mitnehmen wollt, sage ich natürlich Danke, aber ich passe.«

»Bist du sicher?«

»Sobald ihr nach Petersburg fahrt, vergesst nicht, mich dort abzusetzen. Ab dann trennen sich unsere Wege. Wann wollt ihr aufbrechen?«

»Das kann ich jetzt noch nicht beantworten. Verstehst du, wir können nicht einfach so unser einziges seefähiges Verkehrsmittel riskieren. Wir sind schon einmal auf eine Sandbank aufgelaufen – damals war die Plattform monatelang nicht zu gebrauchen. So etwas beschließt man nicht leichtfertig, Stalker. Und die Entscheidung liegt auch nicht bei mir. Gegen Abend laufen wir die Insel an. Dort kannst du dich selbst mit unserer Obrigkeit darüber verständigen …« Der Kapitän blickte auf das Chronometer. »Ich wage es nicht, euch länger aufzuhalten. Roine, hilf unseren Gästen, sich hier zurechtzufinden.«

Der redselige Finne zeigte ihnen noch gut anderthalb Stunden lang die Sehenswürdigkeiten von »Babylon«. Wie sich herausstellte, war das nicht einfach eine Metapher ihres Begleiters, sondern die Bezeichnung hatte sich tatsächlich eingebürgert. Jedenfalls klang sie weitaus besser als das langweilige »schwimmende Bohrplattform«.

Als Roine mit ihnen das riesige Steuerhaus betrat, ertönte gerade aus dem Lautsprecher eines alten Empfängers eine näselnde Stimme, die monoton den Wetterbericht verlas. Dann legte sich ein Rauschen darüber, und auf einmal war eine andere Stimme zu hören. Irgendein Witzbold stimmte ein schlüpfriges Lied an, was den Nachrichtensprecher in Rage brachte.

»Insel Maly, ihr immer mit euren Späßchen! Macht sofort die Frequenz frei!«

Taran stieß Gleb leicht in die Seite, als ob er sagen würde: Da hast du die Signale vom »Raskat«.

Gleb wollte es ganz genau wissen: »Heißt das, ihr habt da mehrere Inseln?«

»Nicht weit von der Moschtschny gibt es noch ein paar. Die sind natürlich kleiner.« Roine verdrehte schwärmerisch die Augen. »Auf der Maly gibt es Mädels, da kommst du ins Taumeln!«

In diesem Augenblick begann eine Sirene über der Plattform zu heulen. Ein scharfes, abgehacktes Brüllen ließ die Menschen an Deck hin und her eilen. Der Junge und der Stalker liefen nach draußen. Jemand schrie aus vollem Hals in ein Megafon: »Luftangriff! Luftangriff!«

Erstaunlicherweise brach keine Panik aus. Die Frauen versteckten sich in den Laderäumen, und die Männer verteilten sich auf einige Feuerstellungen, an denen befestigte Maschinengewehre standen. Gleb schaute in den Himmel. Dorthin, von wo ein gigantischer Schatten auf sie herabstürzte. Ein Blick genügte, um in dem Giganten, der mit seinen ausladenden Flügeln die zwischen den Wolken hervorblickende Sonne verdeckte, einen alten Bekannten zu erkennen.

Wie auf ein Signal ratterten die zahlreichen Doppel-MGs los. Der Schatten im Himmel zuckte zusammen, scherte aus und flog so knapp über die Plattform hinweg, dass die Menschen den gewaltigen Luftstoß spürten und er beinahe die Spitzen der Bohrtürme streifte. Mit ohrenbetäubendem Scheppern schickte eine massive Harpunenschleuder einen langen Pfeil mit einer Reihe von scharfen Haken der Bestie hinterher. Kreischend begann sich die Trommel mit dem Stahlseil zu drehen. Der Gigant kam ins Schlingern und krümmte seinen langen Hals, um im Flug den Widerhaken der Harpune, die in seinem Bauchfell steckte, herauszuziehen.

»Schalt ein!«, brüllte jemand lauthals von oben.

Gleb schaute neugierig hinab. Ein Männlein in einer Wattejacke lief geschäftig zu dem Transformatorenhäuschen und riss einen Hebelschalter um. Die Luft surrte und wimmerte unter dem Druck des Stromstoßes, der durch das Seil hinaufschoss. Der Mutant zuckte mit seinem ganzen riesigen Körper, seine Flügel krampften sich zusammen.

Der Elektriker schaltete den Strom ab. Die Kreatur fiel wie ein hilfloser Sack ins Meer. Die durchsiebten Flügel schlugen wild um sich und bespritzten die Menschen mit Salzwasser. Die Maschinengewehre versenkten erneut mehrere Salven in den riesigen Körper, der sich bereits im Todeskampf wand. Das Wasser an der Bordwand schäumte und färbte sich rasch rot. Die Jäger sammelten sich am Rand des unteren Decks. Bootsstangen, Netze und Fischerhaken wurden verteilt.

»Zur Bordwand, zur Bordwand mit ihm! Anhaken! Hochziehen!«

Über dem Rand der Plattform tauchte der abscheuliche Kopf des Riesen auf. Ein Oh und Ah ging durch die Menge, die Leute eilten zur Seite. Erneut ratterten die Doppel-MGs los und durchpflügten das weit aufgesperrte Maul mit langen Salven. Ein letztes Mal kreischte der Mutant auf, wand sich in Todeskrämpfen und erschlaffte schließlich. Der schwere Kopf des Monsters fiel auf das Deck und knirschte ein letztes Mal mit dem blutverschmierten Kiefer.

Die Jäger stimmten ein Freudengeheul an, umarmten sich und klopften einander auf die Schultern. Wie Ameisen kamen die Leute nun aus ihren Verstecken und versammelten sich an der Bordwand. Alle wollten sie den Anblick des besiegten Raubtiers erhaschen. Doch schon bald legte sich der Rummel wieder und machte alltäglicher Geschäftigkeit Platz. Die Leute verteilten sich auf den Decks, widmeten sich wieder ihren unterbrochenen Angelegenheiten, und nur wenige Männer blieben an der Bordwand zurück, um den Körper des toten Riesen an der Plattform zu befestigen.

Taran erkundigte sich: »Kommt das bei euch oft vor?«

»Schon ab und zu ...«, entgegnete der Finne unbestimmt. »Aber jedes Jahr seltener. Die Viecher haben wohl kapiert, was ihnen teurer ist ... Um die Insel machen sie sowieso schon lange einen Bogen. Moschtschny ist voller Wachtürme, da kommen die nicht durch. Maschinengewehre, Flammenwerfer – eine ernst zu nehmende Abwehr.«

Gleb versuchte sich all diese Macht vorzustellen und schauderte unwillkürlich.

Roine beobachtete das geschäftige Tun an der Bordwand. Seine Augen leuchteten. »Heute hatten wir eine erfolgreiche Jagd! Der Mensch ist eben der Herr der Welt! Er ist dazu bestimmt, alles zu zerkleinern, zu zermahlen, zu konsumieren ... Darin kann ihm niemand das Wasser reichen!«

Gleb blickte sein Gegenüber von der Seite an: »Und wenn doch?«

»Was? Wer denn?« Roine winkte ab. »Blödsinn. Dies ist unsere Welt. Und wenn irgendeine Kreatur das noch nicht verstanden hat – unsere Waffen sind sehr überzeugend. Das Recht des Stärkeren, Junge, und basta.«

Der Stalker seufzte. »Wir haben das Recht des Stärkeren schon einmal genutzt. Vielleicht sollten wir den gleichen Fehler nicht noch einmal machen.«

Der Finne wollte ihm widersprechen, doch da wurde er zu irgendwelchen dringenden Angelegenheiten gerufen. Der Bärtige winkte zum Abschied und ging fort.

»Angeber … Ich würde ihn gern mal sehen neben dem Puppenspieler. Mann gegen Mann.« Der Junge zog die Schultern hoch. Ihn fröstelte. »Die haben doch einfach nur Glück gehabt, die Katastrophe unversehrt zu überstehen und ein Fleckchen unberührter Erde zu finden. Ein bisschen wenig, finde ich, um sich ›Herren der Welt‹ zu nennen …«

»Nimm es ihnen nicht übel. Es ist eben eine Eigenschaft des Menschen, sich für stark zu halten. Genau darin liegt seine Schwäche.«

Taran und Gleb betraten das Oberdeck, wo sie sich an der Bordwand ein Plätzchen suchten. Die »Babylon« durchschnitt majestätisch die Wasseroberfläche und hielt Kurs auf die Insel. Am Horizont kamen bereits die unregelmäßigen Konturen des fernen Landes zum Vorschein. Der Junge blickte mit stockendem Herzen nach vorn. Dorthin, wo sich in die endlosen Weiten des Meers ein kleines Fleckchen Erde eingeschlichen hatte, das den Menschen Erlösung und Hoffnung schenkte, Speise und Obdach, ein neues Leben und den Glauben an die Zukunft.

Je mehr sich die »Babylon« Moschtschny näherte, umso deutlicher waren die Reihen von zwei- und dreigeschossigen Häusern zu erkennen, deren Fenster ein gemütliches Licht verströmten. Es würde großartig sein, zu zweit über die Insel zu spazieren, wie er es sich in seinen Träumen vorgestellt hatte. Doch an dieser Stelle waren seine Fantasien jedes Mal aus irgendeinem Grund abgerissen. Darüber, was weiter sein würde, hatte sich Gleb keine Gedanken gemacht.

Das Rauschen der Brandung liebkoste seine Ohren. Eine Welle nach der anderen rollte ohne Hast auf das abschüssige Ufer, das mit Kieselsteinen bedeckt war, und strömte ebenso würdevoll wieder zurück, eine Schleppe von dichtem, schneeweißem Schaum hinter sich zurücklassend.

Am Brandungsstreifen saßen zwei einsame, schweigende Gestalten. Der Himmel färbte sich rosig in Erwartung der baldigen Morgendämmerung. Der Morgenwind bewegte leicht die Luftmassen über der riesigen Wasserfläche. Gleb war vollkommen verzaubert von diesem prachtvollen Anblick. Seit einigen Tagen gingen er und Taran jedes Mal frühmorgens ans Ufer, um den Sonnenaufgang nicht zu versäumen.

Die Woche ihres Aufenthalts auf der Insel war unmerklich verflogen. Alles hier war so seltsam anders: das Lachen der überall herumeilenden Kinder, die sauberen, gemütlichen Höfe, die Straßen mit dem Kopfsteinpflaster, die Blumenrabatten, die zahlreichen Imbissstuben mit den verlockenden Essensgerüchen, die abendlichen Spaziergänge auf dem Hauptplatz, der anheimelnd beleuchtet und hübsch hergerichtet war …

Der Junge seufzte. Taran und er hatten bei ihren Wanderungen über die Insel zu zweit einige wunderbare, glückliche Tage verbracht. Nun jedoch, nachdem sich seine Euphorie gelegt hatte, wurde Gleb plötzlich bewusst, dass er sich nach seiner *Moskowskaja* sehnte.

»Pa, ich werde doch bei dir wohnen, wenn wir wieder in Piter sind, oder?«

Der Stalker lächelte kaum merklich und blickte in die Ferne. »Und was ist mit dem Gelobten Land? Du hast doch davon geträumt, es zu finden?«

»Ich habe es ja gefunden. Aber auf dieser Insel rumzusitzen … ist langweilig! Das sagst du doch selbst immer: Das Schlimmste ist, nichts zu tun.« Gleb griff in die Tasche seiner Windjacke und zog den Aufkleber mit der Abbildung des fernen Wladiwostok hervor. Er kniff die Augen zusammen und verglich das Bild mit dem Panorama der Insel. »Außerdem … Es muss doch noch andere, unverseuchte Gegenden geben, wohin die Kranken aus der Metro gebracht werden können. Oder die Alten.«

Der Stalker ließ sich Zeit mit seiner Antwort. Es war traurig, die Illusionen dieses früh erwachsen gewordenen Kindes zu zerstören. Wie sollte er ihm erklären, dass sich die Welt – unwiederbringlich – verändert hatte? Dass Hoffnung in dieser neuen Wirklichkeit nicht nur töricht, sondern auch gefährlich war? Dass die Menschheit keinen Anspruch mehr hatte auf die unberührt gebliebenen Ecken dieser Welt? Schließlich hatte der Mensch bereits alles verdorben, was er in die Finger bekommen hatte …

»Weißt du, Gleb, die vergiftete Welt ist nur halb so schlimm. Viel schlimmer sind die vergifteten Seelen. Wir sollten deshalb nicht mit der Suche nach unberührten Gegenden beginnen. Nach reinen Menschen müssen wir suchen. Solchen wie du.«

EPILOG

Eine seltsame Prozession zog sich durch den Tunnel. Ausgemergelte, ärmlich gekleidete Männer und Frauen trugen Bündel mit einfachen Habseligkeiten mit sich. Die Menschen marschierten in absolutem Schweigen, und nur das leise Scharren der vielen Füße durchbrach die drückende Stille. Die Prozession führte ein Mann in einer fußlangen Robe an. In der einen Hand trug er eine Fackel, die er hoch über seinem Kopf erhoben hatte. In der anderen hielt er sein schweres Gebetbuch in einem abgenutzten Umschlag.

Vor ihnen flackerte ein Licht auf. Der Tunnel gabelte sich hier, einer der Wege bog abrupt zur Seite ab. Direkt an der Gabelung saß ein Mann in einem abgetragenen Schutzanzug neben einem Feuer. Er hatte ihnen den Rücken zugewandt und hielt seine Arme ans Feuer. An der Wand lehnte ein Sturmgewehr. Als er die Schritte hörte, stand der Mann langsam auf und wandte sich zu den Reisenden um:

»Wohin des Wegs, wenn's kein Geheimnis ist?«

Die Prozession blieb stehen. Der Mann in der Robe hob den Kopf. »Den demütigen Dienern des ›Exodus‹ ist nur ein Weg bereitet. Zur Arche.« Der Sektierer machte Anstalten weiterzugehen.

»Dienerchen, warte! Zur Arche geht's durch den anderen Tunnel.« Der Ton des Mannes hatte sich geändert, in seiner Stimme lag jetzt etwas Bedrohliches.

Der Sektierer drehte sich um und blickte direkt in eine Gewehrmündung. Seine Anhänger hatten sich etwas abseits zusammengedrängt und warteten ab, wie das Gespräch enden würde.

»Ich führe diese Notleidenden ins Gelobte Land und …«

»Nach Kronstadt, wie?«, unterbrach ihn der Mann. »Du kommst ein wenig zu spät. Wir haben deine ›Brüder‹ schon erledigt. Sie haben sich als Menschenfresser entpuppt. Und diese Schäfchen möchtest du wohl deinen Artgenossen zur Fütterung bringen?«

Der Sektierer wurde bleich und blickte hastig um sich. Die Leute in der Kolonne wurden unruhig, begannen zu flüstern. Plötzlich warf der Messias seine Fackel auf die Erde und rannte auf die Abzweigung zu, doch ein Zwei-Meter-Hüne mit einem Sturmgewehr trat ihm schweigend in den Weg und drängte ihn zurück zu seiner Gemeinde. Der Mann in der Robe ließ das Gebetbuch fallen. Rasch drängte sich ein Halbwüchsiger durch die Menge und näherte sich dem Sektierer. Der Junge trat dicht an den Kannibalen heran und richtete die Mündung einer abgesägten Schrotflinte auf ihn.

»Bete, du Missgeburt. Zu deinem ›Exodus‹ oder sonst wem. Du beendest hier deine Tage.«

»Warte …« Die Hand eines ergrauten Mannes mit bleichem, verrunzeltem Gesicht legte sich auf die Schulter des

Jungen. »Ich muss noch etwas herausfinden. Ich weiß nicht, welche Feindschaft zwischen euch besteht, aber auf unserem Weg hierher ist das Kind dieser Frau verschwunden ...«

Der Mann zeigte auf eine gebeugte Gestalt in der Menge. Die Gemeindegänger stützten die Frau am Arm.

»Es war noch ganz klein. Vielleicht vier Jahre alt. Wir dachten, dass es wilde Tiere während einer Rast weggeschleppt haben. Aber jetzt ...«

»Sag es ihnen.« Der Junge mit der Flinte heftete seinen Blick auf den Sektierer.

Unter den vielen starren Blicken schrumpfte der Kannibale zusammen und begann am ganzen Körper zu zittern. Dann wurde ihm die Ausweglosigkeit seiner Lage bewusst, und er brach mit einem Mal in ein hysterisches Lachen aus.

»Was glotzt du so, Alter? Ich hab es gefressen, hast du kapiert?! Gefressen!!«

Sein irres Lachen und seine Schreie gingen in dem wütenden Gebrüll der Menge unter. Die Gemeindegänger stießen den Jungen zur Seite und stürzten sich auf den Sektierer, umringten ihn, drängten sich zusammen ...

Nach einer Weile war alles vorbei. Die Menschenwelle flutete zurück und ließ einen zerfetzten Körper auf der Erde zurück.

»Du hast das Jüngelchen verdorben, Taranow! Er ist genauso ein Dickkopf geworden wie du ...« Der Hüne trat herzu und lächelte gutmütig.

»Hätt ich wohl dich fragen sollen ...«

»Wie bitte? Ich hab doch gesagt, du sollst lauter sprechen!«

»Ich sage, du musst deine Schädelprellung behandeln lassen, Gena! Auf der ›Babylon‹ gibt es einen guten Arzt, Palytsch heißt er.«

»Ich brauch keine Heiler. Genauso wenig wie euer ›Babylon‹. Nach diesem denkwürdigen Zwischenfall habe ich überhaupt ein gespaltenes Verhältnis zu schwimmenden Verkehrsmitteln. Wäre beinah ertrunken mit diesen Teufeln unten am Damm. Ein Dankeschön an Ksiwa, möge er in Frieden ruhen, dass er die Granate geworfen und diese Schweinehunde verschreckt hat. Wie ich mich später zur Metro durchgeschlagen habe, weiß ich selbst nicht mehr.«

»Hast du schon erzählt«, fiel ihm Taran ins Wort. »Also, hast du schon eine Entscheidung getroffen?«

»Was für eine Entscheidung?«

»Wegen der Insel.«

Dym verzog sein Gesicht. »Das ist kein Leben für mich. Zu langweilig.«

»Gleb sagt genau das Gleiche.«

»Wohin also jetzt?«

»Wohin? ... Wir haben da so eine Idee.« Der Stalker öffnete seine Tasche und zeigte mit dem Finger auf eine Karte. »Das Schöne ist, du kannst dich nicht verirren: Schau einfach, wo die Sonne aufgeht, und ab geht die Post ...«

»Das heißt also, nach Osten ...«

»Nach Osten. Zum Licht.«

ANMERKUNGEN

Seite 16: PROSPEKT SLAWY
»Prospekt des Ruhmes«. Mit »Prospekt« wird im Russischen eine wichtige Hauptstraße bezeichnet, z. B. der Newski-Prospekt in St. Petersburg. Der Prospekt Slawy ist verkehrstechnisch die Ost-West-Verbindung der Stadt und verläuft durch den historischen Stadtteil Kuptschino.

Seite 16: NOWO-WOLKOWSKI MOST
Die »Nowo-Wolkowski-Brücke« führt im Stadtteil Kuptschino über den Wolkowski-Kanal, der ein Teilstück des Flusses Wolkowka darstellt.

Seite 16: MOSKAUER PLATZ
Der Moskauer Platz ist der größte Platz von St. Petersburg mit einer Fläche von ca. 13 Hektar. In der Mitte des Platzes befindet sich eine bronzene Leninstatue.

Seite 16: MOSKOWSKAJA
Metrostation auf der blauen Linie 2 der St. Petersburger Metro. Die am Moskauer Platz gelegene Sta-

tion wurde 1969 eröffnet und ist eine Durchgangsstation in ca. 29 Meter Tiefe. Sie ist eine Station
geschlossenen Typs, d. h. die Gleise sind vom Bahnsteig durch Sicherheitstüren getrennt, die sich nur
zum Aus- und Einsteigen öffnen – ein Spezifikum
der Petersburger Untergrundbahn.

Seite 18:   PITER
Inoffizielle, umgangssprachliche Bezeichnung von
St. Petersburg durch seine Einwohner sowie in Russland überhaupt. Die Bezeichnung geht auf »Pieter«,
die niederländische Form von Pjotr, zurück und be-
zieht sich somit auf den Namenspatron der Stadt,
Zar Peter den Großen, und seine berühmte Reise
nach Westeuropa, darunter auch Holland.

Seite 23:   »TECHNOLOSCHKA«
Umgangssprachliche Bezeichnung für die Metrostation *Technologitscheski institut* im Schnittpunkt der
roten und der blauen Linie. Namensgeber der Station
ist die bereits 1828 gegründete Sankt Petersburger
Staatliche Technologische Hochschule, eine der füh-
renden Hochschulen Russlands.

Seite 28:   KRONSTADT
Eine Hafenstadt auf der Insel Kotlin westlich vor
St. Petersburg, die durch den Petersburger Damm
mit der Stadt verbunden ist. Sie wurde 1703 von
Peter I. als Marinestützpunkt und Festung gegrün-
det. Bekannt wurde sie durch die Matrosenaufstände

374

von 1905/1906. Während der Sowjetzeit und bis 1996 war sie aufgrund ihrer strategisch wichtigen Position eine »geschlossene« Stadt.

Seite 46: »MOSKAUER GESOCKS«
Gemeint sind Besucher aus Moskau, die sich zur Zeit des Atomschlags in der St. Petersburger Metro aufhielten und sich nun vorrangig an der Doppelstation *Majakowskaja/Ploschtschad Wosstanija* aufhalten. Für die Petersburger sind sie wegen der traditionellen Rivalität zwischen Moskau und Petersburg nach wie vor Fremde, Zugereiste.

Seite 55: ELEKTROSSILA
Wörtl. »Elektrokraft«, eine der Metrostationen auf der blauen Linie. Sie ist benannt nach dem gleichnamigen Generatoren- und Motorenwerk. 1898 als Abteilung des Berliner Werks Siemens-Halske auf der Wassiljewski-Insel gegründet, wurde das Werk 1922 Volkseigentum und in »Elektrossila« umbenannt.

Seite 78: PETSCHENEG
7,62-mm-Maschinengewehr, eine Weiterentwicklung des Kalaschnikow-Maschinengewehrs PKM.

Seite 79: KMOLS
Das Kronstadter Marinewerk mit Leninorden (»**K**ronschtadtski **m**orskoj **o**rdena Lenina **s**awod«) wurde 1858 zur Instandsetzung der Schiffe und der Militärtechnik der russischen Ostseeflotte gegründet.

Seite 87: U<small>TJOS</small>

Wörtl. »Felsen«, automatisches Maschinengewehr mit 12,7-mm-Kaliber und einer Reichweite von max. 8000 Metern.

Seite 91: K<small>ROKODIL</small> G<small>ENA</small>

Hauptfigur aus einem populären sowjetischen Puppentrickfilm von 1969 (Regie: Roman Katschanow) nach dem Buch »Krokodil Gena und seine Freunde« von Eduard Uspenski. Das Geburtstagslied des grünen Krokodils ist heute ein Klassiker.

Seite 91: FN F2000

Ein Sturmgewehr des belgischen Waffenproduzenten Fabrique Nationale. Es hat ein 5,56-mm-NATO-Kaliber, kann bis zu 850 Schuss pro Minute abfeuern und verfügt über eine modulare Konstruktion.

Seite 95: P<small>ROSPEKT</small> S<small>TATSCHEK</small>

»Prospekt der Aufstände«, die zentrale Straße des Kirowski Stadtbezirks, von der aus die Peterhofer Chaussee nach Westen führt.

Seite 96: AK-74

»**A**wtomat **K**alaschnikowa obrasza 1974 goda«, kleinkalibriges Sturmgewehr, eine Weiterentwicklung des AK-47. Standardgewehr der sowjetischen und später der russischen Streitkräfte.

Seite 98: KORABELKA

Umgangssprachliche Bezeichnung für die Petersburger Staatliche Universität der Seefahrtstechnik (»Sankt Peterburgski gossudarstwenny morskoi technitscheski uniwersitet«). 1899 auf Erlass Nikolais II. als »St. Petersburger Polytechnisches Institut« gegründet, ab 1930 Universität, führende russische Hochschule für Schiffsbau und Seefahrtstechnologie.

Seite 100: POLESCHAJEW-PARK

Der »Poleschajewski Park«, 1765 von Katerina II. für ihren Favoriten Graf Orlow angelegt und 1874 von dem Bankier Poleschajew erworben, befindet sich zwischen der Peterhofer Chaussee und dem Prospekt Weteranow.

Seite 100: SERGIJEW-VORSTADT

Die »Sergijewskaja Sloboda« gehört zur Stadt Strelna südwestlich von St. Petersburg. Das Zentrum des hier im 18. Jahrhundert angelegten Park-und-Schloss-Ensembles ist der Konstantin-Palast.

Seite 100: MAKAROWKA

Umgangssprachliche Bezeichnung der Staatlichen Admiral-Makarow-Marineakademie. Admiral Makarow war unter anderem auch Ozeanograph, Polarforscher und Schriftsteller. Er fiel 1904 im Russisch-Japanischen Krieg.

Seite 101: SCHAITAN

Das arabische Wort »shaitan« bezeichnet neben Iblis im Islam den Teufel, den Satan. Es verweist aber auch auf die Personen, die gegen Gott rebellieren und die Menschen durch Einflüsterungen zur Sünde veranlassen.

Seite 105: KONSTANTIN-PALAST

Prunkschloss aus dem 18. Jahrhundert, Teil des Park-Ensembles in Strelna, 19 km vor St. Petersburg. In der Nähe des Palasts wurden in den 1990er Jahren eine Siedlung und ein Fünf-Sterne-Hotel errichtet.

Seite 120: NOSSOROG

Ein 9-mm-Revolver für den Nahkampf. Die Bezeichnung »Nossorog« (»Nashorn«) erhielt er wegen seiner typischen Form.

Seite 133: PETER-UND-PAUL-KATHEDRALE

In Peterhof am Olga-Teich errichtet, wurde diese Kathedrale 1905 im Beisein der Zarenfamilie geweiht. Sie ist etwa 70 Meter hoch. Peterhof, 30 Kilometer vor St. Petersburg gelegen, ist bekannt durch sein Schloss-Park-Ensemble und seine Wasserspiele und Springbrunnen, so z. B. die Fontäne »Samson reißt dem Löwen den Rachen auf«. Zentrum des Ensembles sind der Große Palast und die Große Kaskade, die den Oberen mit dem Unteren Park verbindet.

Seite 134: GROSSER VATERLÄNDISCHER KRIEG

Russische Bezeichnung für den Deutsch-Sowjetischen Krieg von 1941 bis 1945.

Seite 134: … DA WARD EIN GROSSES ERDBEBEN

Aus der Offenbarung des Johannes, Kapitel 6: »Die Öffnung der ersten sechs Siegel«.

Seite 137: OLGA-TEICH

Anlässlich der Heirat seiner Tochter, der Großfürstin Olga Nikolajewna, ließ Nikolai I. in der Nähe des Oberen Gartens in Peterhof 1864 als Geschenk einen Teich samt Pavillon anlegen.

Seite 141: RASKAT

Wörtl. »Donnergrollen«, eine Leitzentrale für den Schiffsverkehr in der Newabucht.

Seite 155: KULIBIN

Gemeint ist der Mechaniker und Erfinder Iwan Petrowitsch Kulibin (1735–1818), der mit originellen Entwürfen für Maschinen, Geräte, Brücken hervortrat. Im heutigen Russisch bezeichnet »Kulibin« generell einen »Tüftler, Erfinder«.

Seite 161: SERGIJEWKA-PARK

Eine weitere Parkanlage mit Schloss bei Peterhof. Nikolai I. erwarb 1839 das Gut als Hochzeitsgeschenk für seine Tochter Marija Nikolajewna, die Maximilian Lejchtenberg heiratete – daher auch die andere Bezeichnung des Ensembles »Park Lejchtenberg-skogo«.

Seite 167: Lomonossow

Die 40 Kilometer südwestlich von St. Petersburg gelegene Stadt, früher Oranienbaum, wurde 1948 nach dem russischen Universalgelehrten Michail Lomonossow umbenannt.

Seite 179: Petersburger Damm

Inoffizielle Bezeichnung des Hochwasserschutzdammes, der sich über die Insel Kotlin quer durch die Newabucht zieht. Er ist 25 Kilometer lang, über ihn läuft auch ein Teil der Petersburger Ringautobahn.

Seite 215: Kotlin

Die Insel Kotlin ist 30 Kilometer westlich von Sankt Petersburg im Finnischen Meerbusen gelegen. Auf ihr befindet sich die alte Festungsstadt Kronstadt.

Seite 235: Kotlin-See

Von russ. »kotlowina« (»Talkessel, Mulde«), historische Bezeichnung des zwischen der Newamündung und der Insel Kotlin befindlichen Beckens.

Seite 259: FSB

»**F**ederalnaja **S**luschba **B**esopasnosti« (»Föderaler Dienst für Sicherheit«) ist die Bezeichnung für den russischen Geheimdienst, die Nachfolgeorganisation des KGB.

Seite 262: TSCHAPAJEW

Ein vor allem in der Sowjetunion populäres Geschicklichkeitsspiel, das auf einem Damebrett gespielt wird. Seine Bezeichnung erhielt es von Wassili Tschapajew, einem Helden des Russischen Bürgerkriegs.

Seite 272: SUSSANIN

Der russische Nationalheld Iwan Ossipowitsch Sussanin lebte Ende des 16., Anfang des 17. Jahrhunderts. In der Zeit der Großen Wirren rettete er das Leben des Zaren vor den polnischen Angreifern.

Seite 272: KRONSTADTER HÄFEN

Als Hafen- und Festungsstadt verfügt Kronstadt über mehrere Häfen, darunter den Holzhafen (»Lesnaja gawan«) und den Kohlehafen (»Ugolnaja gawan«), die beständig erweitert wurden.

Seite 337: MTPU

»Morskaja tumbowaja pulemjotnaja ustanowka« ist ein 14,5-mm-kalibriges, auf einem Podest befestigtes Maschinengewehr mit einer Reichweite von bis zu 2000 Metern.

Seite 339: KOPORJE-BUCHT

Koporje ist eine Festung etwa 100 Kilometer südwestlich von St. Petersburg. Zwischen dem 13. und 18. Jahrhundert war sie zwischen Schweden und Russland umkämpft.

Seite 339: SOSNOWY BOR

Wörtl. »Kiefernwald«, eine Stadt 80 Kilometer westlich von St. Petersburg.

Seite 351: PAWEL WSEWOLODOWITSCH

Die respektvolle Anrede älterer Personen sowie Vorgesetzter erfolgt im Russischen traditionell nicht mit dem Nachnamen, sondern mit Vornamen und Vatersnamen.

Seite 355: MOSCHTSCHNY

Wörtl. »Die Mächtige«, eine Insel im Finnischen Meerbusen, etwa 120 Kilometer westlich von St. Petersburg gelegen. Bis zum Sowjetisch-Finnischen Winterkrieg 1939/40 gehörte sie zu Finnland.

Seite 355: KALININGRAD

Das ehemalige Königsberg, Hafenstadt und Verwaltungszentrum der Kaliningrader Oblast, einer russischen Exklave zwischen Litauen und Polen.

Seite 362: MALY

Wörtlich bedeutet »Ostrow Maly« »kleine Insel«. Sie gehört zu der Inselgruppe um die Insel Moschtschny.

Sergej Snegow

Die ferne Zukunft: Die Menschheit durchpflügt das Weltall, erforscht fremde Planeten, schließt Freundschaft mit außerirdischen Zivilisationen. Kurz: Sie verfügt dank ihrer fortgeschrittenen Technologie über all jene Fähigkeiten, die früher den Göttern zugeschrieben wurden. Eines Tages jedoch stößt der Raumschiffkapitän Eli bei einem Erkundungsflug auf einen Planeten, auf dem Spuren einer noch überlegeneren Zivilisation existieren ... Es ist der Beginn eines atemberaubenden Abenteuers!

HEYNE ‹

SERGEJ SNEGOW

MENSCHEN WIE GÖTTER

ROMAN

978-3-453-52519-1

Für Generationen junger und alter Leser wurde Sergej Snegows Meisterwerk »Menschen wie Götter« – seit seinem Erscheinen 1966 – zu einem Einstieg in die Welt der Science Fiction. Und noch immer ist die Faszination dieses Romans ungebrochen.

Leseprobe unter: **www.heyne.de**

HEYNE ‹